NINA WRIGHT

Whiskey auf Eis

Buch

In einem vereisten See zu ertrinken, gehört eigentlich nicht unbedingt zu Whiskey Mattimoes liebsten Bräuchen, um den Start der neuen Wintersaison zu feiern. Und erst recht nicht, den Bürgermeister von Magnet Springs tot beim jährlichen Eisfischen aufzufinden. Wieder einmal ist Whiskey, tagsüber Immobilienmaklerin, in die Aufklärung eines Mordfalls verwickelt – denn Mord ist bekanntermaßen schlecht fürs Geschäft. Ihr zur Seite steht treu und alles andere als brav Afghanenhündin Abra, die eine Vorliebe für die Handtaschen fremder Frauen hat und Whiskey damit mehr als einmal in brisante Situationen bringt. Überhaupt ist es gar nicht leicht, irgendetwas in Magnet Springs heimlich zu tun, und so hat Whiskey bald mehr Hilfe bei der Suche nach Antworten, als sie gebrauchen kann. Unter anderem einen höchst attraktiven Tierarzt mit Sprachfehler und ihren entzückenden – aber manchmal ein wenig zu aufmerksamen – ersten Ehemann Jeb ...

Autorin

Nina Wright war Schauspielerin, bevor sie zum Schreiben kam. Seitdem hat sie zahlreiche Theaterstücke und Geschichten verfasst. Wenn sie nicht gerade am Schreibtisch sitzt, gibt die studierte Literatur- und Sprachwissenschaftlerin Kurse in Kreativem Schreiben, Darstellendem Spiel und Englisch. Und – Nina Wright liebt Hunde!

Von Nina Wright bereits erschienen:
Ein Ganove auf vier Pfoten (37141)

Nina Wright
Whiskey auf Eis

Roman

Aus dem Amerikanischen
von Elfriede Peschel

blanvalet

Die amerikanische Originalausgabe erschien 2006 unter dem Titel
»Whiskey Straight Up« bei Midnight Ink,
an imprint of Llewellyn Publications, Woodbury, USA.

FSC
Mix
Produktgruppe aus vorbildlich
bewirtschafteten Wäldern und
anderen kontrollierten Herkünften

Zert.-Nr. SGS-COC-1940
www.fsc.org
© 1996 Forest Stewardship Council

Verlagsgruppe Random House FSC-DEU-0100
Das für dieses Buch verwendete FSC-zertifizierte Papier
Holmen Book Cream liefert Holmen Paper, Hallstavik, Schweden.

1. Auflage
Deutsche Erstveröffentlichung Mai 2009 bei Blanvalet,
einem Unternehmen der Verlagsgruppe
Random House GmbH, München.

Umschlaggestaltung: HildenDesign, München
Umschlagmotiv: HildenDesign unter Verwendung eines
Motivs von Greg Paprocki / Getty Images
Redaktion: Sabine Wiermann
ES · Herstellung: RF
Satz: DTP Service Apel, Hannover
Druck und Einband: GGP Media GmbH, Pößneck
Printed in Germany
ISBN: 978-3-442-37238-6

www.blanvalet.de

Widmung

Für Bonnie, Kate und Diana –
die großen Schwestern, die ich bekam,
als ich heranwuchs.

1

»Whiskey, da ist jemand aus Ihrer Vergangenheit für Sie in Ihrem Büro.«

Tina Breen, meine näselnde Büroleiterin, fing mich ab, ehe ich mir den Schnee von meinen Stiefeln abtreten konnte.

»Aus meiner Vergangenheit?«, wiederholte ich mit mäßigem Interesse. »Beruflich oder … romantisch?«

»Uh …« Tina schielte auf die nächstgelegene Kabine.

»Klingelt was bei Ihnen, wenn Sie den Namen Roy Vickers hören?« Die klangvolle Stimme kam zuerst, gefolgt von der schlanken, geschmackvoll gekleideten Gestalt Odette Mutombos, der besten Kraft meiner Immobilienagentur. Wie auf ihr Stichwort kam sie auf ihrem Schreibtischstuhl ins Foyer gerollt und lächelte verschmitzt. »Er hat womöglich Ihr Schicksal beeinflusst.«

Odette, die aus Simbabwe stammte und beim Sprechen synkopierte Akzente setzte, hatte die nervige Angewohnheit, sich in anderer Leute Gespräche einzuschalten.

»Das bezweifle ich«, sagte ich.

Odette und Tina warfen sich Blicke zu. Was nie ein gutes Zeichen war.

»Okay. Spucken Sie es aus«, setzte ich an, als meine Aktentasche ebendies mit ihrem Inhalt machte. Tina bückte sich, um die Sachen einzusammeln. Da ihre Hilfsbereitschaft sich normalerweise in Grenzen hält, wusste ich mit Sicherheit, dass etwas im Busch war.

»Leo würde sich an ihn erinnern …«, neckte Odette mich.

Ich ließ den Namen Roy Vickers durch meine üblichen geistigen Filter laufen. Wovon der mit Leos Namen darauf noch immer den größten Teil meines Gehirns einnahm. Obwohl schon fast neun Monate tot, war mein verstorbener Ehemann in Gedanken nie weit weg. Leo war ein kluger und wunderbarer Partner sowohl im Geschäftsleben als auch für die wirklich wichtigen Dinge gewesen. Ungeachtet all dessen, was mir seit seinem plötzlichen Tod widerfahren war, war meine erste Reaktion noch immer häufig die, es Leo erzählen zu wollen. Doch das würde ich nie wieder tun können.

»Ich komme nicht drauf«, sagte ich.

»Denken Sie nach«, bedrängte mich Odette. »Roy Vickers. Sie müssen sich an ihn erinnern.«

»Vielleicht sollten wir es ihr von Jenx sagen lassen.« Tina klang nervös.

»Damit unsere neue Polizeichefin allein ihren Spaß hat?« Odette gab ein unflätiges Geräusch von sich. »Ich gebe Ihnen einen Anhaltspunkt, Whiskey: Roy Vickers ist siebzig.«

»Dann ist er nicht mein alter Liebhaber«, sagte ich. »Sondern nur alt.«

»Es hat was mit Immobilien zu tun. Gewissermaßen …«, versuchte Tina mir auf die Sprünge zu helfen und reichte mir meine frisch nach Alphabet geordneten Akten.

Mir wurde das Spiel bereits langweilig. »War er Makler?«

»Nein.«

»Ein früherer Kunde?«

»Leos früherer Kunde. Bevor Sie geheiratet haben.«

»Dann stammt er aus Leos Vergangenheit, nicht aus meiner.« Ich gähnte und steuerte mein Büro an.

»So einfach ist es nicht«, rief Tina mir nach. »Er ist ein Handlanger, und er braucht einen Job.«

»Wir haben einen Handlanger. Und siebzig ist viel zu alt.«

Tina folgte mir den Flur hinunter. »Aber was soll er denn machen? Er ist gerade erst aus dem Gefängnis entlassen worden!«

»Gefängnis?« Ich blieb wie angewurzelt stehen.

Auf einmal flackerte beim Namen Roy Vickers in einem dunklen Winkel meines Gehirns etwas auf. Verdrängung ist eine Gabe, die oft unterschätzt, von mir aber mit Stolz gepflegt wird. Aber für Menschen wie Tina und Odette, die nie etwas so Verstörendes erlebt haben, dass sie es am liebsten vergessen würden, stellt sie eine Herausforderung dar. Vor allem im Leben eines anderen.

»Er kam vor neun Jahren ins Gefängnis«, sagte Odette und rollte mir auf ihrem Schreibtischstuhl hinterher. »Weil er Leo während einer Mietauseinandersetzung niedergestochen hat.«

»Leo war damals noch mit Georgia verheiratet«, ergänzte Tina. »Aber Sie wissen jetzt, was passiert ist, nicht wahr?«

Das wusste ich in der Tat.

Leo sprach zwar nie über diesen Vorfall, doch andere Bewohner von Magnet Springs waren weniger zurückhaltend. Zum Zeitpunkt des Geschehens war ich vierundzwanzig und mit meinem Musikerehemann Jeb Halloran unterwegs. Meine Rolle in seiner Entourage war nicht musikalischer Natur. Sie bestand darin, seine Groupies daran zu erinnern, dass er verheiratet war. Was ich damit sagen will, ich war zu der Zeit, als Leo niedergestochen wurde, gar nicht in der Gegend. Ich kannte ihn kaum. Aber der Vorfall hielt Einzug in die Annalen unserer Stadt, und die Geschichte trug sich folgendermaßen zu:

Der stadtbekannte Trunkenbold Roy Vickers, zwar gelernter Zimmermann, aber schon so weit abgerutscht, dass er nur noch Gelegenheitsjobs bekam, öffnete seine Post und fand darin die Benachrichtigung, dass seine Miete erhöht wurde. Obwohl es ein bitterkalter Januarnachmittag war, war Roy zu erbost und zu benebelt, um einen Mantel anzuziehen, ehe er die zwei Häuserblocks zum Büro seines Vermieters torkelte. Leo Mattimoe hörte sich Roys bourbongeschwängerte Klagen an. Dann erläuterte er ihm seine Gründe für die Mieterhöhung. Roy war an Logik nicht interessiert; er nannte Leo einen Slumvermieter mit dem Herzen eines Räuberbarons. Leo wies Roy darauf hin, dass es ihm freistehe, sich jederzeit eine andere Bleibe zu suchen. Roy meinte darauf heulend, er habe wenig Grund, überhaupt zu leben, da seine Frau ihn verlassen habe.

Dann schnappte er sich Leos Brieföffner und fuchtelte damit herum. Weil Leo in Sorge war, Roy versuche womöglich, sich selbst umzubringen, griff Leo nach der Klinge. In seinem Whiskeynebel missdeutete Roy dies jedoch als einen Gegenangriff.

Gleich darauf stolperte er nach draußen und kniete sich in den Schnee, um Leos Blut abzuwaschen. Der Schnee färbte sich leuchtend rosa, und seine frostkalten Hände liefen blau an, Roy jedoch konnte – wie Lady Macbeth – nicht vom Schrubben ablassen. Ein vorbeikommender Tourist entdeckte den stöhnenden, mit Blut besudelten Mann ohne Mantel und machte einen Umweg zur Polizeistation.

Unser damaliger Polizeichef Big Jim marschierte umgehend zu Roy und fragte ihn, was er da tue. Roy schüttelte den Kopf und weinte: »Am besten gehen Sie zu Georgia und sagen ihr, dass sie Witwe ist.«

Georgia war Leos erste Frau. Ein Jahr später verließ sie ihn. Zwei Jahre darauf heiratete Leo mich, und dann wurde ich seine Witwe. Aber das greift zu weit vor.

Big Jim fand den auf dem Boden seines Büros liegenden Leo mit blutender Brustwunde vor. Ein paar Minuten später, und Leo wäre gestorben.

Jetzt starrte ich Odette und Tina an. »Nennt mir einen guten Grund, warum ich Roy Vickers einstellen sollte.«

»Karma.« Die Antwort kam weder von Odette noch von Tina. Noonan Starr, Massagetherapeutin und New-Age-Guru und meine beste Mieterin, betrat den Empfangsbereich. Sie wischte sich unsichtbare Schneeflocken von ihren stachelig abstehenden weißblonden Haaren und fügte hinzu: »Außerdem hält Jenx es für eine gute Idee.«

»Dann sollte Jenx ihn einstellen«, erwiderte ich schnippisch.

»Aber damit würde der Kreis nicht geschlossen«, wandte Noonan ein. Ich wappnete mich schon gegen metaphysische Metaphern. »Nur wenn Roy mit Leos Erben wieder zu einem Gleichgewicht findet, kann er selbst ganz werden.«

»Ich bin aber nicht Leos Erbin«, sagte ich und stellte mir dabei seine Tochter Avery vor, eine chronisch unglückliche junge Frau, die passend auf meiner Türschwelle erschienen war, um Zwillinge zu gebären, und jetzt mein Zuhause als ihr Kinderzimmer benutzte. Sie und die Babys zu beherbergen und für eine Kinderfrau zu sorgen erwies sich jedoch als weniger traumatisch, als ich erwartet hatte. Doch ich fragte mich, ob Avery mein Heim jemals wieder verlassen würde. Oder sich eine Arbeit suchte. Oder lächelte. Außerdem weigerte sie sich standhaft, den Vater ihrer Babys zu benennen.

Leo hatte noch einen Erben, der Roys Hilfe brauchen könnte: seine blonde Afghanenhündin Abra, eine Hundediva, wie man selten eine erlebt hat. Sie war genauso schwierig wie Leos Tochter, nur schneller auf ihren vier perfekt manikürten Pfoten. Abra, die Handtaschen gestohlen hatte, war vorbestraft, Avery nicht. Doch wie Avery hatte auch Abra Nachwuchs bekommen, Vater unbekannt. Daran war in erster Linie ich schuld, da ich versäumt hatte, sie sterilisieren zu lassen. In den Monaten nach Leos Tod war ich viel zu sehr von anderen Dingen in Beschlag genommen. Erst musste ich mich von den Verletzungen erholen, die ich erlitten hatte, als Leos Herz versagte und er unseren Wagen zu Schrott fuhr. Dann wurden zwei Menschen in von mir verwalteten Häusern umgebracht. Um es mal milde auszudrücken, das Leben gestaltete sich kompliziert.

»Sie sind doch ein guter Mensch, Whiskey«, erinnerte Noonan mich. »Ihnen wird bestimmt was einfallen, wie Sie Roy helfen können, sein Karma wieder in Fluss zu bringen.«

»Er kann mir eine Grußkarte schicken«, schlug ich vor. »Die gibt es doch für jeden Anlass: ›Tut mir leid, dass ich jemanden niedergestochen habe, den Sie liebten. Ich habe meine Zeit für dieses Verbrechen abgesessen. Wünschen Sie mir alles Gute.‹«

Noonans feucht schimmernde Augen verdunkelten sich. »Er braucht einen Job. Sie können ihn einstellen.«

»Aber warum sollte ich das?« Meine Frage klang nach Gejammer.

»Weil Leo das so gewollt hätte.«

Das hörte ich äußerst ungern, weil ich wusste, dass es zutraf. Leo war zwar nicht perfekt, aber großzügig im Übermaß.

Odette schaltete sich wieder in das Gespräch ein. »Wie ich höre, hat das Gefängnis Roy Vickers verändert. Er ist ein neuer Mensch.«

»Er wurde nüchtern und fand eine Gemeinschaft«, bestätigte Tina. »Jenx sagt, seine Mitgefangenen nannten ihn Pop. Sie haben zu ihm aufgeschaut.«

Vielleicht weil er groß ist, sagte ich mir. Obwohl ich Roy Vickers nicht gekannt hatte, war er mir in meiner Jugend doch auf den Straßen von Magnet Springs über den Weg gelaufen. Damals dürfte er gute eins neunzig gewesen sein, ein langgliedriger, schlaksiger Alkoholiker, der alle möglichen Jobs erledigte, meist für Leute, denen seine Frau leid tat. An ihren Namen konnte ich mich nicht mehr erinnern, aber ich weiß noch, dass alle sich wunderten, warum sie es so lange mit ihm ausgehalten hatte.

»Als man ihn aus dem Gefängnis entließ, hat er seine Gemeinschaft verloren«, gab Noonan zu bedenken. »Jetzt steht er vor der Herausforderung seines Lebens: dort positive Beziehungen aufzubauen, wo er Beziehungen zerstört hat. Und genau das vermag Roy Vickers zu heilen.«

Noonan sprach mit solcher Leidenschaft, dass es ganz still wurde im Raum. Alle warteten nun darauf, dass ich das Richtige tat.

»Ich werde mit ihm reden«, murmelte ich.

Odette klatschte drei Mal in die Hände. Tina jubelte. Noonan nahm mich in den Arm. Da merkte ich, dass meine zweimal gebrochenen Rippen nicht mehr schmerzten, und dies konnte nur bedeuten, dass auch ich auf dem Weg der Heilung war. Wenigstens meine Knochen.

»Ihre Güte wird Roy Vickers helfen, seine Seele dem Licht zu öffnen«, sagte Noonan.

Roy Vickers' Seele kannte ich nicht, aber der Rest von ihm sah verdammt gut aus. Ich weiß nicht, was ich erwartet hatte, aber was mir da gegenübertrat, haute mich um. Als er auf mich zukam, war mein erster Gedanke: Dieser Kerl sieht keinen Tag älter als fünfzig aus. Mein zweiter Gedanke – und der ist mir peinlich: Er ist besser gebaut als jeder Mann, mit dem ich je geschlafen habe.

Aber ich hatte schließlich hauptsächlich mit Musikern und Bürohengsten geschlafen. Und es war schon lange her, seit ich überhaupt mit jemandem geschlafen hatte. Neununddreißig Wochen und zwei Tage, um genau zu sein. Ich bin auch nur ein Mensch. Und zudem erst dreiunddreißig.

Roy Vickers hatte von der Sonne gegerbte Haut, eine militärische Haltung und pralle Muskeln. Sein stahlgraues Haar war ganz kurz geschoren, aber von seinem ursprünglichen Haaransatz schien noch das meiste vorhanden zu sein. Seine stahlblauen Augen waren klar und ruhig.

»Besten Dank, Ma'am, dass Sie mich ohne Termin empfangen«, sagte er. Wir gaben uns die Hand. Seine große Pranke war schwielig, aber warm.

»Gern geschehen. Nennen Sie mich doch Whiskey. Das tun alle.«

Er kicherte. »Das war auch mal mein Spitzname. Früher mal.«

»Oh, aber ich bin keine ...« Ich bremste mich gerade noch rechtzeitig.

»Das dachte ich auch nicht«, sagte er freundlich. »Nicht mehr, als Cokie Roberts eine Kokserin ist.«

»Sie kennen Cokie Roberts?«

»Aber ja. Ich höre viel Radio.«

Ich nickte und sagte mir dabei, dass ich überhaupt keine Ahnung hatte, was für ein Mann das war.

»Sie haben eine interessante Stimme«, bemerkte er.

»Jeb Halloran nannte sie meine ›Whiskeystimme‹ – deshalb auch der Spitzname. Ich bin keine Whitney Houston, auch wenn das so in meiner Geburtsurkunde steht.«

Roy Vickers' Lippen verzogen sich zu einem Lächeln und entblößten dabei kleine, gleichmäßige Zähne, die vermutlich seine eigenen waren. Ich hatte blitzende Goldkronen erwartet. Und wo waren seine Gefängnistattoos? Auf seinen vernarbten Handrücken traten die Venen hervor, aber sie waren tintenfrei. Natürlich konnte ich den Rest seiner Haut nicht sehen, nur seinen gut gebauten Körper unter seiner billigen Wolljacke.

»Wie geht es Leos kleinem Mädchen?«, erkundigte er sich und riss mich wieder in die Gegenwart zurück.

Klein nicht mehr im Entferntesten, dachte ich, als ich mir meine massige Stieftochter vorstellte. Auch nach der Geburt ihrer beiden Babys sprang die Skala der Waage bestimmt noch auf gute neunzig Kilo. Avery hatte die stattliche Figur ihrer Mutter geerbt. Ich maß eins fünfundachtzig, und Avery konnte mir fast in die Augen schauen. Aber zum Ausfüllen von Türrahmen war sie besser geeignet.

»Sie hat jetzt selbst zwei Kleine«, sagte ich. »Wir bedauern nur, dass Leo sie nicht mehr erleben durfte.«

Auf die Reaktion des Ex-Knackis war ich nicht vorbereitet: Er bedeckte sein Gesicht und weinte.

2

»Das ist nicht Ihre Schuld«, beruhigte ich Roy Vickers. »Leo hat noch acht ganze Jahre gelebt, nachdem Sie versucht hatten, ihn umzubringen.«

Ich wartete darauf, dass der Mann sich wieder einkriegte. Endlich richtete er seine geröteten Augen auf mich.

»Aber durch mich hat er einen Teil seiner Lebensqualität verloren, Whiskey. Ich habe ihm seine kostbare Gesundheit und seinen Seelenfrieden geraubt. Ein Mensch, der einem ernsthaften Angriff ausgesetzt war, ist für immer verändert.«

Für mich hörte sich das ganz so an, als hätte Roy bereits eine Sitzung bei Noonan hinter sich.

»Vielleicht ist sein Leben aber auch reicher geworden, nachdem Sie ihn niedergestochen hatten«, sagte ich, als fänden ihre Worte irgendwie den Weg in meinen Mund. »Schließlich hat er mich geheiratet. Und wir waren glücklich.«

Ich war mir sicher, dass keiner, der Leo Mattimoe gekannt hatte, an einen »Verlust« seiner Lebensqualität geglaubt hätte. Mein verstorbener Ehemann lebte so, wie er es für richtig hielt, und sechs Jahre lang genoss ich das Privileg, seine Träume mit ihm zu teilen. Gemeinsam bauten wir ein ehrgeiziges Immobiliengeschäft auf – kauften, verkauften, renovierten und vermieteten Behausungen in Magnet Springs, einer Stadt, die Touristen anzog. Leos Tod mit achtundvierzig Jahren gehörte nicht zu diesem Plan. Aber, wie meine Großmutter immer zu sagen pflegte: »Die meisten Leute sterben zu früh oder zu spät.« Leo trat zu früh ab.

»Ich muss Ihnen was gestehen«, sagte Roy und ließ sich

auf seine Knie fallen. Dabei knackten die Gelenke des Siebzigjährigen weniger als meine. »Als ich hörte, Leo sei an einer gerissenen Aorta gestorben, wusste ich, dass ich ihn getötet hatte.«

»Auf keinen Fall!«

»Ich habe ihm drei Mal in die Brust gestochen, erinnern Sie sich? Was in jener Nacht nicht geschehen ist, geschah Jahre später.«

Ehe ich darauf antworten konnte, hörten wir beide die hohe Stimme im Flur. »Whiskey! Prince Harry kennt einen neuen Trick!«

Auftritt der Hunde: Als Erster kam ein kleines goldenes Etwas in mein Büro gesprungen und schleckte mit seiner warmen, feuchten Zunge meine Knöchel ab. Dahinter kam ein größeres Geschöpf, mein Verhängnis: Abra, die Afghanenhündin. Sie blieb lang genug unter der Tür stehen, damit wir ihr Sarah-Jessica-Parker-Profil bewundern konnten. Dann schüttelte sie ihr glänzendes Haupt und warf einen gelangweilten Blick in meine Richtung. Gewiss, sie war eine majestätische Erscheinung mit ihrem strassbesetzten Samthalsband. Aber ich wusste es besser. Ich kannte ihr wahres Wesen: eine rückfällige Kleinkriminelle, die nur darauf wartete, dass die Vorsehung ihr einen verbotenen Gegenstand in den Weg legte.

Auftritt von Chester, einem flachsblonden Achtjährigen, der wie die Personifizierung von Albert Einstein als Sechsjähriger aussah. Er stolperte über Abra, weil er deren neun Wochen alten Sohn dazu zu bringen versuchte, bei Fuß zu gehen, was aber misslang.

»Hü, Prince Harry!«, schrie er.

»›Hü‹? Ist das nicht ein Kommando für Pferde?«, sagte ich.

»Und für andere pferdeartige Geschöpfe«, stimmte er mir zu und rückte seine Nickelbrille zurecht, die nie richtig gerade auf seiner viel zu kleinen Nase saß. »Aber Hunde-richten-dich-ab-dot-com empfiehlt, es auch zur Kontrolle im Hunderudel einzusetzen. Siehst du, es funktioniert.«

Wir schauten alle zu Prince Harry, der mit dem Schwanz wedelte, seine Hinterbeine spreizte und pinkelte.

»Raus!« Chester nahm den undichten Welpen in seine Arme und eilte damit zur Eingangstür. Abra hob pikiert ihre Schnauze, ehe sie in entgegengesetzter Richtung davontrottete. Wie Avery zog sie es vor, ihre mütterlichen Pflichten zu delegieren.

Roy erhob sich leichtfüßig und kehrte zu dem Stuhl mir gegenüber zurück.

»Ist das Ihr Sohn?«, fragte er.

»Nein!«

Erst sein Zusammenzucken machte mir klar, wie laut ich gesprochen hatte. Nicht, dass ich Kinder nicht mochte – es gab einfach viel zu viele davon in meinem Leben. Leiser ergänzte ich: »Das ist der Sohn meiner Nachbarin, wenn sie sich daran erinnert, einen zu haben.«

Ich fragte Roy, ob er von Cassina gehört hatte, der Harfenistin – Sängerin – Songwriterin, die derzeit auf Tournee war, um ihre neueste CD, *Cumulus Love*, zu bewerben. Er nickte und ließ mich wissen, dass sie im Staatsgefängnis über eine große Fangemeinde verfügte.

»Ich kümmere mich um Chester, während Cassina unterwegs ist«, erklärte ich. »Dafür kümmert er sich um Abra und ihre Welpen. Jedenfalls ist es so vorgesehen.«

»Scheint ein kluges Kind zu sein«, bemerkte Roy.

»Das kann man wohl von ihm sagen.«

Was man sonst noch über ihn sagen konnte, war, dass

er hyperaktiv war, alles dramatisierte, ein Dickschädel und wirklich arm dran war.

»Wie viele Welpen?«, wollte Roy wissen.

»Es waren fünf«, sagte ich. »Wir haben für alle ein Zuhause gefunden, nur nicht für Prince Harry, unseren Pinkelmeister. Nicht schlecht, wenn man bedenkt, dass wir den Vater nicht identifizieren konnten. Wir glauben, es war entweder ein Golden Retriever oder ein heller Labrador. Aber Abra erzählt nichts.«

Da sie ihren Namen hörte und sich ein Leckerchen erhoffte, steckte die Königinmutter ihr aristokratisches Maul durch die Türöffnung. Doch da sich nichts Schmackhaftes zeigte, zog sie sich zurück, um anderswo Ärger zu suchen.

Roy räusperte sich. »Ich brauche Arbeit, Whiskey, und ich habe mir gedacht, ob Sie vielleicht welche für mich haben. Ich kenne meinen Ruf in dieser Stadt. Es gibt für mich jede Menge wiedergutzumachen, zumal ich Leo nun nicht mehr bitten kann, mir zu verzeihen.«

»Leo hat Ihnen vergeben«, sagte ich. »Mein Ehemann war nicht nachtragend.«

»Dann muss ich mir Ihre Vergebung verdienen«, sagte Roy. »Ihre und die von Avery.«

»Für Leos Tochter kann ich nicht sprechen ...« Ich konnte schließlich kaum mit ihr sprechen, da sie es vorzog, mich zu ignorieren. »Aber ich kann Sie als Teilzeitkraft einstellen, wenn Ihnen das hilft.«

Roy nickte dankbar. Ich reichte ihm eine Karte mit Luís Regalos Namen und Telefonnummer. »Unser Hausverwalter. Ich sage ihm, dass Sie sich bei ihm melden werden.«

Roy wollte noch etwas sagen, aber jemand anderer kam ihm zuvor.

»Tag alle zusammen.«

Wir drehten uns um und sahen Gil Gruen vor uns, Cowboy-Makler und Bürgermeister unserer schönen Stadt, wie üblich in seiner Uniform aus Stetson, Westernhemd, engen Jeans und Alligatorstiefeln. Aus Respekt vor unserem stürmischen Januarwetter hatte er sein Outfit noch um einen Schaffellmantel ergänzt. Obwohl er hier in Michigan geboren wurde und aufgewachsen ist und mit mir die Highschool absolviert hat, hatte Gil sich an dem Tag, als er Best West Realty gründete, in Wyatt Earp verwandelt.

»Tag auch«, gähnte ich. »Was willst du denn, Gil?«

Er konzentrierte sich auf meine neue Hilfskraft. »Na, da soll mich doch gleich der Schlag treffen. Sind Sie nicht Roy Vickers?«

»Ja, mein Herr, das bin ich«, sagte Roy und erhob sich zu seiner eindrucksvollen Größe. Gil war gut gebaut, aber nicht größer als eins achtzig. Ich hätte schwören können, so etwas wie Angst in seinem Gesicht aufblitzen zu sehen, als Roy stand. Aber er erholte sich schnell.

»Sie haben doch wohl nicht ernsthaft vor, sich wieder in Magnet Springs niederzulassen, Roy?«

»Nun, Roy kommt tatsächlich hierher, um für mich zu arbeiten«, sagte ich. »Er fängt morgen an.«

Gil verzog das Gesicht. »Was denkst du dir eigentlich dabei, Frau? Dieser Mann hat deinen Ehemann niedergestochen!«

»Wenn Leo Roy verziehen hat, dann kann der Rest von uns das wohl auch.«

»Ich bezweifle sehr, dass unsere Mitbürger das genauso sehen.« Gil scharrte mit seinen Stiefeln. »Sowohl als Bürgermeister als auch als örtlicher Geschäftsinhaber würde ich diesen ehemaligen Häftling als eine Bedrohung unserer Gemeinschaft ansehen. Widersprechen Sie mir nicht, Sir.«

Roy sagte nichts.

Gil räusperte sich und fügte hinzu: »Ich werde noch heute Abend eine öffentliche Versammlung in dieser dringenden Angelegenheit einberufen.«

»Du kannst einen freien Menschen nicht daran hindern, in dieser Stadt zu leben!«, ereiferte ich mich.

»Wenn Kinderschänder sich registrieren lassen müssen, dann sollte das auch für alle anderen Ex-Gefangenen gelten. Magnet Springs ist ein Touristenort, Whiskey. Wir müssen die Sicherheit unserer Gäste wie auch die unserer Bürger gewährleisten!«

Er tippte an seinen Stetson und wandte sich zum Gehen.

»Warte eine Minute, Gil!«, rief ich ihm hinterher. »Du wirst doch sicherlich einen Grund gehabt haben, hierherzukommen?«

»Danke, dass du mich daran erinnerst.« Mr. Best West lächelte selbstgefällig. »Wir alle wissen, dass du eine einsame Frau bist, Whiskey, aber denk immer dran: David Newquist steht als *mein* Klient unter Vertrag. Wenn ich noch mal höre, dass du versuchst, den guten Doktor abzuwerben, sehe ich dich vor Gericht wieder.«

Roy erhob sich automatisch.

»Sie können mir drohen, so viel Sie wollen, Mr. Mayor, aber lassen Sie Ms. Mattimoe in Ruhe.«

Gil Gruen blinzelte, dann grinste er. »Ich glaube, Sie werden es noch bedauern, das gesagt zu haben, Roy.«

»Ich glaube nicht an Bedauern, Sir. Nur an Taten. Und jetzt seien Sie so freundlich und scheren Sie sich hier raus.«

3

Gil Gruen lief erst rot, dann rotbraun und schließlich violett an. Er stotterte, aber brachte keinen ganzen Satz mehr zusammen, ehe er mit großen Schritten mein Büro verließ. Die Absätze seiner Cowboystiefel klapperten auf dem Hartholzboden.

»Ist vielleicht nicht so klug, sich gleich an Ihrem ersten Tag in Freiheit mit Autoritätspersonen anzulegen«, sagte ich zu Roy Vickers.

Er schüttelte den Kopf. »Der einzige Weg, das Gefängnis zu überleben, hat für mich darin bestanden, für das einzutreten, woran ich glaube. Ich glaube, Sie sind auf meiner Seite, Whiskey, und dieser Kerl ist ein Arschloch.«

Da hatte er Recht.

Roy fuhr fort: »Ich glaube außerdem, dass ich für die nächste Phase meiner spirituellen Entwicklung in Magnet Springs sein muss. Das ist mein Weg, um wieder ganz zu werden.«

Der Ex-Knacki hörte sich nach einem idealen Kandidaten für Noonan Starrs New-Age-Beratungsservice an, den Seven Suns of Solace. Das ist eins dieser Programme, deren einzelne »Stufen« den Leuten dabei helfen sollen, ihr Leben zu verändern. Nur dass dieses hier sehr gefühlsduselig und mehr als ein bisschen ausgeflippt ist. Jedenfalls empfand ich das so. Ich fragte Roy, ob er davon gehört hatte.

»Natürlich.« Seine Augen leuchteten. »Während ich im Bau war, habe ich das Buch neunundzwanzig Mal gelesen.«

»Das Buch?«

Roy förderte ein abgegriffenes Taschenbuch zu Tage: *Seven Suns of Solace: Finde Frieden in deiner persönlichen Galaxie.*

Nach dem, was auf dem zerfetzten Umschlag noch zu entziffern war, hatte der Autor einen Doktortitel.

»Wer hat das geschrieben?«, fragte ich ihn.

»Fenton Flagg. Er ist ein Genie.«

Ich nickte ungläubig. Zu meinen persönlichen Grundsätzen gehörte es, Gefühle zu meiden, außer der Liebe in ihren vielen Formen und natürlich der Lust. Ich zog es vor, mich mit so viel trockenem Humor wie möglich durchs Leben zu wursteln. Aber ich musste zugeben, dass solche Beratungen bei einigen Leuten funktionierten. Selbst New-Age-Beratung, wie Noonan sie anbot. Im vergangenen Sommer hatte sie ihre Seven-Suns-of-Solace-Praxis eröffnet, die sie hauptsächlich übers Telefon betrieb. Man kann nur staunen, wie viele Touristen auf eine Massage bei ihr vorbeikommen und dann nach Hause fahren und die Telefonberatung bei Noonan fortsetzen.

Roy war gerade dabei, mir die Hand zu schütteln und dafür zu danken, dass ich ihm die Chance bot, sich als zäher Arbeiter beweisen zu dürfen, als Prince Harry, gefolgt von Chester, wieder in mein Büro gesprungen kam. Beide waren von frischem Schnee bedeckt.

»Was ist denn mit euch beiden passiert?«, fragte ich.

Chester rieb sich mit seinen bloßen Fingern das feuchte weiße Zeug von seiner Brille. Gesicht und Hände waren rosa vor Kälte.

»Prince Harry wollte nicht mit reinkommen, also musste ich ihn niederringen. Wir arbeiten immer noch an den Grundlagen, Whiskey.«

An diesem Punkt ging Prince Harry wieder in Hockstellung.

»Nein!«, schrien wir drei Menschen einstimmig. Chester hob den Welpen auf und rannte wieder nach draußen.

»Ob Sie's glauben oder nicht, ich führe hier ein Geschäft«, erzählte ich Roy. »Oder versuche es. Oh, da fällt mir ein ... Tina –! Wo ist Abra?«

Und da hörten wir den Schrei. Roy schaffte es als Erster durch meine Bürotür. Ich folgte ihm im Eilschritt den Flur entlang zur Lobby. Eine mir unbekannte Frau lag in meinem Foyer auf dem Boden. Horizontal. Ein Hund, den ich nur zu gut kannte, stand über ihr und versuchte, ihr den mit Federn besetzten Hut vom Kopf zu ziehen. Während Tina hilflos danebenstand, schritt Odette bereits zur Tat und wedelte mit ihrer eigenen, paillettenbesetzten Handtasche vor Abras Gesicht herum. Abra gibt Glänzendem vor Gefiedertem jederzeit den Vorzug, und so überraschte es mich nicht, dass sie die Tasche mit ihren perlweißen Zähnen packte.

Jetzt kennen Sie das Geheimnis von Odettes Erfolg: Ist eine anständige Provision zu erwarten, ist sie zu persönlichen Opfern bereit.

Abra war noch im Sprung, als Chester die Vordertür öffnete, um sich und Prince Harry hereinzulassen. Inmitten des Durcheinanders aus blonden und goldenen Haaren gab es Gejaule, weitere Schreie und ein paar nutzlose Kommandos von Hunde-richten-dich-ab-dot-com.

Dann waren Abra und Sohn weg. Chester ebenso.

Ich hätte Situationen wie diese inzwischen eigentlich perfekt meistern müssen. Gott allein weiß, dass ich genug davon erlebt habe. Aber es war Odette, die sich am schnellsten erholte. Ohne sich um Abras Diebstahl ihrer Tasche, sicherlich ein Designermodell, zu kümmern, half sie der benommenen Frau auf dem Boden flink von der horizontalen in eine vertikale Position.

»Darf ich Ihnen Mrs. Oscar Manfred Gribble der Dritte vorstellen, Whiskey«, flötete Odette. »Sie erwägt, ein Sommerhaus in der Nähe von Magnet Springs zu kaufen. Einen sehr hübschen Sommersitz. Direkt am Michigansee.«

Odette sah mich bedeutungsvoll an. Die Bedeutung, die sie mir zu vermitteln versuchte, war Mega-Kohle, was ich jedoch auch ohne ihre Hilfe kapiert hätte. Da Mrs. Gribble der Dritte nun nicht mehr von zuckenden Hunden bedeckt war, wurde ihr Reichtum offensichtlich. Ich kenne die Designermarken nicht, denn mein Interesse an Kleidung beschränkt sich auf dessen Rolle als farblich passende Körperbedeckung. Doch ich war sehr wohl in der Lage, teure Stoffe und Schnitte zu erkennen, und genau das trug Mrs. Gribble. Ihr knöchellanger Pelzmantel erlaubte einen Blick auf ein geschmackvolles Wollkostüm in einem gedämpften dunklen Karomuster, betont von einer schweren Perlenkette. Ihre braunen Stiefel und Handschuhe waren aus weichstem Leder, vermutlich aus den Häuten neugeborener Lämmer gefertigt. Die Federn an ihrem kastanienbraunen Hut stammten zweifellos von einem vom Aussterben bedrohten südamerikanischen Papagei.

Mrs. Gribble war das, was wir eine »reife« Frau zu nennen pflegen, irgendwo zwischen sechzig und Senilität. Größer als der Durchschnitt, wenn auch nicht so groß wie ich, dürfte sie in ihrer Jugend eine umwerfende Erscheinung gewesen sein, mit Wangenknochen, für die die meisten Frauen morden würden. Jetzt jedoch war sie dünn, beinahe hager, und ihre Gesichtsknochen standen fast aggressiv vor. Doch mit ihren glänzenden graumelierten Haaren und den großen dunklen Augen strahlte sie etwas aus, was sofortigen Respekt einforderte. Zumal sie mir noch nicht gedroht hatte, mich wegen Abras Possen zu verklagen.

»Das ist Whiskey Mattimoe«, sagte Odette, als ich meine Hand ausstreckte.

»Sie leitet das Geschäft«, ergänzte Tina.

»Nur die Hunde nicht«, sagte ich. »Ich habe wenig Kontrolle über sie. Tut mir ausgesprochen leid, Mrs. Gribble.«

Zu meinem Erstaunen lächelte die strenge Frau.

»Sie brauchen sich nicht zu entschuldigen, Mrs. Mattimoe. Ich habe Ihrer Firma gerade wegen Ihres Hundes den Vorzug vor der Ihres Konkurrenten gegeben.«

»Wie bitte?«

»Ich habe aus den Chicagoer Zeitungen von Ihren kürzlichen ... sollen wir sagen ... *Missgeschicken* erfahren. Faszinierend. Ich fand die Geschichten faszinierend.«

»Tatsächlich?«

»Absolut. Ich habe früher Salukis gezüchtet und verstehe deshalb was von der Mentalität eines Windhundes.«

»Wirklich?«

Odette räusperte sich, um mich daran zu erinnern, etwas intelligentere Einwürfe zu machen. Ehe ich das jedoch tun konnte, sprach Mrs. Gribble weiter: »Früher einmal habe ich ein Aquarell von Warren Matheney besessen – sogar einen Kumulus –, also fand ich den Fall auch unter diesem Gesichtspunkt höchst amüsant.«

Endlich begriff ich. Mrs. Gribble hatte die Zeitungsberichte zu den rätselhaften Todesumständen des berühmten Chicagoer Künstlers Warren Matheney, alias Wolkenmann, verfolgt. In einigen dieser Artikel wurde auch ich erwähnt, weil Abras Strafregister und ihr Hang zum Handtaschenklau versehentlich zur Lösung dreier Mordfälle beigetragen hatten.

»Sagen Sie«, erkundigte ich mich im Flüsterton, »sind Salukis so überdreht wie Afghanen?«

»O ja«, sagte sie. »Aber leichter zu pflegen.« Mrs. Gribble sprach mit gesenkter Stimme weiter: »Der kleine Junge, der mit den Hunden herumtollt – ist das Cassinas Sohn?«

Soweit mir bekannt war, hatte es keine Erwähnung von Chester oder seiner berühmten Mutter in irgendeiner gedruckten Berichterstattung zum Wolkenmann-Fall gegeben.

»Äh ... Woher wissen Sie das?«

Die reiche Frau lächelte wieder. »Ich kenne Leute, die Bescheid wissen, egal ob deren Informationen an die Presse gehen.« Sie warf einen Blick aus dem Fenster und sah mich dann wieder an. »Sollte nicht mal jemand nach dem kleinen Jungen sehen?«

Hoppla. Chester befand sich schließlich vorübergehend in meiner Obhut. Ich war nicht zur Ersatzmutter geboren. Meine Devise lautete vielmehr: »Aus den Augen, aus dem Sinn!«

»Warum kann das nicht Roy machen?«, schlug Odette vor, »während Whiskey und ich uns mit Ihnen zusammensetzen, Mrs. Gribble. Wir sehen uns ein paar gelistete Objekte an, die für Sie von Interesse sein könnten.«

Und da drehte ich mich zu meinem neuen Gelegenheitsarbeiter um, und zum zweiten – oder war es schon zum dritten – Mal an diesem Morgen gefror mir das Blut in den Adern. Der ehemalige Sträfling starrte Mrs. Gribble an, sein Gesicht so weiß wie das Zeug, das vor der Tür lag, der Mund schlaff. Einen kurzen Augenblick lang dachte ich, der Schlag habe ihn getroffen.

»Roy?«, sagte ich.

Sofort kam wieder Farbe in sein Gesicht, und seine Wangenmuskeln spannten sich.

»Jawohl, Ma'am«, antwortete er zackig. »Ich mache das. Ich werde sie alle zusammentreiben.«

»Nun, vielleicht nicht unbedingt *alle*«, ergänzte ich. »Nur Chester. Und vielleicht Prince Harry, vorausgesetzt, er hat sich inzwischen erleichtert. Machen Sie sich nicht die Mühe, Abra zu suchen. Die läuft schon von selbst nach Hause ...«

Roy ging, und Tina rannte über die Straße, um für Mrs. Gribble einen Doppelmokka-Cappuccino aus dem Goh Cup zu holen, während Odette und ich unseren Gast zu ihren Vorstellungen von einer Immobilie befragten. Sie war eine Klientin ganz nach meinem Geschmack: nicht nur wohlhabend, sondern auch entschlussfreudig. Mrs. Oscar Manfred Gribble der Dritte wusste genau, was sie wollte. Und was noch besser war: Ich wusste, dass wir das für sie finden konnten.

Ehe sie die Büroräume von Mattimoe Realty verließ, hatte sie ihre schwungvolle, leicht nach links kippende Unterschrift auf die gepunktete Linie gesetzt und uns damit aktenkundig zu ihren Maklern gemacht. Wenn wir diese Dame zufriedenstellen konnten, würden Odette und ich uns eine drei- bis sechsprozentige Provision auf eine Kaufsumme von mindestens einer Million teilen, was davon abhing, ob Mrs. Gribble eine Immobilie kaufte, die wir selbst im Angebot hatten.

Du kannst mich mal, Gil Gruen, sagte ich mir mit Genugtuung.

Odette und ich beschlossen, das mit einem Mittagessen bei Mother Tucker's zu feiern, meinem Lieblingsrestaurant und vorwiegender Nahrungsquelle. Ohne Walter und Jonny St. Mary, dem großherzigen Schwulenpärchen, das Mother Tucker's betrieb, wäre ich nach Leos Tod sicherlich verhungert. Seit nunmehr neun Monaten trösteten sie mich fast Abend für Abend mit gutem Wein, mästeten mich mit warmem Essen und sagten mir, wann ich nach Hause gehen sollte. Dank ihnen und noch ein paar anderen lieben Menschen schaffte ich es, während der langen, trüben Wochen, in denen mir alles egal war, mein eigenes Leben eingeschlossen, einen Fuß vor den anderen zu setzen.

Jetzt ging es aufwärts, vor allem mit Mrs. Gribbles stattlicher Provision am Horizont, und weil Abra, mein *bête noire*, vorübergehend vermisst wurde.

Jedenfalls dachte ich, dass es aufwärtsging, bis wir bei Mother Tucker's durch die Tür kamen.

Als Erstes sprang Odette und mir die am Schwarzen Brett der Gemeinde angebrachte Ankündigung in die Augen:

VERSAMMLUNG WEGEN EINES NOTFALLS
HEUTE ABEND 19 UHR IM RATHAUS
Frage:
WOLLEN SIE,
DIE HÄNDLER UND ANDEREN BEWOHNER
VON MAGNET SPRINGS,
DASS EIN GEWALTVERBRECHER DURCH UNSERE STRASSEN
LÄUFT UND UNSERE TOURISTEN VERSCHRECKT?
VON UNSEREN KINDERN GANZ ZU SCHWEIGEN???

DAS WIRD ABER DER FALL SEIN, ES SEI DENN, SIE SAGEN NEIN!
KOMMEN SIE HEUTE ABEND ZU BÜRGERMEISTER GIL GRUEN,
UM DIESES PROBLEM ANZUGEHEN,
EHE ES ZU SPÄT IST.

»Es überrascht mich, dass er alle Wörter richtig geschrieben hat«, bemerkte Odette trocken.

Ich zuckte die Achseln. »Das sind keine schweren Wörter. Außerdem hat sein Computer eine Rechtschreibprüfung.«

Und dann hörte ich eine mir vertraute Stimme von der Bar. Keine angenehme Stimme. Nicht die Stimme von jemandem, den ich mochte. Aber eine mir bekannte Stimme.

Sie war laut und emotionsgeladen. Vermutlich auch mit Alkohol angereichert, trotz der frühen Stunde. Meine Digitaluhr zeigte 11:56 Uhr.

Odette beugte sich zu mir herüber. »Ist das nicht ...?«

»Ich fürchte, schon«, seufzte ich.

Die vertraute Stimme wurde plötzlich von einer noch lauteren, noch emotionaleren Stimme übertönt, die ich nicht kannte. Odette – die ein Händchen dafür hat, Stimmen einzuordnen – schien diese auch nicht zu kennen.

Dann rief die erste Stimme: »Wenn es dir nicht passt, wie ich unsere Babys aufziehe, warum versuchst du es dann nicht selbst! Der Job saugt einen aus, und die Bezahlung noch viel mehr!«

Darf ich vorstellen: Avery Mattimoe, meine uncharmante Stieftochter.

Ich ging jedenfalls davon aus, dass sie noch immer meine Stieftochter war, obwohl ihr Vater, mein Ehemann, tot war. Aus der Bösen-Stiefmutter-Nummer scheint man nicht so einfach rauszukommen.

Offensichtlich schrie sie den Vater ihrer Babys an. Keiner, den ich kannte, war ihm je begegnet. Keiner kannte seinen Namen. Endlich würde ich ihn kennen lernen. Und obwohl ich das zu diesem Zeitpunkt noch nicht wusste, würde er meine fleischliche Begierde wecken.

Wie gemein von Avery (und typisch für sie), Kinder von einem Mann zu bekommen, der genau mein Typ war.

4

Kaum bekannte Tatsache: Ich habe eine Schwäche für Männer mit südlichem Akzent. Nichts Näselndes, besten Dank. Ich liebe butterweiche Vokale und gehauchte Konsonanten, so eine Mischung zwischen Jimmy Carter und Elvis, denn genau die hörte ich heraus, als ich Nash Grant das erste Mal sprechen hörte.

Obwohl er Avery anschrie – oder vielleicht auch *weil* er Avery anschrie –, nahm seine Stimme mich gefangen. Ich stand wie angewurzelt auf dem Holzfußboden in Mother Tucker's Vorraum, und der Schnee rutschte mir von den Stiefeln.

Odette musste mir einen Rippenstoß verpassen – in meine erst kürzlich gebrochenen Rippen, könnte ich ergänzen –, um sich bemerkbar zu machen.

»Vater Unbekannt ist in der Stadt«, sagte sie.

Ich konnte es gar nicht erwarten, den Gastraum zu betreten und ihn in Augenschein zu nehmen. Doch wie sich herausstellte, brauchten wir gar nicht weiterzugehen. Avery kam vorbeigetrapst, Nash ihr auf den Fersen hinterher.

Manche Frauen bekommen was Strahlendes, wenn sie weinen. Nicht so Avery Mattimoe. Ich auch nicht. Wir werden fleckig. Nicht, dass ich Tränen bei mir oft zulasse; ich bin eher der Schluck's-runter-Typ. Avery hingegen lässt sie fließen wie ein Gartenschlauch. Es sollte ihr mal jemand den Rat geben, es nicht zu tun. In diesem Fall baumelte ihr eine fünfzehn Zentimeter lange Rotzschnur wie ein Bungeestrick von der Nase, als sie durch den Vorraum preschte.

Was aber nicht heißen soll, dass ich Avery unter die Lupe nahm. Meine Aufmerksamkeit galt dem Mann hinter ihr.

Dem Mann, den ich später kennen lernen und der mir den Verstand rauben sollte.

Selbst im Vorbeihuschen sah Nash Grant großartig aus: etwa fünfunddreißig, groß, dunkel und gut aussehend. Genau mein Typ.

Obwohl ich mit meinem Typ Mann eigentlich überhaupt noch nie zusammen war. Mein erster Ehemann, Jeb Halloran, war groß und gut aussehend, aber nicht dunkel. Mein zweiter Ehemann, Leo Mattimoe, war dunkel, aber weder groß noch gut aussehend. Ich dachte nicht an »dritter Ehemann«, als ich mir Nash Grant ansah, aber ich spürte ein Prickeln in lange vernachlässigten Teilen meines Körpers. Höchst unangemessen in Anbetracht des Umstands, dass er Averys Kerl und der Vater von Leos Enkelkindern war. War das nicht fies?

Als er an mir vorbeikam, fing ich den köstlichen Duft von Zitrone und Gewürzen ein. Ich glaube nicht, dass er mich überhaupt bemerkte, denn seine ganze Konzentration war darauf gerichtet, Avery zu beruhigen – was immer eine hoffnungslose Aufgabe ist. Odette und ich zwinkerten einander zu, ehe wir schweigend an die Bar traten, wo Walter St. Mary die Gläser wegräumte.

»Sie haben die Show verpasst«, sagte Walter.

»Nicht ganz.« Kokett an den Tresen gelehnt, meinte Odette: »Ich glaube, Vater Unbekannt hat Whiskeys Aufmerksamkeit erregt.«

»Überhaupt nicht.«

Odette ging nicht darauf ein. »Erzählen Sie uns alles, Walter: Wer ist dieser Mann?«

»Dr. Nash Grant heißt er.«

»Er ist ein Doktor?«, staunte ich.

»Er ist Professor an der University of Florida.«

»Dann hat sie also ihren Lehrer gevögelt ...«

Walter schüttelte sein glänzendes weißes Haupt. Obwohl er die Sechzig schon um ein paar Jährchen überschritten hatte, konnten junge Männer ihn um sein dickes Haar beneiden. »Sie hat nie was bei ihm belegt. Sie hat ihn auf einer Antikriegs-Kundgebung auf dem Campus getroffen, und danach sind sie zusammen ins Bett gestiegen.«

»War etwa Stromausfall?«, fragte ich.

Odette gab ein Miauen von sich.

»Seien Sie doch nicht so gehässig, Whiskey«, sagte Walter. »Ich sehe in Avery immer noch Leos kleines Mädchen. Ihre Mutter hat sie von Magnet Springs weggeholt und ließ sie fast nie mehr nach Hause.«

Avery hatte in der Tat seit ihrem vierzehnten Lebensjahr in Belize gelebt, bis sie aufs College nach Gainesville ging. Einen Abschluss machte sie dort nicht, aber sie wurde schwanger. Gut angelegte Steuergelder. Vielleicht war Nash Grant ja doch nicht so gut, wie er aussah.

»Averys Babys sind drei Monate alt«, sagte ich. »Wieso hat ihr Vater sich so lange nicht blicken lassen?«

»Erst einmal musste er sie finden«, erwiderte Walter. »Der arme Kerl ist bis nach Belize gefahren. Dort fand er Georgia, die ihm dann erzählte, dass Avery hier ist. Er rief bei euch zu Hause an, aber Avery brachte ihn dazu, sich an einem öffentlichen Ort mit ihr zu treffen. Seine Kinder hat er noch immer nicht gesehen.«

Walter schenkte jedem von uns, sich eingeschlossen, ein Glas Shiraz ein. Wir tranken nachdenklich.

Odette, die nichts von tiefgründigem Reflektieren hält, sagte: »Dank der Gene des Professors sollte wenigstens eins dieser Kinder gut aussehen.« Mir zuliebe ergänzte sie: »Was nicht heißen soll, dass Leo nicht gut aussah.«

»Er sah aber nicht gut aus«, widersprach ich. »Nur für mich.« Und ich trank auf meinen verstorbenen Geliebten.

Dann trank Odette auf Mrs. Gribble der Dritte und ihr dickes Scheckbuch. Unsere Feierlaune war zurückgekehrt. Von der Bar zogen wir in den Speiseraum um. Etwa zwanzig Touristen waren dort versammelt, rosawangige Menschen in brandneuer Strickkleidung, die sich über den Anblick des Michigansees ausließen. Die meisten von ihnen waren Wintersportbegeisterte, die gerne Skilanglauf machten, Schneemobil fuhren oder sich dem Eisfischen widmeten, wobei ihre jeweilige Sportart sich sowohl im öffentlichen Auftreten als auch in der Garderobe oder in der Wahl des Getränks spiegelte. Skilangläufer waren eher zurückhaltend und selbstgerecht; sie waren bestens gekleidet und bestellten Spirituosen aus dem obersten Regal. Schneemobilfahrer waren einfach nur laut. Dies könnte man unter Hörschaden wegen ihrer Motoren verbuchen. Sie trugen mehrere Kleidungsschichten übereinander und hielten ihren gewohnten einheimischen Alkoholika die Treue. Eisfischer hatten häufig Blut an ihren Jacken und fingen schon draußen auf dem Eis an zu trinken.

Nennen Sie mich ruhig voreingenommen, aber das ist meine Meinung zu jeder dieser Sportarten:

Schneemobilfahren ist hart für die Ohren und fürs Kreuz, und es sorgt für Lärmbelästigung, aber es bringt einen schnell über die gefrorene Tundra.

Skilanglauf bietet ein glattes, stilles Gleiten durch die weiße Pracht der Natur, und ist eine gute Möglichkeit, vorab die Kalorien zu verbrennen, die man später zum Aufwärmen wieder zu sich nimmt.

Und was das Eisfischen angeht, so habe ich mein ganzes Leben am See gelebt und konnte mir noch nie vorstellen, wie jemand stundenlang auf einem umgestülpten Eimer sitzen und in ein schwarzes Loch gucken kann.

Aber Eisfischen hat Magnet Springs auf die Karte der Wintersportorte gebracht. Seit Mitte der Sechzigerjahre veranstaltet die Stadt immer in der dritten Januarwoche ein großes Fest ums Eisfischen, ein Jamboree. Die Festivitäten dieses Jahres nahmen am nächsten Tag ihren Anfang. Dies bedeutete, dass Magnet Springs mit einer Invasion von Eisfischern zu rechnen hatte. Ihre diversen selbstgebauten Hütten waren bereits entlang der Küste zu sehen. Die wenigsten von ihnen wanderten landeinwärts bis zum Mother Tucker's, sondern gaben einer der düsteren Kaschemmen in Hafennähe den Vorzug. Doch Walter hatte für alle Fälle einen Vorrat an Blatz-Bier angelegt.

Odette und ich wärmten uns an Jonnys hausgemachten Broten direkt aus dem Ofen, Töpfen voll dampfender Hühnchensuppe mit Mais und Tellern, auf denen sich die Pasta des Tages türmte: Garnelen, Muscheln, Kabeljau und Lachs in kremiger Hummersoße auf einem Bett aus Tagliatelle. Auf den Nachtisch verzichteten wir, aber auch ohne war es ein mittägliches Festmahl, das einem die Rückkehr an den Arbeitsplatz garantiert erschwerte.

Wir verweilten noch über Bechern mit schwarzem Kaffee, als David Newquist, Doktor der Veterinärmedizin, an unserem Tisch auftauchte. Wie üblich trug er seinen leuchtend gelben Parka, auf dem zu lesen war:

MAGNET SPRINGS KLINIK FÜR TIERMEDIZIN
IHR HAUSTIER IST AUCH NUR EIN MENSCH

David war der neue Tierarzt von Magnet Springs. Er hatte mich während Abras problematischer Schwangerschaft und Geburt begleitet. Problematisch für *mich*, will ich damit sagen. Abra durchlebte das ganze Trauma, als würde es jemand anderen betreffen, was es in gewisser Weise ja auch tat. Wie Avery erwartete auch Abra, von aller und jeder Unbequemlichkeit des Lebens verschont zu werden. Dr. David half mir dabei, das zu bewältigen, mit ein wenig Hilfe vonseiten Chesters, Abras offiziellem Aufpasser.

Ich wusste David Newquist nicht recht zu deuten. Frisch geschieden und in unsere schöne Stadt umgezogen, machte er auf mich den Eindruck, als stünde er immer kurz davor, mit mir ausgehen zu wollen. Wenn er es jemals tun sollte, wüsste ich nicht, ob ich ja oder nein dazu sagen soll. Es ist nicht so, dass ich ihn nicht attraktiv finde … auf seine zerzauste und ernste Art. Doch anders als Nash Grant war Dr. David ganz entschieden nicht »mein Typ«, das heißt, er entsprach nicht meinem Traum von einem Mann. Der gute Tierarzt war ein ganz normal aussehender Mann Anfang Vierzig: ein wenig kahl werdend und dicklich mit hängenden Schultern. Aber seine grünblauen Augen funkelten. Er hatte in etwa Leos Körpergröße – eins zweiundachtzig – und einen kleinen Sprachfehler (seine Ls und Rs klangen wie Ws), den ich jedoch liebenswert fand. Seine vierbeinigen Patienten, einschließlich Abra, bewunderten ihn.

Weshalb also würde ich zögern, mich mit ihm zu verabreden, wenn er mich endlich darum bitten würde?

Dr. David war aktiver Tierschützer und gehörte zu den politisch engagierten, vielleicht sogar verrückten Leuten, die glauben, Hund und Katze seien dem Menschen gleichgestellt. Mit dieser Theorie hatte ich meine Schwierigkeiten; schließlich teilte ich mein Leben mit einer Afghanenhündin, die bereits mehr Rechte besaß als ich. Ihr noch mehr Schlagkraft einzuräumen, hieße eine Katastrophe heraufbeschwören. Wir hatten alle *Farm der Tiere* gelesen ...

Dann war da noch die Klage, die Gil Gruen womöglich gegen mich anstrengen würde. Ehe Dr. David mich kennen lernte, hatte er seine Büroräume bei Best West Realty gemietet. Da er sich dort von Anfang an nicht wohl gefühlt hatte, verliebte David sich in eins der Gebäude, das mir gehörte und von mir verwaltet wurde, eine Ladenfront, die plötzlich neben Noonans Massagetherapie-Studio frei wurde. Aber Gils Vertrag erlaubte keine Kündigung des Mietverhältnisses, sofern Gil keinen neuen Mieter fand, der bereit war, mindestens zehn Prozent mehr für die von David ohnehin schon überbezahlten Räumlichkeiten hinzublättern. Außerdem schrieb ihre Vereinbarung fest, dass Gil auch noch für den Zeitraum von sechs Monaten nach Vertragsunterzeichnung Davids Immobilienmakler war, und zwar für sämtliche Transaktionen. David stand deshalb auch noch bei Gil in der Pflicht, als er seine Suche nach einem Platz zum Leben und Wohnen fortsetzte. Und das bedeutete, dass David sich von Woche zu Woche ein Zimmer im Broken Arrow Motel draußen am Highway mietete. Er war verzweifelt bemüht, seine Lage zu verbessern, aber er zögerte, weitere Geschäfte mit Gil abzuwickeln.

Ich brauchte David nicht zu sagen, dass er Gils Vertrag nie hätte unterschreiben dürfen. Sein aufgrund der Scheidung und dem Druck, schnell eine neue Praxis auf die Beine zu stellen, vernebelter Verstand hatte verhindert, dass er das Kleingedruckte las. Als Gil erfuhr, dass David auf meine Immobilie schielte und ins Auge fasste, weitere Geschäfte mit mir abzuschließen, drohte er, uns beide zu verklagen: David wegen Vertragsbruchs, wenn er es versuchen sollte, und mich wegen Abwerbung eines Klienten von Gil.

Das hing wie ein Fluch über unseren Köpfen.

»Wie geht es Ihnen?«, erkundigte David sich freundlich. Als er fragte, ob er sich zu uns setzen dürfe, sagten Odette und ich ja. Unmittelbar danach klingelte ihr Mobiltelefon, und sie entschuldigte sich.

»Nun«, begann David. »Ich vermute, Sie wissen das mit Chester bereits.«

»O ja.« Ich lächelte, bis mir klar wurde, dass ihm diese Antwort nicht genügte. »Was ist mit ihm?«

»Er und Prince Harry sind von zu Hause abgehauen.«

5

»Ich bin mir sicher, dass es nur ein Spiel ist«, entgegnete ich, noch immer lächelnd.

Chester war schließlich auch Abras Aufpasser und nicht nur der von Prince Harry. Auf gar keinen Fall hätte er mich mit ihr allein gelassen. Wir hatten einen Vertrag.

David Newquist schüttelte den Kopf. »Ein Mann namens Roy Vickers kam vor ein paar Minuten zu mir in die Praxis. Er hat eine Notiz von Chester gefunden und war auf der Suche nach Ihnen.«

»Aber warum sollte Roy in Ihrer Praxis nach Whiskey suchen?« Odette war wieder an den Tisch zurückgekehrt. »Tina hätte ihm doch gesagt, wo er uns finden kann.«

»Er meinte, Tina sei nicht im Büro gewesen, als er zurückkam.«

Odette und ich nickten wissend. Wahrscheinlich wieder ein Winston-und-Neville-Notfall. Bis vor kurzem hatte Tina ihre Aufgaben als Büroleiterin überwiegend von zu Hause aus erledigt, damit sie ihre zwei Kleinkinder beaufsichtigen konnte. Dann hatte jedoch kurz vor Weihnachten ihr Ehemann Tim seinen Job verloren und war vorübergehend zum Vollzeitbetreuer der Kinder geworden. Wie ich war er kein Naturtalent für diesen Job. Tina eilte oft nach Hause, um ihn und die Kinder zu beruhigen.

»Was stand denn in der Notiz, die Roy gefunden hat?«, fragte ich David.

Er zog ein ordentlich gefaltetes, aus einem Block herausgerissenes Blatt Papier aus seiner Tasche und reichte es mir. Darauf stand in Chesters schlaufenreicher schräger Schrift:

Liebe Whiskey,
für Prince Harry und mich ist es an der Zeit, eine Mission zu erledigen.
Mach Dir keine Sorgen um uns. Ich habe Cassinas American Express-Karte und habe sämtliche Kommandos von Hunde-richten-dich-ab.com ausgedruckt.
Wir melden uns, wenn wir an unserem Ziel angekommen sind. (Ich habe auch mein Mobiltelefon mitgenommen.)
Alles Liebe,
Chester

Odettes nächste Bemerkung haute mich um.

»Meine Tochter hat das auch gemacht.«

Immer wieder vergaß ich, dass Odette eine Tochter hatte. Wir arbeiteten nun seit drei Jahren zusammen, aber das Mädchen war mir noch nie begegnet. Ich kannte nicht einmal seinen Namen.

»Deshalb haben wir sie auch aufs Internat geschickt«, erläuterte Odette. »Sie wollte nicht mit uns zusammenleben.«

In Odettes Stimme schwang nicht ein Hauch von Traurigkeit mit. Ich hörte sogar Erleichterung heraus.

Sie fügte hinzu: »Wenn Sie Cassina später anrufen, kann ich ihr eine gute Schule empfehlen.«

»Aber wir wissen doch nicht einmal, wo er ist!«, protestierte ich.

»Er wird schon zurückkommen, ehe es dunkel wird. Das tun sie immer ...«

»Aber ich möchte Chester nicht wegschicken«, sagte ich.

Odette sah mich finster an. »Ich dachte, Sie mögen keine Kinder. Oder Hunde.«

»Aber ich brauche das Kind, damit es sich um die Hunde kümmert!«

Dr. David griff über den Tisch und nahm meine Hand in seine. Ich war überrascht, wie weich sich seine Pranke anfühlte.

»Das Allerwichtigste, Whiskey, ist nun, dass Sie Ruhe bewahren. Alles wird wieder gut werden.«

Das klang gut, vor allem weil David meine Hand hielt. Seine Augen waren von einem unglaublichen Türkis, wenn man sie aus der Nähe betrachtete. Fast hätte ich mich darin verlieren können ...

»So, so, wenn das nicht die beiden Herrschaften sind, gegen die ich sehr wahrscheinlich einen Prozess anstrengen werde.«

Gil Gruen stand neben unserem Tisch, die Arme über seinem Schaffellmantel verschränkt.

»Sie waren doch bereits hier. Wir haben Ihre Spuren gesehen«, sagte Odette. »Nicht nötig, dass Sie noch mal zurückkommen. Nie mehr.«

Gil ließ sein Stakkatolachen ertönen.

»Ich treffe hier einen Klienten. Anders als unsere Whiskey

hier wickele ich meine Geschäfte auf legitime Weise ab. Bei ihr führen die Hormone das Geschäft.«

Seine Augen wanderten zu David.

»Ein kostenloser Rat: Halten Sie sich von dieser Dame fern. Sie sieht nicht gut genug aus, um den Ärger wert zu sein.«

Der Tierarzt sprang so schnell auf die Beine, dass sein Stuhl nach hinten umkippte.

»Keiner redet so über meine Freunde«, sagte er.

Gil machte einen Schritt zurück und hob seine Hand, um Frieden zu signalisieren. Angesichts seiner Aufmachung und des vorausgegangenen Dialogs war es wie eine Szene aus einem Fernsehwestern.

»Ich wollte Sie nicht beleidigen, Doc. Nur eine freundliche - oder sollte ich »fweundwiche« sagen - Warnung.«

Und mit diesen Worten entfernte sich der Bürgermeister von Magnet Springs und stellte sich an die Bar. David starrte ihm nach, sagte aber nichts. Nach einem äußerst peinlichen Schweigen räusperte sich Odette.

»Jemand sollte los und Geld verdienen, und das kann genauso gut ich sein.«

Auf ihrem Weg hinaus meinte sie zu David, sie bewundere seine Selbstdisziplin.

»Wenn ich Haustiere hätte - was sicher nie der Fall sein wird - würde ich sie zu Ihnen bringen«, ergänzte sie.

Das wäre der perfekte Augenblick für David Newquist gewesen, mich zum Ausgehen einzuladen. Aber sobald Odette gegangen war, schaute er auf seine Uhr, verkündete, er habe in fünfzehn Minuten einen Zahnreinigungstermin für eine Katze vereinbart, und ging.

Beim Hinausgehen hob er seinen Stuhl auf. Odette hatte mir die Rechnung dagelassen, damit ich sie bezahlte.

Als ich ins Freie trat, spürte ich, dass es merklich kälter und der Wind heftiger geworden war. Mit hochgezogenen Schultern trotzte ich auf dem Rückweg zu Mattimoe Realty den Elementen und zog mir den Wollschal eng um den Hals. Ein Segen, dass ich die großen, flauschigen Ohrenschützer hatte. Modisch zwar wahrlich nicht der letzte Schrei, bewahrten sie meine Ohrläppchen davor, zu erfrieren und abzufallen.

Sie dämpften auch mein Hörvermögen genauso, wie mein hochgeschlagener Kragen mein Blickfeld einschränkte. Und so musste der eine von Magnet Springs' zwei Streifenwagen erst hupen, bevor ich mitbekam, dass er sich neben mir am Straßenrand entlangschob.

Wenigstens hielt Jenx es nicht für nötig, die Sirene anzustellen. Dafür war ich dankbar.

»Hallo Whiskey!«, rief sie mir durchs offene Beifahrerfenster zu. »Wie ich höre, haben Sie Chester und Prince Harry verloren! Und Abra womöglich auch.«

»Um Abra machen wir uns keine Sorgen. Die kommt immer nach Hause.«

»Steigen Sie ein, damit ich das Fenster hochkurbeln kann!«

Wer würde schon der Polizeichefin widersprechen wollen? Judy »Jenx« Jenkins bekämpfte die Verbrechen in Magnet Springs und sorgte für Ordnung. Ein wenig Hilfe bekam sie dabei von den Officers Swancott und Roscoe, wovon Letzterer ein Hund war. Roscoe war in seinem Job besser als Brady Swancott, aber man muss dazu fairerweise sagen, dass er auch mehr Training gehabt hatte.

»Für die Akten, ich habe niemanden verloren«, informierte ich Jenx, als ich mich auf den Beifahrersitz setzte. »Chester ist für einen Tag von zu Hause weggelaufen. Sehen Sie, hier ist die Notiz.« Ich hielt sie ihr hin, damit sie einen Blick darauf werfen konnte, ehe sie losfuhr.

Jenx fasste die Notiz nicht an, als sie sie las. » Wer hat auf diesem Ding alles Fingerabdrücke hinterlassen, außer Ihnen und Chester?«

»Ich weiß es nicht. Roy Vickers hat die Notiz zu David Newquist gebracht. Ich weiß nicht einmal, wo Roy sie gefunden hat.«

»Roy Vickers?« Jenx sah mich scharf an. »Roy ist wieder in der Stadt?«

»Er ist gerade aus dem Gefängnis entlassen worden. Ich habe ihm einen Job gegeben.«

Jenx fiel die Kinnlade runter.

»Noonan hat mich dazu überredet«, beeilte ich mich hinzuzufügen. »Sie behauptete, Sie fänden es eine gute Idee.«

6

Jenx trat mit aller Kraft auf die Bremse. Obwohl der Streifenwagen noch kaum gerollt hatte, kam er mit einem Ruck zum Stehen. Chesters Abschiedsnotiz schwebte aus meinen behandschuhten Fingern.

»Dann halten Sie es also für *keine* gute Idee, Roy einzustellen?«, sagte ich.

»Ich sagte Noonan, *theoretisch* sei es eine gute Idee«, schnaubte Jenx, und ihr Gesicht verdunkelte sich. »Diese Frau hört auch wirklich nur das, was sie hören möchte!«

Plötzlich spürte ich ein Kribbeln, das einen von Jenx' »Anfällen« ankündigte. Obwohl sie keine eins fünfundsechzig maß, konnte unsere Polizeichefin kräftig zuschlagen: Wenn sie gereizt wurde, vermochte sie, die magnetischen Strömungen zu bündeln, nach denen unsere Stadt benannt ist. Ich hatte miterlebt, wie sie Telefone zum Klingeln, Metallgegenstände zum Hüpfen brachte und lästige Leute durch den Raum wirbeln ließ. Zu meinem Selbstschutz klammerte ich mich mit beiden Händen an den Türgriff.

Die Sirene des Streifenwagens heulte klagend auf, obwohl Jenx keinen einzigen Schalter umgelegt hatte. Ich schielte auf die Fahrerin. Ihre Augen traten hervor, und sie schien nicht mehr zu atmen.

»Locker, Jenx!«, schrie ich. »Einatmen! Jetzt!«

Sie tat es. Ein paar Sekunden später erstarb die Sirene, und ich ließ von der Tür ab.

Mit matter Stimme sagte Jenx: »Ich würde nie empfehlen, einen Gewaltverbrecher anzuheuern, ohne vorher sein Profil zu kennen. Ich habe Kontakte zum Gefängnis. Ich habe Noonan angeboten, ihn zu überprüfen. Aber sie hat mir keine Zeit dazu gelassen.«

»Nun, Sie können ihn doch immer noch überprüfen«, bot ich an. »Wenn der Bericht schlecht ausfällt, werde ich ihn wieder entlassen.«

Jenx zückte ein Taschentuch und lehnte sich über meinen Schoß, um Chesters Notiz vom Boden neben meinen Füßen aufzuheben.

»Dann wollen wir mal hoffen, dass es nicht zu spät ist«, sagte sie und schob das Papier in eine Plastiktüte.

Ich schluckte. »Aber Odette meinte, ihre Tochter sei ständig von zu Hause weggelaufen.«

»Das würden Sie als Odettes Tochter auch tun. Chester hingegen läuft vor Cassina weg, um in Ihrem Haus zu wohnen.«

Das stimmte. Bis ich eingewilligt hatte, auf ihn »aufzupassen«, während seine Mutter auf Welttournee war, pflegte

Chester immer wieder in Vestige, mein Haus auf dem Land, einzubrechen, nur um mit Abra und mir zusammen zu sein.

»Woher wussten Sie überhaupt, dass Chester und Prince Harry weg sind?«, wollte ich wissen.

»Ich traf Odette im Goh Cup.«

»Sie war im Goh Cup? Wir haben doch gerade erst zu Mittag gegessen.«

»Sie trinkt den Espresso lieber dort als bei Mother Tucker's. Aber verraten Sie das Walter nicht.«

»Keine Sorge, werde ich nicht tun. Geht es wieder?«

»Danke, bestens.«

»Jemand sollte Forschungen an Ihnen anstellen.«

»Wieso das? Das liegt in der Familie. Die meisten von uns können Wasser zum Kochen bringen.«

Um halb sieben abends herrschte um Vestige herum rabenschwarze Nacht, und Chester war noch nicht zurückgekehrt, ob mit oder ohne Prince Harry.

Abra ebenso wenig, aber ich wusste, dass sie zurückkommen würde. Ich war um fünf nach Hause gekommen, um festzustellen, dass Avery sich in ihrem Zimmer eingeschlossen hatte und das Kindermädchen sich um Leah und Leo kümmerte. Die Babys machten einen friedlichen Eindruck, und nichts deutete darauf hin, dass ihr Vater hier gewesen war, um sie zu sehen. Keine neuen Spielsachen oder andere liebevolle Andenken. Ich dachte kurz daran, die Kinderfrau zu fragen, was sie von den Ereignissen des heutigen Tages wusste, aber ich kannte nicht einmal ihren Namen. Denn Avery stellte alle paar Wochen eine neue ein, und ich hielt mich da raus – ich schrieb nur die Schecks aus.

Chesters Abwesenheit fand ich jedoch besorgniserregend. Sollte ich Cassina anrufen? Ich überprüfte ihren Tourneeplan, den ich in meinem Büro zu Hause neben dem Telefon aufbewahrte. An diesem Abend hatte sie ein Konzert in Taschkent, Usbekistan, gegeben. Für dieses Datum war kein Hotel angegeben, und sie übers Mobiltelefon zu erreichen, wäre sehr unwahrscheinlich. Selbst wenn ich es könnte, würde sie aufgrund der Zeitverschiebung entweder längst schlafen oder volltrunken sein. Oder beides. Chester schwor zwar, dass seine Mutter den Alkohol aufgegeben hatte, aber ich war Augenzeugin des Gegenteils gewesen. Cassinas berühmte ätherische Erscheinung und engelsgleiche Musik strafte ein ungestümes Naturell Lügen. Nachdem Cassina nun die Hälfte ihrer sechsmonatigen Tour an der Seite von Rupert, Chesters entfremdetem Vater, hinter sich hatte, hatte sie aufgehört, sich nach ihrem Sohn zu erkundigen.

Da fiel mir ein, dass ich bei Chesters Freunden nachfragen könnte, die mit ihm die Privatschule besuchten ... wenn ich nur eine Liste seiner Freunde hätte oder mich an den Namen seiner Schule erinnern könnte. Irgendjemand holte ihn jeden Tag ab und brachte ihn dann wieder zurück. Nicht einmal von dieser Person wusste ich den Namen.

O ja, ich bin eine sehr, sehr schlechte Kinderbetreuerin. Was hatte Cassina sich eigentlich dabei gedacht, mir ihren Sohn zu überlassen?

Die Digitaluhr auf meinem Schreibtisch zeigte 18:34. Wenn ich zur heutigen Stadtversammlung wollte, und als Geschäftsfrau der Main Street – ganz zu schweigen als Roy Vickers' neue Arbeitgeberin – sollte ich das tun, musste ich sofort wieder aufbrechen. Aber irgendjemand in Vestige sollte aufpassen, ob Chester zurückkam. Ich warf einen Blick ins Kinderzimmer, das frühere Familienzimmer. Die namenlose Kinderfrau hatte sich auf dem geblümten Zweiersofa zusammengerollt und las durch eine Brille mit durchsichtigem Gestell in einem Taschenbuch. Als ich leise hustete, schaute sie auf.

»Hi«, begann ich.

Zu meiner Überraschung stand sie sofort auf.

»Deely Smarr«, sagte sie, als meldete sie sich zum Namensappell.

»Whiskey Mattimoe«, erwiderte ich.

»Ich weiß. Kann ich Ihnen helfen, Ma'am?«

Ma'am? Eine solche Formalität beeindruckte mich. Mich überraschte auch, wie vertraut sie aussah, obwohl diese Kinderfrau neu war und seit weniger als einer Woche ihren Dienst tat. Sie war ein muskulöses Mädchen mit einem Hang zum Fettansatz. An wen erinnerte sie mich nur?

»Ich hoffe, Sie können mir helfen«, sagte ich. »Ich muss ein paar Stunden weg, aber mein Hausgast Chester ist – äh – er wird vermisst, zusammen mit seinem kleinen Hund, und ich mache mir Sorgen um ihn. Um Chester, meine ich. Der Hund kommt vermutlich auch alleine klar, wenn er nach seiner Mutter gerät.«

Ich babbelte wirres Zeug, und wir beide wussten das. Deely Smarr wartete darauf, dass ich weiterredete. Ich wusste nicht, was ich sonst noch sagen sollte.

»Könnten Sie – äh – Augen und Ohren offen halten, für den Fall, dass Chester anruft oder besser noch, nach Hause kommt?«

»Jawohl, Ma'am. Kein Problem. Ich habe viel Erfahrung im Wache schieben.«

Dann war Deely Smarr also eine ehemalige Soldatin. Das erklärte auch die Förmlichkeit. Aber ich wusste noch immer nicht, weshalb sie mir so vertraut vorkam. Leah wimmerte in ihrer Wiege, und die Kinderfrau blickte in Richtung des

Geräusches. Dann begriff ich: Deely Smarr sah der Mutter des Babys erstaunlich ähnlich – nur dass sie eine Brille und die Haare kürzer trug und ein wenig kleiner war, wenn auch nicht viel. Hatte Avery unbewusst ihr eigenes Double eingestellt, um auf ihre Kinder aufzupassen?

Ich bedankte mich bei Deely und ging hinaus. Nach drei Schritten machte ich wieder kehrt.

»Wenn Abra kommt und an der Tür kratzt, sollten Sie sie vielleicht auch reinlassen.«

»Ja, Ma'am, das werde ich.«

»Armee?«, fragte ich sie.

»Küstenwache.«

»Tatsächlich? Auf welchem Posten?«

»S.A., Ma'am.«

»Was ist das?«

»Schadenabwehr.«

Ich nickte. »Machen Sie weiter.«

Als ich am Rathaus ankam, waren verfügbare Parkplätze so rar wie grünes Gras im Januar. Schließlich parkte ich meinen Lexus RX 330 – einen mittelgroßen Van – in zweiter Reihe in der Schuyler Street, zwei Häuserblocks entfernt.

Meine Nase und meine Augen fingen wegen der Kälte an zu laufen, als ich die übergroßen Türen des Rathauses aufriss und nur noch einen Stehplatz fand. Gils Plakate hatten ihren Zweck erfüllt. Die Hälfte der erwachsenen Bevölkerung von Magnet Springs war versammelt. Ich lehnte mich gegen die Tür und ließ meine Blicke durch den Saal schweifen, der gerammelt voll war. Odette und Tina erkannte ich in der Menge, wie auch Peg Goh von Goh Cup, Noonan Starr, Walter St. Mary und andere örtliche Geschäftsinhaber. Dr. David Newquist fehlte. Was hatte das zu bedeuten? Dass David Gil nicht genügend respektierte, um der Versammlung beizuwohnen, oder dass David sich von Gil so sehr gedemütigt fühlte, dass er nun wegblieb?

Jenx war mit ihrer Lebensgefährtin, Henrietta Roca, erschienen, der Inhaberin von Red Hen's House, der mit Abstand besten Herberge der Stadt. Die Anwesenheit unserer Polizeichefin bedeutete, dass die Officers Swancott und Roscoe auf Streife waren. Ich hoffte inbrünstig, sie würden Chester und Prince Harry auflesen, ehe die Versammlung zu Ende war. Sowohl für den Jungen als auch für das Tier war es viel zu frostig da draußen.

Ein Raunen ging durch die Menge, als Bürgermeister Gil Gruen auf die Bühne am Saalende stieg. Zu diesem Anlass hatte er seinen immer präsenten Stetson abgenommen, den er nun wie einen Schild vor der Brust trug. Keinem konnte seine Großtuerei entgehen und auch nicht der Umstand, dass seine Cowboystiefel ihn fünf Zentimeter größer machten.

»Guten Abend, meine Damen und Herren«, brüllte er in das übersteuerte Mikrofon.

»Einen Schritt zurück!« und »Leiser drehen!«, antwortete ihm schreiend sein Publikum.

Nach ein paar Feinregulierungen sprach Gil mit lauter, aber akzeptabler Lautstärke weiter: »Ich danke Ihnen allen, dass Sie meinem Aufruf heute Abend gefolgt sind. Wir, die Bürger von Magnet Springs, stehen vor einer Krise, angesichts derer sich die Männer von den Jungs scheiden.«

Als die glühenden Feministinnen in der Menge protestierten, legte Gil mit einem gespielten Verteidigungsmanöver nach.

»Und die Damen von den Mädchen. Wie hört sich das an?«

»Frauen, nicht Damen!«, schrie Henrietta Roca.

Gil schaute sie einen kurzen Moment lang finster an, dann verbeugte er sich überschwänglich und fegte dabei mit der Krempe seines Stetsons über den Boden zu seinen Füßen.

»Welches Geschlecht – oder welche Präferenz Sie auch haben«, sagte er bissig, »Sie sind heute Abend hier, weil Ihre Lebensumstände womöglich bedroht sind. Ich brauche Sie nicht daran zu erinnern, dass morgen unser 42stes Jährliches Eisfischen Jamboree beginnt. Während ich zu euch spreche, sind Hunderte von Touristen mit dicken Brieftaschen in ihren Gesäßtaschen in ihren Autos in Richtung Magnet Springs unterwegs. Viele davon kommen schon ihr ganzes Leben hierher zu uns. Aber sollten sie von der unter uns weilenden Bedrohung erfahren, kommen sie womöglich nie mehr wieder.«

Es herrschte Stille im Raum. Keiner schien zu atmen.

»Am heutigen Nachmittag ist ein Mann, dessen Name in Magnet Springs nur Schande bedeutet, in unsere hübsche Stadt mit der Absicht zurückgekehrt, den Rest seiner Tage hier zu verbringen. Dieser Mann ist ein gewalttätiger Mann. Ein verurteilter Schwerverbrecher, der kaltblütig versucht hat, einen guten Menschen umzubringen, den wir alle sehr geschätzt haben. Vor neun Jahren – fast auf den Tag genau – hat Roy Vickers, der stadtbekannte Trunkenbold, wie ein Verrückter Leo Mattimoe angegriffen, ihn mehrmals in die Brust gestochen und dann einfach für tot liegen lassen. Für dieses Verbrechen wurde Roy Vickers zu einem Leben im Gefängnis verurteilt. Aber Sie wissen genauso gut wie ich, wie das Gefängnissystem funktioniert. Zu viele schwere Jungs, nicht genug Platz in den Gefängnissen. Also wurde Roy Vickers heute auf Bewährung entlassen und damit zu unserem Problem gemacht – Ihrem und meinem. Was war das Erste, was dieser Beinahe-Mörder getan hat? Er ist direkt zum Ort seines Verbrechens zurückgekehrt. Und was geschah danach? Sie werden es nicht glauben, meine Damen und Herren. Ich meine – Entschuldigung ...« Gil senkte seinen Kopf in Hen Rocas Richtung, »... Frauen und Männer. Gute Frauen und Männer ...«

Gil räusperte sich.

»Roy Vickers hat sich Arbeit gesucht. Das ist wahr. Knappe drei Stunden aus dem Knast, und der Sträfling lässt sich einstellen, direkt hier in Magnet Springs. Welcher vernünftige Mensch würde ihn einstellen, werden Sie sagen? Jawohl, welcher vernünftige Mensch! Nun, halten Sie sich fest. Der neue Chef des Ex-Sträflings ist niemand anderer als das Mädchen, das einst mit seinem Opfer verheiratet war. Genauso ist es – der Verräter unter uns ist meine Maklerkollegin und eure Nachbarin Whitney Houston Halloran Mattimoe.«

Die Menge sprang auf das Stichwort an und hielt kollektiv die Luft an. Aber natürlich war diese Reaktion bloßes Theater. Denn angesichts der bescheidenen Größe und der klatschhaften Natur der Bewohner von Magnet Springs hörte keiner die Neuigkeit zum ersten Mal. Doch wenn es ums Redenschwingen ging, erwies sich Gil als sehr geschickt. Welches Publikum lechzt nicht nach Unterhaltung? Das war einfach gutes Theater. Es wurde noch besser: Als Gil die Hand erhob, mit der er nicht den Stetson festhielt, und mit dem Finger direkt auf mich zeigte, drehten sich sämtliche Gesichter mir zu und gafften. Selbst die Gesichter meiner Freunde. Was soll ich dazu sagen? Sie folgten seiner Bühnenanweisung.

Als sie mich und meine von der Kälte noch immer laufende Nase musterten (warum vergaß ich auch immer, Papiertaschentücher mitzunehmen?), ergänzte Gil: »Sie kennen Sie natürlich als Whiskey – einen Spitznamen, den wir nie in Frage gestellt haben. Und doch ...«

»Diesen Spitznamen habe ich ihr gegeben, damals in der siebten Klasse.«

Ich spürte, wie das Gewicht der auf mich gerichteten Blicke der Menge sich in die Schatten auf der anderen Saalseite verlagerte. Natürlich erkannte ich die Stimme, ehe ihr Besitzer vortrat: Jeb Halloran, mein erster Ehemann.

Er war auch mein erster Kuss, meine erste sexuelle Erfahrung, meine Ausrede, Magnet Springs zu verlassen, und mein Grund gewesen, wieder heimzukommen, nachdem unsere stürmische Ehe zerbrach. Obwohl wir es nicht schafften, den Zauber lange aufrechtzuerhalten, konnten wir einander auch nie hassen. Als umherziehender Musiker, der wie ein jüngerer James Taylor aussah und klang und immer noch nach seinem Stil suchte, lebte Jeb von einem Gig zum nächsten. Ich hatte nicht gewusst, dass er wieder in der Stadt war, und bemerkt hatte ich ihn auch nicht, als ich in den Saal kam. Vermutlich war er nach mir und durch die Seitentür gekommen. Jeb hatte zwar keinen Penny in der Tasche, aber das tat seinem Charme keinen Abbruch.

»Es war ihre Stimme, Gil«, fuhr Jeb fort. »Ich liebte den rauchigen Klang ihrer Whiskey-Stimme. Und das tue ich immer noch.« Jeb wandte sich mir zu und zwinkerte. Ich zwinkerte zurück.

Gott liebt die guten Ex-Männer dieser Erde. Es gibt sie tatsächlich.

Plötzlich wurde die Tür in meinem Rücken von mir weggerissen. Ich taumelte zurück, als der kalte Luftzug zusammen mit Roy Vickers hereinbrauste.

7

Gil Gruen schaute umständlich und mit großer Geste auf seine Uhr.

»Sie kommen zu spät, Roy. Die Versammlung hat um Punkt sieben Uhr begonnen. Und Ihren Hund müssen Sie draußen parken.«

Aller Augen waren auf Roys Hund gerichtet, oder genauer gesagt, auf den Hund in Roys Armen. Das heißt auf den Welpen: Prince Harry, den Pinkelmeister.

»Geht es Chester gut?«, fragte ich Roy und nahm ihm den sich windenden Welpen ab.

»Chester habe ich nicht finden können, Whiskey. Nur den Hund. Tut mir leid.«

In meiner Brust zog sich alles zusammen. »Und wo?«

»Entschuldigt mal, ihr beiden!«, rief Gil uns zu. »Der Rest von Magnet Springs hält hier eine Versammlung ab. Darüber könnt ihr später reden. Regelt eure Privatangelegenheiten woanders.«

»Nicht so schnell«, sagte Roy. »Ich habe allen in diesem Raum etwas zu sagen.«

Zu meinem Erstaunen schritt er durch den Mittelgang auf die Bühne zu. Gil klammerte sich so fest ans Mikrofon, dass seine Knöchel weiß wurden.

»Das hier ist keine Debatte, Roy«, geiferte Gil. »Ich halte hier eine Versammlung ab. Es ist meine Show!«

Ohne auf ihn einzugehen, sprang Roy leichtfüßig auf die Bühne und drehte sich den Zuhörern zu. Er brauchte kein Mikrofon, um sich Gehör zu verschaffen.

»Leute, für den Fall, dass ihr mich nicht mehr aus der Zeit kennt, als ich hier gelebt habe – und selbst wenn Sie es tun –, möchte ich mich gern vorstellen. Ich heiße Roy Vickers. Vor neun Jahren habe ich was Schreckliches getan, und dafür gibt es auch keine Entschuldigung. Deshalb stehe ich heute Abend auch vor Ihnen. Um Sie zu bitten, etwas nachzuvollziehen, das zu begreifen ich lange Zeit gebraucht habe: Ich muss mir Ihre Vergebung verdienen. Das ist der einzige Weg, meinem Leben wieder einen Sinn zu geben, und keines Menschen Leben sollte vergeudet sein. Ich spreche hier vom kosmischen Gleichgewicht. Um dieses wiederherzustellen, muss ich gute Werke in dieser Stadt tun, wo ich einst etwas getan habe, was nur böse war. Traurigerweise ist es zu spät für mich, persönliche Wiedergutmachung an Leo Mattimoe zu leisten. Also beginne ich bei den Menschen, die er liebte. Mrs. Whiskey Mattimoe gibt mir die Chance, die ich brauche, um alles wieder ins Lot zu bringen. Später beabsichtige ich, Gutes für jeden einzelnen Bürger von Magnet Springs zu tun. Wenn Sie mir nur die Chance dazu geben. Ich danke Ihnen.«

Jeb Halloran klatschte langsam in seine hocherhobenen Hände. Es dauerte nicht lange, da stimmten andere in den Applaus mit ein. Und bald schon klatschte das ganze Haus. Noonan Starr drehte sich in ihrem Stuhl um, um mich anzusehen. Ihr liefen Tränen über die Wangen, und sie strahlte.

Prince Harry bellte seine Zustimmung. Den zweiten Teil seiner Antwort spürte ich eher, als dass ich ihn sah, als sich in meiner Ellenbeuge eine warme Pfütze bildete. Wir stahlen uns nach draußen und ich stellte ihn mitten auf den vom Schnee befreiten Gehweg, wie das auch Chester getan hätte, aber der Welpe hatte sein Geschäft bereits beendet. Mein Ärmel tropfte. Ich sagte: »Wo ist Chester, Prince Harry? Warum ist er weggelaufen?«

Der Welpe legte seinen zotteligen Kopf schräg und winselte. Einen flüchtigen Moment lang glaubte ich fast, er wolle mir etwas mitteilen. Hätte ich doch nur mein Hunde-richten-dich-ab-dot-com-Kommunikationsblatt.

»Was ist da los, Junge?«, sagte ich. »Wo hat Roy dich gefunden?«

»Wäre es nicht besser, du redetest mit jemandem, der dir auch antworten kann?«

Um diese Stimme zu erkennen, musste ich mich nicht erst umdrehen. Also tat ich es auch nicht. Ich beugte mich vor und nahm den Welpen auf meinen frisch durchweichten Arm.

»Danke, Jeb, dass du für mich eingetreten bist.«

»Keine Ursache. Gil hätte eigentlich wissen müssen, wie du zu deinem Spitznamen kamst. Er war dabei.«

»Das stimmt. Er war mit uns in Mrs. Dimmitts Klasse.«

»Und genau deshalb hasst er dich heute auch.«

»Wie bitte?«

Jeb grinste. »Du erinnerst dich wohl nicht mehr? Gil aber schon. Er hat dich zur Mittelstufenparty eingeladen. Du hast nein gesagt und ihn richtig abblitzen lassen.«

»Aber du und ich, wir sind doch zusammen gegangen!«, sagte ich, weil mir die Szene plötzlich wieder einfiel.

»Ich Glücklicher.«

Ich lächelte meinen Ex-Mann an. Unter der Straßenlampe sah er so gut aus wie eh und je, vielleicht sogar noch besser. Wieso lassen die ersten Falten im Gesicht einer Frau diese alt aussehen, während die ersten Linien im Gesicht eines Mannes ihn endlich erwachsen aussehen lassen?

»Wie geht's dir denn, Whiskey?«

»Besser. Oder schlechter. Ich habe Chester verloren.«

Jeb nickte, als würden Frauen ständig Kinder verlegen.

»Aber du hast einen Hund gefunden.«

»Ich nicht. Das war Roy. Es ist Chesters Hund.«

Das war das erste Mal, dass jemand das aussprach, doch es war schon seit Wochen ein Tatbestand. Der einzige Grund, warum Prince Harry noch keine Familie gefunden hatte, war der, dass Chester gar nicht wollte, dass jemand anderer ihn bekam. Warum hatte ich das nicht erkannt? Es war Chesters subtile Art, dafür zu sorgen, dass er einen eigenen Hund bekam, während seine Mutter mit ihrer Haustierphobie anderswo beschäftigt war. Stünde Chester jetzt vor mir, hätte ich ihm gratuliert. Oh, wie sehr wünschte ich mir, Chester stünde vor mir.

»Hier kommt alle paar Sekunden jemand aus diesen Türen«, sagte Jeb. »Was hältst du davon, irgendwo einen Kaffee zu trinken? Oder auch was Stärkeres?«

Ich deutete mit dem Kopf auf Prince Harry.

»Unter dem Hund habe ich einen Ärmel voller Pipi.«

»Dann sollten wir wohl lieber zu dir gehen«, schlug Jeb vor. »Wie man Kaffee macht, weißt du doch, oder?«

»Instant.«

Er verzog das Gesicht. »Aber ich weiß, dass du eine Flasche Bier öffnen kannst.«

»Ich kann sogar einen Korkenzieher bedienen.«

»Gutes Mädchen.« Er legte seinen Arm um mich und führte mich durch die Straßen.

»Hast du irgendwo einen Wagen geparkt?«, fragte ich.

»Ne. Aber wenn du lieb bist – und die Fenster einen Spalt öffnest – lasse ich dich fahren. Ich will dir ja nicht zu nahe treten, aber du stinkst wirklich nach Pisse.«

Es dauerte nicht lange, und ich hatte einen trockenen Pullover an und spürte die Anfänge eines leichten Schwirrens im Kopf. Teils vom Glenfiddich mit Wasser, den Jeb mir aus meiner eigenen Bar eingeschenkt hatte. Teils aber auch von der Rückenmassage, mit der er mich verwöhnte. Scotch war Jebs Getränk, nicht meins. Da ich mich auf Wein und Bier beschränkt hatte, überraschte es mich zu erfahren, dass ich eine Flasche Scotch besaß. Leo hatte Bourbon getrunken.

Es begann als platonische Rückenmassage. Aber es war mit Erinnerungen an all die früheren Rückenmassagen aufgeladen. Rückenstreicheln aus unseren wilden, verrückten Zwanzigern, die damit geendet hatten, dass wir uns die Kleider vom Leib rissen. Es ist wahr, kein lebendiger Mensch kennt meinen Körper besser als Jeb Halloran. Außer, auf ihre Weise, Noonan Starr. Aber Noonan war Profi in Gesundheitspflege, und so gehörten ihre Rückenmassagen in eine ganz andere Kategorie.

Ich hätte es wissen müssen, dass das »sanfte Brennen« des Alkohols, wie Jeb es nannte, mich in Schwierigkeiten bringen würde. Die Bar und die Ledercouch, auf der wir saßen, standen in Leos früherem Arbeitszimmer. Obwohl ich versucht hatte, den Raum in eine Bibliothek umzuwandeln, war ich damit nur bedingt erfolgreich gewesen. Die Schwingungen meines verstorbenen Ehemanns waren überall. Das war vermutlich auch der Grund, weshalb ich einem zweiten Scotch zustimmte: damit er mir dabei half, Leo zu vergessen, und ich mich auf Jebs erfahrenes Streicheln meines Rückens konzentrieren konnte.

Nach einer Weile merkte ich, dass ich auf meinem Rücken lag und Jeb auf mir drauf. Es war alles irgendwie so vertraut, dass es mir nicht falsch vorkam. Es war tatsächlich genau das, was ich brauchte.

Bis die Realität in Form von Avery Mattimoe anklopfte.

Wenigstens hatte ich daran gedacht, die Tür der Bibliothek zu schließen, und Jeb hatte die Geistesgegenwart gehabt, sie abzusperren. Also konnte Avery nichts anderes tun als klopfen und schreien.

»Whiskey! Bist du da drin? Chesters Hund hat gerade das ganze Kinderzimmer vollgepinkelt, und ich werde das nicht sauber machen!«

Als Erstes löste ich meine Lippen von Jebs. Dann schob ich ihn von mir runter. Grunzend landete er auf dem Teppich.

»Whiskey?«, rief Avery. »Was geht da drinnen vor sich?«

»Ach, nichts.« Ich setzte mich so rasch auf, dass sich alles im Kreis drehte.

»Dann mach doch die verdammte Tür auf!«

Da erst merkte ich, dass mein Pullover fehlte. Zum Glück hatte ich meinen BH und meine Hose noch an, aber das würde für Avery nicht reichen. Mir wollte kein einziger guter Grund dafür einfallen, warum ich mit halbnacktem Oberkörper lesen sollte. Und zudem wahrscheinlich nach Scotch stank und noch dazu gar kein Buch parat hatte. Und was sollte ich mit Jeb machen? Ich musste ihn irgendwohin abschieben. Er war schon auf den Beinen und auf dem Weg zur Bar.

»Nein! Keinen Scotch mehr!«, zischte ich ihn an.

»Was hast du gesagt?«, rief Avery.

Jeb schüttelte den Kopf und duckte sich hinter die Bar. Mein vernebeltes Hirn begriff es endlich: Er versteckte sich.

»Äh – nur eine Minute«, sagte ich zu Avery. »Ich suche nach ... einem Lesezeichen ...«

Eigentlich suchte ich aber nach meinem Pullover. In jedem Winkel des Raums.

»Mach doch einfach einen Knick in die Seite«, schnauzte sie mich an. »Warum hast du überhaupt die Tür abgeschlossen?«

»Wegen der Privatsphäre«, sagte ich. »Ich lese gern für mich allein.«

»Seit wann das denn?«

Als ich mich bückte, um unter der Couch nachzusehen, wäre ich fast vornüber gekippt.

»Ach du Schande«, murmelte ich, als ich mich fing.

»Was zum Teufel treibst du da?«, keifte Avery. »Jetzt mach endlich die Tür auf!«

Etwas Weiches und Flauschiges traf mich am Hinterkopf. Diesmal kein Hund. Mein vermisster Pullover. Offenbar hatte Jeb ihn gefunden. Ich streifte ihn über und fuhr mir mit den Fingern durch meinen Lockenmopp und warf dann noch mal einen prüfenden Blick in die Runde, um mich zu vergewissern, dass mein Besucher nicht zu sehen war. Dann holte ich tief Luft und öffnete die Tür.

Avery trug einen Männerschlafanzug und hielt ihre kräftigen Arme vor ihrer ausladenden Brust verschränkt. Angenervter als sie konnte man gar nicht dreinblicken. Aber sobald sie meiner ansichtig wurde, veränderte sich ihr Ausdruck in Argwohn.

»Wo ist dein Buch?«, forderte sie mich heraus.

»Ich habe es wieder ins Regal gestellt.« Ich trat auf den Flur und zog hinter mir die Tür ins Schloss.

Averys kleine Schweinsäuglein wurden schmal. »Du stinkst nach Scotch. Brauchst du dafür Papas Arbeitszimmer? Um dich darin zu betrinken?«

Ich schüttelte den Kopf – und fühlte mich sofort schwindelig. »Nein. Ich benutze sein Büro, um darin zu lesen. Es ist jetzt eine Bibliothek, für den Fall, dass du das noch nicht bemerkt haben solltest.«

Selbst mir fiel auf, dass ich undeutlich artikulierte. Aber ich schüttelte wieder meinen Kopf.

»Nun, du solltest lieber im Kinderzimmer sauber machen und diesen Welpen in eine Kiste stecken«, sagte sie. »So kann ich meine Babys nicht aufziehen!«

»Du ziehst deine Babys ja gar nicht auf«, sagte ich. »Das macht die Küstenwache.«

»Wie bitte?« Averys Zunge schnellte hervor, als zöge sie eine Grimasse. Tat sie aber nicht. Es war ein nervöser Tick, und ich schwöre, dass der sie noch einmal in ernsthafte Schwierigkeiten bringen wird.

»Ich habe die Kinderfrau von der Küstenwache kennen gelernt«, erklärte ich. »Sie kümmert sich um deine Babys. Und dafür zahle ich sie auch. Ich weiß nicht, was du tust, Avery, außer den Vater der Babys in der Bar von Mother Tucker's anzuschreien.«

Wieder kam die Zunge. »Du hast mir nachspioniert!«

»Ich bin viel zu beschäftigt, um dir nachzuspionieren. Odette und ich waren bei Mother Tucker's, um einen neuen Vertragsabschluss zu feiern. Wir haben dich gehört. Alle im Restaurant haben dich gehört.«

»Nash möchte das gemeinsame Sorgerecht für die Kinder! Ich weiß nicht, was ich tun soll!« Averys rundes Gesicht wurde von Tränen überschwemmt. »Ich möchte nicht, dass er eine Rolle in ihrem Leben spielt!«

»Wenn er ihr Vater ist, dann spielt er eine Rolle in ihrem Leben«, sagte ich und klang dabei erstaunlich nüchtern. »Ist er ihr Vater?«

»Ja, aber das war ein absoluter Unfall! Ich habe ihn nie geliebt! Ich kenne ihn nicht einmal!«

»Nun, wenigstens sieht er gut aus.«

»Ja? Nun, und du hast deinen Pullover verkehrt herum an. Und du hast gerade deinen Ex-Mann im Büro meines Vaters eingeschlossen.«

»Was?«

»Lass den Scheiß, Whiskey. Ich habe dich und Jeb gehört, als ihr hereinkamt. Wenn du so geil bist, dann geh doch in ein Motel!«

8

»Ja, aber wenigstens verkneife ich es mir, ungeschützten Sex mit jemandem zu haben, den ich kaum kenne!«

Das war eine billige Retourkutsche, aber ich genoss sie.

»Miststück!«, feuerte Avery zurück. »Mach jetzt diese Hundeschweinerei weg oder ich bringe meine Babys woanders hin!«

»Ist das ein Versprechen oder eine Drohung?«

»Miststück!«

»Sagtest du bereits.«

»Ich meine das andere.« Avery deutete an mir vorbei in den Flur. Ich drehte mich gerade noch rechtzeitig um, um Abra im Kinderzimmer verschwinden zu sehen. »Hol diesen Hund da raus!«

»Dieser Hund hört nicht auf mich, falls dir das noch nicht aufgefallen sein sollte. Dieser Hund hat nur auf deinen Vater gehört.«

»Raus, raus, raus!«

Die Kommandos kamen aus dem Kinderzimmer. Die Schadensbekämpferin Deely Smarr meldete sich zum Dienst.

»Ich dachte, sie hat schon dienstfrei«, sagte ich zu Avery.

»Wenn man Kinder hat, hat man nie dienstfrei.«

Abra und Prince Harry trotteten gefolgt von der Küstenwache/Kinderfrau aus dem Kinderzimmer. Ich folgte ihnen in die Küche und kam gerade rechtzeitig, um zu sehen, wie Deely sie beide in ihre Kisten sperrte.

»Ich wusste gar nicht, dass Abra eine Kiste hat«, sagte ich.

»Die habe ich heute besorgt«, erwiderte Deely. »Man muss hier wirklich Ordnung reinbringen. Das hier wird dabei helfen.«

»Abra ist zurückgekommen?« Ich war nicht ganz auf dem Laufenden.

»Vor zehn Minuten. Ich habe beide gefüttert.« Deely griff nach dem Wandschalter. »Licht aus, Ma'am.«

Ich lauschte in die Dunkelheit, ohne zu atmen. Keiner der Hunde gab einen Laut von sich. Hatte sie sie unter Drogen gesetzt?

Zurück im Flur stießen wir auf einen verwirrten Jeb Halloran, der den nächsten Ausgang suchte. Avery schnäuzte sich und glotzte ihn böse an. Deely brachte ihn zur Tür. Im Vorbeigehen zwinkerte Jeb mir zu, und ich – der Himmel stehe mir bei – zwinkerte zurück. Ohne ein weiteres Wort zu verlieren, ging ich über die Treppe hoch in mein Zimmer, wo ich auf mein Doppelbett und in den tiefsten Schlaf seit Monaten sank.

Ich wurde wach, als neben meinem Kopf das Telefon läutete. Da es draußen noch dunkel war, war ich mir sehr sicher, nicht verschlafen zu haben. Und tatsächlich zeigte mein Wecker 5 Uhr 46.

Ehe ich auch nur so etwas wie »Hallo« herausbrachte, hörte ich Jenx sagen: »Wir haben eine zweite Nachricht von Chester. Sie kommen wohl am besten auf die Polizeiwache.«

Mit einem Ruck setzte ich mich auf, und mein Verantwortungsgefühl schaltete sich ein. Bequemerweise hatte ich mir am vergangenen Abend nicht die Mühe gemacht, mich meiner Kleider zu entledigen – einschließlich des verkehrt herum angezogenen Pullovers – und konnte Jenx versprechen, in zehn Minuten dort zu sein. Ich drehte den Pullover auf die andere Seite, putzte mir die Zähne, spritzte mir Wasser ins Gesicht und stolperte dann nach unten.

Zu meinem Erstaunen war Deely Smarr bereits wieder im Kinderzimmer im Einsatz. Ich blieb an der Tür stehen und winkte.

»Haben Sie gut geschlafen?«, erkundigte sie sich ohne eine Spur von Ironie in der Stimme.

»Wie ein Stein.«

»Die Hunde ebenso. Sie sind jetzt in ihrem Auslaufpferch. Ich werde mit ihnen spazieren gehen, wenn ich meine erste Pause habe.«

»Was denn für ein Auslaufpferch?«

»Hat Avery Ihnen das nicht erzählt? Ich habe neben dem Grillplatz ein Gebiet von vier mal vier Metern eingezäunt. Das muss nicht so bleiben, wenn Sie das nicht möchten, aber den Hunden gefällt es. Der Zaun ist sechs Meter hoch, also auch sicher vor Abra.«

Ich spürte, wie mir die Kinnlade runtersackte, das konnte nur bedeuten, dass ich durch den Mund atmete.

Deely fuhr fort: »Wenn Sie dem zustimmen, Ma'am, werde ich eine Hundetür in der Küche einbauen. Das wird die Sache erleichtern.«

Ich nickte stumm und ging.

»Roy hat das auf seinem Weg zur Arbeit vorbeigebracht«, sagte Jenx und reichte mir einen durchsichtigen Plastikumschlag mit einer zweiten Nachricht in Chesters Handschrift.

»Auf seinem Weg zur Arbeit? Um welche Zeit war das denn?«

Jenx sah auf ihre Uhr. »Etwa vor einer halben Stunde. Er hat Luís versprochen, zeitig anzufangen.«

»Und als was?« Alle, die für mich arbeiteten, schienen ehrgeiziger zu sein, als ich es war.

»Winterinspektion an Ihrem Firmenlastwagen, glaube ich. Roy hat die Gefängnisgarage geleitet.«

»Wo hat er denn Chesters Nachricht gefunden?«

»Hat er nicht gesagt.«

»Seit wann hören die Hüter des Gesetzes auf, Fragen zu stellen?«

Der Ausdruck, mit dem Jenx mich daraufhin bedachte, war fies genug, den Raum zum Vibrieren zu bringen.

»Geben Sie mir Zeit«, sagte sie. »Ich bin heute eine Einpersonen-Polizeitruppe. Brady und Roscoe haben frei, weil sie gestern Abend Dienst hatten. Mal ganz davon abgesehen, dass um zwölf Uhr das Eisfischen Jamboree anfängt. Habe ich erwähnt, dass wir Besucherzahlen in Rekordhöhe erwarten?« Sie seufzte. »In Wochen wie diesen wären wir beide im Einzelhandel besser aufgehoben.«

»Ich könnte kein T-Shirt falten, selbst wenn mein Leben auf dem Spiel stünde. Und Sie sind auch kaum der ›einen-schönen-Tag-noch‹-Typ.«

»Da haben Sie Recht.« Grinsend tippte Jenx auf ihre Waffe. »Außerdem dürfen Ladenbesitzer keine tragen.«

»Ja, die Kunden haben Angst vor Pistolen«, gab ich ihr Recht. Dann las ich Chesters Nachricht:

Liebe Whiskey,
Prince Harry habe ich nach Hause schicken müssen. Er ist noch immer der Pinkelmeister, und unterwegs wird man schwer stu-

benrein. Ich weiß, dass du ihn nicht in den Griff bekommst, aber Averys neue Kinderfrau schafft das. Tu einfach, was sie dir sagt. Ich komme nach Hause, sobald ich meine Aufgabe erledigt habe.
Alles Liebe,
Chester

»Sehen Sie den Tatsachen ins Auge, Whiskey«, sagte Jenx. »Es ist höchste Zeit, eine Vermisstenmeldung aufzugeben. Und Sie müssen Cassina anrufen.«

»Und was soll ich ihr erzählen?«

»Erzählen Sie ihr, was passiert ist!«

Jenx hatte Recht. »Vielleicht versteht sie es ja. Ich meine, Kinder laufen doch ständig weg, stimmt's?«

»Sicher. Wenn Sie das sagen ...«

»Glauben Sie das denn nicht?«, fragte ich nervös nach.

»Das sind wir doch schon durchgegangen. Warum sollte er weglaufen? Es gefällt ihm bei Ihnen zu Hause. Außerdem haben Sie ihn eingestellt, um auf die Hunde aufzupassen.«

»Aber in dieser Nachricht heißt es, er ›habe eine Aufgabe zu erledigen‹«, warf ich ein. »Vielleicht hat er irgendwo noch eine andere Sache angenommen.«

Das Ausfüllen der Vermisstenanzeige dauerte nicht lange. Von der Polizeistation lief ich die Main Street zu meinem Büro hinunter. Obwohl wir noch keine sieben Uhr hatten, war Odette schon bei der Arbeit. Dass sie ihre afrikanische Lieblingsmusik in voller Lautstärke abspielte, konnte nur eins bedeuten.

»Wie viele Abschlüsse haben Sie heute denn schon unter Dach und Fach gebracht?«, schrie ich ihr entgegen.

Sie streckte ihre Hand mit zwei siegreich erhobenen Fingern um die Trennwand ihres Büros.

»Bravo«, sagte ich.

Dann tauchte der Rest von Odette auf. »Und Sie und ich werden das feiern, indem wir einen kleinen Flug im Hubschrauber unternehmen!«

»Warum das denn?«

»Weil ich das möchte, und wir es können.«

»Wir können?«

Odette reichte mir ein Exemplar des Eisfischen Jamboree Programms. Mit einem rosa Marker hatte sie HUBSCHRAUBERFLÜGE – FREITAGMITTAG BIS 16 UHR hervorgehoben.

»Ich habe Plätze für uns reservieren lassen. Um 12 Uhr 40!«, schrie sie, um die dumpfen Rhythmen zu übertönen, die aus der Stereoanlage in der Lobby wummerten.

»Wir Glücklichen«, murmelte ich.

»Warum haben Sie Ihren Pullover verkehrt herum an?«

»Der ist nicht verkehrt herum!«, erwiderte ich mit erhobener Stimme.

Odette stand auf, ging zur Musikanlage und drehte die Lautstärke drastisch zurück. Dann hakte sie einen manikürten Finger unter meinen Kragen und zog ihn weit genug vor, so dass ich das Etikett sehen konnte.

»Avery behauptete gestern Abend, er sei verkehrt herum ...«, begann ich. Dann verfluchte ich meine Stieftochter.

Zehn Minuten später erzählte ich Odette im Goh Cup über Beignets, die aus New Orleans importiert wurden, und bei Café au lait, dass Abra zurück war. Sie streckte ihre Hand aus.

»Dafür kriegen Sie kein Trinkgeld«, sagte ich.

»Was wurde aus meiner Gucci-Tasche? Die, mit der ich das Gribble-Geschäft gerettet habe?«

»Weg«, seufzte ich. »Wie teuer war die denn?«

Odette zückte ihren Mont-Blanc-Kugelschreiber und kritzelte eine vierstellige Zahl auf ihre Serviette.

Ich wurde bleich.

»Das setzen wir auf Ihre Rechnung«, sagte sie.

Peg Goh zog sich einen Stuhl heran und legte ihre Ellbogen auf unserem Tisch ab. »Schmecken Ihnen die Beignets? Ich überlege, sie dauerhaft in meine Speisekarte aufzunehmen.«

Odette und ich pflichteten ihr bei, dass sie auf jeden Fall gut ankamen.

»Das war doch mal eine Stadtversammlung. Was sagt ihr denn dazu?«, redete Peg weiter. »Wie reizend von Jeb, zu Ihrer Verteidigung einzuspringen.«

»Er ist noch immer scharf auf Whiskey, und alle wissen es«, sagte Odette.

»Er hat einfach nur Langeweile«, sagte ich. »Wenn er nicht unterwegs ist, wird er so.«

»Gelangweilt, sagen Sie? Hat er deshalb mit Ihnen die Nacht verbracht?«

»Er hat nicht die Nacht mit mir verbracht!«

Odette und Peg grinsten verschlagen.

»Wir haben ihn in Ihren Wagen einsteigen sehen«, sagte Peg.

»Wir haben zusammen was getrunken, mehr nicht! Er fuhr gegen elf nach Hause.«

Unfassbar, dass ich mich genötigt sah, mich zu rechtfertigen, und das nicht einmal meiner Mutter gegenüber. Dabei fragte ich mich zum ersten Mal, wie Jeb überhaupt nach Hause gekommen war. Vestige lag schließlich fünf Kilometer außerhalb der Stadt, und die letzte Nacht war sehr kalt gewesen. Als er ging, war ich so benebelt gewesen, dass ich an die Logistik gar nicht gedacht hatte. Für gewöhnlich wohnte Jeb bei dem einen oder anderen seiner Cousins; vermutlich hatte er sein Mobiltelefon benutzt, um sich abholen zu lassen. Beunruhigt wechselte ich das Thema.

»Heute ist Gils großer Tag, sein erstes Jamboree als Bürgermeister. Er muss den Wettbewerb eröffnen, indem er das erste Loch bohrt und die erste Leine auswirft.«

»Nur schade, dass unser Cowboymakler überhaupt nichts vom Eisfischen versteht.« Odette gähnte. »Ich bezweifle, dass er mit einem Stangenbohrer oder einer Rute umgehen kann. Im Unterschied zu Peg, die letztes Jahr im Wettbewerb den zweiten Platz gemacht hat.«

Bescheiden senkte Peg ihren Blick. »Ich hatte einfach Glück mit diesem Zander.«

»Die Schlacht gestern Abend hat Gil auch verloren«, sagte Odette. »Wer hätte gedacht, dass Roy Vickers ihm im Reden überlegen ist?«

»Ich bin stolz auf Sie, Whiskey«, sagte Peg. »Sie machen das Richtige, indem Sie Roy beschäftigen. Das kosmisch Richtige.«

Im Geiste stöhnte ich. Ich hatte ganz vergessen, dass Peg Noonans neueste New-Age-Beratungsklientin war. Was ich beunruhigend fand, denn Peg Goh war die bodenständigste und vernünftigste Person, die ich kannte. Und wenn Noonans Hokuspokus sie nun um ihren logischen Verstand brachte? Peg war unsere zweite Bürgermeisterin. Wir brauchten wenigstens einen Anflug von gesundem Menschenverstand in unserer Stadtpolitik.

»Ich habe gehört, dass Chester von zu Hause weggelaufen ist«, sagte sie. »Was hat denn Cassina gesagt, als Sie es ihr erzählt haben?«

»Hm. Nun ...«

»Whiskey hat es ihr noch nicht erzählt«, sagte Odette und schob sich das letzte Stück Beignet in ihren großen Mund.

»Was? Oh Whiskey!« Peg sah mich wie vom Donner gerührt an. »Sie müssen sie unbedingt anrufen, und zwar gleich jetzt, in dieser Minute. Jede Mutter muss sofort Bescheid wissen, wenn ihr Kind in Schwierigkeiten steckt!«

Als ich murmelte, dass ich Cassinas Tourneeplan nicht bei mir hätte, kramte Peg in ihrer Schürzentasche, bis sie ihre Kopie fand.

»Warum haben Sie denn den Plan?«, fragte ich.

»Weil Sie Ihren nicht immer parat haben.«

Ich klappte mein Mobiltelefon auf und wählte die Nummer eines Hotels in Bukarest, Rumänien, wo es vermutlich Nachmittag war. Meine ersten beiden Anrufe brachen zusammen, ehe überhaupt jemand abnahm. Beim dritten Versuch klappte es. Zu meiner Erleichterung sprach der Portier Englisch und war sehr effizient. Ehe ich mir überlegen konnte, was ich sagen sollte, hatte ich Cassina schon selbst in der Leitung. Also brachte ich es gleich auf den Punkt:

»Allem Anschein nach ist Chester von zu Hause weggelaufen. Er ist seit gestern weg und hat mir zwei Nachrichten zukommen lassen, aber ich weiß nicht, wo er ist. Jenx ist für alle Fälle an der Sache dran.«

Es knackte und summte in meinem Ohr. Dann antwortete Cassina mit der gehauchten Stimme, für die sie berühmt war: »Das ist erblich. Ich bin von jedem Pflegeheim abgehauen, in das man mich gebracht hat. Und Chester ist mein Kind, wie Sie wissen.«

»Nun, ja ...«

»Er ist da draußen und sucht nach etwas, Whiskey. Wenn er es nicht findet, wird er zurückkommen.«

»Und falls er es findet ...?«

»Dann wird er Sie es wissen lassen.« Ich hörte Cassina einen großen Schluck von etwas nehmen, das wahrscheinlich kein heißer Tee war. Dann war eine männliche Stimme in der Leitung.«

»Hallo? Wer ist da?« Die abgehackte Sprechweise war entschieden Britisch, aber mir nicht bekannt. Ich stellte mich vor.

»Ach ja, die Kinderbetreuerin. Hier ist Rupert, Chesters Vater. Ist alles in Ordnung?«

Ich wiederholte, was ich bereits Cassina erzählt hatte.

»Sehr gut, dann werden Sie uns also auf dem Laufenden halten?«

»Natürlich –« Dann hörte ich ein Klicken, und die Leitung war still.

»Du hast ihr Kind verloren, nicht wahr?«

Nur zu gut wusste ich, wem diese Stimme gehörte.

»Nein Gil, habe ich nicht.«

Mr. Best West lachte sein unflätiges, dröhnendes Lachen.

»Wenn du dich auf dein Geschäft beschränken würdest, Whiskey, dann müsste ich mich ganz schön anstrengen, um mein Geld zu verdienen, das schwöre ich. Aber zwischen den Kindern, den Hunden, den Männern und dem Alkohol weißt du ja gar nicht mehr, wo vorne und hinten ist.«

Ehe ich etwas erwidern konnte, packte eine große Hand Gil Gruens Schulter und riss ihn herum. Roy Vickers, das Gesicht bleich vor Wut, baute sich vor dem Bürgermeister auf.

»Entschuldigen Sie sich bei ihr, oder Sie werden es bedauern. Ich schwöre bei Gott, dass Sie es bedauern werden.«

9

»Lassen Sie's gut sein, Roy. Die Erde dreht sich nach ihren eigenen Gesetzen.«

Das entsprach ganz dem, was Noonan Starr sagen würde, aber es kam von ihrer neuen Klientin, Peg Goh.

»Der Mann hat mich bedroht!«, geiferte Gil. »Dafür gibt es einen ganzen Raum voller Augenzeugen.«

Er deutete mit dem Finger auf Roys Gesicht.

»Gestern Abend haben Sie vielleicht eine Schlacht gewonnen, aber den Krieg werden Sie verlieren. Sobald publik wird, dass Sie mir öffentlich gedroht haben, ist es für Sie in dieser Stadt gelaufen. Einmal Krimineller, immer Krimineller.«

Selbstgerecht rückte Gil seinen Stetson zurecht. Dann wandte er sich an mich.

»Und an dich, Miss, ein kleiner kostenloser Rat: Sage mir, mit wem du Umgang hast, und ich sage dir, wer du bist. Wer sich mit Verbrechern einlässt, ist selber einer.«

Ich machte schon den Mund auf, um zu protestieren, aber Odette grub mir ihre langen Nägel in die Hand. Der Schmerz war zu groß, um Worte zu finden. Das Klappern von Gils fünf Zentimeter hohen Absätzen auf Pegs Parkettfußboden war das einzige Geräusch, bis er hinter sich die Tür zuschlug.

»Tut mir leid, Whiskey«, sagte Roy zerknirscht. »Ich weiß auch nicht, was über mich gekommen ist.«

»Sie tun sich damit keinen Gefallen«, warnte ich ihn. »Um mich brauchen Sie sich keine Sorgen zu machen. Und jetzt kehren Sie zurück an die Arbeit.«

»Die siebte Sonne des Trostes verlangt, jederzeit die Selbstbeherrschung zu wahren, auch unter widrigsten Umständen«, murmelte Roy, als er nach draußen schlurfte. Peg nickte energisch.

»Ist Roy denn bereits bei Noonan in Beratung?«, erkundigte sich Odette.

»Er wird sicher bald anfangen«, meinte die zweite Bürgermeisterin.

Ich untersuchte die Abdrücke, die Odettes Fingernägel in meiner Hand hinterlassen hatten.

Sie rümpfte die Nase. »Hätte ich das nicht getan, hätten wir Ihretwegen jetzt sicherlich eine Klage am Hals.«

»Sie hat Recht, Whiskey«, sagte Peg. »Gil brennt darauf, Mattimoe Realty vors Gericht zu zerren. Vor allem seit Sie Mrs. Gribble unter Vertrag genommen haben.«

»Was hat Mrs. Gribble denn mit Gil zu tun?«, fragte ich.

»Sollen wir es ihr erzählen?«

Peg nahm an mir vorbei Blickkontakt zu Odette auf, die daraufhin meinte: »Früher oder später wird sie es ohnehin herausfinden, also können wir uns auch jetzt die Freude gönnen, es ihr zu erzählen.«

»*Mr.* Gribble wollte mit Gil als Makler einen Vertrag abschließen«, erläuterte Peg. »Aber Mrs. Gribble kam ihm zuvor und hat bei Ihnen unterschrieben. Da sie die ehelichen Gelder ausgibt, war Gils Handel mit ihrem Ehemann gestorben.«

»Ihr Ehemann ist übrigens mindestens zwanzig Jahre jünger als sie«, schnurrte Odette. »Er war der Kunde, mit dem Gil sich gestern bei Mother Tucker's getroffen hat.«

»Mr. Gribble hat Gil wochenlang hingehalten mit der Aussicht auf das große Los«, ergänzte Peg. »Als er sich dann gestern mit Gil getroffen und ihm erklärt hat, er könne nichts machen, wurde Gil fuchsteufelswild.«

Odette fügte hinzu: »Gil hat von dieser Provision vermutlich schon so lang geträumt, dass er sie bereits ausgegeben hat.« Sie senkte ihre Wimpern. »Das kann ich euch flüstern.«

»Und *woher* weißt du das alles?«, fragte ich.

»Das hat Walter uns auf der Stadtversammlung erzählt«, sagte Peg. »Ich habe ihm mein Mitgefühl dafür ausgedrückt, dass er gestern gleich *zwei* große Szenen in seinem Restaurant hat ertragen müssen. Zuerst Avery und den Vater ihrer Babys, dann Gil und Mr. Gribble.«

Odette sagte: »Gil nannte Mr. Gribble einen ›Verlierer ohne Mumm und Eier‹. Das ganze Restaurant hat das mitbekommen.«

»Warum eine Brücke abbrechen, wenn man sie atomar in die Luft sprengen kann?«, seufzte ich.

»Der arme Mr. Gribble«, bemerkte Peg. »Walter erzählte, er sei vor Verlegenheit knallrot geworden.«

»Sein kahler Kopf sah aus wie eine Rasenkugel. Nun, vermutlich ist er es auch leid, unter dem Pantoffel von Frauchen zu stehen«, meinte Odette.

»Es gibt schlimmere Schicksale«, befand ich.

Peg und Odette warteten auf die Pointe.

Wie etwa das Zusammenleben mit einem Miststück von einer Stieftochter und deren kleinen Zwillingen.

Aber ich verkniff es mir.

Nach dem Frühstück im Goh Cup fuhr Odette zu ihren beiden Abschlüssen, und ich kehrte ins Büro zurück. Zwischen Telefonaten und Papierkram bekam ich nicht viel erledigt.

Meine Gedanken kreisten ständig um Chester. Wo war er? Warum hatte er Prince Harry nach Hause geschickt, wenn er sich doch die Gesellschaft dieses Hundes mehr als alles andere wünschte?

Ich versuchte meine letzten Gespräche mit ihm durchzugehen. Sie waren mir so banal erschienen, dass ich mich kaum daran erinnern konnte. Chester hatte keinerlei Anzeichen gezeigt, dass ihn irgendwas beschäftigte, außer Prince Harrys Weigerung, zur richtigen Zeit und am richtigen Ort zu pinkeln.

Odettes dreimaliges Schnellfeuerklopfen kündigte an, dass es fast schon Zeit für unseren geplanten Hubschrauberflug war.

»Sagen Sie mir doch noch mal, warum das eine gute Idee sein soll«, fragte ich sie, als sie meine Bürotür aufriss.

»Weil ich gerade viel Geld gemacht habe und Sie mich dafür belohnen möchten.«

»Aber ich mag Höhe nicht«, erinnerte ich sie.

»Umso mehr ein Grund, weshalb Sie mitkommen sollten. Sie müssen daran arbeiten.«

»Warum das denn? Ich bin Immobilienmaklerin und lege keine Überlandleitungen für Telefongesellschaften. Ich hab's nicht mit Höhen.«

»Tatsächlich?« Odette sah mich mit schief gelegtem Kopf an. Offenbar dachte sie an meinen letzten Sturz, als ich mit Blitzen, meinem Tourenfahrrad, über eine Klippe fuhr.

»Das musste sein«, platzte es aus mir heraus. »Um mein Leben und das des anderen Mannes zu retten!«

»Und das muss jetzt auch sein. Meinetwegen.«

Und so kam es, dass ich Odette Mutombo durch die laute, rotnasige Meute begeisterter Eisfischer unten am Hafen begleitete. Ich hoffte immer noch darauf, dass das Wetter sich verschlechterte und der Hubschrauber am Boden bleiben musste. Aber so viel Glück hatte ich nicht. Man schenkte uns einen so strahlend schönen Wintertag, dass es in den Augen wehtat. Und Lüftchen regte sich auch keins.

Als wir uns näherten, kam Gil gerade zum Schluss der Eröffnungszeremonie. Was für ein Glück für ihn, dass er Peg Goh als zweite Bürgermeisterin an seiner Seite hatte. Während er so tat, als würde er großzügig sie das Loch bohren und seine Leine auswerfen lassen, wussten wir, dass er weder das eine noch das andere selbst hingekriegt hätte.

Die Menge klatschte wohlwollend, und Gil machte sich wieder ans Händeschütteln. Gleich darauf tauchte er in der Menge warm gekleideter Menschen unter.

»Da ist er«, flüsterte Odette mir ins Ohr. »Da ist Oscar Manfred Gribble der Dritte!«

Anfangs konnte ich ihrem Blick nicht folgen, was hauptsächlich daran lag, dass ich nach einer herausragenden Erscheinung Ausschau hielt, die diesen Namen verdiente. Schließlich wurde mir klar, dass sie einen kleinen, rundlichen Mann um die Vierzig meinte, der an einem der Poller am Kai lehnte. Kahl und bebrillt, war er eine vollkommen uninteressante Erscheinung, bis auf seinen Mantel: Wie der seiner Frau war er aus bodenlangem Fell – Chinchilla, vermutete ich. Wärmetechnisch gut für diesen Anlass, aber völlig unpassend.

Zu meinem Leidwesen winkte Odette ihm zu und beschrieb dabei mit ihren Armen immer größere Bögen, bis er endlich zögerlich zurückwinkte.

»Wir gehen hin und stellen uns vor«, bestimmte sie. »Schließlich sind wir für Frauchen tätig.«

»Aber er wollte schließlich mit der Konkurrenz ins Geschäft kommen«, murmelte ich.

Odette ließ ihr gespielt verächtliches Schnauben hören, wie sie das immer tut, wenn sie nicht meiner Meinung ist.

Als wir uns übers Eis auf Mr. Gribble zubewegten, erweckte etwas – oder jemand – seine Aufmerksamkeit. Der Mann stand kerzengerade und setzte beide Hände ein, um seine Augen gegen das grelle Sonnenlicht abzuschirmen. Plötzlich brach er auf. Erst da wurde mir klar, dass Mr. Gribble Schlittschuhe trug. Oscar Manfred Gribble der Dritte war in der Tat ein sehr schneller Schlittschuhläufer. Binnen Sekunden war er in der Menge verschwunden.

»Wie ungehobelt«, sagte Odette.

Dann hörten wir das Schrapp-schrapp-schrapp des Hubschrauberpropellers, und mir fiel wieder ein, weswegen wir hergekommen waren.

»Das ist die beste Investition, die Sie in dieser Woche gemacht haben«, versicherte Odette mir, als ich drei Zwanzigdollarscheine hinblätterte, um unseren Flug zu bezahlen. Der Pilot war ein guter Typ und auf sehr entspannte Art freundlich und selbstsicher, wie das nur athletische junge Männer unter dreißig sein können. Ich versuchte, das Was-Würde-Jesus-Tun-Motto auf seinem T-Shirt zu ignorieren, bis er erwähnte, dies sei heute sein erster Tag in diesem Job.

»Was würde Jesus in so einem Fall tun?«, fragte ich. »Sein Geld zurückfordern?«

»Sie hat Höhenangst«, erklärte Odette.

»Fluggäste im Hubschrauber empfinden für gewöhnlich keine Höhenangst«, meinte der Pilot.

»Die haben eher Angst abzustürzen«, sagte ich, als Odette mich vorwärtsschob. Aus der Nähe betrachtet, erinnerte das Fluggerät an ein überdimensioniertes summendes Spielzeug. Der Pilot reichte uns Kopfhörer, die wir während unserem sechsminütigen Flug tragen sollten. Er erklärte uns, er werde aufsteigen, über den Eisfischern kreisen, ein wenig entlang der Küste fliegen und dann wieder nach unten gehen.

»Da wir über Wasser fliegen, müssen Sie auch einen Rettungsgürtel tragen«, sagte er.

Der Pilot reichte uns hässlich aussehende gelbe Pakete mit Anweisungen darauf.

»Wir fliegen doch über Eis«, widersprach ich.

»Ja, aber wenn wir abstürzen, brechen wir durchs Eis. Und dann *sind* wir im Wasser.«

Ohne einen weiteren Kommentar legte ich das Ding an.

»Wollen Sie es nicht zuerst mal durchlesen?« Odettes wohltönende Stimme drang aus meinen Kopfhörern.

»Lieber fliege ich in himmlischer Unwissenheit, als mich auf meinen Tod vorzubereiten.«

»Dann entspannen Sie sich endlich«, sagte sie. »Wir haben Jesus auf unserer Seite.«

Ich gab mir allergrößte Mühe, mich nicht an den Bericht über einen spektakulären Hubschrauberabsturz zu erinnern, den ich im Fernsehen gesehen hatte. Die Rotorblätter hatten sich in etwas verfangen und zogen das Flugzeug vornüber und nach unten. Alle, die an Bord waren, und alle, die der Hubschrauber auf dem Boden unter sich begrub, waren umgekommen. Ich war viel zu jung und ehrgeizig, um schon zu sterben.

Als ich den Horizont nach potenziellen Fallen absuchte, dröhnte Odettes Stimme: »Ich habe gesagt, entspannen!«

Und schon waren wir in der Luft.

Da ich schon in kleinen Maschinen geflogen war, rechnete ich mit einem wackeligen Flug. Aber hier lief alles so ruhig, als säße ich an meinem Schreibtisch. Der Pilot hatte Recht: Meine Höhenangst spielte hier überhaupt keine Rolle. Als ich mein Gesicht ans Glas presste, überkam mich kein Schwindelgefühl wie beispielsweise, wenn ich über einen Klippenrand schaute. Außerdem war die Sicht unglaublich. Noch nie hatte ich Magnet Springs aus diesem Blickwinkel gesehen. Die steilen Kliffs, die malerische Architektur, die schneebedeckten Bäume. Unsere Stadt sah so perfekt aus wie die von uns gewünschte Postkartenidylle. Nach einer Minute Flug begann ich lockerer zu werden.

»Der sieht aus wie Dr. David«, sagte Odette und zeigte auf jemanden. »Was macht er denn da?«

Ich folgte ihrem Finger. Die Gestalt am Gemeinschaftszelt der Einzelhändler war wirklich David Newquist. Selbst aus dieser Höhe hätte ich seine gebeugte Gestalt und den Bauch erkannt, aber der hellgelbe Mantel der Magnet Springs Tierklinik war das ausschlaggebende Erkennungszeichen.

»Holt sich vermutlich was zu essen«, sagte ich.

»Schauen Sie doch«, forderte Odette mich auf, und ich tat es. Dr. David schien sich was in die Innenseite seines weiten Mantels zu stopfen, während er sich umschaute, ob ihn auch keiner sah.

»Und dort drüben, das ist Jeb, oder?«, rief Odette aus und deutete in die andere Richtung. »Ist das neben ihm Avery?«

Ungläubig sah ich in die angewiesene Richtung. Der Mann war auf jeden Fall Jeb Halloran; diesen Körper erkannte ich aus jeder Entfernung. Was die Frau betraf, war ich mir nicht so sicher. Sie hatte Averys Größe und schien auch Averys olivgrünen Parka anzuhaben, aber der Pelzbesatz ihrer Kapuze verbarg ihr Profil. Was sollte Avery auch auf dem Jamboree? Sie hasste Menschenaufläufe. Und warum sollte sie sich mit meinem ersten Ehemann unterhalten? Avery sprach so gut wie mit keinem. Nach ihrem Wutanfall vom vorigen Abend würde selbst Jebs Charme nichts ausrichten können.

Plötzlich sagte Odette: »Ist das da unten nicht Chester?«

Ich sah, was sie sah: ein flachsblondes Kind, das neben einem der Kais von einer Hand übers Eis gezogen wurde. Aus dieser Höhe konnte die zweite Person entweder ein Mann oder eine Frau sein. Die Gestalt trug etwas, was nach einer Pelzkappe und nach einem bodenlangen Pelzmantel aussah. Chinchilla? Obwohl das Kind Widerstand leistete, bewegte sich das Paar entschlossen vom Ufer weg.

10

»Bringen Sie uns runter! *Sofort*!«, schrie ich. Dem Stöhnen nach zu urteilen, das ich als Antwort bekam, sprengte meine Lautstärke jegliche Kopfhörer-Etikette.

»Wir sind doch erst seit drei Minuten oben«, sagte Odette. »Sie haben für drei weitere gezahlt.«

»Ist mir egal. Wenn das da unten Chester ist, dann müssen wir ihn finden.«

Ich versuchte den Jungen im Auge zu behalten, als der Pilot den Hubschrauber wendete, um rasch runterzugehen. Aber ich verlor Chester oder seinen Doppelgänger schnell aus meinem Blickfeld.

Als wir am Boden aufgesetzt hatten, riss ich den Kopfhörer ab, dankte dem Piloten und raste ans Ufer. Odette schrie mir hinterher: »Whiskey! Sie haben immer noch Ihren Rettungsgürtel um!«

Sie hatte Recht. Das hässliche gelbe Päckchen hüpfte auf meiner Hüfte.

»Ich bringe ihn zurück!«, schrie ich über meine Schulter.

Glücklicherweise war ich für eine winterliche Verfolgungsjagd richtig angezogen. Unter meinem Leichtgewichtparka trug ich noch immer die Jeans und den Pullover, die ich am Vorabend angehabt und in denen ich geschlafen hatte. Kombiniert mit dicken Socken und Stiefeln mit kräftiger Sohle garantierte mir diese Ausstattung eine hohe Mobilität. Außerdem war ich für meine dreiunddreißig Jahre ganz gut in Form. Da ich mein ganzes Leben lang in meiner Freizeit gewandert, Fahrrad gefahren, geschwommen und Ski gefahren war, ließ meine Fitness nichts zu wünschen übrig. Trotz des Stress' und der Kälte war ich kaum außer Atem, als ich mein Tempo verlangsamte, sobald ich in die Nähe des Hafens kam.

In welche Richtung waren sie gegangen? Angestrengt versuchte ich das Luftbild auf einen erdgebundenen Standpunkt zu übertragen: Die Frau(?) hatte den Jungen(?) von den zahlreichen Uferkneipen weg und zu einem Kreis von eisfischenden Wettbewerbsteilnehmern hingezerrt. Ich betrat vorsichtig das Eis, das durchsichtig und glatt war. Trotz meiner schwachen Knöchel wünschte ich mir, Schlittschuhe an den Füßen zu haben. Mich mit meinen Armen in der Balance haltend, schob ich einen Fuß vor den anderen und ließ meine Augen auf der Suche nach Chester schweifen.

»Whiskey!« Ich schaute mich um und sah Peg Goh auf mich zuschliddern. Sie wirkte recht unsicher auf ihren dicken Beinen. »Sie haben nicht zufällig Gil gesehen, oder? Er soll nämlich das nächste Ereignis ansagen, aber ich kann ihn nirgends finden.«

»Ich habe ihn nicht gesehen«, keuchte ich. »Haben Sie zufällig Chester gesehen? Odette und ich haben ihn vom Hubschrauber aus erspäht.«

Peg riss die Augen auf. »Nein! Aber ich werde nach ihm

Ausschau halten. In welche Richtung ist er denn gegangen?«

»Auf all den Trubel zu.« Ich deutete geradeaus. »Jemand schleifte ihn mit sich. Jemand in einem Pelzmantel.«

Jemand, der entweder wie Mrs. oder Mr. Gribble der Dritte aussah, wollte ich hinzufügen. Aber da wir uns in Magnet Springs befanden, mochten auch andere Besucher des Jamborees ähnlich gekleidet sein.

Peg schob ihren Mantelärmel hoch, um auf ihre Uhr zu sehen.

»Ach du liebe Zeit. Wenn ich Gil nicht finden kann, werde ich den Tug-o'-War selbst ankündigen müssen.«

»Tun Sie, was Sie tun müssen. Aber halten Sie die Augen nach Chester offen.«

»Ich werde das in meine Ansage mit reinbringen! Ich werde die Leute bitten, mir von jedem Jungen zu berichten, auf den seine Beschreibung zutrifft!«

Ich dankte ihr für ihre Hilfe und bewegte mich rutschend auf das Festgedränge zu. Alle suchten nach dem vermissten Bürgermeister. Ich wurde nicht nur einmal, sondern ein Dutzend Mal gefragt, ob ich Gil gesehen hatte. Bei jeder Antwort erwähnte ich, dass ich nach Chester suchte. Doch keiner hatte ihn gesehen.

Die beiden Tug-o'-War-Teams standen beidseits eines klaffenden Lochs im Eis bereit. Beide waren das Warten leid, vor allem das Polar Bear Team. Es waren Supermachos, die nichts weiter als Badehosen trugen und demzufolge die Verzögerung bitter zu spüren bekamen.

Jubel brach los, als Peg das improvisierte Podium bestieg. Sie entschuldigte sich für Gils Abwesenheit und erläuterte dann ohne Umschweife die Regeln dieses Wettkampfs im Tauziehen. Das Verliererteam würde nass werden und kalt (kälter) sowieso. Die Cheerleader der High School von Magnet Springs, die selbst auch nicht allzu viel Kleidung anhatten, standen bereit, die Verlierer mit Badehandtüchern und Decken zu verwöhnen. Ein paar Sanitäter standen ebenfalls herum.

»Noch ein Wort, ehe wir anfangen«, sagte Peg, und die ungeduldigen Teams stöhnten. »Sollte jemand hier einen kleinen Jungen mit zerzausten weißblonden Haaren gesehen haben, lassen Sie es mich bitte wissen.«

»Ist er verloren gegangen?«, schrie jemand.

»Er wird ... vermisst«, erwiderte Peg. »Und seine Leute müssen wissen, wo er ist.«

Dann signalisierte sie mit einem Pfiff den offiziellen Start des Tug-o'-War, und die Polar Bears wurden prompt ins Wasser gezogen. Da ich es nicht besonders aufregend fand, Mädchen im Teenageralter zuzusehen, wie sie törichte alte Männer abtrockneten, ging ich weiter und suchte die Menge nach Chester und/oder einer Person im langen Pelzmantel ab.

Als ich an einem Trupp Eisfischer vorbeirutschte, stieß ich mit David Newquist zusammen.

»Ich suche nach Chester«, sagte ich entschuldigend.

»Ich auch.« Verstohlen musterte ich seinen Parka nach einer verräterischen Ausbuchtung. Nichts, was mir auf Anhieb ins Auge sprang oder zu fühlen war. Was hatte er nur aus dem Zelt der Einzelhändler genommen, und warum?

»Ich habe Pegs Ansage gehört«, sagte er. »Haben Sie irgendeine Ahnung, wo Chester sein könnte?«

Ich schüttelte den Kopf.

Warum nur zögerte ich, dem guten Tierarzt zu erzählen, was ich gesehen hatte? Lag es daran, weil ich ihn plötzlich des Diebstahls verdächtigte?

»Ich habe geglaubt, ihn gesehen zu haben…«, sagte David.

»Wo?«

Der Tierarzt kniff die Augen zusammen. »Sie haben ihn doch auch gesehen, oder, Whiskey? Mit einer Person im Pelzmantel?«

Jetzt klang er verärgert. Weil er wusste, dass ich ihm nicht die Wahrheit sagte? Oder verärgerte ihn bereits die Vorstellung, dass jemand einen Pelzmantel trug? Er war immerhin ein radikaler Tierschützer.

»Ja«, gab ich zu. »Als Odette und ich oben im Hubschrauber waren, glaubten wir, Chester gesehen zu haben. Aber wir konnten nicht erkennen, mit wem er zusammen war, auch nicht, ob es sich dabei um einen Mann oder eine Frau handelte. Übrigens wird auch Gil vermisst.«

»Gil ist mir völlig schnuppe.« Die Kälte in Davids Stimme überraschte mich. »Lassen Sie uns einen Plan entwerfen, wie wir Chester finden können.«

»Er – sie bewegten sich vom Ufer weg, als ich sie sah, aber das ist jetzt sicherlich schon zehn Minuten her.«

David sagte: »Sie gehen hier entlang, hinaus zu den Hütten. Ich werde entlang des Ufers suchen, für den Fall, dass sie wieder zurückkommen.«

Ich warf noch einen heimlichen Blick auf Davids geräumige Taschen. Er ertappte mich dabei.

»Was ist los?«

In dieser angespannten Situation brachte seine Aussprache mich zum Lachen, obwohl ich natürlich wusste, wie gemein das war. Um mein Kichern zu kaschieren, hustete ich.

»Nichts«, sagte ich. »Ich bin schon weg.«

Die meisten Wettbewerbe ums Eisfischen legten fest, dass

die Teilnehmer für alle gut sichtbar blieben. Hütten durften nicht benutzt werden. Aber das Jamboree zog auch Fischer an, die sich damit begnügten, an der Partystimmung teilzuhaben, ohne selbst am Wettkampf teilzunehmen. So erklärten sich die vielen Hütten weiter draußen auf dem Eis.

Ich glitt entschlossen auf Fishburg zu, wie wir diesen saisonalen Vorort zu nennen pflegten, als ich Roy Vickers erspähte, der sich mit gesenktem Kopf und eingezogenen Schultern aufs Ufer zubewegte. Da er auf die beiden Male, die ich ihm was zurief, nicht reagierte, ging ich davon aus, dass er ganz in Gedanken war.

»He! Warum arbeiten Sie nicht am Firmenlaster?«, schrie ich. »Er braucht Antifrostschutz!«

Den Mann, der dann aufblickte, erkannte ich kaum wieder; ob es nun an der Kälte oder irgendeinem inneren Dämon lag – Roy standen jedenfalls plötzlich all seine siebzig Jahre ins Gesicht geschrieben.

»Ist alles in Ordnung mit Ihnen?«, fragte ich ihn und änderte meinen Kurs, um zu ihm zu kommen.

Ehe er antworten konnte, entdeckte ich das Blut auf seiner karierten Jacke. Ein Teil des einen Ärmels war ganz rot, und über seinem Bauch und seiner Brust waren rote Flecken verteilt. Das Rot glänzte noch feucht. Ich kam rutschend zum Stehen.

Roy schien zu wissen, was ich sah und was ich dachte: dass dies der Mann war, der versucht hatte, Leo Mattimoe umzubringen. Hatte er wieder jemanden verletzt?

»Ich half einem Typen, einen Fisch vom Haken zu nehmen.« Roy deutete vage auf die Hütten hinter sich. »Er wusste nicht, wie man das macht.«

Ich konnte meine Blicke nicht von der Schweinerei auf Roys Jacke lösen, obwohl sich mir der Magen umdrehte.

Plötzlich drückten Roys Hände meine Oberarme so fest, dass es wehtat.

»Atmen Sie, Whiskey!«, schrie er mich an. »Atmen Sie, oder Sie werden ohnmächtig.«

Ich schluckte eine Lunge voll schmerzhaft kalter Luft und zwang mich, ihm in die Augen zu schauen. Aus dieser Nähe und in diesem verrückten Augenblick waren seine blutunterlaufenen Augen vor Schreck geweitet. Meine sahen vermutlich genauso aus.

»Atmen Sie wieder«, befahl er und hielt dabei noch immer meinen Bizeps umklammert. »Und noch mal.«

Ich tat, was er sagte. Als er mich losließ, hatte ich weiche Knie.

»Ich habe jemandem geholfen, einen Fisch vom Haken zu nehmen«, wiederholte Roy und dehnte dabei jede Silbe, so dass er den Eindruck machte, entweder vollkommen ruhig oder völlig verrückt zu sein.

Ich nickte, weil ich meiner Stimme nicht traute.

»Suchen Sie nach Chester?«, fragte Roy. Wieder nickte ich. »Da draußen ist er nicht. Da draußen sind nur ein paar Fischer. Ich habe das bereits überprüft.«

»Ich werde fragen, ob jemand ihn gesehen hat«, sagte ich.

»Das habe ich bereits getan.« Roy machte ganz den Eindruck, als wolle er mir den Weg versperren. Dann seufzte er schwer und setzte seinen Weg ans Ufer fort. Ich verfolgte seine steifen Bewegungen, jeden Schritt, der den Schmerz des Alters ahnen ließ. Was war aus seinem athletischen Gang geworden, seinem strahlenden Optimismus?

Roy hatte Recht gehabt, Fishburg war fast ausgestorben. Obwohl es mehr Hütten als sonst gab, zählte ich nur vier, die benutzt wurden; der Rest war verschlossen und ruhig.

Die Fischer, mit denen ich sprach, hatten niemanden gesehen, nicht einmal Roy.

Ich wollte mich schon wieder auf den Rückweg machen, als ich in etwa vierhundert Metern Entfernung einen isoliert stehenden Verschlag entdeckte, näher am Ufer als Fishburg, aber abseits vom Jamboree. Ich kehrte zu den Fischern zurück, bei denen ich gerade gewesen war.

»Tut mir leid, dass ich Sie noch mal stören muss, aber wissen Sie vielleicht, wem die da gehört?« Ich deutete auf die ferne Hütte.

Ohne sich von ihren Stühlen zu bewegen, reckten beide Männer die Hälse, um zu sehen, was ich sah.

»Ne«, sagte der erste. Der zweite pflichtete ihm bei, fügte aber hinzu: »Die hat jemand letzte Nacht aufgestellt. Gestern stand die noch nicht da.«

Ich dankte ihnen und rutschte auf die ferne Hütte zu. Der Wind blies heftiger, als der Himmel sich bleiern verfärbte. Da kommt ein Unwetter, sagte ich mir. Das konnte Touristendollars kosten. Nicht gerade zur Freude von Gil Gruen, wo immer er sein mochte.

Wo immer Chester sich befand, ich konnte nur hoffen, dass er es warm und trocken hatte. Und in Sicherheit war. Vor allem in Sicherheit.

11

Als ich mich der Eishütte jenseits von Fishburg näherte, sah ich, dass die Tür angelehnt war.

»Hallooo!«, rief ich, weil ich den Angler nicht durch mein plötzliches und keuchendes Auftreten erschrecken wollte. Jeder, der sich einen Ort so weit abseits von der Menge suchte, würde Besucher gewiss nicht willkommen heißen.

Keine Antwort. Ich rief wieder und bekam keine Antwort. Vorsichtig zog ich die Tür auf.

Der einzige Bewohner der Hütte war Gil Gruen. Obwohl er mir den Rücken zukehrte, hätte ich ihn dank seines Markenzeichens, dem Stetson, und dem Schaffellmantel überall erkannt.

»Gil, Sie verpassen Ihr eigenes Jamboree«, begann ich.

Ich wollte noch hinzufügen, dass ich immer davon ausgegangen sei, er angle gar nicht, als etwas mich davon abhielt. Oder, um genau zu sein, mehrere Dinge mich davon abhielten. Als erstes Gils Haltung. Schon von der Tür aus konnte ich sehen, dass da was nicht stimmte. Selbst wenn Gil sich locker gab, hatte er doch ein Gefühl für Stil. Mochte er auch auf Mythos und Arroganz setzen, so stellte er doch was dar. Nun war er zusammengesunken und zwar in einem so seltsamen Winkel, als hätte man alle Luft aus ihm rausgelassen. Zweitens hing ein ganz spezieller Geruch in der Luft – eine durchdringende Süße, über die ich gar nicht nachdenken wollte. Und drittens liebte Gil Gruen das Händeschütteln und das Bad in der Menge. Auf keinen Fall würde unser Bürgermeister es vorziehen, sich in eine Hütte zum Eisfischen zu setzen, während das Ereignis der Saison ohne ihn über die Bühne ging.

Wider besseres Wissen trat ich ein. In dem Moment, als ich Gils Schulter berührte, passierten zwei Dinge: Es gab einen Knall in der Luft, und Gil kippte nach vorn. Den Bruchteil einer Sekunde später spürte ich, dass meine Füße auseinanderrutschten. Ich sah nach unten und versuchte zu begreifen, was da geschah: Das Eis um mich herum, um uns beide, war von Blut bedeckt. Und das Eis brach.

Gil rollte seitlich in den sich weitenden Schlund aus Wasser, sein Stetson rutschte ihm vom Kopf, seine leeren Augen starrten ins Leere. Als mein eigener Körper nach vorne taumelte, erinnerte ich mich an den Rettungsgürtel. Während ich nach dem Knopf tastete, der ihn aufblasen würde, wünschte ich mir, ich hätte mir die Mühe gemacht, die Bedienungsanleitung zu lesen.

Sobald ich ins eisige Wasser eintauchte, riss es meine Taille nach oben. Ein kleiner Airbag blies sich auf und brachte mich in eine aufrechte Haltung wie ein Schwimmer an einer Angelschnur. Gleichzeitig durchdrang stechende Kälte meine Beine und die untere Hälfte des Rückens. Ich keuchte. Selbst wenn ich nicht unters Eis geriet, würde binnen Kurzem alles an mir taub sein.

Damals auf der Highschool hatte ich an einem Überlebenskurs auf Eis teilgenommen. »Was macht man, wenn man einbricht?« Das war Teil eines von der Gemeinde angebotenen Sicherheitstrainings im Winter, zu dem meine Mutter mich geschickt hatte, weil ihr meine Fahrten mit dem Schneemobil Angst machten, die ich mit den Jungs unternahm. Mit siebzehn hatte ich natürlich nicht richtig aufgepasst. Ganz im Gegenteil, ich verknallte mich Hals über Kopf in den Kursleiter, der im Sommer als Rettungsschwimmer in unserem Ort arbeitete.

Jetzt musste ich mir die Grundlagen wieder ins Gedächtnis rufen. *Nicht in Panik geraten* war Regel Nummer Eins, das wusste ich noch. Das war der erste Schritt in jeder Krise. Also holte ich tief Luft und sagte laut: »Ruhig bleiben.«

Gils Körper streifte mich und rutschte dann unters Eis. Das Letzte, was ich von ihm sah, waren die Spitzen seiner Schlangenlederstiefel.

»Oh Gott!«, schrie ich. Aber es gelang mir, nicht auszuflippen. Und, welch Wunder, ich erinnerte mich auch an den nächsten Schritt: »Ziehe dich dort wieder hoch aufs Eis, wo du hergekommen bist.«

Das bedeutete, dass ich meine Hände und Arme auf die glitschige Oberfläche legen und mit meinen Beinen strampeln musste, um Antrieb zu bekommen. Diese Anstrengung sorgte außerdem dafür, dass weiterhin Blut gepumpt wurde, während das eisige Wasser sich meiner Muskeln bemächtigte.

Auch wenn das Eis unentwegt unter mir wegbrechen sollte, kam es darauf an, mich immer in derselben Richtung weiterzuschieben. Nicht lockerzulassen, bis ich flach auf dem Eis lag.

Also drückte ich mich gegen die brechende, blutbedeckte Oberfläche und pumpte mit all meiner Kraft mit meinen unglaublich schweren Beinen. Als die Oberfläche unter mir auseinanderbrach, gelang es mir dennoch, mich Zentimeter um Zentimeter weiter vorwärtszuschieben, wobei ich bei dieser Anstrengung ständig Luft schluckte. Der aufgeblasene Schwimmring zwang mich in eine seltsam gebogene, aber dennoch überwiegend horizontale Position. Vor mir befand sich die offene Tür der Hütte, mein erstes Ziel.

Mit einem gewaltigen letzten Stoß schob ich mich hindurch, hinaus an die frische Luft. Keuchend machte ich eine Pause. Mein Herzschlag trommelte mir in den Ohren. Obwohl ich fast überall gefühllos war, wusste ich doch, dass ich meinen ganzen Körper aus der Hütte gezogen hatte und dieser jetzt exponiert auf dem Eis lag. Ich fing an zu rollen und rollte immerzu weiter und weiter, weg von der Hütte.

Wieder ein merkwürdiges Knacken, diesmal hinter mir. Ich hielt inne. Das Eis unter meinem Körper blieb fest. Vorsichtig machte ich noch ein paar Umdrehungen, ehe ich mir erlaubte, zurückzuschauen. Die Eishütte kippte in ein nunmehr riesengroßes Loch.

Langsam setzte ich mich auf. Gils Stetson trieb neben dem nun schon teilweise untergegangenen Verschlag.

»Hilfe!«, schrie ich. Oder wünschte, es tun zu können. Meine Stimme gehorchte mir nicht. Ich versuchte es noch mal. Nur ein kleines Krächzen war zu hören. Ich versuchte aufzustehen. Anfangs wollten mir auch meine Beine nicht gehorchen, aber nach einiger Zeit kämpfte ich mich auf die Knie und dann auf meine Füße. Meine obere Hälfte zitterte heftig. Die untere Hälfte war taub, so taub, dass ich mich fragte, ob sie wirklich zu mir gehörte. Irgendwie gelang es mir endlich, einen bleiernen Fuß vor den anderen zu setzen.

»Hilfe!«, versuchte ich es wieder, gefangen in einem Albtraum, wo ich weder schreien noch rennen konnte.

Keine Panik, ruhig weiteratmen, sagte ich mir, als ich mich matt in Richtung Fishburg schleppte. Wenn ich doch nur diese zwei Typen in ihrer Hütte erreichen könnte. Ich fixierte meinen Blick auf mein Ziel und bewegte mich mit schierer Willenskraft vorwärts, Zentimeter um Zentimeter.

Plötzlich tauchte ein Mann zwischen den Hütten der Eisfischer auf. Sein Gesicht war zu weit weg für mich, um es richtig sehen zu können, aber seine Körpersprache signalisierte mir, dass er mich sah. Er schien in meine Richtung zu starren.

Mit aller Kraft versuchte ich meine zitternden Hände zum Winken zu bewegen. Es erforderte so viel Energie. Zu viel Energie. Seit wann war Winken so schwer?

Er winkte zurück und stoppte dann, sein Arm verharrte in der Luft. Was dann passierte, erweckte in mir die allergrößten Hoffnungen: Der Mann kam auf mich zu.

Ich wollte weitergehen, aber ich war müde. Sehr müde. Und so schwach. Obwohl ich nur einen Moment lang innehielt, verlor ich mein Gleichgewicht. Ich war jetzt schläfrig. Zu schläfrig, um weiterzumachen. Auch zu schwach. Meine Knie gaben nach, das Eis kam mir entgegen.

»Steh auf«, stöhnte ich.

Aber ich konnte nicht. Ich konnte nicht einmal mehr meine Augen öffnen. Ich brauchte nichts weiter als ein kleines Nickerchen. Nur einen kleinen, kurzen Schlaf, um wieder zu Kräften zu kommen.

»Hallo!« Die Männerstimme war dicht an meinen Ohren. »Halten Sie durch. Es wird alles gut werden.«

Er rollte mich auf die Seite. Ich zwang meine Augenlider, sich zu öffnen, und ein bisschen taten sie das auch. War das möglich? Das Lächeln, das vor mir schwebte, gehörte zum Vater von Averys Zwillingen.

»Hallo«, flüsterte ich, oder versuchte es. Vielleicht lächelte ich aber auch nur zurück. Ich schloss meine Augen und ließ mich fallen.

12

»Whiskey, aufwachen.«

Ich erkannte die Stimme. Es war nicht die, die ich hören wollte, aber sie meldete sich trotzdem wieder.

»Machen Sie die Augen auf, Whiskey. Ich weiß, dass Sie mich hören können.«

Ich öffnete ein Auge. Odette war neben mir. Sie machte keine besorgte Miene, also öffnete ich auch das andere Auge.

»Sie sind nicht er«, sagte ich.

»Nein, aber Sie sind auch nicht ganz Sie selbst. Welcher er überhaupt?«

»Averys Ex. Er hat mich gerettet.«

»Eigentlich haben Sie sich selbst gerettet. Er kam nur rechtzeitig, um Ihnen ans Ufer zu helfen.«

Als ich versuchte, mich aufzurichten, spürte ich, dass ich einen Schlauch im Arm hatte. Außerdem lag ich unter einem Haufen Decken und ein Heizstrahler war auf mich gerichtet.

»Bin ich im Krankenhaus?«

»Gut erkannt«, gähnte Odette. »Coastal Medical Center, um genau zu sein. Den Sanitätern hat Ihre Unterkühlung nicht gefallen, also haben sie Sie hierhergebracht.«

Ich sank zurück und versuchte, meine wirren Erinnerungen zu strukturieren.

»Gil ist tot«, sagte ich.

»Was?« Plötzlich zeigte Odette Interesse.

»Er befand sich in der Hütte, die dann durchs Eis brach. Die Hütte jenseits von Fishburg.«

»Gil war *Fischen*?«

»Nein, Gil war tot. Nichts deutete darauf hin, dass er geangelt hat.«

Das stimmte, aber erst jetzt klickte es bei mir im Kopf. Ich ging noch mal den Moment durch, als ich die Hütte betreten hatte: Es hatte keine Angelausrüstung drin gelegen. Nur Gil und Blut und einbrechendes Eis.

»Nash Grant hat keine Leiche erwähnt«, sagte Odette.

»Das liegt daran, dass Nash Grant sie nie gesehen hat. Gil wurde unters Eis gezogen, ehe ich überhaupt aus dem Wasser kam.« Das Entsetzen traf mich so hart wie ein Schneepflug, und ich fing wieder an zu zittern.

»Brauchen Sie noch eine Decke?«, fragte Odette mich.

»Ich brauche Jenx«, sagte ich mit klappernden Zähnen.

Bis die Polizeichefin eintraf, hatte ich aufgehört zu zittern und war in der Lage, ein warmes, süßes Getränk durch einen gebogenen Strohhalm zu mir zu nehmen.

»Und Sie sind sich sicher, dass er tot war«, sagte Jenx, ihren Stift über den Notizblock haltend.

»Auf jeden Fall. Wenn er gelebt hätte, hätte er mich beleidigt. Und seine Augen ...« Ich schauderte. »Ich bin mir sicher, dass er tot war.«

»Könnten Sie sagen, wie er gestorben ist?«

Ich ließ die Bilder Revue passieren.

»Seine Brust war blutig – dort, wo sein Mantel offen stand.«

»Sah es aus wie eine Schusswunde?«

»Es sah aus wie ... wie aufgeschlitzt. Sein Hemd war zerrissen. Da war so viel Blut. Es war überall.«

Jenx sagte: »Sie meinen, es sah aus, als wäre er erstochen worden?«

Sollte ich ihr von meiner seltsamen Begegnung mit Roy Vickers erzählen, dessen Jacke mit Blut bespritzt und dessen Ärmel mit Blut getränkt war? Wenn ich das doch nur geträumt hätte, aber ich wusste, dass dem nicht so war.

»Sie müssen Roy finden«, sagte ich, und mir schnürte es dabei die Kehle zusammen.

»Warum? Hat er was gesehen?«

»Ich habe was gesehen. Seine Jacke war voller Blut. Und er kam aus der Richtung von Gils Hütte.«

»Hat er erklärt, woher das Blut stammte?«

»Er sagte, er habe jemandem geholfen, einen Fisch vom Haken zu holen.«

»Muss ja ein dicker Fisch gewesen sein.«

»Ein Stör vielleicht?«, schlug ich vor.

»Whiskey ...«

»Ich weiß. Es sieht schlecht aus für ihn.«

»Odette sagte, Roy habe Gil heute Morgen im Goh Cup bedroht.«

»Roy hat mich verteidigt.«

»Ja. Nun, wie es aussieht, hätten Sie ihn vielleicht doch besser nicht eingestellt.«

»Das wissen wir noch nicht, Jenx!«

»Korrektur: Dafür haben wir noch keine Beweise. Noch nicht.«

Sie kritzelte in ihr Notizbuch und blätterte es dann durch. »Odette sagte außerdem, Sie hätten möglicherweise Chester gesehen.«

»Möglicherweise? Ich bin mir sicher, dass er es war!«

»Von oben aus dem Hubschrauber, wie können Sie sich da so sicher sein?«

»Das Einzige, worin ich mir nicht sicher bin, ist die Person, die bei ihm war. Jemand in einem langen Pelzmantel.«

»Davon laufen in dieser Stadt bestimmt fünfzig herum«, sagte Jenx, »die reichen Touristen noch nicht mitgezählt.«

»Nun, einer dieser Mäntel hat Chester! Können Sie nicht so eine Art Garderoben-Durchsuchung machen? Die Officers Brady und Roscoe von Tür zu Tür schicken?«

Jenx warf mir einen derart bösen Blick zu, dass ich mir die Decke über den Kopf zog.

»Habe ich etwa gesagt, dass ich mit Ihnen fertig bin?« Sie riss mir die Decken weg.

»Wenn ich nicht mal im Krankenhaus krank sein darf, warum bin ich dann überhaupt hier? Meine Versicherung wird dafür nicht mal aufkommen. Haben Sie doch etwas Mitleid mit den Selbstständigen!«

Jenx warf mir die Decken zurück über mein Gesicht und ging. Ich versank in Schlaf.

Als ich wach wurde, überprüfte eine Krankenschwester meine Vitalfunktionen.

»Sie erholen sich gut«, sagte sie. »Aber man wird Sie mindestens vierundzwanzig Stunden hier behalten. Bei Unterkühlung besteht die Gefahr von Kreislaufproblemen.«

»Ich habe ein Geschäft zu führen«, protestierte ich. »Und muss ein Kind finden!«

»Sie haben Ihr Kind verloren?«

»Schlimmer: Ich habe das von jemand anderem verloren. Ist Chief Jenkins noch hier in der Nähe?«

»Nein, aber jemand anderer ist für Sie hier. Ich glaube, sein Name ist Nash.«

Mein Herz machte einen Sprung, und so sagte ich mir, dass es wohl noch immer funktionierte.

»Gibt es hier einen Spiegel?«, fragte ich die Schwester. Sie zwinkerte und holte einen aus ihrer Tasche. Ich wünschte, sie hätte es nicht getan: Mein Gesicht war geisterbleich und mein normalerweise schon wirres Haar war eine einzige Katastrophe. Die freundliche Krankenschwester förderte einen Kamm zu Tage, aber wir kamen damit nicht durch meine Haarnester. Er blieb sogar darin stecken. Die Schwester ging, um eine Schere zu holen. Nash Grant kam herein.

»Sie haben einen Kamm auf Ihrem Kopf«, sagte er mit schleppendem Akzent. »Aber das wissen Sie vermutlich selbst.«

Ich nickte. »Die Operation ist für morgen angesetzt.«

Er lachte, und der Klang seines Lachens gefiel mir.

»Danke, dass Sie mir geholfen haben, es ans Ufer zu schaffen.«

»Das war das Mindeste, was ich tun konnte, wenn man

bedenkt, dass Sie die Schwerarbeit schon allein gemeistert hatten. Wie haben Sie sich überhaupt aus diesem eisigen Wasser befreien können?«

»Zentimeter um Zentimeter.«

Aus der Nähe betrachtet war der Mann umwerfend. Er hatte kupferfarbene Augen mit grünen Flecken, hohe Wangenknochen und dickes, walnussfarbenes Haar. Dazu noch der erotische Südstaatenakzent. Und er roch so gut wie damals, als er mich bei Mother Tucker's gestreift hatte.

»Ich bin Nash Grant«, sagte er und streckte mir eine Hand hin.

»Whiskey Mattimoe.«

»Sie sind die Großmutter!«

»Wie bitte?«

»Ich bin der Vater von Averys Zwillingen. Demnach sind Sie ihre Großmutter.«

Auf diese Weise hatte ich es bisher noch nie betrachtet. Und es würgte mich bei dieser Vorstellung.

»Wasser?«, sagte Nash und schenkte mir hilfsbereit ein frisches Glas ein.

»Ich bin Averys *Stief*mutter«, entgegnete ich. »Ihr Vater war älter als ich. Viel älter.«

»Das ist offensichtlich. Und ich bin wesentlich älter als Avery. Fünfzehn Jahre.«

»Das ist ja kein größerer Altersunterschied als zwischen Leo und mir«, sagte ich.

»Aber es funktionierte? Ihre Ehe, meine ich?«

»Ja. Aber wir haben nicht damit angefangen, Babys zu machen. Wir waren erst Freunde und dann ein Liebespaar.« Ehe ich mir noch mal den Mund verbrennen konnte, zwang ich mich, das ganze Glas Wasser hinunterzuschütten.

»Avery und ich waren ungestüm«, gab Nash zu. »Und

wir lieben uns nicht. Aber ich bin bereit, Verantwortung zu übernehmen. Heute Abend werde ich meinen Sohn und meine Tochter kennen lernen.«

»Sie haben sie noch nicht gesehen?«

»Nur auf Fotos.«

Ich gab ihm das leere Glas zurück.

»Was hatten Sie denn in Fishburg zu suchen?«

Nash sah mich verwirrt an.

»Da draußen zwischen den Eishütten«, klärte ich ihn auf. »Warum waren Sie nicht mit Avery beim Jamboree?«

»Avery war nicht beim Jamboree.«

»Ich habe sie gesehen. Sie unterhielt sich mit meinem Ex-Mann.«

Nash schüttelte den Kopf. »Avery verbringt den Tag mit den Zwillingen. Sie sagte, ich könne heute Abend vorbeikommen. Also beschloss ich, tagsüber das Lokalkolorit auf mich wirken zu lassen. Als ich die Hütten der Eisfischer sah, musste ich sie mir ansehen. Ich bin Berater einer Firma, die Bausätze zum Selbstbau von Hütten herstellt.«

»In welcher Hinsicht werden Sie da um Rat gefragt?«

»Wie sie mehr davon verkaufen können. Ich unterrichte Werbestrategien an der University of Florida. Und mache ein wenig Beratung nebenher.«

Er grinste. Wenn er nur halb so gut im Beraten wie im Flirten war, dann müsste Nash Grant eigentlich reich sein.

»Bei Ihrem Akzent nehme ich nicht an, dass Sie mit Eisfischen groß geworden sind«, tastete ich mich vor.

»Das stimmt. Biloxi-Jungs üben auch im Winter ihren Sport im Freien aus. Ich selbst habe gern Baseball gespielt.«

»Ich habe als Kind Softball gespielt. Das tue ich immer noch gelegentlich, aber mein liebster Sport an der Highschool war Volleyball.«

Nash nickte zustimmend. »Avery erzählte mir schon, dass Sie sportlich sind.«

Vermutlich wie in »Whiskey ist eher sportlich als attraktiv«. Ich fragte mich, was Avery wohl sonst noch über mich erzählt haben mochte.

Ehe ich nachfragen konnte, klopfte es an meiner Tür, und mein erster Ehemann sagte: »Wer konnte ahnen, dass der Eis-Überlebenskurs der elften Klasse sich irgendwann auszahlen würde?«

»Das, und der Rettungsgürtel, den ich aus dem Hubschrauber mitgenommen hatte«, erwiderte ich. »Jeb Halloran, das ist Nash Grant.«

»Wir sind uns bereits begegnet«, sagte Nash und gab von Kopf bis Fuß den Südstaatengentleman, indem er aufstand und Jeb die Hand schüttelte.

»Schön, Sie wiederzusehen«, sagte Jeb zu ihm.

»Wann habt ihr beiden euch denn getroffen?«, fragte ich.

Die Männer tauschten Blicke, als wollten sie einander an ein Freimaurergeheimnis erinnern.

»Äh – heute«, sagte Jeb. »Beim Jamboree.«

»Hat Avery euch bekannt gemacht?«

»Wie gesagt, Avery war nicht dabei«, erwiderte Nash.

Ich konzentrierte mich auf Jeb. »Dann habe ich dich also nicht mit Avery reden sehen?«

»Wann?«

»Heute Nachmittag. Beim Jamboree.«

»Mich nicht«, sagte Jeb. Er und Nash räusperten sich simultan.

»Was geht hier vor?«, wollte ich wissen.

»Nichts«, erwiderten sie.

»Jeb Halloran, mit wem hast du kurz vor ein Uhr gesprochen?«

»Du weißt doch, dass ich nie eine Uhr trage.«

»Aber ein Hirn trägst du schon, oder? Kannst du dich nicht mehr erinnern, wen du auf dem Jamboree gesehen hast?«

»Ich habe jede Menge Leute gesehen, Whiskey. Ich habe dreiundsechzig CDs verkauft! Morgen hoffe ich, das Doppelte zu verkaufen, sofern das Wetter mitmacht. Meine Keltische Sammlung ist hier der Hit.«

»Darf ich Sie fragen, auf welche Art Sie dafür Werbung machen?«, erkundigte sich Nash.

An diesem Punkt zog ich wieder die Decken über meinen Kopf. Es dürfte fünf Minuten gedauert haben, ehe sie es bemerkten. Dann verlegten sie ihr Gespräch nach draußen. Als sie das Zimmer verließen, erschlich ich mir einen Blick auf Nash Grants Hintern. Sehr hübsch. Aber der von Jeb auch, um ehrlich zu sein.

Doch es war Nash, der mir das Gefühl gab, als würde meine Infusion ein Rauschmittel enthalten.

»Großmutter«, dass ich nicht lache.

13

Irgendwas muss ich zum Abendessen zu mir genommen haben, aber Krankenhausessen hinterlässt so wenig bleibende Eindrücke, wie es schmackhaft ist. Woran ich mich jedoch noch gut erinnern konnte, war ein köstlicher Traum: Nash Grant, Jeb Halloran und David Newquist teilten sich die Hunde-und-Babysitter-Pflichten in Vestige. Aber das Beste kommt noch: In ihrer Arbeitsplatzbeschreibung war festgelegt, dass sie mir Schönheitsbehandlungen zuteil werden ließen. Nash wusch mir die Haare, Jeb massierte meinen Rücken, und Dr. David schnitt mir meine Klauen, ich meine Nägel.

Ich hätte die ganze Nacht, wenn nicht noch länger, in dieser Fantasie verweilen können. Doch leider wurde ich durch Lärm im Flur vor meinem Zimmer auf unsanfte Weise geweckt. Es dauerte einen Moment – einen sehr enttäuschenden Moment –, bis mir klar wurde, wo ich mich befand, und dass keine attraktiven Männer sich um mich kümmerten.

Eine Krankenschwester, die ich noch nicht kennen gelernt hatte, betrat meinen Raum auf die verstohlene Weise, die nur Pflegekräften eigen ist.

»Was ist denn?«, fragte ich, und sie zuckte vor Schreck zusammen.

»Tut mir leid«, sagte ich. »Dachten Sie etwa, ich sei tot?«

»Ich dachte, Sie schlafen. Ich hoffte, Sie schlafend anzutreffen.« Sie seufzte. »Alles dauert länger, wenn wir mit den Patienten reden müssen.«

Sie erklärte mir, dass vor ein paar Stunden ein Eissturm eingesetzt habe, der vereinzelt die Stromversorgung zum Erliegen brachte. Als das Verteilernetz zum Coastal Medical Center zusammengebrochen sei, habe man auf Notstromaggregate umgeschaltet.

»Da Sie nicht an einer Herz-Lungen-Maschine angeschlossen sind, sind Sie auch nicht davon betroffen«, sagte die Schwester. »Nur die Mahlzeiten werden kalt sein.«

»Sind sie das nicht ohnehin?«

»Ich werde Ihnen Ihre Infusion abnehmen, ehe wir loslegen ...«

»Muss das denn sein? Was immer da drin ist, es ist was Gutes.« Ich gähnte und wünschte, ich könnte wieder in meine Alternativversion von Vestige eintauchen. Dann dämmerte mir jedoch, dass ein Eissturm für das Jamoboree eine Katastrophe darstellte.

»Wird das Wetter morgen denn wieder besser sein?«, fragte ich.

»Es ist bereits morgen«, sagte die Schwester und aktivierte für mich die Zifferblattbeleuchtung ihrer Uhr. 4:17 war zu lesen.

»Oh. Das ist aber gar nicht gut für den Fremdenverkehr.«

»Das können Sie laut sagen. Die meisten Straßen sind gesperrt. Ich werde nicht von hier loskommen, bis der Schneepflug gekommen ist oder es wieder taut, je nachdem. Aber warum sollte ich mich auch beeilen, nach Hause zu kommen? Die Heizung funktioniert nicht. Hier ist es wenigstens warm.«

Ich nickte. Dann kam mir Chester in den Sinn. Gut möglich, dass er nicht nur in Schwierigkeiten war, sondern auch in der Kälte. Und im Dunkeln.

»Ich muss hier raus!«, platzte es aus mir heraus.

Die Krankenschwester, eine große Frau kurz vor dem Rentenalter, lachte. »Das sagen sie alle, meine Liebe!«

»Aber ich muss hier wirklich raus! Ich muss ein vermisstes Kind suchen!«

»Ja, die Schwester von der letzten Schicht sagte, Sie erwähnten das. Wir dachten, Sie seien aufgrund Ihrer Unterkühlung verwirrt. Sie hat es in Ihrem Krankenblatt vermerkt.«

»Ich bin nicht verwirrt«, sagte ich und setzte mich auf. »Ich weiß genau, was los ist! Nun, vielleicht nicht genau, denn sonst könnte ich Jenx sagen, wo sie Chester finden kann. Aber verwirrt bin ich nicht! Wo ist das Telefon?«

»Die Telefone funktionieren nicht«, sagte die Schwester resigniert. »Und Sie müssen sich wieder hinlegen.«

»Ich wette, dass die Mobiltelefone funktionieren.« Ich streckte meine Hand zum Nachttisch aus, um mir meins zu angeln.

»Der Gebrauch von Mobiltelefonen ist verboten«, fauchte sie. So dunkel es auch im Raum war, glaubte ich doch zu sehen, wie sie mein Mobiltelefon in ihre Tasche schob.

»Sie dürfen das nicht nehmen!«, sagte ich.

»Was nehmen? Sie müssen Ihre Augen schließen und sehen, dass Sie Ruhe finden. Es sei denn, Sie möchten, dass ich die Empfehlung für eine komplette psychiatrische Untersuchung ausstelle.«

Da wusste ich, dass es mit der »Netten Schwester« vorbei war. Von nun an würde sie nur noch versuchen, mir mit Zwang beizukommen. Die Strategie kannte ich – es war die einzige Möglichkeit für mich, mit Abra fertig zu werden. Also schloss ich meine Augen, zog die Decken übers Gesicht und versuchte, mich wieder ins Drei-Männer-Verwöhnprogramm einzuloggen.

Gegen sieben Uhr hatten die Nachtwachen Dienstschluss, auch wenn sie nicht wegkamen. Auf jeden Fall machte meine Nachtschwester eine Pause, denn die nächste Person, die sich um mich kümmerte, war ein sommersprossiger junger Mann, auf dessen Namensschild C. RICHARDS, RN. stand.

»Ich habe gehört, dass Sie in der Nacht ein wenig aufgeregt waren«, sagte er freundlich.

»Nicht aufgeregt. Nur ein wenig in Sorge – um all diejenigen ohne Notstromaggregat.«

Ich lächelte. Er lächelte zurück. Er war ziemlich clever für jemanden, der gerade erst die Krankenpflegerausbildung abgeschlossen hatte, wofür sein RN hinter dem Namen stand. Eigentlich sah er aus, als käme er direkt von der Highschool.

»Ich habe eine Frage«, säuselte ich mit meiner süßesten Stimme. »Ist es dem Krankenhauspersonal eigentlich gestattet, persönliches Eigentum von Patienten zu konfiszieren?«

C. Richards machte ein nachdenkliches Gesicht, als würde er versuchen, sich diese Frage aus seinem Handbuch für Neue Krankenhausangestellte in Erinnerung zu rufen.

»Ich glaube nicht, dass sie Sachen ›konfiszieren‹ dürfen. Aber ich weiß, dass das Krankenhaus persönliches Eigentum an sich nehmen darf. Vorübergehend.«

»Wissen Sie, es gibt da einen konkreten Vorfall ...« Ich bedeutete ihm, sich tiefer zu mir herabzubeugen, damit ich ihm flüsternd meine Befürchtung anvertrauen konnte. Er tat es, und ich teilte ihm meine Theorie mit, dass die vorherige Nachtschwester zu weit gegangen sei, indem sie mir gegen meinen Willen mein Mobiltelefon weggenommen hatte.

»Theoretisch betrachtet, denke ich nicht, dass sie sich damit schuldig gemacht hat«, sagte C. Richards und richtete sich auf. »Aber wenn Sie Ihr Mobiltelefon unbedingt zurückhaben wollen und mir versprechen, es nicht zu benutzen, solange Sie hier sind, werde ich sehen, was ich für Sie tun kann.«

»Ich schwöre«, sagte ich und machte die entsprechende Geste über meiner linken Brust. Seine blauen Augen folgten meinen Fingern. »Ich muss dieses Telefon unbedingt wiederhaben ...«

»Okay«, sagte er, ohne den Blick von meiner Brust abzuwenden. »Lassen Sie mich zuvor nur meinen Rundgang beenden.«

»Das ist nett von Ihnen«, gurrte ich.

Zehn Minuten später kam C. Richards zurück zu mir und bestärkte mich in meinem Glauben an die Männer, oder wenigstens an Testosteron. Ich bedankte mich mit sanfter Stimme bei ihm und bat ihn, das Telefon in meiner obersten Schublade zu verstauen. Sobald er gegangen war, holte ich es heraus und überprüfte die Akkuladung. Was für ein Glück, dass ich es in einer Westentasche bei mir getragen hatte, wo es nicht nass geworden war. Zwei Balken waren noch übrig.

Jetzt im Tageslicht konnte ich durch mein kleines Fenster sehen, welche Verheerung der Sturm angerichtet hatte. Die Welt draußen schien von Glas überzogen zu sein. Erde und Himmel – beide perlweiß – waren durch keinen sichtbaren Horizont voneinander getrennt. Weder Menschen noch Fahrzeuge bewegten sich. Alles schien im Frost erstarrt zu sein.

Doch dafür hatte ich keine Zeit. Zum Glück kannte ich einen Menschen, der über ein Fahrzeug verfügte, das vermutlich überall durchkam. Teils für seine Tierarztpraxis, aber auch für seine Einsätze als aktiver Tierschützer besaß und fuhr Dr. David Newquist einen 1989er Braun Typ 3 Rettungswagen. Der »Tierrettung« getaufte Wagen war weiß lackiert, mit horizontalen gelben Streifen passend zu seinem knalligen Parka. Und er war mit einer Abwandlung des Slogans beschriftet, den er an jedem seiner Kleidungsstücke trug:

AUCH TIERE SIND MENSCHEN.
WIR RETTEN TIERE.

Weil ich darauf baute, dass auch David Chester retten wollte, wählte ich seine Mobiltelefonnummer. Die ersten beiden Versuche gingen nicht durch, aber beim dritten Mal klappte die Verbindung.

»David«, wisperte ich. »Holen Sie mich hier raus!«

»Wer ist da? Und warum flüstern Sie?«

Sobald ich ihm meinen Namen genannt hatte, sagte David: »Wie geht es Ihnen? Ich wollte eigentlich gestern Abend bei Ihnen vorbeischauen, aber ich hatte zwei Notfälle, und als ich endlich fertig war, war die Besuchszeit vorbei.«

Ich ging davon aus, dass die meisten Männer sich nicht von so einer Banalität wie Besuchszeiten davon abhalten ließen, eine Frau zu sehen, bei der sie Eindruck machen wollten. Doch ich verzieh ihm und erklärte ihm den Grund meines Anrufs. David gab mir Recht, dass seine Tierrettung es mit dem Eissturm würde aufnehmen können. Schließlich war er auf diese Weise auch am Morgen in seine Tierklinik gelangt. Doch er hatte seine Zweifel daran, ob ich schon wieder fit genug war, das Krankenhaus zu verlassen.

»Als Mediziner und Fachmann muss ich Ihnen raten, Ihr eigenes Wohlergehen an erste Stelle zu setzen«, sagte David.

»Ja, ja. Ich hätte Ihnen dasselbe gesagt, wenn Sie mir Gils Vertrag gezeigt hätten, ehe Sie ihn unterschrieben«, konterte ich. »Aber Sie haben es nicht getan, nicht wahr?«

»Aber Sie hätten Recht gehabt!«, erinnerte er mich.

»Okay, schlechtes Beispiel. Sie müssen aber herkommen und mich abholen, David. Gemeinsam werden wir Chester sicherlich finden.«

»Ist das nicht eigentlich Jenx' Aufgabe?«

»Sie braucht Hilfe. Sie hat zu wenig Leute.«

»Wir hatten einen Eissturm, Whiskey«, erinnerte David mich. »Ich bin mir sicher, Jenx sähe es lieber, wenn wir uns von der Straße fernhielten.«

»Welcher Zeitpunkt wäre geeigneter, alles abzuklappern, um Chester zu finden!«, rief ich aus.

»Und wo sollen wir anfangen?«

»Machen Sie sich Sorgen um Chester oder nicht?«, forderte ich ihn heraus.

»Natürlich mache ich mir Sorgen! Ich bin auch um Sie besorgt, und Sie sollten im Krankenhaus bleiben!«

»Nicht, wenn ich anderswo gebraucht werde. Lassen Sie uns mit dem anfangen, was wir gestern in Erfahrung gebracht haben«, schlug ich vor. »Haben Sie irgendwas über ihn herausgefunden, nachdem Sie und ich uns getrennt hatten?«

»Das habe ich tatsächlich. Ich habe ein paar Leute auf dem Parkplatz befragt, ob jemand ein Kind gesehen hat, das wie Chester aussah. Zwei Leute sahen einen Jungen, auf den die Beschreibung passte, in einen weißen Jaguar steigen. Aber sie konnten nicht erkennen, mit wem er mitfuhr.«

Ich äußerte die Vermutung, dass es wohl zu schön gewesen wäre, wenn sie sich auch noch das Kennzeichen gemerkt hätten. Das war es. Doch David sagte, die Zeugen erinnerten sich, ein Nummernschild aus Iowa gesehen zu haben.

»Iowa?«, wiederholte ich. »Sind Sie sich sicher?«

»Ich bin mir sicher, dass sie mir das gesagt haben«, antwortete David. »Aber kann ich mir sicher sein, dass sie Recht hatten? Wie soll das gehen?«

»Warum sollte sich jemand aus Iowa Chester schnappen?«, wunderte ich mich laut.

»Chester ist der Sohn einer Berühmtheit«, erinnerte David mich. »Lösegeld könnte jeder haben wollen, egal aus welchem Ort.«

Ich bekam Herzklopfen. Warum hatte ich daran noch nicht gedacht? Wahrscheinlich, weil ich es nicht wollte. Aber keiner hatte Lösegeld verlangt. Jedenfalls nicht, dass ich wüsste. Ich erinnerte mich an mein seltsames Telefonat mit Cassina. Wussten sie und Rupert etwas, das ich nicht wusste?

Und da wurde ich C. Richards, RN, gewahr, der durch die Glasscheibe meiner Krankenzimmertür spähte. Rasch ließ ich das Mobiltelefon unter meiner Decke verschwinden. Als er trotzdem weiter hereinschaute, fiel mir ein, was ich über Männer wusste: Was einmal funktioniert, funktioniert immer.

Ganz langsam malte ich mir mit dem Zeigefinger meiner rechten Hand ein großes X über meine linke Brust.

C. Richards grinste und entfernte sich.

14

Sehr zögerlich willigte Dr. David ein, mich mit der Tierrettung abzuholen. Doch ich musste ihm versprechen, mich am Coastal Medical Center ganz offiziell abzumelden und auf gar keinen Fall zu versuchen, mich heimlich davonzuschleichen. Das hätte mir auch meine Mutter sagen können. Natürlich würde ich mich nicht hinausschleichen. Ich bin eine verantwortungsbewusste Erwachsene: Ich führe eine Firma mit Angestellten und anderen Schwierigkeiten. Ganz zu schweigen von einer Rund-um-die-Uhr-Betreuung von Kindern und Hunden. Wofür hielt Dr. David mich eigentlich?

Sobald wir unser Telefonat beendet hatten, entdeckte ich die Kleidungsstücke, mit denen ich eingeliefert worden war, darunter auch meine nunmehr trockenen Socken und Stiefel. Jemand war so feinfühlig gewesen, den Rettungsgürtel, den ich mir aus dem Hubschrauber »geliehen« hatte, zu entsorgen. Zum Glück hatten meine Brieftasche und deren Inhalt den Sturz in den Michigansee überlebt. Ich zog mich rasch an. Dann packte ich mein Mobiltelefon und schielte hinaus auf den Flur. Wenn ich einer Auseinandersetzung mit überarbeiteten Krankenschwestern oder einem zufällig anwesenden Arzt aus dem Weg gehen wollte, musste ich versuchen zu entkommen.

Mein Ziel war die Patientenaufnahme. Jedenfalls nahm ich an, dass ich dorthin gehen sollte, obwohl ich natürlich das genaue Gegenteil davon beabsichtigte. Doch wenn man mich in diesem Büro aufnehmen konnte, dann konnte man mich wohl auch wieder entlassen. Dazu würde sicherlich nur ein anderes Formular nötig sein.

Sobald die Luft im Flur rein war, rannte ich zum Treppenhaus, riss die schwere Metalltür auf und rumste direkt in C. Richards, RN.

»Wollen Sie sich etwas Bewegung verschaffen?«, fragte er. »Oder suchen Sie nach einem besseren Empfang für Ihr Mobiltelefon?«

»Pst.« Ich ging hinaus ins Treppenhaus und schloss hinter mir die Tür. »Sagen Sie bitte keinem was, aber ich muss mich entlassen. Können Sie mir sagen, wo ich das tun kann?«

Zu meinem Verdruss starrte der junge Pfleger schon wieder auf meine linke Brust, und zwar diesmal so intensiv, dass ich mich fragte, ob ich sie womöglich unbedeckt gelassen hatte. Also überprüfte ich das. Alles war gesichert.

»Hey«, sagte ich. »Ich gebe Ihnen einen Tipp: Versuchen Sie, Ihren Patienten doch mal zur Abwechslung in die Augen zu schauen. Das sorgt für bessere Umgangsformen am Bett.«

»Ich weiß alles über Umgangsformen im Bett«, sagte er

mit belegter Stimme. »Ich weiß sogar, wo es einen Wartungsraum mit einem Bett darin gibt.«

»Ich werde Sie melden!«, zischte ich.

»Ach ja? Wissen Sie denn überhaupt, wo Sie das tun können?«

Angewidert zwängte ich mich an ihm vorbei und rannte dann die Treppe hinunter, bis es wirklich nicht mehr weiterging. Das war ein Fehler, denn ich landete im Heizungskeller. Doch nachdem ich meinen Kurs korrigiert und zwei Treppen hochgegangen war, fand ich schließlich die Patientenaufnahme. Die Angestellten dort waren überhaupt nicht erfreut über meine Annahme, sie könnten mich ganz automatisch entlassen. Sie führten ein paar Telefongespräche und bestanden darauf, dass ich ein kleines Formular, ein so genanntes GÄR unterschrieb – Gegen Ärztlichen Rat. Das ganze Prozedere war zeitraubender und ärgerlicher als nötig, wenn man bedachte, dass ich, wie wir alle wussten, ohnehin meinen Willen bekommen würde.

Als ich ihn bekam, wartete Dr. David bereits vor dem Eingang auf mich. Seine Tierrettung erntete beträchtliche Aufmerksamkeit vom Krankenhauspersonal, dessen Schicht zu Ende war, das aber wegen des spiegelglatten Geländes nicht zu den eigenen Autos konnte.

»Man hat mir schon fast zweihundert Dollar angeboten, damit ich die Leute nach Hause bringe«, sagte er.

»Sie sollten sich überlegen, Ihr Gefährt zum Notfalltaxi umzufunktionieren«, sagte ich und stieg ein. »So können Sie sich nebenbei was dazuverdienen.«

»Genau das tue ich auch. Hinten sitzen vier Leute. Die werden wir als Erstes abliefern, dann halten wir nach Chester Ausschau.«

Ich starrte David an und hoffte auf ein Zeichen, dass er

Scherze machte. Dann fiel es mir wie Schuppen von den Augen: Bei Menschen verstand er keinen Spaß. Oh, er konnte kichern und lachen und sich mit Vierbeinern auf dem Boden wälzen, aber bei Menschen wurde er todernst.

»Die Einnahmen spende ich dann Fleggers«, ergänzte er.

Fleggers war die Kurzfassung für Four Legs Good, der Name der in Ann Arbor sitzenden Tierschützergruppierung, der David seine Freizeit widmete. Ihr Slogan lautete: »Wir lieben Menschen aller Spezies.« Ihr Ziel war gleiche Rechte für Tiere, was immer das zu bedeuten hatte. Diese Ansicht war so lächerlich und wollte mir einfach nicht in den Kopf. Bedeutete »gleiche« Rechte die Gleichstellung mit den Menschenrechten, wie etwa ein eigenes Heim? Zu heiraten? Zu wählen? Genau was dieses Land noch brauchte – Hunde und Katzen, die bei den nächsten Präsidentschaftswahlen mitwählten.

»Wir nehmen also vier Leute mit?«, hakte ich nach.

David nickte. Er warf einen Blick auf einen Fetzen Notizpapier. »Zwei wohnen hier in der Nachbarschaft, einer wohnt im Norden der Stadt und der andere östlich von Sugar Grove.«

»Östlich von Sugar Grove? Das ist auch bei gutem Wetter fast eine Stunde weit entfernt«, stöhnte ich.

»Dann sollten wir lieber losfahren«, erklärte David.

»Übrigens«, sagte er, »wissen Sie, dass Sie Blut an Ihrer Jacke haben?«

Bei meinem überstürzten Aufbruch war mir das nicht aufgefallen. Jetzt starrte ich im tief stehenden Morgenlicht auf meine Brust und meine Ärmel. Nicht irgendjemandes Blut, sondern Gils Blut – von meinem Kampf, mich aus dem kalten Wasser zurück aufs Eis zu ziehen, wo unser Bürgermeister verblutet war. Ich riss mir die Jacke vom Leib und wickelte mich in eine Wolldecke, die ich unter Davids Vordersitz fand. Meine Zähne klapperten, und das nicht wegen der Kälte.

In den Händen eines geübten Fahrers wie David nahm es die Tierrettung mit den meisten Gefahren der Straße auf. Der Tierarzt war stolz, den Wagen gebraucht übers Internet erstanden zu haben, und das für gerade mal fünftausend Dollar. Fleggers zuliebe hatte er das Heck so ausgestattet, dass er sowohl große als auch kleine Tiere sicher befestigen konnte.

Dafür verfügte der Rettungswagen weder über Radio noch Heizung, und der Beifahrersitz war für Fahrten von weniger als fünfzehn Minuten gedacht. Bis wir drei unserer vier Passagiere abgeliefert hatten und nach Osten Richtung Sugar Grove unterwegs waren, war ich anderthalb Stunden auf meinem Sitz hin- und hergerüttelt worden.

»Was meinen Sie, könnten wir vielleicht eine Pause machen? Uns vielleicht was zu essen besorgen?«, fragte ich David.

»Heute hat nichts offen«, erwiderte er. »Vielleicht hätten Sie Ihre Entlassung nicht vor dem Frühstück betreiben sollen.«

»Vielleicht hätten Sie sich nicht breitschlagen lassen sollen, vier Passagiere zu befördern«, meckerte ich.

Schweigend hob David seine rechte Hand vom Lenkrad und zeigte mir fünf Finger.

»Was soll das bedeuten?«, fragte ich.

»*Fünf* Passagiere.«

Den restlichen Weg nach Sugar Grove legten wir schweigend zurück. Es war eine Eisenbahnstadt, ein wenig größer als Magnet Springs. Davids Fahrweise verdiente Anerkennung, er fuhr forsch, aber nicht unbedacht. Die Straßen waren in einem schrecklichen Zustand, von einer durchgängigen Glasfläche bis zu einem Bett aus Glasscherben. Hier und da scherte die Tierrettung wild nach hinten aus. Wenn dies der Fall war, hielt ich mich mit beiden Händen am Türgriff fest, schloss meine Augen und wartete ab. David blieb ruhig; entspannt hielt er das Lenkrad umfasst.

Als wir am Sugar Grove Inn vorbeikamen, wurden Erinnerungen wach. Dort hatte ich viele romantische Brunchs mit meinem verstorbenen Ehemann und eine nicht ganz so glückliche Mahlzeit mit unserem örtlichen Richter erlebt. Sechs Monate nach Leos Tod hatten der Jurist Wells Verbelow und ich uns dort getroffen, ohne dass es zwischen uns funkte. Jetzt stellten sich zunehmend Zweifel ein, dass es zwischen David und mir klappen könnte. Oder ob er sich überhaupt mit mir verabreden würde. Und ob ich das wollte. Der Tierarzt war kompetent, engagiert und sah nicht schlecht aus. Aber, Gott steh mir bei, er war kein Nash Grant.

Ich zuckte zusammen, als jemand gegen die Trennscheibe hinter mir klopfte.

»He, Sie!«, sagte eine gedämpfte Stimme. »Hier muss ich raus!«

Wir befanden uns jetzt am anderen Ende der Stadt, am Rande eines bewaldeten Tals. David brachte die Tierrettung zum Stehen. Die hintere Tür öffnete und schloss sich. Dann rutschte unser vierter Passagier an meinem Fenster vorbei. In Zivilkleidern sah C. Richards, RN, wie der Teenager aus, der er vermutlich noch immer war. Er grinste mich lasziv an und fuhr sich mit der Zunge über seine Oberlippe. Ich schielte auf David, der etwas am Armaturenbrett befestigte und deshalb die Vorführung verpasste. C. Richards, oder wer immer er war, überquerte geschickt den schmalen Graben, der parallel zur Straße verlief. Binnen Sekunden war er im Wald verschwunden.

»Wohin als Nächstes?«, fragte David und schaute hoch.

Ehe ich etwas erwidern konnte, klingelte mein Mobiltelefon.

»Wie geht's Ihrer linken Brust?«, keuchte Sie-wissen-schon-wer. »Halten Sie sie warm für mich?«

Ich drückte den Anruf weg. Dieser verdammte Kindskopf hatte sich meine Nummer kopiert, als er mir das Telefon holte.

Es klingelte wieder.

»Hören Sie, Sie kleiner Perversling«, begann ich.

»Man hat mich schon Schlimmeres genannt.« Polizeichefin Jenkins war in der Leitung.

»Tut mir leid«, murmelte ich.

»Wie ich höre, sind Sie aus dem Coastal Med ausgebüxt. Was sollte das?«

»Dr. David und ich werden Sie bei der Suche nach Chester unterstützen, nachdem wir unsere morgendlichen Lieferungen nun erledigt haben. Haben Sie einen Vorschlag, wo wir anfangen sollen?«

»Wo sind Sie denn?«, fragte sie.

Ich gab ihr die ungefähre Position als östlich von Sugar Grove durch.

»Das ist großartig!«, rief Jenx aus. »Dann sind Sie in der Nähe vom Bear Claw Casino Resort!«

»Aha? Wir haben aber keine Zeit für Glücksspiele.«

»Aber genau das spielen wir hier, Whiskey. Ich habe gerade einen Anruf von Chester bekommen. Über sein Mobiltelefon. Jemand hat ihn dazu gebracht aufzulegen, ehe er viel sagen konnte, aber ich erkannte den Lärm im Hintergrund.

Es war das Ding-Ding-Ding der Einarmigen Banditen einer Glücksspielhalle. Fahren Sie jetzt rüber nach Bear Claw!«

Dank Davids vollendetem Fahrstil und seinem hervorragenden Orientierungssinn erreichten wir das von amerikanischen Ureinwohnern betriebene Kasino in weniger als zwanzig Minuten. Auf dem Weg versuchte ich, über meine Entdeckung von Gils Leiche zu reden, aber David zeigte sich nicht sehr interessiert.

»Hören Sie, Whiskey, ich bin nicht froh darüber, dass dieser Typ abgemurkst wurde – wenn es denn wirklich so ist – aber mir tut es auch nicht leid, dass er nicht mehr ist.«

»Ihnen ist aber hoffentlich klar, dass Ihr Vertrag mit Best West noch immer existiert«, sagte ich. »Gils Geschäft existiert auch dann noch, wenn er es nicht mehr tut.«

David schien entsetzt zu sein, das zu hören. Manchmal fragte ich mich, ob er auch nur über einen Funken Geschäftssinn verfügte.

»Aber Gils Name steht auf meinem Mietvertrag! Er hat ihn unterschrieben!«

»Ja, aber er unterschrieb ihn als Makler von Best West Realty. Lesen Sie das Dokument doch einmal, David.«

Wieder brütete der Tierarzt vor sich hin. Nach einigen Minuten sagte ich: »Aber das Gute für Sie ist doch, dass Gil Ihnen jetzt nicht mehr drohen kann. Wer immer jetzt Best West übernimmt, wird sicherlich angenehmer im Umgang sein.«

»Auch angenehmer für Sie.«

Diese Erkenntnis hatte mir auch schon gedämmert.

»Wer wird denn Best West übernehmen?«, fragte David.

Ich wusste es nicht. Im Unterschied zu Leo war Gil alleinstehend und hatte keine Verwandten in seiner Firma. Er beschäftigte ein paar Teilzeitmakler, von denen keiner danach aussah, als würde er Best West führen wollen.

Als wir auf den Parkplatz des Bear Claw Casino Resort fuhren, fielen David und mir die vielen Fahrzeuge auf. Offensichtlich ließen sich Spieler von Eisstürmen nicht entmutigen – nicht solange die Notfall-Generatoren liefen. David hatte einen Plan: Er würde mich am Haupteingang absetzen und dann die parkenden Autos der Reihe nach durchgehen, ob sich ein weißer Jaguar mit Iowa-Nummernschild darunter befand.

»Oder auch sonst ein weißer Jaguar«, schlug ich vor.

Meine Aufgabe bestand darin herauszufinden, ob drinnen jemand Chester gesehen hatte, wohin er gegangen und mit wem er unterwegs war. Da Chester ein Kind ist, an das man sich erinnert, war ich voller Zuversicht. Sofern Jenx mit ihrer Vermutung Recht gehabt hatte und der Anruf von hier erfolgt war.

15

Der Mann am Empfang des Bear Claw Casino Resort hatte an diesem Morgen weder Chester noch sonst irgendwelche Kinder gesehen.

»Es gibt kaum Eltern, die ihre Kinder aus der Schule nehmen, um hier einen Tag zu verbringen«, bemerkte er. »Wir sind nicht Disney World.«

Als ich ihn darauf hinwies, dass die Schulen der Umgebung wegen des Eissturms geschlossen hatten, machte der Empfangsangestellte ein überraschtes Gesicht. »Es hat einen Eissturm gegeben?«

Ich glaubte erst, er mache Scherze, bis ich feststellte, dass man von seiner Empfangstheke aus keinen Blick nach draußen hatte. Außerdem spielte sich das Spielkasinogeschäft vorwiegend am Tag ab, Gäste, die auf ein paar Stunden vorbeikamen, um zu spielen, und nicht im Hotel übernachteten. Sie benutzten einen anderen Eingang. Ich bewegte mich dorthin.

Aus dem rauchgeschwängerten Kasinosaal drang eine Kakophonie künstlicher Geräusche. Nicht nur das von Jenx berichtete Ding-Ding-Ding, sondern auch elektronische Akkorde und Tonleitern und das gelegentliche Scheppern von Münzen, wenn jemandes Spielautomat den Gewinn ausschüttete. Gelangweilte Getränkekellnerinnen liefen durch den Saal. Sie trugen Stirnbänder aus Leder mit schlampigen Federn, Minikleidchen aus Wildleder, die mit Perlen besetzt waren, und Schuhe mit zehn Zentimeter hohen Absätzen. Die Kostümierung sollte die Illusion von indianischen Prinzessinnen im heiratsfähigen Alter nähren, doch die Kellnerinnen, die ich sah, waren allesamt Weiße und hatten Namen wie Mindy oder Megan.

Zuerst befragte ich Mindy, als ich mir ein großes Pepsi und ein paar Bretzeln bestellte. Sie war eine stämmige Wasserstoffblondine mit teigiger Haut und wässrigen Augen. Als sie klagte, allergisch gegen Zigarettenrauch zu sein, fragte ich sie, warum Sie sich dann entschieden habe, hier zu arbeiten.

»Ich wurde gleich im ersten Jahr auf der Highschool schwanger«, sagte Mindy. »Also ging ich nach den Weihnachtsferien gar nicht mehr hin. Jetzt habe ich drei Kinder unter fünf Jahren und zwei Väter, die ihrer Unterhaltspflicht nicht nachkommen. Warum ich hier arbeite?« Sie kratzte sich an der Nase. »Die Tagesstätte hier ist gut, und sie zahlen die vollen Versicherungsleistungen. Wo sonst bekäme ich solche Bedingungen im Reservat?«

»Sie leben im Reservat?«

»Aber ja. Meine Kinder sind halb Kickapoo.«

Da Mindy selbst Kinder hatte, würde sie wahrscheinlich Mitleid mit Chester haben. Jedenfalls ging ich davon aus. Aber meine Vermutung erwies sich als falsch.

»Er ist acht? Was macht ein Kind in diesem Alter mit einem eigenen Mobiltelefon?«, fragte sie. »Der scheint sehr verwöhnt zu sein.«

»Nun, seine Mutter ist geschäftlich viel unterwegs und muss deshalb auf diese Weise mit ihm den Kontakt halten.«

»Dann ist die Mama von diesem Kind also reich, stimmt's?«

»Stimmt«, gab ich zu. »Aber jetzt geht es darum, dass das Kind vermisst wird. Vermutlich wurde es gekidnappt. Und wir glauben, dass er heute Morgen hier gewesen sein könnte.«

»Die Mama von diesem Kind lässt es an Glücksspiele? Das ist illegal, wissen Sie. Wir kämen in Schwierigkeiten, wenn er einen Spielautomaten auch nur angefasst hat. Ich könnte deshalb sogar meinen Job verlieren.«

Ich könnte womöglich auch meine Zeit vergeuden, überlegte ich. Nachdem ich Mindy viel zu viel Trinkgeld gegeben hatte, nahm ich meine Pepsi und die Bretzeln und entfernte mich.

Megan war die nächste Kellnerin, an die ich mich wandte. Sie war ein kleines Ding mit leicht schrägen mandelfarbenen Augen, und als ich Chester erwähnte, zeigte sie sofort Interesse.

»Nun, Kinder sind hier im Raum eigentlich nicht erlaubt«, begann sie, »aber es war eins hier heute Morgen. Hellblonde Haare, große Brille. Sah aus, als wäre er so an die sechs Jahre alt.«

»Das ist Chester! Er sieht aus wie sechs, ist aber in Wirklichkeit acht.«

»Ein Frühchen?«, fragte Megan.

»Wie bitte?«

»Kam er als Frühgeburt zur Welt? Bei mir war das nämlich so, deshalb frage ich. Als Jugendliche sah ich immer ein paar Jahre jünger aus, als ich war.«

Das war tatsächlich Chesters Geschichte. Er war während einem der ersten Konzerte seiner Mutter hinter der Bühne zur Welt gekommen. Aber ich kam wieder auf mein Anliegen zu sprechen. »Erzählen Sie mir, was Sie gesehen haben!«

Megan hatte Chester vor etwa einer Stunde gesehen, als er hinter ihr auftauchte und sie an ihrem Minikleid aus perlenbesetztem Wildleder zog.

»Entschuldigen Sie«, hatte er gesagt. »Das ist aber kein authentisches indianisches Stammeskostüm.«

Megan lächelte ihn an und erklärte ihm, dass sie schließlich auch keine authentische Indianerin sei und es deshalb nichts ausmache. Chester war anderer Meinung. Er fand, sie missachte die Kickapoo-Tradition, indem sie diese Bekleidung trug. Megan erzählte ihm, ihre Chefs seien Kickapoo, und ihnen mache es nichts aus. Außerdem sei sie dazu angestellt, möglichst viele Drinks zu verkaufen, und nicht Erklärungen über die Rechte und Traditionen amerikanischer Ureinwohner abzugeben. An dieser Stelle bedeutete Chester ihr dann, sie solle sich zu ihm herabbeugen, damit er ihr was ins Ohr flüstern könne. Das tat sie, und er fragte sie, ob sie eine große Frau mit schwarzgrauen Haaren sehen könne, die aussehe, als würde sie nach jemandem Ausschau halten.

»Sie haben einen besseren Überblick als ich«, fügte er hinzu. »Ich bin nur knapp einen Meter groß und kann nicht über die Spielautomaten drüberschauen.«

Megan war von ihrer eigenen Geschichte gerührt. Sie sagte mir: »Ich bin nur einszweiundsechzig, aber ich habe meinen Vorteil von sechzig Zentimetern genutzt, um ihm zu helfen. Und tatsächlich, ich habe eine Frau entdeckt, auf die diese Beschreibung zutraf. Sie kam direkt auf uns zu!«

Und da zog Chester sein Mobiltelefon heraus und machte einen Anruf. Aber die große Frau riss ihm das Gerät aus der Hand. Sie sagte zu Megan: »Danke, dass Sie meinen Enkel für mich gefunden haben. Ich habe schon überall nach ihm gesucht.«

Chester warf einen Blick zurück auf Megan, als die Frau ihn mit sich zerrte.

»Er hat nichts Lautes mehr gesagt«, berichtete Megan, »aber er bewegte seinen Mund, als versuche er mir etwas mitzuteilen. Das werde ich nie vergessen. Seine Lippen machten etwa so.« Sie demonstrierte zwei lautlose Silben. Für die erste zog sie ihre Lippen zurück; für die zweite hauchte sie mehr oder weniger einen Kuss. Sie wiederholte diese Aktion mehrmals, während ich sie anstarrte.

»Was hat das zu bedeuten?«, fragte ich.

»Ich habe keine Ahnung!«, rief Megan. »Ich hatte gehofft, Sie wüssten es!«

»So etwa?« Ich versuchte die Mundbewegung nun selbst. Megan gab mir Anweisungen, bis ich es richtig hinbekam. Aber ich hatte keine Ahnung, was ich da lautlos von mir gab.

»Erzählen Sie mir was über die Frau«, bat ich sie.

In der Aufregung hatte Megan die Details ihrer Kleidung nicht mitbekommen. Aber in einem war sie sich sicher: Sie trug einen langen Pelzmantel. Megan hatte auch bemerkt, dass sie »schon alt, aber nicht gebrechlich« war.

»Sie sah aus wie eine Frau, die in ihrer Jugend Tänzerin oder so etwas gewesen ist. Jedenfalls bewegte sie sich so, wenn Sie wissen, was ich meine?«

Ich tat es. Ich stellte mir dabei Mrs. Oscar Manfred Gribble der Dritte vor.

Als ich mein eigenes Mobiltelefon zückte, um Jenx anzurufen, gebot Megan mir Einhalt. Sie sagte, ich müsse den Anruf von der Lobby aus tätigen. Regel des Kasinos.

»Aber natürlich hätte ich den kleinen Jungen deswegen nicht auffliegen lassen«, fügte sie hinzu.

Ich fischte eine Zehndollarnote aus meiner Manteltasche und warf sie auf ihr Tablett. Megan sagte: »Für das Geld bringe ich Ihnen aber ein richtiges Frühstück. Was Besseres als Pepsi und Bretzeln.«

Sie versprach, gleich wieder zurück zu sein. Während ich wartete, beobachtete ich ein paar achtzigjährige Frauen mit Zigaretten im Mundwinkel, die eine Münze nach der anderen in drei Spielautomaten gleichzeitig warfen. Das waren eindeutig Profis.

Megan kehrte mit einem klebrigen Gebäck in Form einer Bärentatze auf einem Papierteller zurück.

»Das ist unser Haus-Frühstück«, verkündete sie, und ihre leicht schrägen Augen funkelten dabei. »Genießen Sie es.«

Ich nahm das Gebäck, das groß und äußerst klebrig war, und ging dann zur Lobby.

Hier machte ich folgende Erfahrung: Versuche nie, ein Mobiltelefon zu benutzen, während du eine Bärentatze isst. Man verteilt dabei nämlich den klebrigen Zucker übers ganze Telefon. Meine Finger waren so klebrig, dass nicht mal die Schnellwahl funktionierte. Am Ende wusch ich mir zwei Mal die Hände über dem Toilettenwaschbecken, ehe ich Jenx endlich anrufen konnte. Ich weiß nicht, womit der

Konditormeister des Kasinos diese Dinger glasierte, aber es hatte die Konsistenz von Klebstoff. Doch es schmeckte köstlich.

Als ich anrief, war Jenx allerdings im Einsatz, was mich nicht überraschte. Die Einsatzzentrale bot mir an, mich durchzustellen. Während ich wartete, kam David im Eilschritt in die Kasino-Lobby; seine grünblauen Augen groß und rund vor Aufregung.

»Ich habe den Jaguar gefunden! Ich habe den Jaguar gefunden!«, keuchte er. Er wedelte mit einem Stück Papier.

»Nummernschild aus Iowa?«, fragte ich.

Er nickte atemlos. »Ich fand auch noch einen zweiten weißen Jaguar! Mit einem Nummernschild aus Illinois. Auch diese Nummer habe ich aufgeschrieben, für alle Fälle.«

Als Jenx sich meldete, übergab ich sie an den guten Tierarzt. Beim Zuhören bekam ich mit, dass er den Empfangsportier des Hotels ausgefragt hatte, ob eins dieser Autos Übernachtungsgästen gehörte, aber der Angestellte von Bear Claw wollte sich nicht dazu äußern.

Jenx schien David zu erklären, dass für eine solche Information polizeiliches Eingreifen vonnöten sei.

»Dann schicken Sie sofort jemanden in Uniform her!«, insistierte David und reichte mir dann das Telefon.

»Es ist klebrig«, sagte er und untersuchte seine Finger.

Ich fragte Jenx, ob sie vorhabe, die Officers Swancott und Roscoe zum Kasino zu schicken.

»Das fällt in den Zuständigkeitsbereich der Bundespolizei«, erwiderte sie. »Ich werde zusehen, dass ich die Bundespolizei von Michigan da rausschicken kann. Brady und Roscoe sind bereits an dem Fall dran. Sie gehen Ihrem Vorschlag nach und nehmen bei einer Tür-zu-Tür-Befragung eine Kleiderschrankdurchsuchung vor.«

»Dann haben sie also einen Durchsuchungsbefehl, um sich die Pelzmäntel der Leute zeigen zu lassen?«, fragte ich.

»Nein, es ist freiwillig«, sagte Jenx. »Technisch gesehen hat das natürlich weder Hand noch Fuß. Aber wenn die Leute ihre Tür öffnen und Officer Roscoe sehen, dann sind sie meistens recht entgegenkommend.«

Verständlich, denn Officer Roscoe war ein deutscher Schäferhund aus tadelloser Zucht und von imposanter Statur. Obwohl auch für den Außeneinsatz bestens geschult, bestand der Aktivposten des Hunde-Officers in seiner Fähigkeit, Leute so lange anzustarren, bis sie aufgaben.

»Das ist ja alles schön und gut«, sagte ich. »Aber der Pelzmantel, den Sie wollen, wird momentan von Mrs. Gribble der Dritte getragen. Eine Kellnerin beschrieb die Frau, die Chester mit sich geschleift hat, und es kann nur sie sein!«

Sowohl Jenx als auch Dr. David lauschten meiner Geschichte. Der Tierarzt zeigte keine Neigung, auf die Bundespolizei zu warten; ihm war danach, an sämtliche Türen des Hotels zu klopfen, bis er selbst Mrs. Gribble gefunden hatte.

Ich bat Jenx, einen Moment in der Leitung zu bleiben, weil ich David erinnerte, dass die in Frage kommende Frau einen Mantel trug. Also befand sie sich wahrscheinlich auf dem Weg ins Freie.

»Oder sie ist von draußen hereingekommen!«, platzten David und Jenx simultan los.

»Hatte Chester denn einen Mantel an?«, fragte David.

Ich hatte vergessen, Megan danach zu fragen. Jenx schalt mich dafür, das übersehen zu haben, und David wollte den Namen der Kellnerin wissen, damit er selbst zu ihr gehen und sie fragen konnte. Ehe er losging, nahm ich ihm den inzwischen klebrigen Fetzen Papier aus der Hand.

»Können Sie die Nummernschilder überprüfen, die David gefunden hat?«, fragte ich Jenx.

Sie versprach, es zu versuchen, also las ich sie ihr vor. Das aus Illinois hatte eine persönliche Note: ILGLSP.

»Ich liebe Glücksspiele?«, mutmaßte ich laut. »Es geht doch nichts darüber, mit seinem eigenen Laster zu werben.«

»Vielleicht haben sie sich auf diese Weise den Jaguar verdient«, meinte Jenx. »Da wir gerade bei Lastern sind, haben Sie den großen Aufruhr heute Morgen im Coastal Med mitbekommen?«

»Was ist passiert?«

»Man hat eine Pflegekraft als Spanner entlarvt.«

»Eine männliche Pflegekraft?«

»Ja, aber es wird noch besser: Die Pflegekraft war gar kein echter Krankenpfleger. Wie sich herausstellt, hat er einen gefälschten Ausweis benutzt.«

»Sagen Sie nichts«, sagte ich, während mein Magen einen doppelten Rückwärtssalto machte. »C. Richards.«

»Dann haben Sie also davon gehört«, sagte Jenx.

»Nicht direkt. Ich habe mir von dem Kerl auf die Brust glotzen lassen. Und habe ihm eine Mitfahrgelegenheit nach Hause verschafft.«

16

»Tatsächlich war es natürlich David, der diesen Kerl nach Hause gefahren hat. Und auch nicht eigentlich nach Hause. Eher zu einem Waldrand«, berichtete ich Jenx.

»Wo liegt der Wald?«, wollte sie wissen.

»Östlich von Sugar Grove. Wir hatten ihn gerade rausgelassen, als Sie anriefen, weil Chester im Bear Claw sein sollte.«

»Könnten Sie eine Beschreibung dieses Kerls geben, der nicht C. Richards ist?«, fragte Jenx.

»Ja. Aber ich muss Ihnen sagen, dass er ohne seine Uniform ganz anders ausgesehen hat.«

»Wie meinen Sie das?«

»Während der Arbeit hat er jung ausgesehen. Außerhalb der Arbeit hat er zu jung ausgesehen. Als hätte er kaum die Highschool hinter sich.« Mich schauderte.

»Kommen Sie auf der Wache vorbei, ehe Sie nach Hause fahren.«

»Okay. Aber da ist noch etwas, was Sie wissen sollten: Er hat die Nummer meines Mobiltelefons.«

»Wie ist er denn an die rangekommen?«, fragte Jenx.

»Lange Geschichte ...«

»Und Sie sind sich sicher, dass er sie hat?«

»Er hat mich angerufen!«

»Wie lautet seine Nummer?«

Ich hatte nicht daran gedacht, das zu überprüfen, ehe sie mich fragte. Als ich es tat, merkte ich, wie Recht David hatte. Einige Teile meines Telefons klebten noch immer.

»Der Mistkerl hat seine Nummer unterdrückt, als er anrief«, berichtete ich Jenx.

»Die schlauen Perversen sind Raubtiere«, sagte sie. »Die dummen werden gefasst und wandern ins Gefängnis.«

Jenx brachte mich auf den neuesten Stand des Jamboree: Alle Aktivitäten waren auf den nächsten Tag verschoben worden. Peg wurde zur amtierenden Bürgermeisterin, bis wir mehr über Gils Schicksal wussten.

Wir beendeten das Gespräch, als David, eine Bärentatze mampfend, zurückkam.

»Lassen Sie mich mit Jenx reden«, sagte er, den Mund voller Blätterteig. Als wäre er so nicht schon schwer genug zu verstehen.

»Sie machen mein Telefon ganz klebrig!«, protestierte ich.

»Ihr Telefon ist bereits klebrig.«

Als ich es ihm reichte, erzählte er Jenx: »Chester trug keinen Mantel. Er hatte einen dunkelblauen Rollkragenpullover und Jeans an.«

Ich kannte diesen Rollkragen. Ich vermisste diesen Rollkragen. Verdammt, ich vermisste Chester.

Als David mir das Telefon zurückgab, sah er die Tränen in meinen Augen. Ich hasse es, wenn ich sentimental werde. Noch mehr hasse ich es, wenn es dafür Zeugen gibt.

»Wir finden ihn schon, Whiskey«, versprach David. »Jenx meint, die Bundespolizei werde bald hier sein.« Er biss wieder in seine Bärentatze. »Köstlich. Jetzt weiß ich wenigstens, woher der Name für diese Anlage kommt.«

»Vom Gebäck?«

»Das Gebäck verdankt seinen Namen einem glücklichen Zufall. Der Legende nach gehörten die Kickapoos und die Shawnees zum selben Stamm. Und trennten sich nach einem Kampf um eine Bärentatze.«

»Hat Ihnen das die Kellnerin Megan erzählt?«

»Ich hab's an der Wand der Herrentoilette gelesen.«

Die Erwähnung von Megan erinnerte mich an Chesters letzte bekannte Lippenbewegungen. Ich führte sie David vor. Ihm fielen fast die Augen raus.

»Abra!«, schrie er.

»Was ist mit ihr?«

»Das ist das, was ich von Ihren Lippen lese! Das ist das, was Chester zu sagen versucht hat!« Der gute Tierarzt strahlte. »Lassen Sie uns nach Vestige zurückkehren und sie holen. Abra wird uns helfen, ihn zu finden!«

Ich konnte mir nicht vorstellen, inwiefern Abra hilfreich sein sollte, und sagte dies auch.

»Haben Sie das vergessen? Abra hat eine Polizeiausbildung«, widersprach mir David. »Das hat Jenx mir erzählt.«

»Hat Jenx Ihnen auch erzählt, worin ihre ›Polizeiausbildung‹ bestand? Abra hat vorgeführt, wie man Handtaschen klaut, so dass die Polizisten das Verbrechen besser nachvollziehen konnten.«

Ich hatte nicht mehr die Kraft, ihm zu erzählen, dass Abra dabei eine weitere Handtasche gestohlen hatte, die für die polizeilichen Ermittlungen von großer Wichtigkeit war. Wenn ich über Abra nachdenken musste, wurde ich im Allgemeinen sehr müde.

Als wir aus der funzelig beleuchteten Lobby ins Freie traten, war ich überrascht, was wir für einen strahlenden Tag hatten. Die Sonne lächelte von einem klaren azurblauen Himmel und ließ die Eisschichten, die über allem lagen, wie Kristalle eines Kronleuchters funkeln. Ich setzte meine Sonnenbrille auf.

»Lassen Sie uns überprüfen, ob die beiden Jaguars noch da sind«, sagte David blinzelnd.

Aber sie waren nicht mehr da. Wir fuhren zwei Mal mit der Tierrettung das große Parkplatzareal ab, ohne einen der beiden Wagen zu entdecken. David ereiferte sich.

»Hat diese Frau Chester bei diesem Wetter etwa ohne Mantel mitgenommen?«

Obwohl diese Frage rein rhetorisch war, wusste ich, dass die nächste sich an mich richten würde.

»Whiskey, hatte Chester einen Mantel an, als er Vestige verließ?«

»In meinem Büro hatte er einen Mantel an, und da habe ich ihn zuletzt gesehen. Bisher.«

Als David nachhakte, musste ich zugeben, nicht in Chesters Kleiderschrank in Vestige nachgesehen zu haben, welche Kleidung weg und welche noch da war.

»Und Sie wollen Amateurdetektivin sein«, meinte er aufbrausend.

»Eigentlich bin ich Immobilienmaklerin. Ich hatte nie eine Karriere im Lösen von Kriminalfällen angepeilt. Oder in Kinderbetreuung.«

»Ich weiß, was Sie sagen wollen«, räumte David ein. »Ich hatte auch nie eine Karriere in messianischer Politik im Auge, aber sie hat mich ereilt.«

»Sie sprechen von ... Fleggers?«, fragte ich vorsichtig.

»Ich spreche von der ganzen Bewegung, die für die Rechte der Tiere eintritt. Ich bin schon vor Jahren damit in Berührung gekommen. Noch ehe ich meine Ausbildung zum Tierarzt gemacht habe.«

»Wie das? Und warum?«

David nahm seine Augen von der Straße, um mich zu intensiv anzusehen. »Sie kapieren es nicht, nicht wahr, Whiskey?«

»Nein, wirklich nicht. Ich meine, ich mag Tiere – in kleinen Dosen und auf angemessene Distanz. Aber ich finde nicht, dass sie uns unsere Jobs streitig machen sollten.«

David brüllte vor Lachen. Nie hatte ich ihn derart schallend lachen hören.

»Denken Sie wirklich, dass ich dafür eintrete?«, fragte er.

»Etwa nicht? Was bedeutet ›gleiche Rechte für Tiere‹ denn?«

»Bevor Sie verstehen können, wofür ich eintrete, müssen

Sie wissen, wogegen ich mich wende. Ich bin gegen *Speziesismus*.«

»Was soll das denn sein?«

»Die Praxis, ein Wesen allein deshalb zu bevorzugen, weil es ein Mitglied unserer eigenen Spezies ist – in anderen Worten, die menschliche Rasse.«

»Aber ...«

»Lassen Sie uns ganz klein anfangen, Whiskey. Fangen wir mit der Grausamkeit gegenüber Tieren an. Das ist ethisch nicht zu vertreten, stimmen Sie mir da zu? Ich meine, Sie würden doch auch kein menschliches Baby erschlagen, warum also ein Robbenbaby?«

»Okay ...«

»Okay! Dafür treten Tierschützer ein, im Kleinen.«

»Aber ich dachte ...«

»Ja, es hängt noch mehr dran, aber lassen wir es für heute damit gut sein. Einverstanden?«

Der gute Tierarzt schenkte mir sein gewinnendes Lächeln, und ich weiß nicht, wie mir geschah, aber ich fühlte ein leichtes Flattern im Bauch. Wäre es möglich, dass Dr. David sich schließlich doch mit mir verabreden wollte? Aber er sprach nicht weiter, bis wir Vestige erreichten.

»Ich kannte zwar Ihren Ehemann nicht, aber ich nehme an, dass er für Abra das Beste wollte, habe ich Recht?«

»O ja.«

»Dann bin ich mir sicher, dass er sich für sie auch das beste Training gewünscht hätte, habe ich Recht?«

»Eigentlich wollte Leo mit ihr züchten – mit einem AKC Rüden in Chicago. Aber sie kriegten es nicht hin. Sie rannte weg und ... nun, den Rest der Geschichte kennen Sie ja.«

David nickte ernst. »Mir geht es um Folgendes, Whiskey, ich würde Ihnen gern ein Angebot machen.«

»Ja?« Ich empfand diesen Moment als sehr erotisch.

»Ich weiß, dass eine Frau namens Deely Smarr bei Ihnen arbeitet.«

So wie David es aussprach, klang es wie »Deewee Smaw«.

»Ja. Avery hat sie zur Schadensbekämpfung eingestellt – ich meine zur Kinderbetreuung. Sie ist die Kinderfrau von der Küstenwache. Warum fragen Sie?«

»Sie ist auch eine erfahrene Hundetrainerin und aktive Tierschützerin. Deely half mir, Fleggers zu gründen.«

»Tatsächlich?« Das Gespräch war von erregend nach Ekel erregend umgeschlagen.

»Ich fände es gut, wenn Sie Deely Smarr damit beauftragen würden, Abra als Rettungs- und Suchhündin auszubilden«, sagte David.

»Den Suchteil hat Abra bereits absolviert, vorausgesetzt, es geht um die Handtaschen anderer Leute.«

»Ich spreche von einem Training, das sie befähigt, Menschen zu finden, ob tot oder lebendig.«

Ich sperrte den Mund auf. »Sie glauben, dass Chester tot ist?«

»Ich denke, dass Chester vermisst und Gil tot ist. Deely kann das, Whiskey. Sie kann Abra so ausbilden, dass sie beide findet.«

»Aber ist das nicht auch *Speziesismus*?«, fragte ich vorsichtig. »Ich meine, ich möchte diesen Job nicht machen, warum beauftragen wir also einen Hund damit? Außerdem haben wir bereits den ausgebildeten Officer Roscoe. Er ist Profi und wird bezahlt.«

Wir bogen in die Einfahrt von Vestige ein, und da kam Deely schon mit Abra und Prince Harry ums Haus. Alle waren wettergerecht gekleidet. Identisch. Ich hatte keine Ahnung, wo Deely für Mutter und Sohn olivgrüne Parkas gefunden hatte, die zu ihrem eigenen passten. Oder trug Deely Averys Parka?

Weder Abra noch Prince Harry gingen an der Leine, doch beide blieben Deely einmütig auf den Fersen.

»Wie hat sie das geschafft?«, wunderte ich mich laut, mehr beeindruckt vom Verhalten als von der Garderobe. Wüsste ich nicht von Deelys angeblicher Mitarbeit bei Fleggers, hätte ich auf Elektroschockbehandlungen oder heftige Schläge getippt.

»Es wird ›Das System‹ genannt«, verkündete David stolz.

»Lässt sich das mit Hunde-richten-dich-ab-dot-com vergleichen? Denn das hat bei Chester nicht funktioniert.«

»›Das System‹ ist sehr ausgeklügelt«, sagte der Tierarzt, und seine Stimme war vor Ehrfurcht belegt. »Es ist für schwierige Fälle gedacht und liegt ausschließlich in den Händen erfahrener Profis. Wie Deely Smarr.«

»Ich wusste nicht, dass man bei der Küstenwache Hunde ausbildet«, bemerkte ich.

»›Das System‹ hat sie auch nicht bei der Küstenwache gelernt«, sagte David. »Sie hat es ... im Untergrund gelernt.«

»Im Untergrund?«

»Deely ist eine aktive Tierschützerin seit ihrer Kindheit. Ihr Vater war Arthur Smarr. Er starb dafür.«

»Ihr Vater starb für die Rechte der Tiere?« Jetzt flüsterten wir beide.

»Er wurde während einer Anti-Gefangenschafts-Rallye von einem Zirkuselefanten niedergetrampelt. Es war tragisch.«

Gegen meinen Willen blitzte vor mir eine Episode aus der *Mary Tyler Moore Show* auf, in der Chuckles, der Clown, als Erdnuss verkleidet, von einem Elefanten zertreten wird. Wie alle im Nachrichtenstudio außer Mary, dem Tugendlamm, bekam ich einen unangemessenen Lachanfall. David stierte mich finster an.

»Deely war acht Jahre alt«, sagte er.

Genauso alt wie Chester. Da verging mir das Kichern.

»Arthur Smarr hat ›Das System‹ erfunden«, fuhr David fort. »Aber Deely hat es zur Perfektion gebracht. Sehen Sie sie nur an.«

Erst die ehrfurchtsvolle Art, mit der er von ihr sprach, brachte mich dazu, David anzusehen. Keine Frage: Der gute Tierarzt war verliebt.

Mein Mobiltelefon meldete sich.

»Kennen Sie eine Kellnerin namens Megan?«, platzte Jenx los.

»Sie meinen die im Bear Claw?«

»Sie hat der Bundespolizei gesagt, ihr sei noch etwas anderes eingefallen: Die Frau, die Chester gepackt habe, habe einen Mantel über ihrem Arm gehabt, einen Mantel für einen kleinen Jungen.«

»Chester hatte nicht zu wenig zum Anziehen«, erklärte ich David, der noch immer von Deely träumte. Ich berichtete ihm von Jenx' neuer Information sowie ihrer wiederholten Bitte, so bald wie möglich auf die Polizeiwache zu kommen, um eine Beschreibung von dem Kerl abzugeben, der nicht C. Richards, RN, war.

»Wovon sprechen Sie überhaupt?«, sagte David, als er mir endlich seine Aufmerksamkeit widmete.

»Ein Perverser läuft frei herum. Er gibt vor, Krankenpfleger zu sein, ist es aber nicht.«

Mein Telefon klingelte. Jenx schon wieder.

»Wie rasch können Sie Abra raus zum Pasco Point bringen?«

»Warum?

»Brady und Roscoes Tür-zu-Tür-Schrankdurchsuchung dauert zu lang. Sie brauchen Unterstützung.«

»Sie rekrutieren meinen Hund?« Sobald ich das Pronomen aussprach, schauderte ich. Im Allgemeinen versuchte ich zu leugnen, dass ich die Besitzerin war.

»Und Sie«, sagte Jenx. »Wir ernennen Sie beide zu Hilfssheriffs. In dieser Gegend sollte Abra ihr mit Strasssteinen besetztes Halsband tragen. Und sorgen Sie dafür, dass auch Sie gepflegt aussehen.«

Pasco Point ist eine Gegend von etwa einem Dutzend Anwesen, die alle mehrere Millionen wert sind. Ich konnte mir gut vorstellen, warum eine Tür-zu-Tür-Befragung dort nur langsam vorankam: Die Häuser lagen mehrere hundert Meter weit auseinander und verfügten meist über ganze Heerscharen von Bediensteten, die sich um alles kümmerten.

»Aber Abra ist für diese Art von Arbeit nicht ausgebildet«, protestierte ich. »Sie ist eher darauf gepolt, etwas zu stehlen als etwas zu finden!«

»Den Pelzmantel zu finden, ist Ihre Aufgabe«, sagte Jenx. »Abra soll nur dafür sorgen, dass Sie ins Haus kommen. Sie ist eine örtliche Berühmtheit, Whiskey. Sie können es nicht leugnen: Die Hündin hat Klasse.«

17

Als ich David erzählte, dass Jenx Abra und mich zum Dienst in Pasco Point abkommandierte, sagte er: »Abra hat eine Ausbildung. Was ist mit Ihnen?«

Wir saßen im Wagen der Tierrettung in meiner Einfahrt, was ein guter Aussichtspunkt war, um Deely und die Hunde zu bewundern. Das identisch gekleidete Trio schritt auf dem Hof einen perfekten Kreis ab.

»Sehen Sie sich das an«, sagte David. »Jetzt werden sie gleich rückwärts gehen.«

Anmutig wie immer ließ Abra es wie eine ganz leichte Übung aussehen. Obwohl Prince Harry stolperte, versuchte der Welpe doch tatsächlich rückwärts zu gehen. Und als Deely ihm seine Belohnung gab, pinkelte er ihr nicht ans Bein.

»Eine wunderbare Trainerin!«, seufzte David.

»Aber wir haben sie als Kindermädchen für die Zwillinge eingestellt«, erinnerte ich ihn, was mich auf die Frage brachte, wer sich jetzt wohl um Leah und Leo kümmerte.

»Deely macht das in ihren Pausen«, sagte David. »Geben Sie ihr freie Hand, Abra auszubilden, und Sie werden erstaunt sein.«

»Kann Abra denn einen guten ersten Eindruck machen?«, fragte ich.

David stellte die Gegenfrage: »Können Sie das?«

Trotz seiner Zweifel an meiner Qualifikation willigte David ein, mich mit Abra nach Pasco Point zu bringen. Ich ging ins Haus, um das Halsband mit den Strasssteinen für den Hund und für mich eine saubere, blutfreie Jacke zu holen. Oben in Abras Zimmer – jawohl, sie hatte ein eigenes Zimmer – guckte ich aus dem Fenster. David und Deely standen dicht beisammen und führten offenbar ein intimes Gespräch. Ob sie sich küssen würden? Oder nur Fleggerklatsch austauschten? Vielleicht reichte ja schon eine geflüsterte Anspielung auf *Speziesismus*, um sie beide in Erregung zu versetzen.

Selbst aus diesem Blickwinkel erstaunte mich die große Ähnlichkeit, die Deely mit Avery hatte. Sollte sie sich je von ihrer Brille trennen und sich ihre Haare wachsen lassen, sähe sie genauso aus wie Avery.

»Das hier haben Sie in Ihrem Angebot, nicht wahr?« Diese Frage kam von Officer Brady Swancott, der dabei auf das elfenbeinfarbene Schloss deutete, das vor uns aufragte. Es war unsere vierte Anlaufstelle, und wir waren bereits müde, obwohl die Hunde ihren Enthusiasmus behielten. Warum auch nicht? Schließlich gab es für sie bei jedem Haus eine Belohnung. Und die Bewohner von Pasco Point begnügten sich nicht mit Hundekeksen. Sie verwöhnten ihre Hundegäste mit Essensresten, wozu auch Filet Mignon gehörte.

»Ja, das haben wir im Programm«, sagte ich, darauf bedacht, meinen Blick nicht allzu lang von der glatten Oberfläche unter meinen Füßen zu heben. Wir arbeiteten uns die vereiste Scarletta Road hinunter. Nicht einmal die Superreichen schafften es, den Bezirk dazu zu bringen, nach einem großen Wintersturm ihre Straßen freizumachen.

Vor uns ragte Iberville auf, ein französisches Schloss von 900 Quadratmetern mit Panoramablick auf den Michigansee. Es war eins der Anwesen, die Odette und ich Mrs. Gribble dem Dritten an dem Tag angeboten hatten, als sie unsere Klientin wurde.

»Es ist unbewohnt, nicht wahr?«, wollte Brady wissen.

»Richtig. Die Besitzer sind gleich nach Weihnachten nach Miami umgezogen.«

»Ist Abra schon mal hier gewesen?«

»Natürlich nicht. Warum?«

»Sie verhält sich so, als würde sie den Ort kennen.«

Ich schaute wieder hoch. Er hatte Recht. Brady hatte mir Officer Roscoe zugeteilt und Abras Leine selbst in die Hand genommen. Ein hübscher Versuch zur Schadensbegrenzung. Der blonde Hundehilfssheriff zog heftig an seiner Leine, als wir uns der Auffahrt von Iberville näherten.

»Lassen wir ihr ihren Willen«, sagte Brady. »Mal sehen, wohin sie uns führt.«

Als wir ein Dreiviertel des Wegs entlang der langen ungeräumten Straße hinter uns gebracht hatten, sagte ich: »Theoretisch betrachtet begehen wir Hausfriedensbruch, wissen Sie.«

»Das ist schon in Ordnung. Sie sind mit einem Polizisten hier. Zum Kuckuck, heute sind Sie selbst eine Polizistin.« Brady zwinkerte mir zu. Er war jung und albern und auf seine Art ganz süß. Doch Polizeiarbeit war nicht Brady Swancotts Berufung. Obwohl erst Mitte zwanzig, hatte er bereits eine Frau und einen Sohn und arbeitete an einem Abschluss in Kunstgeschichte, das er im Fernstudium studierte. Sein Berufsziel? Entweder Konservator oder Erziehungsurlaub.

Abra jaulte bemitleidenswert und strebte dem rückwärtigen Teil des Hauses zu.

Brady befahl ihr stehen zu bleiben, und zu meinem Erstaunen tat sie es auch. Er ging auf der vereisten Einfahrt in die Hocke und studierte, was ich als ein paar schwache Reifenspuren erkannte.

»Auf Eis gibt es keine guten Abdrücke«, bemerkte er. »Aber es war jemand hier, wahrscheinlich erst vor wenigen Stunden.«

Als Roscoe pflichtbewusst am Eis schnüffelte, jaulte Abra wieder.

»Was ist denn los mit ihr?«, sagte ich ungeduldig.

Brady entgegnete: »Sie will uns was sagen.«

Er ließ sie von der Leine. Nun nicht mehr in ihrem Bewegungsdrang eingeschränkt, drehte Abra sich auf der vereisten Einfahrt im Kreis, bis ihre Pfoten Halt fanden. Dann sprang sie davon, und ihr anmutiger blonder Körper verschwand hinter der Hausecke.

»Dort hinten befindet sich ein Lieferanteneingang«, mutmaßte ich. »Aber eigentlich hätten hier keine Lieferungen stattfinden dürfen.«

»Dann wollen wir mal sehen«, sagte Brady. »Ich nehme an, es gibt hier eine elektronische Türverriegelung?«

»An der Eingangstür. Die Besitzer bestanden darauf, dass Mattimoe Realty alle Besichtigungen selbst durchführt. Bis jetzt hat nur Odette Besichtigungen abgehalten.«

Abras unvermitteltes schrilles Bellen ließ meine Nackenhaare sich aufrichten. Es war nicht ihr übliches Winseln, sondern ein wesentlich höheres Jaulen, das sie sich für Notfälle aufhob. Ohne auf Bradys Kommando zu warten, schlug Roscoe antwortend an und setzte ihr nach.

»Sie hat was gefunden«, sagte Brady und rannte los.

Es gelang mir, mit ihm Schritt zu halten, und so trafen wir gleichzeitig am Schauplatz ein: Die breite Doppeltür des Lieferanteneingangs stand offen. Die beiden Hunde standen wie angewurzelt davor und starrten mit erhobenen Köpfen und Schwänzen und angespannten Körpern hinein.

Abra stöhnte leise.

»Gutes Mädchen«, flüsterte Brady. Zu mir sagte er: »Sie weiß genau, dass man einen Tatort nicht kontaminieren darf.«

Viel wahrscheinlicher war, dass ihr der Geruch zuwider war. Oder sie versuchte, bei Officer Roscoe Eindruck zu schinden.

Ich ließ meine Blicke schweifen. Die Reifenspuren endeten vor dem Lieferanteneingang, wo die Erde aufgewühlt und aufgescharrt aussah.

Brady zog seine Waffe.

»Da hat jemand was hineingeschleift.« Er bedeutete mir, mit den Hunden zu warten. »Funktioniert Ihr Mobiltelefon?«, erkundigte er sich.

Ich nickte.

»Wenn ich in fünf Minuten nicht zurück bin, rufen Sie Jenx an.« Lautlos schlich er hinein.

Abra schien tatsächlich die Situation zu begreifen. Auf jeden Fall wusste sie genügend Bescheid, um sich von Roscoe leiten zu lassen. Schweigend und still wie Statuen starrten die Hunde Brady nach. Ich tat dasselbe, schielte aber mit einem Auge auf meine Uhr. Nach vier unerträglichen Minuten krampfte sich mein Magen zusammen. Nach viereinhalb Minuten kreiste mein Finger über Jenx' Nummer.

Brady kehrte so verstohlen zurück, wie er gegangen war. Sein ungerührtes Polizistengesicht gab keinen Hinweis auf das, was er gesehen hatte.

Ein Notfall kann es nicht sein, überlegte ich. Er ist zu gefasst.

»Es ist Gil Gruen«, sagte Brady ohne Umschweife. »Er ist da drin.«

»Gil ist da drin?«, wiederholte ich benommen. »Gil ist tot.«

»Sie müssen sich das ansehen.« Brady nahm meinen rechten Ellbogen und zog mich zum Lieferanteneingang von Iberville. »Na los, kommen Sie.«

Abra jaulte aufgeregt. Obwohl die Worte nicht an sie gerichtet waren, war es doch ein vertrautes Kommando, eins, dem sie nur selten gehorchte. Aber offenbar versprach dieser Anlass was Aufregendes, weil ich grün um die Nase geworden war. Eilfertig trottete Abra vor uns durch die Tür.

»Nein!«, brüllte Brady. Roscoe sprang ihm zu Hilfe und brachte die Afghanenhündin zu Boden. Als sie sich auf den

Rücken rollte, erkannte ich ihren Komm-zu-mir-Blick. Sie hatte die energische Aktion des Deutschen Schäferhundes als leidenschaftliches Vorspiel missverstanden. Er hatte sich jedoch in der Gewalt. Der Hundeofficer war ein Gentleman.

»Ich habe Gils Leiche bereits gesehen«, erklärte ich Brady schaudernd. »Ich möchte ihn nicht noch mal sehen.«

»Vertrauen Sie mir«, sagte er. »Das hier ist ... anders.«

Wie betäubt ließ ich mich von ihm durch die Lieferantentür führen, hinter der die von den Besitzern von Iberville so genannten »Nutzräume« lagen. Der abgetrennte Anbau einer Küche mit Speisekammer war ein makelloser, strahlend weißer Raum, gesäumt von Bänken, Regalen und einem begehbaren Kühlschrank. Brady stieß die angrenzende Tür auf. Wir befanden uns im Flur.

Da meine einzige Besichtigungsrunde durch Iberville an der Eingangstüre begonnen und im Uhrzeigersinn durch sämtliche drei Stockwerke geführt hatte, hatte ich jetzt überhaupt keine Orientierung. Bei der nächsten Abzweigung verweilte ich. Fast wäre ich gestolpert, als der Gestank, den Abra zweifellos schon von draußen wahrgenommen hatte, endlich zu meinen Sinnen vordrang.

»O Gott«, keuchte ich. Es war ein scharfer, fast metallischer Geruch und erinnerte mich an die Ausdünstung, die auch in der Eishütte, wo ich Gils Leiche gefunden hatte, präsent gewesen war.

»Es ist nicht, was Sie denken«, sagte Brady. »Gehen Sie weiter.«

Zitternd ging ich mit halb geschlossenen Augen weiter und wünschte, ich könnte auch meine Nase verschließen. Der Gestank wurde stärker, als wir den Wintergarten betraten, einen runden Raum mit einer Wand aus bleigefasstem

Glas. Obwohl die Besitzer ihre Grünpflanzen entfernt hatten, wurde mir von dem Gestank organischer Verwesung fast übel.

»Machen Sie die Augen auf, Whiskey«, forderte Brady mich auf. »Es ist alles in Ordnung.«

Zögerlich tat ich es. Wie ein Scherenschnitt hob Gil Gruen sich in voller Westernmontur vom Fenster ab. Augen und Mund waren geöffnet, seine Hände erhoben.

Ich taumelte. Die Fragen drängten sich auf, kurz bevor meine Beine ihren Dienst versagten: Wie konnte Gil hier sein? Und was war das für ein gotterbärmlicher Gestank?

18

Ich musste geträumt haben.

Brady flüsterte mir ins Ohr: »Es ist alles gut, Whiskey. Es gibt noch drei weitere Gil Gruens.«

Und jemand rieb mir das Gesicht ab.

Als ich denjenigen wegzuschieben versuchte, der mir das Gesicht wusch, hatte meine Hand Kontakt mit einem weichen, pelzigen Maul. Ich brauchte meine Augen nicht zu öffnen, um zu wissen, zu wem es gehörte. Aber ich öffnete sie trotzdem. Brady Swancott hielt meinen Kopf in seinem Schoß, während Abra versuchte, ihn zu säubern.

»Drei weitere Gils?«, fragte ich.

»Ja. Und alle unterscheiden sich ein bisschen voneinander. Einer in der Eingangshalle, einer im Wohnzimmer und einer im Schlafzimmer.«

»Wovon reden Sie überhaupt?«, sagte ich und versuchte mich dabei zum Sitzen aufzurichten.

Brady nickte zur Glaswand des Wintergartens hin, wo

Officer Roscoe neben einer lebensgroßen Pappfigur von Gil Gruen Wache hielt.

»Erkennen Sie das wieder?«, fragte Brady mich.

Ich tat es. Gil hatte die Angewohnheit, neben die ZU-VERKAUFEN-Schilder seiner Objekte Pappfiguren seiner selbst aufzustellen. Das heißt, solange, bis der Verkäufer von ihm verlangte, sie abzubauen, oder die Kinder aus der Umgebung sie klauten. Gil nannte die Ausschneidepuppen seine »Aktionsfiguren«. Soweit ich wusste, hatte er diese in verschiedenen Posen herstellen lassen. Diese hier war das Ausschneidemodell von Gil, wenn er eine Rede hielt: die Lippen geöffnet, die Arme ausgestreckt, die Finger gespreizt.

Ich schnüffelte in die Luft. Der faulige Gestank war jetzt schwächer, aber noch nicht verschwunden.

»Was stinkt da noch?«

»Sind Sie sich sicher, dass Sie das wissen wollen?«

»Ja!«

»Nun, zu jedem Ausschneidemodell gehört eine tote Ratte.«

Das brachte mich wieder auf die Beine. Und zwar schleunigst.

»Wo?«, wollte ich wissen und überflog den Raum.

»Die Ratte, die hier drin war, ist weg.«

»Weg?« Als vorübergehender Hilfssheriff wusste ich, dass keiner etwas von einem Tatort entfernen durfte, bevor die anfänglichen Ermittlungen abgeschlossen waren.

»Äh ... ja ...« Brady schielte zu Abra.

»Sie meinen ... Abra hat die Ratte genommen? Die tote Ratte?«

»Sie hat sie nicht wirklich genommen. Sie ... hat sie gefressen.«

Ich starrte ihn an. *»Und Sie haben zugelassen, dass sie mir das Gesicht leckt?!«*

Schon wischte ich mir wie verrückt mit dem Ärmel meines Parkas übers Gesicht. Mit beiden Ärmeln. Ich würde nie mehr aufhören, es zu säubern. Lady Macbeth war nichts gegen mich.

»Sie hat ja nicht das ganze Ding gefressen«, sagte Brady in entschuldigendem Tonfall. »Nur den Torso und die ...«

»Wollen Sie mich etwa umbringen?!«

»Nein! Ich versuche Sie zu beruhigen! Bitte beruhigen Sie sich! Jenx ist auf dem Weg hierher. Die Bundespolizei ebenso.«

Das wirkte. »Warum werden die Jungs von der Bundespolizei hinzugezogen? Das ist doch nur ein Hausfriedensbruch, oder? Oder vielleicht ein ganz einfacher Einbruch mit Diebstahl?«

Als Brady nicht darauf einging, sagte ich: »Nun, stimmt das nicht? Was geht hier vor, Swancott?«

»Erinnern Sie sich an die Spuren, die wir draußen auf dem Eis gesehen haben? Wo es so aussah, als hätte jemand etwas hier hereingeschleift?«

»Ja?«

»Jemand hat was hereingeschleift.«

»Sie meinen, zusätzlich zu den Pappfiguren und den Nagern?«

Brady bedeutete mir zu folgen. Ich schaute zurück und sah, dass Abra fröhlich hinter uns hertrottete.

»Nein!«, schrie ich. »Du kriegst keine toten Ratten mehr!«

»Ich habe die anderen Räume gesichert«, beruhigte mich Brady.

Er führte mich durch das Erdgeschoss zum Mittelpunkt

des Hauses, der protzigen Haupttreppe mit ihrem kunstvoll geschnitzten Walnussgeländer. Ein zweites Ausschneidemodell von Gil deutete hilfreich nach oben, eine tote Ratte zu seinen Füßen.

»Oh oh, die habe ich vergessen«, sagte Brady. Gleichzeitig pfiff er Roscoe herbei und versperrte Abra mit seinem Körper den Weg, als sie zum Sprung auf ihre Beute ansetzte. Der Hundeofficer näherte sich bellend. Ich weiß nicht, was er ihr sagte, aber Abra folgte ihm sanftmütig zurück in den Wintergarten.

»Sie sagten, es gäbe noch drei weitere Gils?«, fragte ich Brady.

Er nickte. »Der in der Eingangsdiele hält ein WILLKOMMEN-Schild.«

Dieses Ausschneidemodell kannte ich nur zu gut, denn Gil stellte es immer auf, wenn Best West bei einem Objekt Haus der offenen Tür machte. Wer immer dies gemacht hatte, baute darauf, dass Besucher durch den Haupteingang hereinkamen.

Ehe wir die Treppe hochstiegen, schielte ich noch auf die tote Ratte, die Brady vor Abra abgeschirmt hatte. Verwesend lag sie auf dem Rücken, die Knopfaugen geöffnet und alle viere von sich gestreckt.

Brady folgte meinem Blick. »Sie waren alle so platziert. Da hat jemand eine Absicht verfolgt.«

»Welche Absicht denn?«, fragte ich verwundert. »Worum geht es hier?«

»Warten Sie ab, bis Sie sehen, was oben ist ...«

Beim Hinaufgehen fiel mir ein, dass die Schlafsuite den ganzen ersten Stock einnahm. Der zweite Stock – erreichbar über eine andere Treppe und mittels Aufzug – beherbergte eine Wohnküche für die Gäste, die in den vier zusätzlichen

Schlafzimmern unterkamen, von denen jedes über ein eigenes Bad verfügte.

Die Schlafsuite war einfach umwerfend. Als wir im ersten Stockwerk ankamen, machten Brady und ich eine Pause, aber nicht, um Luft zu holen, sondern um das prächtige Panorama zu genießen. Die Wand vor uns bestand überwiegend aus Glas. Obwohl wir zwischen den Baumkronen zu stehen schienen, hatte man, bedingt durch deren jahreszeitliche Kahlheit, einen freien Blick auf einen großen Teil des Sees und des Ufers.

Die Besitzer hatten die meisten Möbel dagelassen, so dass man das Haus fast in seiner ganzen Pracht herzeigen konnte. Ein kalifornisches Doppelbett mit Betthimmel dominierte den Schlafbereich. Darum gruppierten sich passende Nachttischchen und Kommoden, zwei Sofas, zwei Ohrensessel, eine Konsole mit Unterhaltungselektronik und ein antiker Schreibtisch. Chintz war der diesen Raum dominierende Stoff – nicht nach meinem Geschmack.

»Sieht aus, als hätten die Leute ihre Kunstwerke mitgenommen«, warf Brady ein und deutete mit dem Kopf auf ein paar verdächtig leere Stellen an den Innenwänden.

Beim Weitergehen spielte ich Verkaufsargumente durch: Badezimmer und Ankleideraum boten Luxus auf nahezu vierzig Quadratmetern. Der in Blaugrau gehaltene Ankleidebereich war vollständig mit einem Teppich von der Farbe des Eises auf dem See ausgelegt. Der Rest des Bads war gefliest: Aquamarin wechselte sich mit Mitternachtsblau und Gold ab. Die sieben Meter lange Alabastertheke mit eingelassenen Waschbecken für sie und ihn war auf die Whirlpool-Badewanne, die Dusche, die Toilette und das Bidet abgestimmt. Handgefertigte Schränke und Kommoden aus Walnussholz unter der Theke sorgten zusammen mit den Schränken und Einbauschränken aus Zedernholz, die zwei Wände einnahmen, für ausreichend Stauraum. Die verzierten Armaturen waren golden und mit einem Schutzfilm überzogen, der garantierte, dass sie weder rosteten noch fleckig wurden. Neun Quadratmeter Spiegel waren die Krönung dieses Raums, der nur dazu entworfen zu sein schien, sich selbst in den Mittelpunkt zu stellen. Oder wie Brady es formulierte: »Wenn man hier lebt, sollte man seinen nackten Körper gern anschauen wollen.«

»Haben Sie nicht gesagt, dass das vierte Ausschneidemodell von Gil sich hier drin befindet?«, sagte ich und schnupperte vorsichtig. »Ich sehe nichts und rieche nichts.«

Brady ging auf die Milchglastür zu, die das Whirlpoolbad vom Rest des Raums abtrennte.

»Sind Sie bereit?«, fragte er. Ehe ich antworten konnte, zog er die Tür auf, und der vertraute Gestank wehte nach draußen.

Was ich dort sah, konnte ich auf Anhieb gar nicht begreifen. Die riesige ovale Wanne war randvoll mit Eisbrocken in seltsamen Formen und von verschiedener Dicke. Obwohl die gefrorenen Brocken schmolzen, enthielt die Wanne noch immer mehr Eis als Wasser. Das war aber noch nicht alles: Eingezwängt inmitten der Brocken befand sich die vierte Replik von Gil Gruen. Diese war fast untergetaucht, die Spitzen der Cowboystiefel staken im Winkel von fünfundvierzig Grad aus dem Seewasser. Auch die vierte Ratte diente der Erklärung. Wie die anderen und das untergetauchte Ausschneidemodell lag sie auf dem Rücken. Aber diese Ratte hatte man auf die Krone eines schwimmenden Stetson gelegt.

19

»Hier sehen Sie den schweren Teil der Lieferung – das Eis«, erläuterte Brady. »Ich vermute, dass jemand es in Säcken hereingeschleift hat, wie man sie für Bauschutt verwendet.«

»Haben Sie diese Säcke irgendwo gesehen?«, fragte ich.

»Noch nicht, aber ich habe noch nicht alle Räumlichkeiten erforscht. Das wird die Bundespolizei tun wollen.«

Kaum hatte er das ausgesprochen, veranstalteten Abra und Roscoe einen Riesenkrawall, und wir wussten, dass wir Besuch bekamen. Vermutlich offiziellen Besuch.

Brady warf noch einen Blick auf die Szene in der Whirlpoolwanne.

»Was meinen Sie, ob das Gils Hut ist?«, fragte er.

»Könnte schon einer davon sein. Gil trug immer schwarze Hüte.«

»Böse Jungs tragen schwarze Hüte, Whiskey.«

»Habe ich auch oft gedacht. Aber erklärt das die tote Ratte?«

»Wie meinen Sie das?«, fragte Brady.

»Ich meine, wollte die Person, die das hier inszeniert hat, damit sagen, dass Gil eine Ratte war? Oder dass jemand anderer Gil für eine Ratte gehalten hat – und dies der Grund für Gils Tod ist?«

Ehe Officer Swancott etwas darauf erwidern konnte, schrie Jenx von unten: »Ist da jemand? Brady, wo zum Teufel stecken Sie?«

»Hier oben!«, rief er, aber sie kam mit ihren Stiefeln mit den Stahlkappen bereits die Treppe hochgepoltert.

»Whiskey!«, keuchte sie, als sie mich sah. »Sie und Abra

müssen hier raus, ehe die Jungs von der Bundespolizei reinkommen. Sie sind Hilfssheriffs auf Zeit nicht so gewogen, wie Brady und ich es sind.«

Zu spät. Von unten ertönte noch wilderes Gebell, gefolgt von der sich schreiend vorstellenden Michigan State Police.

»Das Reden übernehme ich«, bestimmte Jenx. Ich widersprach ihr nicht. Als Trooper L. Hartmann den Weg hoch ins Schlafzimmer gefunden hatte, erklärte Jenx ihm, ich sei die für Iberville zuständige Immobilienmaklerin. Sie sagte, mir sei die offene Tür des Lieferanteneingangs aufgefallen und ich hätte um polizeiliche Unterstützung gebeten.

Trooper Hartmann nickte desinteressiert. Jedenfalls konnte ich kein Interesse feststellen, was wohl auch daran lag, dass er seine Sonnenbrille noch nicht abgenommen hatte.

»Und was ist mit dem verrückten Afghanen da unten?«, fragte er. »Warum ist die Hündin hier?«

Jenx, Brady und ich hatten nicht sofort eine Antwort parat. Schließlich sagte Brady: »Diese Hündin ist in einer zivilen Beratungsfunktion hier.«

»Einer was?« Trooper Hartmann nahm seine Brille ab und starrte Brady an.

»Erinnern Sie sich an den Warren Matheney-Fall im letzten Herbst?« Officer Swancotts Worte überschlugen sich fast. »Dieser Dreifachmord, der Magnet Springs in sämtliche Nachrichtensendungen brachte?«

Auf dem platten Gesicht des Bundespolizisten war zu lesen, dass er den Zusammenhang herzustellen wusste. »Ja, sicher. Wollen Sie damit sagen, sie ist die Hündin, die geholfen hat, den Fall zu lösen?«

Ich wäre nicht so weit gegangen zu behaupten, sie habe

geholfen, den Fall zu lösen, doch dazu beigetragen hatte Abra schon. Vor allem Probleme.

»Was ist also ihre Funktion bei diesem Fall?«, erkundigte sich Trooper Hartmann. Ich konnte es kaum erwarten, Bradys Antwort zu hören.

»Sie ist ... äh ... sie ist Tatortexpertin.«

»*Was*?«, schrien Jenx, Hartmann und ich.

»Ja«, sagte Brady. »ich dachte, sie könnte uns hier behilflich sein.«

»Sie meinen, sie ist so etwas wie eine Hunde-Kriminaltechnikerin?«, staunte Hartmann. »Wie arbeitet sie denn?«

»Nun, ob Sie es glauben oder nicht«, begann Brady, »sie arbeitet, indem sie die toten Tiere am Tatort kostet.«

»Das ist ja widerlich!«, brüllte Hartmann. »Ganz zu schweigen davon, dass Polizisten keine Beweisstücke konsumieren dürfen!«

»Ja, gut, das ist die Kehrseite. Was jedoch für sie spricht – sie ist eine billige Arbeitskraft.«

Brady informierte Hartmann in aller Kürze über das Beweismaterial, das Abra nicht gefressen hatte.

Der Bundespolizist studierte die Szenarien sämtlicher Ausschneidemodelle von Gil und kehrte dann wieder ins Badezimmer zurück.

Er sagte: »Man hat Gruens Leiche doch noch nicht gefunden, oder? Kann man irgendwo in Erfahrung bringen, ob das sein Hut ist?«

»Darüber haben wir uns gerade unterhalten, ehe Sie kamen«, sagte ich, weil ich vergaß, dass ich eigentlich stumm bleiben sollte.

»Und zu welchem Schluss kamen Sie?«

»Dass Gil nur schwarze Hüte trug«, sagte ich. »Schwarze Stetsons.«

»Nun, der hier ist ein ganz exquisites Exemplar.« Hartmann beugte sich über das Whirlpool-Eisbad. »Mein alter Herr hat seit dreißig Jahren ein Hutgeschäft. An den Wochenenden helfe ich ihm. Dieser hier hat bei Stetson den Namen Black Beauty - ganz glatt, aus echten Fellen mit Wildlederverbrämung. Sehen Sie das strenge Profil?«

Jenx, Brady und ich nickten, obwohl wir keine Ahnung hatten, was er meinte.

»Das Hutband ist wirklich hübsch mit dieser dreiteiligen Silberschnalle«, fuhr Hartmann fort. »Und jedes Teil der Schnalle ist mit einem roten Stein besetzt. Erinnern Sie sich, diesen Hut an Gil Gruen gesehen zu haben?«

Das konnte keiner von uns mit Sicherheit behaupten.

»Was kostet so ein Hut denn?«, erkundigte sich Jenx.

»Das ist eine Spezialanfertigung«, sagte der Bundespolizist. »Der kostet so an die fünfhundert Dollar.«

Jenx pfiff. »Wenn dies also nicht Gils Hut sein sollte, hat jemand viel Geld investiert, um uns davon zu überzeugen, dass er es ist.«

»Sollte dies Gils Hut sein, wie hat ihn sich dieser jemand dann beschafft?«, fragte ich mich laut. »Und warum hat man ihn hierhergebracht?«

Alle starrten mich an.

»Eine gute Frage, wenn man bedenkt, dass Sie Immobilienmaklerin sind«, bemerkte Trooper Hartmann. »Wer hat sonst noch Zutritt zu diesem Haus?«

Ich erläuterte ihm, dass die Besitzer einen Vertrag mit einer Reinigungsfirma hatten, die einmal im Monat im Haus nach dem Rechten sah, aber der erste Besuch war erst für Ende Januar ausgemacht.

»Ich brauche den Namen dieser Reinigungsfirma«, sagte der Bundespolizist.

»Ich auch«, mischte Jenx sich ein.

Ich versprach, sie beiden zu geben und fügte hinzu, dass Mattimoe Realty eine elektronische Schlosssicherung an der Eingangstür angebracht habe. Und die Besitzer festgelegt hatten, dass entweder Odette Mutombo oder ich zugegen sein mussten, wenn das Haus besichtigt wurde.

Hartmann sagte: »Heißt das etwa, dass kein anderer Makler dieses Haus herzeigen darf?«

»O doch, ein anderer Makler kann es sehr wohl herzeigen«, sagte ich, »aber nur, wenn jemand von meiner Firma dabei ist.«

Der Bundespolizist legte die Stirn in Falten. »Das Haus hat kein Sicherheitssystem. Warum eigentlich nicht?«

»Die Besitzer sind technophob. Sie hatten einige schlechte Erfahrungen mit ihrer elektronischen Alarmanlage und ließen sie entfernen. Die Bewohner von Pasco Point bezahlen für eine stündliche Patrouille durch einen Wachdienst, und die Bewohner von Iberville vertrauten darauf.«

Die drei Officers quittierten dies mit einem Kopfschütteln, wohl weil sie es verrückt fanden, darauf zu bauen, dass unterbezahlte Zivilisten ein Schloss zu schützen vermochten. Hartmann sagte zu Brady: »Die Hintertür ist nicht aufgebrochen worden. Haben Sie irgendwo einen Hinweis auf einen Einbruch entdeckt?«

»Nein«, erwiderte Brady. »Sollte das Haus abgeschlossen gewesen sein, muss derjenige, der es betreten hat, einen Schlüssel besessen haben.«

»Falls das Haus abgeschlossen war«, fiel Jenx ein.

Wieder sahen alle mich an.

»Wann haben Sie es denn das letzte Mal jemandem gezeigt?«, fragte Hartmann.

»Ich werde das mit Mrs. Mutombo überprüfen«, sagte ich.

Es war ein neu hereingekommenes Objekt. Die einzige Besichtigung, von der ich bis jetzt wusste, war die, die Odette für den vorangegangenen Nachmittag geplant hatte. Sie hatte nach unserem Hubschrauberrundflug einen Termin mit Mrs. Gribble dem Dritten vereinbart. Als Odette mich vergangene Nacht im Krankenhaus besuchte, hatte ich vergessen, sie zu fragen, wie es gelaufen war. Oder ob der Besuch stattgefunden hatte.

Bundespolizist Hartmann kratzte sich am Kinn. »Ehe ich hierherkam, wurde ich nach Bear Claw gerufen. Könnte dieser Vorfall mit dem vermissten Kind in Verbindung stehen?«

»Ich wüsste nicht, wie«, sagte Jenx.

»Na hören Sie. Da verschwindet im verschlafenen Magnet Springs der Sohn einer Berühmtheit, und der Bürgermeister wird umgebracht – und das passiert alles in ein und derselben Woche?«

Ehe Jenx etwas darauf erwidern konnte, bekam sie einen Anruf von der Einsatzzentrale. Ein alter Baum war in der Stadtmitte unter der Eislast plötzlich entzweigebrochen und hatte dabei eine Stromleitung abgerissen. Eine weitere Folge des Unwetters.

»Ich muss die Leute von der unter Strom stehenden Leitung fernhalten, bis die Starkstromelektriker kommen«, erklärte Jenx Hartmann. »Können Sie und Officer Swancott das Haus sichern?«

»Ich kümmere mich darum«, sagte der Bundespolizist. »Sie nehmen die Hunde – und die Maklerin – und verschwinden von hier.«

Jenx nahm die Officers Brady und Roscoe mit zurück zu deren Streifenwagen, der am Eingang von Pasco Point geparkt war. Dann fuhren Abra, Jenx und ich weiter zur Polizeistation, damit ich dort aufschreiben konnte, was ich über den falschen C. Richards, RN, wusste.

Auf der Rückfahrt in die Stadt vertelefonierte ich den Rest meiner Akkuladung mit Odette.

»Haben Sie gestern durch Iberville eine Führung gemacht?«, begann ich.

»Ich hätte Ihnen gestern Abend davon erzählt«, sagte sie, »aber Ihr Interesse galt ja anderen Dingen. Wie etwa Nash Grant ...«

»Letzte Nacht war ich im Krankenhaus.«

»Aus dem Sie geflohen sind, wie ich gehört habe. Sind Sie gleich auf direktem Weg zu Averys Ex?«

»Er kam zu mir. Hören Sie, Odette, mein Akku gibt gleich seinen Geist auf, aber ich muss wissen ...«

»Ich werde Ihren Akku schonen. Mrs. Gribble fand keinen Gefallen an Iberville. Sie meinte, es erinnere sie an Iowa.«

»Iowa?«, wiederholte ich.

»Genauso ging es mir auch. Ist Iowa nicht ein Binnenstaat? Der kann doch unmöglich eine derartige Landschaft aufzuweisen haben!«

»Ich dachte immer, Mrs. Gribble komme aus Chicago«, sagte ich und sah zwei weiße Jaguars vor mir, die aus zwei Staaten kamen, die beide mit I anfingen.

»Ihr Ehemann kommt aus Chicago. Mrs. Gribble wuchs in Iowa auf und besitzt dort immer noch ein Haus.«

»Sollte ihr Haus in Iowa sie an Iberville erinnern, dann wird es wohl keine ›Kleine Farm‹ sein«, murmelte ich.

»Das war in Minnesota«, steuerte Jenx vom Fahrersitz aus zum Gespräch bei.

»Wie bitte?«

»Die Michael-Landon-Fernsehserie. Es war Walnut Grove, Minnesota – nicht Iowa.«

Ich verdrehte die Augen und wünschte mir, die Leute würden nicht ständig Kommentare zu den mit halbem Ohr mitgehörten Telefonaten anderer abgeben.

Odette rief: »Nein, nicht Walnut Grove – Cedar Rapids. Hab nie von Walnut Grove gehört.«

Seit Odette und ihr Ehemann Simbabwe verlassen hatten, waren ihre Wohnorte London, Paris, Boston und Magnet Springs gewesen. Ihre Begeisterung, mehr über den Mittleren Westen in Erfahrung zu bringen, hielt sich in Grenzen.

»Wohnt Mrs. Gribble nun in Chicago oder nicht?«, fragte ich.

»O doch. Sie und ihr Mann haben eine Eigentumswohnung in der Stadtmitte.«

»Ist sie nun in Iowa oder in Illinois ansässig?«

»Was macht das für einen Unterschied?«, seufzte Odette. »Solange sie ein märchenhaft teures Haus von uns kauft?«

In diesem Moment schob Abra ihre lange Schnauze über meine Schulter und liebkoste mein Ohr. Ehe ich mich wieder an die Ratte erinnerte, die sie gefressen hatte, rülpste sie laut.

»Jesus!«, schrie Jenx. »Was haben Sie denn dem Hund zu fressen gegeben?«

Die Polizeichefin ließ sämtliche vier Fenster runter.

Im eisigen Fahrtwind fuhren wir zu der Stelle, wo der gesplitterte Baum die Stromleitung heruntergerissen hatte. Glücklicherweise traf im selben Moment die Elektrofirma ein. Jenx befand, dass wir genügend frische Luft in den Wagen gelassen hatten, also drehten wir die Scheiben wieder hoch und steuerten die Polizeiwache an.

Ich nutzte die Zeit und meine restliche Akkuladung, um Tina Breen ans Telefon zu holen. Meine Büroleiterin ist für

Aufgaben, die anhaltender Aufmerksamkeit bedürfen, nicht gut geeignet, aber für Banales hat sie ein ausgezeichnetes Gedächtnis. Ich brauchte den Namen der Reinigungsfirma, die die Aufgabe hatte, Iberville in Schuss zu halten.

»Extreme Clean«, erwiderte sie prompt. »Möchten Sie die Telefonnummer?«

Sie gab sie mir, wusste aber keine Kontaktperson zu benennen.

»Ach du liebe Zeit«, sagte sie. »Ich befürchtete schon, dass so etwas passieren würde!«

»Was denn?«

»Die Besitzer von Iberville sollten mich deswegen eigentlich zurückrufen, aber sie haben es nie getan ... Und jetzt befinden sie sich irgendwo auf Kreuzfahrt.«

»Kein Problem. Rufen Sie doch einfach bei Extreme Clean an und fragen Sie, wer zuständig ist.«

»O bitte, ich möchte dort ungern anrufen!«

»Tina, was ist da los?«

»Tut mir leid, Whiskey, aber als ich das letzte Mal bei dieser Firma anrief, hat mich die Person, mit der ich sprach, sehr gekränkt!«

»War sie grob?«

»Es war ein Er, keine Sie. Und er war auch nicht wirklich grob. Eher ... anzüglich. Ja, das ist das Wort. Er war äußerst anzüglich.«

Wann immer Tina sich über etwas aufregte, wurde ihre Stimme schrill und näselnder als sonst. Jetzt war es so schlimm, dass ich Zahnschmerzen bekam.

»Anzüglich? Wie denn?« Das interessierte mich unter mehreren Aspekten.

»Ach, Sie wissen schon. Er ... *sagte* Dinge ...«

»Was denn für Dinge?«

»Das kann ich nicht wiederholen! Ich bin eine gute Frau und habe Kleinkinder zu Hause!«

»Und wie haben Sie diese Kleinkinder bekommen, Tina? Sie können doch sagen, was er gesagt hat.«

»Es ging um das, was eine Frau … zur Frau macht. Sie wissen schon, ihre weiblichen Körperteile …«

»Ihre weiblichen Körperteile?«

»O Whiskey, nun ersparen Sie es mir doch, das aussprechen zu müssen!«

»Herrgott«, stöhnte ich. Und da unterbrach mein Akku die Antwort, ehe ich das konnte.

Natürlich hatte Jenx die Hälfte meines Gesprächs mitgehört.

»Tina Breen hat von *weiblichen Körperteilen* gesprochen? Hätte nicht gedacht, dass sie die Worte überhaupt kennt.«

»Tut sie vielleicht auch nicht«, erwiderte ich.

Wir waren eben auf den Parkplatz der Polizeichefin vor der Polizeiwache gefahren. Ich rechnete damit, dass sie den Motor abstellte, aber plötzlich heulte dieser auf. Und dann heulte die Sirene.

»Was zum Teufel …?«, sagte ich. Doch ein Blick auf meine Fahrerin genügte, und ich wusste Bescheid. Ihre Augen traten hervor und ihr Gesicht hatte jene alarmierend rote Farbe angenommen, die nur eins bedeuten konnte: Judy »Jenx« Jenkins war aufgeladen genug, um die örtlichen Magnetfelder durcheinanderzubringen. Der Grund war offensichtlich. Im rechten Winkel zu uns stand ein neuer Chevrolet mit dem Nummernschild der U.S. Regierung und zwei Männern in dunklen Anzügen darin. Die Fibbies, die Männer vom FBI, waren da.

Sie stiegen aus dem Wagen und tippten auf ihre Uhren.

Ich warf einen Blick auf meine: Jenx hatte die Zeiger zum Rotieren gebracht.

»Was wollt ihr Jungs hier?«, fragte Jenx, nachdem sie den Motor und die Sirene ausgeschaltet und sich zu ihnen auf den Gehweg gesellt hatte.

Die FBI-Agenten zeigten ihre Ausweise, und Jenx zeigte ihren. Der ältere Agent sagte: »Wir sind wegen der Kindesentführung hier.«

»Dann ist es jetzt also offiziell?«, sagte ich. »Kann Chester nicht einfach nur weggelaufen sein?«

Der jüngere Agent fragte Jenx: »Wer ist sie?«

»Darf ich vorstellen: Whitney Houston, freiwilliger Hilfssheriff.«

»Eigentlich Whitney Houston Halloran Mattimoe«, sagte ich und streckte meine Hand aus. »Sie können mich Whiskey nennen.«

Keiner der beiden beachtete mich.

»Es ist zu kalt, um draußen stehen zu bleiben«, sagte Jenx und ging hinein. Ich folgte ihr. Nach einer Weile kamen die Agenten hinterher. Inzwischen kramte Jenx schon in ihren Schubladen nach dem Formular, das ich über den Kerl ausfüllen sollte, der nicht C. Richards, RN, war.

»Wir haben einen Anruf von Chester Casanovas gesetzlichem Vormund erhalten«, verkündete der ältere Agent.

»Chester *Casanova*?«, sagte ich, verwundert zu erfahren, dass er einen Nachnamen hatte, und noch dazu diesen. Seine Mutter, die Diva, benutzte, soweit mir bekannt war, nur ihren Vornamen, Chester ebenfalls.

»Dann hat Cassina Sie also angerufen?«, fragte Jenx.

Der jüngere Agent warf einen Blick in sein kleines Notizbuch. »Nein. Wir erhielten einen Anruf von einer Frau namens Evelyn Huffenbach. Der Großmutter.«

Jenx und ich tauschten Blicke.

»Chester hat keine Großmutter«, sagte ich. »Er hat eine Mutter, aber ansonsten keine lebenden Verwandten. Sie war ein Pflegekind und hat ihre Eltern nie kennen gelernt.«

»Und Sie sind Whitney Houston«, erinnerte mich der ältere Agent.

»Whitney – *Whiskey* – kümmert sich um Chester, während Cassina die Welt erobert«, erklärte Jenx.

»Aber sie ist nicht der gesetzliche Vormund«, sagte der jüngere Agent. »Das ist nämlich Evelyn Huffenbach.«

»Wer zum Teufel ist Evelyn Huffenbach?«, fragte ich.

»Das bin ich.«

Wir drehten uns zum Eingang um. Dort stand eine hochgewachsene Frau mit rotbraunen Haaren, vermutlich Ende fünfzig, in Pelzmantel und Pelzhut.

»Mayzelle ist mein einziges Kind«, sagte die Frau. »Seit ihrem sechsten Lebensjahr ist sie ständig von zu Hause weggelaufen. An ihrem zwölften Geburtstag blieb sie dann ganz weg. Es hat zehn Jahre gedauert, bis wir wieder miteinander gesprochen haben.«

»*Mayzelle*?«, wunderte sich Jenx.

»Sie hat ihren Namen in Cassina geändert. Als sie ihren Sohn bekam, musste ich das aus dem *National Enquirer* erfahren.« Die Frau tupfte sich die Augen mit einem bestickten Taschentuch ab. »Jahrelang hat sie mir den Kontakt zu dem Jungen verweigert. Dann hat sie mich aus heiterem Himmel gefragt, ob ich sein gesetzlicher Vormund werden wolle. Das hat mich sehr glücklich gemacht.«

»Wann war das?«, wollte der jüngere Agent wissen.

»Vor zwei Tagen. Ich bin so schnell es ging von Dubuque aufgebrochen.«

Lag Dubuque nicht in Iowa?

Chester war vor zwei Tagen verschwunden. Was wusste Cassina, was wir nicht wussten? Was wusste das FBI? Was wusste Chesters gesetzlicher Vormund?

»Ich denke, dass ihn jemand gekidnappt haben muss«, ergänzte Evelyn.

»Jemand, der wie Sie aussieht«, bemerkte ich. Es war nicht nur die Pelzbekleidung, die mich das sagen ließ. Bis auf die Haarfarbe ähnelte Evelyn Huffenbach einer meiner Klientinnen.

Sie nickte. »Ich glaube, die Kindesentführerin könnte meine Schwester sein.«

»Wie heißt denn Ihre Schwester?«, fragte der jüngere FBI-Agent.

Ich bewegte meine Lippen synchron zu Evelyns Antwort: »Mrs. Oscar Manfred Gribble der Dritte.«

20

»Moment mal«, sagte ich, als würde sich jemand für meinen Beitrag interessieren. »Cassina ist bei Pflegeeltern aufgewachsen. Sie hatte keine Familie.«

»Diese Geschichte hat sie nur erzählt, um mir wehzutun«, erwiderte Evelyn Huffenbach und wischte sich wieder über die Augen. »Und damit sich ihre CDs besser verkaufen. Cassina ist die Persönlichkeit, die sie nach außen hin zeigt – ein ätherisches Wesen, das von Liebe und Wolken singt. Und diese hat wenig Ähnlichkeit mit meiner irdischen Tochter Mayzelle.«

Außer wenn sie betrunken ist, sagte ich mir und erinnerte mich dabei an die hässliche Szene, die ich vor ein paar Monaten bei mir im Haus miterlebt hatte.

»Ich verfolge die populäre Musik nicht«, sagte der ältere FBI-Agent. »Wie berühmt ist sie denn?«

Sein Partner erwiderte: »Sie hat es bis aufs Titelblatt von *Rolling Stone* gebracht. Und ihre sämtlichen CDs wurden vergoldet.«

Zu Evelyn sagte der ältere FBI-Agent: »Was lässt Sie vermuten, dass Ihre Schwester Ihren Enkel entführt hat?«

»Meine Tochter hat mir gesagt, Chester habe sie angerufen und ihr erzählt, dass er mit Beatrice zusammen sei.«

»Wer ist denn Beatrice?«, fragte der jüngere Agent.

Ich half ihm auf die Sprünge: »Mrs. Gribble der Dritte. Sie hört auch auf Bibi.«

Die Agenten starrten erst mich, dann Jenx böse an.

Einer von ihnen sagte: »Chief Jenkins, entlassen Sie Ihren freiwilligen Hilfssheriff. Auf der Stelle.«

»Auf keinen Fall«, entgegnete Jenks. »Whiskey steckt da bis über beide Ohren mit drin. Cassina hat Chester ihrer Obhut überlassen.«

Evelyn Huffenbach schnaubte. »Mayzelle hat eindeutig die falsche Person eingestellt.«

»Sie hat mich nicht eingestellt; ich wurde beauftragt«, widersprach ich. »Sie brauchen nur Jenx zu fragen. Ich bin keine Kinderbetreuerin.«

»Das kann ich unterschreiben«, sagte Jenx.

»Sollte Chester mit Beatrice zusammen sein, könnte er in ernsthaften Schwierigkeiten stecken«, meinte Evelyn. »Meine Schwester ist labil.«

»Wie das?«, hakte Jenx nach.

»Sie neigt zu irrationalem, sogar gewalttätigem Verhalten. Als sie dreizehn war, hat sie die Familienkatze umgebracht.«

»Wieso?«

»Ihr gefiel sein Blick nicht. Romeo war ein schielender Siamkater.«

Das Telefon auf Jenx' Schreibtisch schrillte und ich schreckte hoch.

»Entschuldigt mich, Jungs«, erklärte Jenx den Fibbies. Nach ein wenig Gemurmel hielt sie mir den Hörer hin. »Es ist die Küstenwache.«

Deely Smarr war am Apparat. »Wir haben hier ein Problem, Ma'am. Ich würde vorschlagen, Sie hören aufmerksam zu und sagen nichts außer ja oder nein. Verstanden?«

»Verstanden. Ich meine, ja«, erwiderte ich.

»Ein gewisses Individuum, das Sie kürzlich bei sich eingestellt haben, möchte aus der Kälte ins Haus kommen. Falls Sie wissen, was ich meine ...?«

»Ja. Nein.« Meinte sie Roy? Oder Chester? Ich hatte mit beiden Geschäftsvereinbarungen getroffen. Und bezog sie sich mit »aus der Kälte kommen« auf das Wetter oder eine geheime Mission à la John le Carré?

Mein Blick begegnete den stahlharten Augen des älteren Fibbie. Er verfolgte jede meiner Regungen.

Deely versuchte es noch mal. »Ich meine damit eine Person aus der Vergangenheit, die kürzlich in der Gegenwart aufgetaucht ist. Er ist jetzt hier, und er braucht Zuflucht. Dazu eine Dusche und eine warme Mahlzeit. Bekomme ich die Erlaubnis, ihm zur Seite zu stehen?«

Roy Vickers war in Vestige. Meine Gedanken rasten. Wenn ich zuließ, dass Deely ihm half, wäre das Unterstützung und Begünstigung eines Verbrechers? Ich hatte die Befürchtung, dass Roy Gil umgebracht hatte, und ich nahm an, dass der ehemalige Sträfling auch etwas darüber wusste, was mit Chester passiert war. Schließlich hatte er beide Nachrichten Chesters überbracht, und dazu Prince Harry.

»Äh – ja«, sagte ich. Um es zu verdeutlichen und zu beweisen, dass auch ich militärischen Jargon beherrschte, fügte ich »Aye, aye« hinzu.

»Das ist Marine-Jargon, Ma'am, und nicht die Sprache der Küstenwache«, sagte Deely und legte auf.

»Ist alles in Ordnung, Deputy?«, erkundigte sich der ältere Fibbie. »Oder braucht die Küstenwache Ihre sofortige Unterstützung?«

»Ich dachte, Sie sind Maklerin«, sagte Evelyn Huffenbach. »Sie arbeiten für die Küstenwache?«

»Nur falls es zu Notfällen an Land kommt«, sagte ich.

»Deputy Mattimoe, Sie dürfen gehen«, sagte Jenx, »sobald Sie wie besprochen diesen Bericht angefertigt haben ...« Sie reichte mir ein Formular.

Ich runzelte die Stirn, weil ich nicht wusste, wovon sie sprach.

»Über C. Richards ...«, soufflierte sie mir.

»Oh! Richtig!«

»C. Richards?«, mischte sich der jüngere Agent ein. »Sie meinen C. Richards, RN, alias Thomas McKondin, Servicetechniker bei Extreme Clean?«

»Dann ist der geile Krankenpfleger der Perverse von Extreme Clean?«, staunte ich. »Er hat mit Tina Breen über ihre weiblichen Körperteile gesprochen!«

»Weibliche Körperteile?«, wiederholten die beiden Fibbies.

»Welche Verbindung hat das FBI dazu?«, fragte Jenx.

Der ältere Agent schüttelte den Kopf. »Das müssen Sie nicht wissen.«

Jenx pflanzte ihre Fäuste auf ihren Schreibtisch und neigte sich den Fibbies zu: »Jungs, in dieser Stadt *bin* ich diejenige, die alles wissen muss.«

Ihr Gesicht verdunkelte sich.

»Sie wollen sie doch nicht verrückt machen«, riet ich den Agenten. »Sie hat die magnetischen Felder auf ihrer Seite.«

Der jüngere Fibbie sah seinen Partner an. »Sind denn hier alle durchgeknallt?«

»Nur die örtliche Vollzugsbehörde«, erwiderte der andere Agent.

»Das stimmt nicht«, widersprach ich. »Magnet Springs kann auf eine lange Geschichte attraktiver Exzentriker zurückblicken. Das ist Teil unseres stolzen Erbes.«

In diesem Moment öffnete sich die Eingangstür, und Abra, gefolgt von den Officers Roscoe und Swancott, kam hereingestürzt. Abra hatte wie immer etwas in ihrem Maul.

»Aus, Deputy Abra!«, sagte Brady. Er klang stolz, nicht entsetzt. Aber dennoch hatte ich Angst hinzuschauen.

»Ist das der Gegenstand, für den ich ihn halte?«, fragte Jenx.

Ich presste meine Augen zusammen.

»Es ist eine Handtasche«, bestätigte Brady.

»Natürlich ist es das«, stöhnte ich und sah mich bereits einen weiteren Tag mit diesem unverbesserlichen Hund vor Gericht zubringen.

»Odettes Handtasche«, ergänzte Brady. »Ihr Ausweis steckt drin.«

Ich riss die Augen auf. »Es ist ihre Designertasche! Die Tasche, die sie geopfert hat, um den Gribble-Vertrag zu retten!«

»Dann wollen wir mal sehen«, verkündete Jenx und kam um ihren Schreibtisch herum, um Abras Fund zu untersuchen. Zu meinem Erstaunen machte die Hündin Platz, öffnete ihren Kiefer und legte Jenx die Handtasche in ihre Latex-behandschuhten Hände.

»Deelys Arbeit mit Abra macht sich bezahlt«, bemerkte Brady.

Jenx sagte: »Ist diese Handtasche nicht zeitgleich mit Chester verschwunden, Whiskey?«

Ich nickte.

»Dann kann sie uns vielleicht etwas darüber sagen, wohin Chester gegangen ist«, sagte Jenx. »Officer Swancott, haben Sie Handschuhe getragen, als Sie die Tasche untersuchten?«

»Ich habe sie nicht angefasst«, erwiderte er. »Abra öffnete sie für mich und schloss sie dann auch wieder. Sie ließ mich den Ausweis sehen, der darin ist, aber sonst nichts. Ich denke, sie wollte den richtigen Moment abpassen.«

Aus den Tiefen der Tasche zog Jenx einen regenbogenfarbenen Pokerchip.

»Der ist klebrig«, erklärte sie.

»Bear Claw«, sagte ich und erinnerte mich daran, dass Chester lautlos das Wort »Abra« zur Kellnerin Megan gesagt hatte. »Ein Beweis, dass Chester im Kasino war! Wo hat Abra die Handtasche gefunden?«

»In Pasco Point«, sagte Brady. »Ich bin noch einmal zurückgefahren, um mit der Spurensicherung zu sprechen, und habe Abra mitgenommen. Gerade als wir danach in den Streifenwagen steigen wollten, hat sie was entdeckt und ist losgerannt. Ich dachte erst, sie sei wieder weg, aber sie kam gleich darauf mit der Handtasche zurück.«

»Da ist noch was anderes drin«, sagte Jenx und drehte die Tasche um. Eine Visitenkarte flatterte heraus. Jenx nahm sie und las laut vor: »Extreme Clean Service für Innen und Außen. Thomas McKondin jun., Servicetechniker.«

»Sie betreuen das Iberville-Anwesen«, informierte ich Jenx und Brady.

Jenx las den Rest der Karte: »Wir machen Ihren Dreck weg. Auch wenn Sie wie ein Schwein hausen.«

»Oder wie eine Ratte sterben«, sagte ich. Brady nickte ernst. Abra leckte sich das Maul.

Während sie das tat, streifte sich der ältere FBI-Agent einen Latexhandschuh über und zog die Visitenkarten aus Jenx' Fingern.

»He!«, schrie die Chefin.

»Dies könnte bei einer staatlichen Ermittlung als Beweis benötigt werden«, verkündete der Fibbie.

»Warum sagen Sie uns nicht den wahren Grund, weshalb Sie hier sind?«, sagte Jenx und lehnte sich dabei in ihrem Stuhl zurück, um ihre Beine auf dem Schreibtisch abzulegen. »Aber sagen Sie mir doch zuerst noch mal Ihre Namen. Ich habe vorhin nicht Acht gegeben, als Sie Ihre ausgefallenen Dienstmarken gezückt haben.«

Wie sich herausstellte, hieß der ältere Agent Smith und der jüngere Jones. Oder war es andersherum? Auch diesmal zückten sie ihre Ausweise sehr rasch. Aber Jenx schien zufrieden zu sein.

»Wir sind wegen des vermissten Jungen hier«, sagte Smith. »Aber wir gehen auch einer Beschwerde wegen Identitätsraub nach, in den Mr. McKondin womöglich verwickelt sein könnte.«

»Identitätsraub? Wie in Kreditkartenbetrug?«, hakte Brady nach.

»Nicht notwendigerweise«, sagte Jones. »Identitätsraub – oder erschwindelte Persönlichkeit – ist dann gegeben, wenn ein Individuum die Identität eines anderen annimmt, um eine kriminelle Tat zu begehen. Wir haben Grund zu der Annahme, dass Thomas McKondin sich mit betrügerischer Absicht einer anderen Identität bedient.«

»Das unterschreibe ich auf der Stelle«, sagte ich. »Er gab vor, mein Pfleger zu sein, nur um sich einen Blick unter mein Krankenhaushemd zu erschleichen.«

Im Raum wurde es so still, als hätte ich gefurzt. Dann furzte einer der Hunde tatsächlich, wofür ich komischerweise dankbar war. Obwohl es unglaublich stank (sicherlich dank Abras verwesender Ratte), beendete es die allgemeine Erstarrung auf meine wohl etwas zu detaillierte Information. Jenx öffnete ein Fenster, und Brady begleitete beide Hunde nach draußen. Armer Officer Roscoe. Verurteilt von der Gesellschaft, mit der er sich umgab.

FBI-Agent Smith fragte mich: »Was meinten Sie vorhin, als Sie erwähnten, McKondin habe über ›weibliche Körperteile‹ gesprochen?«

Ich seufzte und erzählte ihm von der Weigerung meiner Büroleiterin, Extreme Clean anzurufen, weil sie sich während eines früheren Gesprächs sexuell belästigt gefühlt hatte.

Jones machte sich Notizen. »Wir werden sie befragen müssen«, sagte er.

»Viel Glück«, sagte ich. »Tina kann diese Worte nicht wiederholen.«

»Sie kann sie aufschreiben«, schlug er vor.

»Das bezweifle ich.«

»Was?« Er blickte auf.

»Ich bezweifle, dass sie sie schreiben kann. Tina hat eine mentale Blockade, wenn es um ein gewisses Vokabular geht. Sie sagt, es sei wegen Winston und Neville.«

»Churchill und Chamberlain, die früheren Premierminister von England?«

»Nein, Winston und Neville Breen, ihre Kleinkinder. Noch einen kleinen Rat: Weisen Sie sie auf keinen Fall darauf hin, dass sie die Worte wissen müsste, weil sie Kinder hat. Das bringt sie nur zum Weinen.«

Smith und Jones sahen sich an. Mir war klar, dass sie stillschweigend übereinkamen, dass unsere ganze Stadt bekloppt war.

21

Nachdem Smith und Jones mich abwechselnd zu meiner peinlichen Begegnung mit C. Richards, RN, befragt hatten, der vermutlich Thomas McKondin jun. war, quetschten sie mich über Chester aus. Jenx unterbrach die Befragung, indem sie erklärte, ich hätte den Tag davor wegen Unterkühlung im Krankenhaus verbracht und brauche Ruhe. Die Fibbies waren nicht neugierig, mehr darüber zu erfahren. Sie verboten mir, die Stadt zu verlassen und ließen mich dann gehen. Mich und Ratten-Stinker, die Afghanenhündin.

Auf dem Rückweg nach Vestige hatte ich Mühe, mich nicht von Paranoia überwältigen zu lassen. Sofern ich Deely Smarrs Anruf richtig interpretiert hatte, wartete Roy Vickers auf mich. Jenx hatte erwähnt, die Bundespolizei von Michigan beabsichtige, Roy zu verhören, und jetzt war auch noch das FBI in der Stadt. Wie man es auch drehte und wendete, höchstwahrscheinlich beherbergte ich einen mutmaßlichen Verbrecher. Vielleicht sogar einen Mörder und/oder Kindesentführer. Smith und Jones hatten mich über den ehemaligen Sträfling und seine Beziehung zu Chester befragt. Soweit ich wusste, bestand da keine Beziehung, abgesehen von Roys Rolle als Überbringer der Nachrichten. Wann immer ich an meinen Handlanger dachte, drängte sich mir das Bild seiner von Blut durchtränkten Jacke auf, und ich konnte nur hoffen, dass er diese vergraben hatte, ehe er sich an meiner Tür blicken ließ.

Die Küstenwache/Kinderfrau begrüßte mich und Abra, als wir die Küche betraten. Ihre ersten Worte waren nicht der Willkommensgruß, den ich erwartet hatte: »Ist Ihnen jemand nach Hause gefolgt?«

Ich verneinte das, musste dann aber zugeben, dass ich nicht in meinen Rückspiegel geschaut hatte.

»Jetzt erzählen Sie mir bloß noch, Sie haben die übliche Route genommen«, sagte Deely.

»Okay, ich erzähle es Ihnen nicht.«

Sie stöhnte.

Zu meiner Verteidigung erklärte ich ihr, dass meine hündische Beifahrerin Blähungen hätte. Und dass ich mich selbst auch nicht besonders wohl fühlte, nachdem ich während der vergangenen vierundzwanzig Stunden zwei Mal das Bewusstsein verloren hatte.

»Ihr Hausgast ist auch nicht in der besten Verfassung«, teilte Deely mir mit. »Ich gab ihm was zu essen, zeigte ihm das Badezimmer und sagte ihm, er solle sich nach dem Duschen hinlegen.«

»Was ist mit seinen Kleidern?«, fragte ich und hatte zugleich Angst vor der Antwort.

»Darum habe ich mich gekümmert, Ma'am«, antwortete sie. »Schadensbegrenzung.«

»Aber ist das nicht Manipulation von Beweisen?«

Deely zog die Stirn kraus. »Roy ist hier beinahe nackt eingetroffen. Ich habe ihm ein paar alte Kleider gesucht, die mal Ihrem Mann gehört haben müssen. Sie sind zu klein, aber sie tun es, bis er was Besseres finden kann.«

»Fast nackt?« Ich war zwischen Entsetzen und Besorgnis und lüsterner Neugier hin- und hergerissen. Außerdem fragte ich mich, wo Deely alte Klamotten von Leo gefunden hatte. Ich war davon ausgegangen, sie alle weggeworfen zu haben.

»Ja, Ma'am. Ich habe Roys Unterkühlung behandelt. Ich denke, er erholt sich wieder, wenn er erst mal etwas Ruhe findet.«

»Aber was ist mit seiner Kleidung passiert?«, fragte ich und kam nicht los vom Bild eines gebräunten Roy mit nacktem Hintern.

»Fragen Sie nicht, dann müssen Sie nichts erzählen. Das ist Regel Nummer eins in solchen Situationen.«

Mein Gesichtsausdruck veranlasste sie zu einer Erklärung.

»Wenn Sie nichts wissen, müssen Sie nicht lügen. Sie wissen am besten gar nicht, was mit Roy passiert ist.«

Das erinnerte mich an das, was mit Abra passiert war. Als ihre inoffizielle Trainerin hatte Deely ein Recht, es zu erfahren. Sie reagierte auf die Neuigkeiten auf ihre übliche ruhige Art.

»Sie wird nicht krank davon werden, nur weil sie eine verweste Ratte gefressen hat, aber unbeliebt macht sie das schon. Ich empfehle, sie draußen zu lassen, bis das Schlimmste vorbei ist.«

Ich stimmte ihr zu und bemerkte, dass das Kindermädchen wie versprochen eine Hundeklappe angebracht hatte, welche die Küche mit dem frisch eingezäunten Auslauf im Freien verband.

»Großartig«, sagte ich, »nur, dass die Hunde jetzt kommen und gehen können, wie es ihnen passt.«

»Genau darum geht es doch: Sie werden weniger gestört. Außerdem können Sie sie dort festhalten, wo Sie das möchten.« Deely schob ein Holzbrett in die Öffnung. »Das verbannt sie auf die Seite der Tür, auf der Sie sie haben wollen.«

Genauso wie es gewesen war, bevor sie die Hundeklappe installiert hatte, damals, als ich sie meist draußen aussperrte. Und das sollte jetzt ein Fortschritt sein? Deely entfernte das Brett, und sofort tauchte Prince Harry auf und schüttelte sich den Schnee von den Pfoten und vom Schwanz. Die Kinderfrau strahlte.

»Er lernt so schnell! Ich habe ihm das nur ein Mal zeigen müssen.«

Mutter Abra trottete hinter ihrem Sohn her, schnüffelte an seinen Genitalien und brachte einen äußerst fauligen Geruch mit in meine Küche. Deely schob sie zurück durch die Klappe und verriegelte diese hinter ihr mit dem Brett. Da Prince Harry das lustig fand und als neues Spiel betrachtete, bellte er vor Entzücken.

»Ich hole das Raumspray«, sagte Deely. Wir wussten beide, dass wir nicht auf angenehme Essensgerüche bauen konnten, um Abras Gestank damit zu überdecken. Ich kochte nie und aß auch selten hier drin. Dasselbe galt für Avery. Meine geräumige Küche, früher einmal der Schauplatz von Leos Gourmet-Kreationen, diente nun hauptsächlich dem Augenschmaus.

»Ist der Vater von Leah und Leo gestern Abend hier auf Besuch gewesen?«, fragte ich.

»Ja, Ma'am, er war hier«, sagte Deely. »Aber ich würde nicht empfehlen, Avery dazu zu befragen. Sie hat sich seitdem in ihrem Zimmer eingeschlossen.«

»Sie wissen nicht zufällig, wo Dr. Grant wohnt, oder?«, erkundigte ich mich unschuldig.

»Doch, Ma'am, das weiß ich. Er hat ein Zimmer im Red Hen's House. Ich glaube, er plant, eine Weile zu bleiben.«

»Tatsächlich?« Ich räusperte mich, um mir meine Begeisterung nicht anmerken zu lassen. »Ach, ist Ihnen oder Avery aufgefallen ... oder haben Sie sich Sorgen gemacht ... dass ich vergangene Nacht nicht nach Hause gekommen bin?«

»Mir ist es aufgefallen, Ma'am. Ich finde Jeb Halloran übrigens cool.«

»Ich war nicht bei Jeb Halloran!«, sagte ich und wunderte mich, warum ich errötete. Und auch, warum ich das Gefühl hatte, dies vor der Kinderfrau klarstellen zu müssen.

»Schade. Ich bin schon lange Fan von ihm. Er könnte eine brillante Karriere in der Hundemusik machen.«

»Was ist das denn?«

»Der Trend der Zukunft.« Deely lächelte auf eine fast schon neckische Art. »Ich habe mit ihm auf dem Jamboree darüber gesprochen.«

Dann hatte ich vom Hubschrauber aus also Deely und nicht Avery mit Jeb reden sehen?

Die Kinderfrau sprach weiter: »Mir ist aufgefallen, dass sowohl Abra als auch Prince Harry schläfrig werden, sobald ich ihnen Jebs keltische Lieder vorspiele. Deshalb habe ich seine Musik in ›Das System‹ aufgenommen. Erinnern Sie sich noch, wie rasch die Hunde einschliefen, als ich sie in die Kiste packte?«

Darüber hatte ich mich vor zwei Nächten tatsächlich gewundert.

»Jebs Version von *Danny Boy* haut sie jedes Mal garantiert um. David testet das jetzt auch bei einigen seiner Patienten. Wenn die Ergebnisse überzeugend sind, und davon gehen wir aus, ist das eine große Entdeckung. Haben Sie eine Ahnung, wie viele hyperaktive Hunde mit frustrierten Menschen es gibt? Wenn Fleggers sich dahinterklemmt, wird die CD Ihres Ex-Manns Gold einspielen!«

»Wie schön«, sagte ich, bezweifelte aber, dass es genügend extravagante *Anti-Speziesisten* gab, um Jeb Halloran reich zu machen. Um das Thema zu wechseln, fragte ich: »Sie haben gehört, was mit Gil Gruen passiert ist, oder? Deshalb wussten Sie wohl, dass Roy in Schwierigkeiten steckte?«

»Ich habe gehört, dass der Bürgermeister verschwunden ist, mehr nicht. Es geht das Gerücht, Sie hätten seine blutige Leiche gesehen. Roy hat mir von sich aus gesagt, dass er in Schwierigkeiten steckt. Wie gesagt, ich habe nicht danach gefragt.«

Dann hielt Jenx also den Deckel auf dem Mord, bis Gils Leiche gefunden wurde. Bis jetzt war sein Schicksal ungewiss – nur ich kannte es, die einzige Person, die seine Leiche gesehen hatte. Und natürlich die Person, die ihn umgebracht hatte.

Als das Telefon klingelte, ging Deely dran.

»Möchten Sie mit Odette Mutombo sprechen?«, fragte sie.

»Bleibt mir was anderes übrig?«

»Da sie jetzt wieder Strom haben, hat Mother Tucker's wieder geöffnet«, begann Odette. »Und weil das Jamboree für heute abgesagt wurde, dachte ich, Sie langweilen sich vielleicht und suchen nach einer Betätigung. Oder wenigstens nach was zu essen. Soll ich Sie abholen?«

»Wo sind Sie?«, fragte ich, weil ich im Hintergrund ein Durcheinander fröhlicher Stimmen hörte.

»Mother Tucker's. Ich habe mich dort mit einem Klienten zur Happy Hour verabredet. Und raten Sie mal, wer hier ist!«

»Wer denn?«

»Ich gebe Ihnen einen Tipp«, säuselte Odette. »er ist praktisch Ihr Stief-Schwiegersohn.«

Bilder des sexy Professors aus Florida tanzten vor meinen Augen.

»Ist er nicht! Er und Avery mögen einander nicht einmal. Außerdem ist er fünfzehn Jahre älter als sie, also sogar drei Jahre älter als ich!«

»Ich bin erleichtert, dass Sie wissen, von wem ich rede«, sagte Odette. »Und die Grundrechenarten beherrschen Sie auch noch. Nash Grant ist der Klient, mit dem ich auf einen Drink verabredet bin. Wenn ich meinen Job gut mache und ihm ein Haus vermiete, werde ich ihn eine Weile in der Stadt halten. Der Rest liegt dann bei Ihnen.«

22

Die Aussicht, Nash Grant wieder(und wieder)zusehen, machte mich ausgelassen wie ein Kind am Weihnachtsmorgen. Und das ungeachtet der Tatsache, dass der liebe Chester vermisst wurde, nicht aber die stinkende Abra, und ein verurteilter Verbrecher fast nackt in meinem Haus aufgetaucht war.

Als es dann so weit war und Odette in ihrem Mercedes vorfuhr, konnte ich es kaum mehr erwarten, mit Flirten loszulegen. Ich hatte mich umgezogen, mir meine Haare gekämmt und ein wenig Parfüm und Make-up aufgelegt.

»Mascara!«, rief Odette aus. »Lippenstift! Sie sind voller Begierde.«

»Das ist in neunundvierzig Bundesstaaten noch immer erlaubt.«

»Aber den Vater der Enkelkinder Ihres verstorbenen Ehemanns zu begehren? Das dürfte ein Tabu sein. Auch wenn der Kerl Ihnen im Alter nähersteht und Sie Ihre Stieftochter nicht ausstehen können.«

»Sie können einander kaum ausstehen«, sagte ich mit Nachdruck. »Wenn kein Schaden entsteht, braucht man auch keinen Anstoß zu nehmen.«

»Da gibt es aber noch ein anderes Problem, Whiskey: Die ganze Stadt möchte, dass Sie und Jeb wieder zusammenkommen.«

Als ich lachte, sie aber nicht, starrte ich Odette an. »Das ist doch nicht Ihr Ernst?«

»So ernst wie die Apokalypse. Sie und Jeb haben so eine lange Geschichte.«

»Das ist auch der Grund, warum wir uns nicht mehr lieben ...«

Odette gab jenes rüde verächtliche Schnauben von sich, das mir wohlvertraut und gleichermaßen verhasst war. Ich wechselte das Thema. »Haben Sie was von Jenx gehört? Sie hat eine gute und eine schlechte Nachricht für Sie.«

»Nein. Erzählen Sie es mir.«

»Die gute Nachricht ist, dass Abra Ihre Designertasche zurückgebracht hat. Die Tasche, die Sie geopfert haben, um den Gribble-Vertrag an Land zu ziehen.«

»Das ist nicht einfach eine ›Designertasche‹, Whiskey. Das ist eine Gucci.«

»Was auch immer.«

»Und die schlechte Nachricht?«

»Sie können Sie nicht zurückhaben.«

»Wie bitte?!«

»Nicht sofort. Jenx musste sie beschlagnahmen. Als Beweisstück.«

»Finger war aber keiner drin, oder?«, erkundigte sich Odette.

Damit bezog sie sich auf einen verstörenden Vorfall, zu dem es letzten Herbst gekommen war. Damals war Abra auch darin verwickelt gewesen.

»Nein! Nur eine Visitenkarte und ein Pokerchip, das schwöre ich!«

Trotz der noch immer vereisten Straßen und vereinzelter Stromausfälle ging es bei Mother Tucker's fast ebenso hoch her wie an jedem Freitagabend. Wir umrundeten den Parkplatz auf der Suche nach einer Lücke.

»Glauben Sie denn, dass er noch da sein wird?«, fragte ich Odette.

»Als ich aufbrach, um Sie abzuholen, setzte Nash sich an die Bar, offensichtlich in der Absicht, eine lange Nacht dort zu verbringen.«

»Er betrank sich?«

Odette parkte ein und schaltete den Motor aus. »Ich habe nichts von Bechern gesagt. Nash Grant scheint mir kein heftiger Trinker zu sein. Eher ein Mann, der gerne Leute trifft.«

»Er lehrt in Florida«, sagte ich. »Und er ist in Mississippi aufgewachsen. Warum sollte er mitten im Winter nach Michigan ziehen? Erzählen Sie mir jetzt bloß nicht, er gibt seinen Job auf, nur um in Nähe der Babys sein zu können!«

»Er hat ein Sabbatjahr bis August«, erwiderte Odette. »Und so lange hat er auch vor zu bleiben.«

Bei Mother Tucker's herrschte Partystimmung. Die Menge, die sich zu gleichen Teilen aus Touristen und Einheimischen zusammensetzte, machte mehr Krawall als üblich, denn all die aufgestaute Jamboree-Energie suchte sich ein unmittelbares Ventil. Die Besitzer Walter und Jonny St. Mary kamen dem entgegen, indem sie die Drinks zum halben Preis anboten. So verkündete es ein Banner im Eingangsbereich.

Odette und ich arbeiteten uns zur Bar vor, wobei wir immer wieder anhalten mussten, um beschwipste Freunde und Nachbarn zu begrüßen. Da mein Verlangen, Nash Grant zu finden, mein Interesse an Smalltalk überwog, wanderten meine Blicke wie ein Radar durch den Raum. Mir wurde klar, dass ich den Professor erst ein Mal von hinten gesehen hatte, nämlich als er vergangene Nacht zusammen mit Jeb aus meinem Krankenzimmer ging. Da hatte mein Blick weit nach unten gezielt, und ihre beiden Hintern hatten angenehme Eindrücke hinterlassen. Da Nash nun aber an der Theke saß, musste ich seine obere Körperhälfte wiedererkennen.

Und das tat ich auch. Es war leicht, weil er sich neben einer mir sehr vertrauten oberen Hälfte niedergelassen hatte: der von Jeb. Es überraschte mich, dass mir dieser Anblick einen absolut unlogischen Stich versetzte. Als müsste ich eifersüchtig sein und mit Jeb um Nashs Aufmerksamkeit kämpfen.

»Hallo Jungs«, sagte ich und schob mich seitlich zwischen Nashs rechte Schulter und Jebs linke. Ich lächelte Nash an.

Zu meinem Ärger legte Jeb seine Hand um meine Taille und zog mich an sich.

»Wie ich höre, bist du aus dem Krankenhaus ausgebüxt«, sagte er. »Gegen ärztlichen Rat.«

»War das in den Nachrichten?«, fragte ich.

»Die Nachbarin meiner Kusine arbeitet bei der Anmeldung. Erinnerst du dich, eine dünne Blonde mit Sommersprossen auf der Nase genervt zu haben?«

»Ich erinnere mich, dass sie *mich* genervt hat.«

»Dann wird es dir wahrscheinlich auch nichts ausmachen, wenn du sie in deinem Maklerbüro nie zu sehen bekommen wirst.«

Das brachte Nash zum Lachen. Ich bedachte ihn mit meinem schönsten Lächeln.

»Und wie behandelt Magnet Springs den Jungen aus Biloxi?«, fragte ich ihn.

»Ganz gut, danke.« Nash erhob sich und bot mir seinen Barhocker an. Ich schielte zu Jeb und wünschte mir, er würde seinen Sitz an Nash abgeben. Aber so viel Glück hatte ich nicht.

»Ich habe gehört, Sie haben gestern Abend Leah und Leo kennen gelernt«, sagte ich zu Nash.

Er nickte begeistert. »Ich habe zwei Stunden mit meinen Kindern verbracht, und das hat mein Leben verändert.«

»Tatsächlich?«

»Danach kriegte ich kein Auge zu. Bis gegen drei Uhr morgens habe ich überlegt, was ich tun soll.«

»Und was kam dabei raus ...?«

»Ich kann mir nicht vorstellen, dass Odette es dir nicht erzählt hat«, warf Jeb ein. »Nash wird den Rest seines Sabbatjahres hier verbringen. Falls jemand von Mattimoe Realty für ihn ein Haus zum Mieten findet ...«

Ich warf einen Blick auf meinen Ex-Mann, als dieser sein Bierglas zum Mund führte und damit das verschlagene Grinsen verbarg, von dem wir beide wussten, dass es da war.

Zu Nash sagte ich: »Sie sind bei Odette in guten Händen. Sie ist die beste Maklerin, die ich habe.«

»Das steht außer Frage«, stimmte er mir zu. »Aber ich hatte gehofft, Sie fänden Zeit, mich dabei ein wenig zu unterstützen.«

Mir schoss die Röte ins Gesicht. Da ich noch keinen einzigen Tropfen Alkohol zu mir genommen hatte, machte ich pure Lust für die Hitze verantwortlich. Ehe ich etwas erwidern konnte, sprang Jeb bereits zu Nashs Unterstützung ein.

»Schließlich ist er der Papa. Und du bist die Oma.«

»Whiskey ist zu jung, um irgendjemandes Oma zu sein«, sagte Nash galant. »Aber für die Zwillinge wird sie immer wichtig sein. Dafür sorge ich schon.« Seine kupferfarbenen Augen funkelten verführerisch. »Durch Leah und Leo haben wir etwas gemeinsam, nicht wahr? Gleich von Anfang an.«

Wie gut, dass ich bereits saß.

»Was möchtest du trinken, Whiskey?«, fragte Nash und winkte den Kellner herbei.

»Das ist meine Runde«, mischte Jeb sich ein. Er sagte dem Barkeeper: »Einen kühlen Schluck für die heiße Lady. Machen Sie lieber gleich einen Doppelten und geben Sie Eis dazu.«

»Du magst Scotch?«, fragte Nash.

»Ich mochte ihn«, sagte ich und bedachte Jeb mit einem finsteren Blick –, aber er zwinkerte mir zu. Er zahlte für den Drink und entschuldigte sich dann, um an den Tisch von ein paar Freunden zu wechseln. Nash nahm seinen Hocker ein.

»Wie findest du meinen Plan, eine Bindung zu meinen Kindern aufzubauen?«, fragte er.

»Ich finde, es klingt gut, obwohl ich deinen Plan nicht wirklich kenne.«

Ich nahm einen großen Schluck von meinem Drink und spürte, wie das Feuer sich von meiner Kehle bis in meinen Magen ausbreitete. Schon wieder trank ich dank Jeb Halloran Scotch auf leeren Magen. Wohin sollte das noch führen?

»Ich habe ein Sabbatjahr und davon noch mehr als sechs

Monate«, sagte Nash. »Eigentlich arbeite ich an einem Buch, aber das kann ich überall tun.«

»Ein Buch worüber?«

»Werbung. ›Medienplanung für den Alleininhaber‹. Klingt vermutlich ziemlich trocken.«

»O nein«, sagte ich, weil ich mir nicht vorstellen konnte, wie irgendetwas, das Nash Grant machte, langweilig sein konnte.

»Werbung ist sexy, Whiskey. Analysieren nicht. Soll ich dir was beichten? Ich entwerfe lieber Anzeigen, als dass ich sie auseinandernehme, aber den Teil meines Lebens habe ich hinter mir.«

»Du hast Anzeigen entworfen?«

»Früher einmal war ich Werbeleiter einer großen Agentur in L.A. Aber die Zeiten ändern sich.« Er stierte lange in seinen Bierkrug. »Ich bin zurück aufs College gegangen und habe meinen Doktor gemacht. Jetzt bin ich Akademiker und zwar ein verflixt guter. Ein Leben mit Festanstellung kann ein gutes Leben sein.«

Ich nickte, obwohl ich keine Ahnung hatte, was ich mir unter einer Festanstellung vorzustellen hatte. Zu meinem Leben gehörte es, ein Geschäft zu führen, das täglich irgendwie wieder neu war.

Wir unterhielten uns darüber, was Nash als Bleibe für seine nächste Zeit in Magnet Springs vorschwebte. Es rührte mich und belustigte mich, als er sagte, er wolle die »ganze weißer-Palisadenzaun-Szenerie: große Veranda, eingezäunter Hof und viel Platz zum Spielen«.

Ich erinnerte ihn daran, dass seine Kinder drei Monate alt waren. Nash seufzte, leerte sein Bier und bestellte das nächste.

»Vielleicht jage ich auch einem Hirngespinst hinterher,

aber ich würde so gern beweisen, dass ich ein guter Vater bin. Der beste, der ich unter den gegebenen Umständen sein kann.«

Er sah mich so eindringlich an, dass ich automatisch nach meinem Drink griff und ihn halb leerte.

»Ich weiß, dass du und Avery euch nicht nahesteht«, sagte er.

»Das ist untertrieben.«

»Aber sie wohnt unter deinem Dach. Hör zu, Whiskey, es ist mir unangenehm, dich in eine peinliche Position zu bringen ...«

Sag mir nur, welche Position du bevorzugst.

Das sprach ich nicht laut aus. Ich glaube es jedenfalls. Ich starrte unentwegt in Nash Grants Augen und zerdrückte in jeder Hand eine Cocktailserviette.

Er fuhr fort: »Avery droht mir, mir den Umgang mit den Zwillingen zu verweigern. Womöglich muss ich vor Gericht, um mein Recht zu erstreiten. Es sei denn, du könntest sie zur Vernunft bringen.«

»Ha!« Damit spülte ich den Rest meines Scotchs hinunter. Nash bot mir noch einen an, aber ich lehnte laut und deutlich ab.

»Avery lässt sich von niemandem zur Vernunft bringen, am wenigsten von mir«, verkündete ich. »Wozu sonst brauchen wir die Küstenwache?«

Er zog die Stirn in Falten und bot an, mir was zum Essen zu bestellen. Ich weiß nicht mehr, was er bestellte, worüber wir redeten oder was ich aß. Aber ich weiß, dass ich mich besser fühlte, als ich gegessen hatte, selbst als wir noch einmal auf Avery zu sprechen kamen.

»Mag sein, dass du sie nicht leiden kannst und sie dich auch nicht, aber ich denke, sie respektiert dich«, sagte Nash zu mir. »Und sei es auch nur, weil Leo dich geliebt und respektiert hat. Avery hat ihren Papa bewundert.«

Der letzte Satz entsprach der Wahrheit, wenngleich ich bezweifelte, dass Avery jemals in irgendeiner Form Leos Haltung einnehmen würde. Bis jetzt gab es kein einziges Anzeichen in dieser Richtung, trotz meiner fortwährenden Bemühungen, nett zu sein – oder wenigstens hilfsbereit.

»Ich möchte ihr die Kinder nicht wegnehmen«, sagte Nash. »Ich habe außerdem vor, sie finanziell großzügig zu unterstützen. Doch als Gegenleistung möchte ich etwas, das zu geben sie offensichtlich nicht willens ist: Zugang und Zeit. Es sind auch meine Kinder, Whiskey.«

Ich nickte. Plötzlich erinnerte mich seine Qual an meine eigene. Obwohl Chester nicht mein Sohn war, fühlte ich mich für ihn verantwortlich und sehnte mich danach, ihn wiederzusehen. Fur einen Moment verließ mich meine so hart erkämpfte Fähigkeit, Gefühle unterdrücken zu können. Was womöglich daran lag, dass Nash mir so nah war, so gut aussah, so verletzlich war und so verdammt gut roch. Ohne zu überlegen legte ich meine Rechte auf seine Linke und drückte sie. Er legte seine Rechte auf meine und drückte sie ebenfalls. Ich legte daraufhin noch meine Linke obendrauf. Unsere Nasen trennten inzwischen nur noch Zentimeter. Ich spürte seinen Atem auf meinem Gesicht.

»Sieh mal einer an. Wenn das nicht der Feind ist, der seinen nächsten Schritt plant.«

Wir machten tatsächlich einen Satz. Avery Mattimoe stand in ihrem olivgrünen Parka hinter uns. Ihr fleckiges Gesicht war von Tränen und Rotz verschmiert.

»Ein Mann reicht dir wohl nicht, Whiskey?«, griff sie mich mit schriller Stimme an. »Musst wohl mit deinem und mit meinem Ex durch die Stadt ziehen?«

23

Nash ließ meine Hände fallen, als hätte er sich daran verbrüht.

»Beruhige dich, Avery«, sagte er, als er aufstand, um sie zu begrüßen.

»Ich werde mich nicht eher beruhigen, als bis sie hier raus ist«, sagte meine Stieftochter. Sie streckte mir ihre rosa Zunge heraus, wahrscheinlich aus Gehässigkeit, obwohl es auch ihr Tick hätte sein können.

»Männerdiebin! Falsche Kindsbetreuerin! Warum lässt du dir nicht selber Babys machen, anstatt dir die anderer Leute auszuleihen?« Sie kreischte jetzt. In der eben noch lauten Bar war es totenstill geworden. Jemand berührte mich an der Schulter.

»Komm, Whiskey, lass uns gehen«, flüsterte Jeb.

Ich ignorierte ihn. »Ich leihe mir deine Babys nicht. Ich sorge dafür, dass du und sie einen guten Platz zum Leben habt, einschließlich Rundumversorgung.«

»Wenn du für uns so sorgst, wie du für Chester gesorgt hast, können wir uns ja auf was gefasst machen. Inzwischen weiß die ganze Stadt, dass er vermisst wird, und Cassina hat dich gefeuert!«

»Sie kann mich gar nicht feuern. Ich mache das nämlich freiwillig!«

»Jetzt reicht es«, sagte Jeb, lauter als eben. Aber ich war noch nicht fertig.

»Avery, der Vater der Babys möchte das Richtige tun – für dich und für sie. Warum lässt du ihn nicht?«

»Warum hörst du nicht auf Liebhaber Nummer eins und siehst zu, dass du hier verschwindest!«

Jeb sorgte dafür, dass ich es tat. Er packte meinen Mantel und meinen Arm und steuerte mich zum Ausgang. Die Menge der Barbesucher teilte sich vor uns wie das Rote Meer.

»Warum gönnst du ihr diese Genugtuung?«, sagte ich wütend, als er die Tür öffnete. Der Luftzug, der uns begrüßte, war so kalt, dass er mir den Atem raubte. Jeb nutzte mein Schweigen, um versöhnlich auf mich einzureden.

»Das Letzte, was du jetzt brauchen kannst, ist noch mehr Ärger, vor allem mit Leuten, die in deinem Haus wohnen. Warum kannst du das nicht einsehen?«

»Deely mag mich«, jammerte ich.

»Deely bekommt einen Scheck von dir. Aber sie nimmt Befehle von Avery entgegen und würde ihr wahrscheinlich überallhin folgen. Du magst Avery nicht, aber du liebst ihre Babys. Und du brauchst Deely, damit sie dir hilft, mit den Hunden klarzukommen. Verscherze dir das nicht, Whis key.«

Er führte mich zu seinem Wagen.

»Du fährst den immer noch?«, wunderte ich mich und deutete mit dem Kopf auf den verrosteten Nissan Van Wagon, ein Relikt aus den späten Achtzigern. Selbst im trüben Licht von Mother Tucker's Parkplatz sah ich die Drähte, die die hintere Stoßstange festhielten.

»Der bringt mich überallhin, wo ich hin muss, meistens jedenfalls.«

Die Beifahrertür ächzte, als Jeb sie mit Gewalt aufzog, und das Innenlicht versagte seinen Dienst. Ich rührte mich nicht vom Fleck.

Er sagte: »Willst du hier stehen bleiben, bis jemand mit einem besseren Auto dich mitnimmt?«

Ich stieg ein und sprang sofort wieder hinaus. »Da ist was auf dem Sitz – und es ist groß!«

»Entschuldige.« Er griff hinein, um drinnen Ordnung zu schaffen. Als ich das Quietschen, Knirschen und Krachen hörte, fragte ich mich, was da drinnen wohl sein mochte. »Okay, versuch's noch mal.«

Vorsichtig stieg ich ein und traf den Sitz leer an. Mit Mühe bekam er die Tür zu. Es brauchte ein paar Versuche, bis der Wagen ansprang, aber schließlich fuhren wir.

»Wohin jetzt?«, fragte Jeb. »Du bist vermutlich zu aufgedreht, um jetzt nach Hause zu gehen. Was hältst du von einem Drink in meiner Lieblingskneipe?«

»Kann ich auch was anderes als Scotch bekommen?«, sagte ich giftig.

»Solange es flüssig ist. Im Blue Moon gibt es Schnaps und Bier. Billiges Bier.«

Mein ganzes Leben hatte ich in Magnet Springs verbracht und noch nie einen Fuß ins Blue Moon gesetzt, eine ziemlich schäbige Pinte unten am Hafen. Es gab draußen nicht mal ein Schild, nur eine verblasste Mondsichel aus Sperrholz unter einem einzigen Leuchtstrahler. Parkplatz gab es auch keinen. Die Gäste stiegen im Sommer aus ihren Booten aus, und im Winter kamen sie aus ihren Eishütten und Schneemobilen. Wir fanden einen Platz an der Straße. Die Kneipe machte einen geschlossenen Eindruck. Das sagte ich zu Jeb, der daraufhin lachte.

Als ich meine Tür zumachte, sagte er: »Ich bin nur neugierig: Wer ist Evelyn Huffenbach, und was will sie von dir?«

»Sie will nichts von mir!«, herrschte ich ihn an. »Wer hat das denn gesagt?«

»Jedermann weiß, dass die Fibbies in der Stadt sind. Es geht das Gerücht, Cassina habe Großmama Evelyn aus Iowa angerufen, weil du ihren kleinen Jungen verloren hast.«

Das Gerede in dieser Stadt erstaunte mich immer wieder aufs Neue.

»Ich habe Chester nicht verloren«, sagte ich mit zusammengebissenen Zähnen. »Nicht einmal Evelyn hat mir das zum Vorwurf gemacht. Jedenfalls nicht mit diesen Worten.«

»Wie ich höre, ist sie sein neuer gesetzlicher Vormund.«

»Möglich. Ich habe die entsprechenden Papiere nicht gesehen. Das Problem ist, Chester hat mir erzählt, er habe keine Großmutter. Oder überhaupt Familie. Wenn Evelyns Geschichte stimmt, dann ist meine Klientin Mrs. Gribble der Dritte Chesters Großtante. Und vermutlich seine Kindesentführerin.«

Wir hatten die Eingangstür des Blue Moon erreicht.

»Bist du bereit?«, fragte Jeb mich mit boshaftem Grinsen. Er schwang die Tür auf und gab den Blick frei auf eine Szenerie, die nicht halb so düster und verlassen war, wie ich sie mir vorgestellt hatte. Ein Billardtisch nahm die Mitte des Raums ein, umgeben von Kartentischen und Stühlen. Die Theke befand sich hinten. Alte Bierwerbung in Neon leuchtete von den Wänden, und sämtliche Stühle waren besetzt.

»Woher kommen die alle?«, staunte ich.

»Die meisten fahren mit ihren Schneemobilen. Sie parken um die Ecke beim Bootsanleger. Was soll es sein, Blatz oder Schlitz?«, fragte Jeb.

»Gibt es da einen Unterschied?«

»O ja.«

»Dann bin ich heute Abend in Blatz-Stimmung«, sagte ich. Er holte die Biere, während ich ein paar Stühle neben dem Billardtisch entdeckte. Alle kannten Jebs Namen. Ich kannte so gut wie niemanden.

»Wer sind diese Leute?«, fragte ich, als er mit den eiskalten Dosen zurückkam.

»Die Stammgäste des Blue Moon: Farmer und Fabrikarbeiter von dieser Seite des Lanagan County.«

»Sie kennen dich, weil du hier Stammgast bist?«, fragte ich.

»Sie kennen mich, weil sie Fans meiner Musik sind. Einige dieser guten Leute hier besitzen meine sämtlichen CDs. Sie reisen mir von Gig zu Gig nach.«

Ich versuchte mir vorzustellen, welche von Jebs vielen musikalischen Inkarnationen diese Menge wohl angezogen haben mochte. Sie sahen nicht so aus, als wären sie begeisterte Hörer von keltischer Musik. Wahrscheinlich hatten sie ihn während seiner Country- oder Rock-a-Billy-Tage entdeckt.

»Entschuldige mich einen Moment«, sagte Jeb.

Ich öffnete meine Dose mit einem Knall und trank vorsichtig einen Schluck. Blatz-Bier, na gut. Unvergleichlich. Das war einer der Unterschiede zwischen Leo und Jeb: Leo liebte die feineren Dinge – darunter Importbier, Wein und Essen; Jeb mochte, was immer er kriegen konnte.

»Mir ist egal, was die sagen, für mich ist Gil Gruen tot.«

Die Stimme kam vom Billardtisch, wo zwei Männer mittleren Alters in Schneemobilanzügen ihre Queues mit Kreide einrieben.

»Sie haben aber noch keine Leiche gefunden«, wandte der zweite Mann ein.

»Das hat nichts zu bedeuten. Er ist tot. Und Roy Vickers hat ihn umgebracht.«

»Ich habe gehört, dass es in der Stadthalle zwischen ihnen zur Kraftprobe gekommen ist.«

»Das ist aber nicht der Grund, weshalb Roy Vickers es getan hat«, meinte der erste Mann. »Ich habe Roy gestern gesehen, und er war nicht gut drauf.«

»Wie das?«

Der erste Mann senkte seine Stimme, so dass ich meinen Kopf Richtung Billardtisch recken musste, um seine Antwort mitzubekommen. »Als Big Jim Roy verhaftete, weil er Leo Mattimoe niedergestochen hatte, war ich unmittelbar dabei. Ich kam gerade aus der First Federal Bank nebenan. Und Roy sah gestern genauso aus wie damals an jenem Morgen.«

Der zweite Mann bemerkte, dass ich mich in ihre Richtung beugte, und interpretierte es falsch.

»Möchten Sie bei uns mitspielen?«, fragte er.

»Nein danke.« Ich sah den ersten Mann an. »Sie kannten Leo Mattimoe?«

»Er war unser Makler, als ich und meine Frau unsere Farm kauften. Das ist jetzt vierzehn Jahre her.« Der Mann sah mich mit zusammengekniffenen Augen an. »Sind Sie nicht Leos Witwe? Ich habe Sie zuvor noch nie im Blue Moon gesehen.«

»Das kommt daher, weil sie mir alle ihre besten Häuser zeigen muss«, mischte Jeb sich ein. Er schüttelte den Männern die Hand und stellte sie mir als Bud und Chuck vor.

»Sind Sie sicher, dass Sie nicht mitspielen wollen?«, erkundigte sich Bud, der erste Mann.

»Na komm schon, Whiskey«, sagte Jeb. »Zeig uns, was du noch von deinen ruhmreichen Tagen auf der Straße drauf hast.«

So lange war es her, seit ich das letzte Mal Poolbillard gespielt hatte. Jeb pflegte nach Auftritten immer bei einem Sechserpack Bier und ebenso vielen Billardspielen zu entspannen. Ich spielte mit, hauptsächlich, um ihm die Groupies vom Hals zu halten. Weil ich damals gut war, bildete ich mir ein, wieder ein Queue in die Hand nehmen zu können, ohne mich zu blamieren. Außerdem gefiel mir die Aussicht, mehr von Bud und Chuck darüber zu erfahren, was Roy tags zuvor getan hatte.

Obwohl ich als eingerostete Billardspielerin gar nicht so schlecht war, waren Bud und Chuck als Gegner die reinsten Haie. Wenn Jeb und ich eine Chance zum Stoß bekamen, was nicht oft vorkam, war all unsere Konzentration gefragt, den richtigen zu machen. Als wir fertig waren, hatte Chuck mehr Kugeln in Folge ins Loch gebracht, als ich zählen wollte, und Roys Name war nicht wieder erwähnt worden.

Ich griff nach meiner fast leeren dritten Dose Blatz, als Bud sagte: »Chief Jenkins sagt, es gibt keinen Mord, solange wir keine Leiche finden, aber das sehe ich anders. Als ich das Blut an Roy gesehen habe, wusste ich, dass jemand tot war.«

»Wann haben Sie das Blut an Roy gesehen?«, fragte ich mit Herzklopfen.

»Gestern um die Mittagszeit. Ich habe beim Angeln keine Uhr um. Ich war in meiner Hütte, in Fishburg, aber es biss nichts an, und es war auch kaum einer unterwegs. Also beschloss ich, mir die Beine zu vertreten und mir die Hütte anzuschauen, die am Abend vorher nördlich von uns errichtet worden war. Ich habe mich gefragt, wer zum Teufel die wohl da hingestellt hatte.«

»Warum?«

»Ein doofer Platz – auf einer flachen Sandbank mit viel zu viel Vegetation, um eine feste Eisdecke zu bilden. Deshalb befindet Fishburg sich auch dort, wo es ist: Das Eis ist dort zuverlässiger.«

»Und Roy war dort?«

»Ich war drei, vielleicht auch vier Meter von der Hütte entfernt, als er herauskam und taumelte, als wäre er auf Sauftour. Ich kannte Roy von damals, als er ständig besoffen war. Eine Minute lang habe ich gedacht, er habe wieder mit der Trinkerei angefangen. Seine Augen hatten diesen verrückten Ausdruck. Dann habe ich das Blut auf seiner Jacke gesehen.«

»Haben Sie mit ihm geredet?«, fragte ich.

»Ich fragte ihn, ob er verletzt sei. Er sagte, es sei Fischblut. Aber so viel Blut habe ich noch an keinem Fischer gesehen. Roy schrie mir zu, ich solle zurückgehen. Meinte, das Eis sei zu dünn. Und tatsächlich waren da Risse, also habe ich kehrtgemacht und bin zu meiner Hütte zurückgelaufen. Mehr Worte haben wir nicht gewechselt. Aber irgendwas stimmte nicht.«

Meine Begegnung mit Roy auf seinem Rückweg zum Ufer dürfte nur wenige Minuten später stattgefunden haben. Ich sah den gleichen gehetzten Ausdruck, den auch Bud gesehen hatte, aber ich war weitergegangen. Warum waren mir die Sprünge im Eis nicht aufgefallen, als ich mich der Hütte genähert hatte? Vielleicht stimmt es ja, und wir sehen nur das, wonach wir suchen.

»Haben Sie das Jenx erzählt, ich meine Chief Jenkins?«, fragte ich.

Er nickte. »Den spannenden Moment, als Sie und die Hütte einbrachen, habe ich leider verpasst. Da hatte ich einen Zander an der Leine. Später habe ich gehört, Sie haben Gils Leiche unters Eis treiben sehen, also habe ich die Polizeichefin angerufen und ihr erzählt, was ich gesehen hatte. Sie hat meine Aussage aufgenommen.«

»Ist Ihnen sonst irgendwas merkwürdig vorgekommen?«, hakte ich nach.

Bud überlegte eine Weile und leerte dabei den Rest seines Bieres.

»Gestern Morgen, ziemlich zeitig, als ich die Hütte zum ersten Mal sah, sah ich da draußen einen Typen, der auf Schlittschuhen darum herumfuhr. Er sah aus wie ein Homo.«

»Sie meinen, wie ein Schwuler? Wie kamen Sie darauf?«

»Er trug einen bodenlangen Pelzmantel.«

24

Warum hatte Mr. Oscar Manfred Gribble der Dritte die zum Eisfischen aufgebaute Hütte gestern früh morgens auf Schlittschuhen umrundet?

Was hatte Roy Vickers wenige Stunden später dort zu suchen gehabt, als er mit Blut besudelt aus der Hütte getaumelt kam?

Und wo war Gil Gruens Leiche?

Ich dachte über diese Fragen nach, während ich mein Billardqueue in die Halterung steckte. Ich merkte erst, dass Jebs Mobiltelefon geklingelt hatte, als er es mir reichte.

»Deely Smarr für dich«, sagte er.

»Wir haben hier ein Problem«, begann sie.

»Hatten wir nicht bereits eins?«, stöhnte ich.

»Doch, Ma'am, aber jetzt haben wir ein anderes.«

»Warum flüstern Sie?«, fragte ich.

»Betrachten Sie es als eine Vorwarnung: Ihre Stieftochter ist um Punkt einundzwanzig Uhr nach Hause zurückgekehrt und hat einen Schlosser angerufen, damit er Ihre Schlösser austauscht. Er ist jetzt unterwegs. Ich schlage vor, Sie kommen umgehend nach Hause.«

»Wollen Sie damit sagen, dass Avery mich aussperren will?«, fragte ich sie.

»Ja, Ma'am, das ist ihr Plan. Dürfte ich bitte Jeb noch mal sprechen?«

Ich gab das Telefon zurück an meinen Ex-Mann. Er hörte zu, murmelte ein paar Antworten und beendete dann das Gespräch.

»Bereit zum Aufbruch?«, sagte er, ehe ich der Wut in mir freien Lauf lassen konnte. »Wir versuchen den Schlosser aufzuhalten, ehe er anfängt. Auf diese Weise gibt es keine allzu große Szene.«

Jeb winkte allen im Blue Moon zum Abschied zu.

»Ich werde morgen auf dem Jamboree spielen und eure Wünsche entgegennehmen«, sagte er.

Und CDs verhökern, sagte ich mir. Vielleicht arbeiteten er und Deely ja bereits an einem Plan, seine neue Reihe, Musik für Hunde, auf den Markt zu bringen.

»Dieses Miststück!«, sagte ich, sobald wir draußen waren.

»Deely versucht doch nur, dir zu helfen«, sagte Jeb.

»Ich meine Avery! Avery ist das Miststück! Wo wird das noch enden?«

»An deiner Eingangstür, wenn wir Glück haben. Der Schlosser, den sie angerufen hat, ist ein Fan von mir. Es überrascht mich, dass ich ihn heute Abend nicht im Blue Moon gesehen habe.«

»Es ist mein Haus!«, ereiferte ich mich. »Avery hat nicht das Recht, meine Schlösser auszutauschen, ob der Schlosser deine Musik mag oder nicht mag!«

»Stimmt. Aber was die Leute tun sollten und wirklich tun, sind zwei ganz verschiedene Dinge. Ich überlege mir, einen Song darüber zu schreiben.«

»Aber nenn ihn nicht *Do Do*. Wenn du statt der Menschen Hunde nimmst und die Melodie *Abra's Theme* nennst, könntest du einen großen Hit für Hunde landen. Deely hat mir von der einschläfernden Macht deiner keltischen Melodien erzählt.«

»Auf Hunde«, betonte er. »Menschen bleiben hellwach.«

»Freut mich zu hören. Deely scheint zu glauben, Fleggers könnte dir helfen, reich zu werden.«

»Nash meint das auch.«

»Nash?«

»Er kennt sich in der Werbung aus. Er hat jede Menge Ideen, wie sich meine Karriere fördern ließe. Darüber unterhalten wir uns auch die meiste Zeit. Darüber und über dich.«

»Über mich? Nash spricht mit dir über mich?«

Jeb antwortete nicht. Er war damit beschäftigt, die Beifahrertür des Lieferwagens aufzustemmen.

»Was möchte Nash denn über mich wissen?«, bohrte ich nach.

»Er ist einfach neugierig - was dich und Avery und Leo und die Zwillinge angeht. Ihr seid jetzt verwandt. Gewissermaßen.«

»Was meinst du ... fühlt er sich zu mir hingezogen?«, fragte ich so gleichgültig, als wäre mir die Antwort egal.

»Ich denke, wir sollten besser fahren«, sagte Jeb.

Als wir in Vestige eintrafen, parkten wir hinter einem Lieferwagen mit der Aufschrift Larry's Lock and Key Services.

»Wir kommen zu spät«, sagte ich.

»Kommen wir nicht«, konterte Jeb. »Er ist gerade erst angekommen. Komm, beeil dich.«

»Das sagst du so einfach«, murmelte ich und versuchte

vergebens, meine Tür zu öffnen. Da merkte ich erst, dass man die Beifahrertür des Van Wagon überhaupt nur von außen öffnen konnte. Ich hätte über das Schaltgetriebe auf den anderen Sitz rutschen und Jebs Tür benutzen können, aber ich war so stinkig, dass ich ihn den Wagen umrunden und mir die Ehre erweisen ließ.

»Du brauchst ein neues Auto«, sagte ich beim Aussteigen.

»Deshalb lege ich mich ja so ins Zeug mit den CDs«, erwiderte er. »Überlass mir hier das Reden, Whiskey. Larry konnte dich auf der Highschool nicht ausstehen.«

»Ich erinnere mich an keinen Larry auf der Highschool.«

»Ja, ja«, erwiderte Jeb.

Als ich Larry den Schlosser sah, wusste ich sofort, warum ich mich nicht an ihn erinnern konnte. Larry gehörte zu den Typen, die mit dem Hintergrund verschmelzen: durchschnittliches Gesicht, durchschnittliche Größe, durchschnittliches Gewicht (nun inzwischen ein paar Pfunde zu viel) und absolut null Persönlichkeit. Aber wer sagt schon, dass man sich als Schlosser effektvoll in Szene setzen können muss? Für dieses Element sorgte Jeb, indem er einen dramatischen Auftritt hinlegte und die Bühne sofort für sich in Beschlag nahm. Zum Glück hatte Larry das Schloss der Eingangstür noch nicht ausgewechselt, so dass Jeb sie aufreißen konnte. Sowohl Avery als auch Larry standen in der Diele. Avery, Augen und Nase noch immer rot vom Heulen, wartete mit verschränkten Armen, während Larry einen Kostenvoranschlag aufsetzte.

»Raus hier!«, schrie Avery.

Ich ging davon aus, dass sie mich meinte, obwohl dies lächerlich war, denn schließlich gehörte das Haus mir. Jeb ging davon aus, dass sie ihn meinte.

»Ganz ruhig, Avery«, sagte er. »Wie geht's dir denn, Larry?«

Der Schlosser strahlte. »Gut. Wirklich gut. Und wie geht's dir, Jeb? Lang nicht gesehen.«

»Mir geht's ganz ausgezeichnet. He, du musst meine neue CD haben. Ich habe eine Kiste draußen im Lieferwagen. Komm, wir holen eine für dich.«

»Nicht so schnell!«, warf Avery dazwischen. »Wir haben hier ein Geschäft abzuwickeln.«

Jeb sagte: »Das glaube ich nicht. Larry widersetzt sich nicht den Wünschen der Hausbesitzerin.«

Larry machte ein verdutztes Gesicht. »Ich dachte, Avery sei die Hausbesitzerin. Sie sagte, sie habe dieses Haus von Leo Mattimoe geerbt.«

»Nun, das hat sie nicht«, sagte ich, unfähig, mich noch eine Sekunde länger zurückzuhalten. »Hi Larry. Wie geht's dir?«

Larry starrte mich an.

»Leo hat das Haus meiner Ex-Frau überlassen«, erklärte Jeb. »Nun komm schon, wir holen dir eine CD!«

Jeb legte einen Arm um Larrys Schulter, und die beiden Männer gingen nach draußen.

Hätte Avery jemals mein Haar durch bloßes Anhauchen zum Lodern bringen können, dann wäre dies der Moment dafür gewesen. Sie kochte.

»Raus hier«, wiederholte sie.

Ich hielt Schweigen für die sicherere, wenn auch nicht bessere Lösung und ging durch die Diele auf die Treppe zu. Zeit, ins Bett zu gehen.

»Nicht so schnell, Whiskey!«, rief Avery mir nach. »Wir haben noch einiges zu besprechen.«

Ohne mich umzudrehen oder auch nur meinen Schritt

zu verlangsamen, erwiderte ich: »Nicht heute Abend. Es sei denn, du möchtest mir den Schlüssel aushändigen und vor dem Frühstück ausgezogen sein.«

»Ich werde nirgendwo hingehen. Und meine Kinder auch nicht. Und ihr Vater wird nicht hierherkommen, um sie zu besuchen, auch nicht, wenn ihre Stiefgroßmutter ihn hereinbittet!«

Ich blieb wie angewurzelt stehen. Ich befand mich bereits auf der dritten Treppenstufe, also hielt ich mich am Geländer fest.

»Genau darauf läuft es hinaus, Avery«, sagte ich ruhig. »Nash möchte dir und den Zwillingen helfen, und ob du es glaubst oder nicht, ich möchte das auch. Die Einzige, die gegen das Interesse der Kinder und dein eigenes arbeitet, bist du. Sieh zu, dass du das änderst.«

Ich schlüpfte ins Bett in dem Bewusstsein, nie eloquenter gewesen zu sein. Leo wäre stolz auf mich gewesen. Auch Roy hätte meine Redekunst zu würdigen gewusst. Roy?

Es traf mich wie ein Schlag, dass der ehemalige Sträfling sich irgendwo in meinem Haus aufhielt und womöglich nackt schlief. Wenn Avery dahinterkäme? Angenommen, sie wüsste, dass er in Schwierigkeiten steckte, dann würde sie ihn und mich zweifellos verpfeifen. Wie groß waren die Schwierigkeiten, in denen er steckte? Ich ging nicht davon aus, dass er bereits steckbrieflich gesucht wurde. Möglicherweise konnte man mich nicht dafür verurteilen, einem Mörder zu helfen und ihm Unterschlupf zu gewähren, solange ich nicht wusste, was er getan hatte. Ich zuckte zusammen. Nur, dass ich Jenx bereits erzählt hatte, Blut an Roy gesehen zu haben. Unschuldig ließ mich das nicht mehr aussehen.

Jemand klopfte an meine Schlafzimmertür. Ich versuchte

mich daran zu erinnern, ob ich sie abgeschlossen hatte, und befand, dass es am besten sei, Schlaf vorzutäuschen.

Wer immer draußen stand, klopfte erneut.

»Whiskey?«

Ich konnte die Stimme nicht zuordnen.

»Wer ist da?«, fragte ich flüsternd.

Die Tür öffnete sich. Ich zog die Decke hoch bis zum Kinn. Vor dem trüben Licht auf dem Flur hob sich eine hochaufragende Silhouette ab.

»Ich bin es. Roy. Darf ich reinkommen?«

25

Was sagt man, wenn ein gut gebauter, wenig bekleideter siebzigjähriger ehemaliger Sträfling, hinter dem die Polizei her ist, an die Schlafzimmertür klopft?

Ich sagte: »Kommen Sie rein.«

Das tat er und zog leise die Tür hinter sich zu. Ich knipste meine Nachttischlampe an. Roy trug Leos alten Bademantel. Die Ärmel endeten an Roys Ellbogen, der Saum drei Zentimeter über seinen Knien.

»Wo hat Deely den denn entdeckt?«, wunderte ich mich.

Roy sagte: »Wir müssen miteinander reden, Whiskey. Ich habe nicht viel Zeit.«

Ich bedeutete ihm, er solle sich in den Morris-Sessel gegenüber meinem Bett setzen. Obwohl Deely mir beigebracht hatte, das Frag-nicht-dann-brauchst-du-nicht-zu-antworten-Spiel zu spielen, konnte ich nicht gegen meine Natur handeln.

»Wo ist Chester?«

»Ich weiß es nicht«, sagte Roy. »Ich wünschte, ich wüsste es.«

»Aber er hat Ihnen zwei Nachrichten übergeben. Und seinen Welpen dazu.«

»Ich war ihm eine Weile auf der Spur, aber ich habe ihn verloren. Deshalb muss ich auch wieder los. Ich habe so eine Ahnung, wo ich nach ihm suchen könnte.«

»Sagen Sie's mir!«

Roy schüttelte den Kopf. »Besser, Sie wissen nichts davon. Im Moment jedenfalls.«

Verärgert knuffte ich mein Kissen. »Was wollen Sie dann von mir?«

»Erstens was zum Anziehen. Meine Kleidung musste ich loswerden.«

»War das Gils Blut?«, fragte ich tapfer.

»Fragen Sie nicht.«

»Wenn Sie Gil umgebracht haben – oder am Verschwinden Chesters beteiligt waren –, dann helfe ich einem Verbrecher. Das ist Behinderung der Justiz.«

»Ich würde Chester nie ein Haar krümmen!«, rief Roy entrüstet und vergaß zu flüstern. Er hatte so laut gesprochen, dass wir beide den Atem anhielten. Hatte das jemand gehört?

Es klopfte an meiner Tür. Roys Augen wurden rund vor Entsetzen.

Als ich nicht reagierte, sagte eine vertraute Stimme: »Nun mach schon auf, Whiskey. Ich weiß, wo du schläfst.«

Ich gab Roy ein Zeichen, sich ins Badezimmer zurückzuziehen. Dann ging ich zur Tür und spähte hinaus.

»Danke, dass du Larry losgeworden bist«, sagte ich zu Jeb. »Du kannst jetzt nach Hause gehen.«

»Kein Quickie, nur ein Danke, Ma'am? Ich habe deine Schlösser gerettet.«

»Und dafür bin ich dir dankbar, aber nicht in physischer Hinsicht. Bitte geh.«

Jeb hielt sich mit einer Hand am Türrahmen fest. Mit der anderen strich er mir jetzt übers Haar. Ich hasste das ... weil ich es liebte.

»Bitte«, wiederholte ich, ohne mich zu regen.

»Bitte was?«

Ich wünschte, er würde nicht fragen. Als ich in meinem Pyjama mit Jebs Fingern im Haar dastand, wurde mir heiß, und ich bekam Lust. Egal wie falsch es war. Egal auch, dass sich ein Verbrecher in meinem Badezimmer versteckte.

»Wir sind nicht allein«, sagte ich, weil ich fand, dass nur Ehrlichkeit mich retten konnte.

Er guckte über meine Schulter ins Schlafzimmer. »Ich sehe niemanden.«

»Kommen Sie raus, Roy!«, zischte ich.

Als er kam, begrüßten die beiden Männer sich angespannt.

Jeb sagte: »Ich habe dich womöglich unterschätzt, Whiskey.«

»Es ist nicht, was du denkst.«

»Ich denke, du steckst in viel größeren Schwierigkeiten, als du überhaupt weißt.«

»Wenn wir schon über Schwierigkeiten reden, wie kamst du überhaupt zurück ins Haus? Ich war mir sicher, dass Avery dich aussperren würde.«

»Hat sie auch. Aber Deely hat mich reingelassen.«

Roy kehrte zum Morris-Sessel zurück, was Jeb nur die Wahl ließ, entweder an der Tür stehen zu bleiben oder sich auf mein Bett zu setzen. Er wählte mein Bett.

Roy sagte: »Jetzt weiß noch jemand, dass ich hier war. Das ist für keinen von uns gut.«

Jeb, der Unerschütterliche, sagte Roy, er solle sich keine Sorgen machen. »Einen Musiker nimmt ohnehin keiner ernst«, sagte er. »Außerdem ist Ihr Geheimnis bei mir sicher.«

Das brachte uns wieder zu der im Raum stehenden Frage. Was wollte Roy?

»Ich muss mir Ihren Wagen ausleihen«, sagte er. »Und ich brauche ein wenig Bargeld. Sagen wir hundert Dollar.«

»Whiskey«, sagte Jeb. »Können wir kurz miteinander reden? Im Badezimmer?«

Ich war mir sicher, er würde mir raten, Roy auf keinen Fall zu helfen. Jeb schloss die Badezimmertür und lehnte sich gegen das Waschbecken. Ich setzte mich auf den Toilettendeckel.

»Roy kann sich den Van Wagon ausleihen«, schlug Jeb vor.

»Ist das dein Ernst?«

»Aber ja. Es ist zwar nicht das unauffälligste Auto im Land, aber jeder, der es sieht, wird denken, ich sei unterwegs. Das wäre für Roy hilfreich.«

»Warum möchtest du Roy helfen?«, fragte ich ihn.

»Weil du es tust. Ich möchte, was du möchtest. Mehr oder weniger.« Jeb zwinkerte.

»Aber dann bist du doch nicht mobil«, gab ich ihm zu bedenken.

»Dann wirst du mich eben fahren müssen. Damit kann ich leben.«

Als wir Roy die Neuigkeit mitteilten, fügte Jeb hinzu: »Der Van Wagon ist ein wenig launisch. Manchmal muss man einen Trick anwenden, um das alte Schätzchen zu starten. So ähnlich wie bei Whiskey …«

Ich räusperte mich. »Ganz zu schweigen davon, dass man die Beifahrertür nicht von innen öffnen kann.«

Roy konnte das nicht aus der Fassung bringen. »Mein Job hat darin bestanden, den Fuhrpark des Gefängnisses zu warten.«

»Ach übrigens«, sagte ich, »haben Sie in meinem Firmenlaster den Gefrierschutz erneuert?«

»Ja. Und in Ihrem Wagen. Außerdem habe ich das Schneemobil Ihrer Firma auf Vordermann gebracht.«

Das Schneemobil hatte ich völlig vergessen, hauptsächlich, weil Leo sich immer darum gekümmert hatte. Seit seinem Tod im letzten Frühjahr hatte ich sein Vorhandensein in meiner Garage in Vestige gar nicht beachtet.

Ich zog fünf Zwanziger aus meiner Brieftasche, als eine dritte Person an meine Tür klopfte.

»Hast du einen Mann da drinnen?«, wollte Avery wissen.

»Einen Mann?« Mein Blick wanderte von Jeb zu Roy. Das konnte lustig werden. »Du denkst, hier drin sei ein Mann?«

»Deely sagte, sie habe Jeb wieder hereingelassen. Ich möchte nicht, dass er im Bett meines Vaters schläft!«

»Oh, die Chance ist gering«, sagte ich. »Aber deine Chance, mir zu sagen, was ich tun soll, ist noch viel geringer. Geh zu Bett, Avery! Wir reden morgen.«

Ich hörte sie über den Flur zurückstapfen und bei jedem Schritt fluchen.

»Keine Chance?«, hakte Jeb wehmütig nach.

Ich schüttelte den Kopf und reichte Roy das Bargeld.

»Ich werde es Ihnen mit Zinsen zurückzahlen, Whiskey, von meinem ersten Lohn.«

»Ja, seien Sie nicht allzu lang weg, sonst vergesse ich, dass Sie für mich arbeiten. Jeb wird seinen Van Wagon bald benötigen.«

»Ich werde ihn bis Montag zurückbringen, das verspreche ich.«

Mein frisch aufgeladenes Mobiltelefon summte. Wer würde mich an einem Freitagabend um 23 Uhr 30 anrufen? Das Display zeigte ›Anrufer unbekannt‹.

»Hallo?«

»Eine nette *ménage à trois* haben Sie da am Laufen. Wusste gar nicht, dass unsere heiße Maklerin auf flotte Dreier steht.«

Wieder Thomas McKondin, alias C. Richards, RN.

Mein Instinkt befahl mir, das Telefon zuzuklappen. Aber ich wusste, dass er irgendwo draußen sein musste und uns beobachtete. Jenx hatte gesagt, er sei ein Voyeur, ein echter Peeping Tom.

Ich schaltete meinen Lautsprecher ein, damit die Männer in meinem Schlafzimmer seine Antwort hören konnten. Dann streckte ich mich auf meinem Bett aus, wo mich, wie ich wusste, von draußen keiner sehen konnte.

»Sie fühlen sich heute Abend wohl einsam, Mr. Krankenpfleger?«, fragte ich ihn. Jeb und Roy fielen die Kinnladen herunter.

»Nicht einsam. Hilfsbereit. Pfleger Richards steht bereit, Sie zu heilen, Baby.«

»Wie wollen Sie mich heilen?«, sagte ich und bedeutete meinen Gefährten, sich zu entspannen.

»Wir sprechen von sexueller Heilung. Wie in dem Marvin Gaye-Song.«

Jeb und Roy fielen fast die Augen aus dem Kopf.

»Was können Sie für mich tun, was diese zwei Kerle nicht können?« Auf der Suche nach etwas zu schreiben öffnete ich ein paar Schubladen meines Nachttischs.

»Das müssen Sie schon spüren, um es zu glauben«, sagte der falsche Pfleger.

Auf einen Block kritzelte ich:

Dieser Perverse wird von Jenx und dem FBI gesucht. Er ist draußen und beobachtet uns jetzt.

Roy und Jeb lasen die Notiz, nickten einander zu und starteten dann zur Tür.

»Stopp!«, sagte ich. Die Männer blieben sofort stehen. Thomas McKondin sagte: »Was meinen Sie mit stopp? Ich habe doch noch gar nicht mit Ihnen angefangen.«

Ich gab Jeb und Roy durch Gesten zu verstehen, sich hinzusetzen, aber sie wollten nicht. Roy bewegte sich zwischen meinen nach Westen und Norden zeigenden Fenstern hin und her. Jeb ging ins Badezimmer, vermutlich, um den Ausblick von dort zu erkunden.

»Ihre Freunde können mich nicht sehen«, trällerte der Spanner in einem Singsang wie ein Kind, das ein anderes verspottet. »Aber ich kann sie sehen. Die können dich unmöglich befriedigen, Baby! Der eine Kerl ist viel zu alt, und der andere Typ ist James Taylor. Oooh. Du hast wohl den Lautsprecher an. Mr. Taylor hat mir gerade den Finger gezeigt.«

Gebückt, um außer Sicht zu sein, kam Jeb wieder ins Schlafzimmer und signalisierte mir, den Lautsprecher stumm zu schalten.

»Das Arschloch ist auf der Westseite des Hauses, aber vermutlich schleicht er umher. Du hast viele Bäume, hinter denen er sich verstecken kann. Ich gehe da jetzt raus.«

»Mir wäre es lieber, du würdest das bleiben lassen«, sagte ich.

»Bleiben Sie am Fenster, Roy, damit er was zum Beobachten hat. Sieh zu, Whiskey, dass du unseren Freund in der Leitung hältst.«

»Lass Brady oder Jenx das machen«, flehte ich ihn an. »Der Kerl ist so schlimm, dass das FBI ihn haben möchte. Wähl den Notruf.«

»Mach ich. Aber erst möchte ich wissen, wo er ist.« Vornübergebeugt eilte Jeb zur Schlafzimmertür und öffnete sie nur so weit, dass er eben durchhuschen konnte. Obwohl er Musiker war, gefiel es ihm manchmal, den Macho zu spielen.

»Was ist da oben los, Baby?«, fragte McKondin. »Du bist mir zu still. Ich möchte mein Mädchen reden hören.«

26

Das nächste Geräusch, das an unsere Ohren drang, war ein Hundechor. Und damit meine ich nicht Jebs keltische Musik. Das war die Art von Krawall, wie ihn nur Abra und Sohn machen konnten.

»Oh«, sagte Roy von seinem Posten an meinem Schlafzimmerfenster. »Sieht so aus, als würde Jeb die Hunde rauslassen.«

Das musste ich selbst sehen. Die Lampe der rückwärtigen Veranda warf einen weißen Lichtkreis auf meinen Hof, der am Rand zu Blau verblasste, ehe er schwarz wurde. Ich schaute gerade noch rechtzeitig hinaus, um Abra und Prince Harry mit großen Sätzen in die Dunkelheit eintauchen zu sehen.

»Du versuchst wohl, deine Hunde auf mich zu hetzen?«, fragte Thomas McKondin.

»Nicht doch«, sagte ich ins Telefon. »Meine Stieftochter lässt sie raus. Die dreht vor dem Schlafengehen immer noch eine Runde mit ihnen.«

»Warum benutzt sie dazu nicht den hübschen Auslauf gleich neben Ihrem Haus?«, sagte er. »Sie lügen mich an, Whiskey Mattimoe. Und Leute, die so was tun, müssen dafür zahlen. Machen Sie's gut. Ich melde mich wieder.«

Das Telefon klickte in meinem Ohr.

»Verdammt«, fluchte ich. Ich wandte mich an Roy. »Ich muss raus, um die Hunde wieder zusammenzutreiben. Für Sie wäre das der beste Zeitpunkt, um aufzubrechen – ehe die Polizei hier eintrifft. Jebs Schlüssel stecken im Zündschloss. Hat Deely für Sie was Passendes zum Anziehen gefunden?«

»Die Sachen tun es, bis ich was anderes finde. Whiskey ...« Roys ernste blaue Augen suchten mein Gesicht. »Ich weiß, dass es nicht danach aussieht, aber ich arbeite an der Tilgung meiner Schuld, genau wie ich es versprochen habe. Sie werden es verstehen, wenn ich zurückkomme. Das schwöre ich Ihnen.«

Ich nickte, aber meine Gedanken rasten in eine andere Richtung. »Viel Glück, Roy. Seien Sie vorsichtig da draußen.«

Ich schlüpfte in meine Socken und meine Wanderstiefel und rannte den Flur hinunter. Als ich um die Ecke bog, prallte ich mit Avery zusammen.

»Jeb sagte, du telefonierst mit einem Kerl, der schmutzige Dinge sagt«, warf sie mir vor. »Was bist du denn, eine Hure?«

»Das würde beinhalten, dass ich mir damit meinen Lebensunterhalt verdiene. Ich wünschte, ich könnte auch von dir sagen, dass du dir deinen verdienst.«

Ich drückte mich an ihr vorbei, sprang die Treppe hinunter und verweilte dann vor dem Dielenschrank gerade so lange, bis ich mir meinen Mantel, die Ohrschützer und die Handschuhe gegrapscht hatte. Nach einem nervösen Blick hoch ins Treppenhaus konnte ich nur hoffen, dass Roys Zeit im Gefängnis ihn Pfiffigkeit gelehrt hatte. Er würde sicherlich nicht versuchen, von dort oben wegzukommen, ehe er wusste, dass Avery sich woanders aufhielt.

Draußen schien es, seit ich nach Hause gekommen war,

noch einmal um fünf Grad kälter geworden zu sein, vor allem, weil ein eisiger Wind aufgekommen war. Jeder, der sein ganzes Leben im Norden verbracht hat, kann den Kältefaktor des Windes auf Anhieb einschätzen. Meine ungeschützte Haut registrierte minus 24° C. Und ich trug nur einen Pyjama unter meinem Mantel.

»Abra! Prince Harry!«, rief ich und lief, so schnell es meine Füße erlaubten, durch den knirschenden Schnee. »Hierher, Mädchen! Hierher, Junge!«

Ich hatte die dunkle Zone betreten, jenen nächtlichen Abgrund jenseits des von der Verandalampe geschaffenen Lichtkreises. Mein Anwesen ging im Süden in einen dichten Wald über, grenzte im Westen an den Michigansee und an Cassinas Schloss und war im Norden von einem weiten Feld begrenzt. Mein Haus zeigte nach Osten, zur Straße hin, aber ich befand mich im Hinterhof, wo ich dem Gebell nachging. Es kam aus dem Wald. Obwohl sich schwaches Mondlicht im See spiegelte, schluckte der Wald jegliche Beleuchtung. Ich verlangsamte mein Tempo und lauschte. Das Letzte, was ich jetzt brauchen konnte, war Stolpern und Stürzen. Oder mich im Wald verirren. Ich fluchte, weil ich keine Taschenlampe mitgenommen hatte.

Die Hunde bellten wieder. Ich hätte schwören können, dass sie sich näher anhörten als beim letzten Mal. Aber eine dicke Schneedecke kann den Klang verstärken und Wind die Geräuschquelle verschleiern.

»Hierher, Abra, hierher, Harry, komm her, Baby!«, schrie ich.

»Oh-Baby-oohh.« Die männliche Stimme war so dicht an meinem Ohr, dass mir das Blut in den Adern gefror. »Du hättest mich nicht so weit in den Wald jagen müssen. Du scheinst es wirklich zu brauchen.«

Instinktiv warf ich mich herum und trat mit meiner ganzen Kraft zu, wobei mein rechter Fuß sich mit etwas Festem verband. Durch die Sohle meines Stiefels fühlte die Form sich richtig an: Ich hatte mein Ziel getroffen. Ein männliches Jaulen bestätigte es.

»Du verdammtes Miststück!«

Die Dunkelheit war so vollkommen, dass ich McKondins Gesicht kaum erkennen konnte, aber die Stimme erkannte ich. Und ich erkannte auch meine Chance: Ich sollte ihn noch mal treten, um ihn kampfunfähig zu machen, und dann das Weite suchen. Ich tat es und traf ihn mit meinem zweiten Stiefelschwung quer zur Kinnlade. Ich spürte, wie ein Knochen brach. Er gab einen Laut von sich wie jemand, der an seiner eigenen Zunge erstickt. Keine Gnade für Angreifer. Mit klammer Haut und trockenem Mund stolperte ich durch die Schwärze den Geräuschen von Abra und Prince Harry entgegen.

Nach und nach passten meine Augen sich an die pechschwarze Dunkelheit so weit an, dass ich Kollisionen mit Bäumen vermeiden konnte. Doch einen in Schienbeinhöhe umgeknickten und mit Schnee bedeckten jungen Baum übersah ich. Und flog drüber und rutschte auf dem Gesicht über den Boden. Eine Minute lang blieb ich ganz still liegen und verschaffte mir Klarheit über meinen Zustand. Alles schien noch ganz zu sein, obwohl mein Pyjama nun vom Schnee durchgeweicht war. Durchgefroren bis auf die Knochen, fing ich an zu zittern. Wenn ich es nicht nach Hause schaffte, würde ich an Unterkühlung sterben. Ich rappelte mich auf und kämpfte dabei gegen das Entsetzen an, das mich überkam. In welche Richtung sollte ich gehen? Die Hunde hatten aufgehört zu bellen, und die dichte Mauer aus Bäumen brachte meinen Orientierungssinn durcheinander.

In Krisensituationen rede ich mit mir selbst. Irgendein ferner Teil meines Gehirns übernimmt die Rolle des Trainers und gibt elementare Kommandos. Der Trainer sprach jetzt unter Zuhilfenahme meines Mundes, und ich befolgte die Befehle: »Atmen, Schritt. Schritt. Reib deine Beine. Atme.«

Auf diese Weise bewegte ich mich voran, ohne zu denken, ohne mich zu sorgen, einfach nur, indem ich tat, was der Trainer sagte ... bis ich mit einem Mann zusammenstieß. Und es war ich, die aufschrie, nicht der Trainer. Und es war Jeb Halloran, der mich in seinen Armen hielt, bis ich aufhörte zu zittern.

»Gütiger Gott, Whiskey«, sagte er, nachdem ich ihm von den zwei Tritten erzählt hatte, die ich Thomas McKondin versetzt hatte. »Was hast du dir dabei gedacht, einfach die Hunde zu rufen? Du hast dich damit selbst zur Zielscheibe gemacht!«

»Am Telefon sagte er, er werde zurückkommen, also ging ich davon aus, dass er wegging, zur Straße lief. Dass er im Wald sein würde, ergab für mich keinen Sinn.«

»Wenn du es mit einem Durchgeknallten zu tun hast, solltest du niemals Vermutungen anstellen und auch nie logisches Verhalten erwarten«, sagte Jeb.

»Du hast vermutlich auch keine Taschenlampe«, sagte ich, »oder eine Idee, wie wir zurück zum Haus kommen?«

»Nein. Aber ich weiß, wo Deely Smarr ist, und sie hat beides.«

Jeb legte mir seine Finger auf die Lippen, damit ich lauschte. Ich tat es. Lange Zeit hörte ich nichts. Doch nach einer Weile vernahm ich einen beruhigenden Laut, der immer näher kam. Als ich meinen Kopf in Richtung des Lauts drehte, sah ich einen schwingenden Lichtkegel.

»Hierher!«, schrie Jeb. »Whiskey und ich sind hier drüben!«

Dann bellte Abra, und Prince Harry stimmte mit ein. Flankiert von den Hunden rannte Deely auf uns zu. Sie trugen aufeinander abgestimmte Parkas.

»Dann sind die Hunde also nicht zufällig rausgekommen?«, fragte ich.

»Nicht ganz«, erwiderte Deely. »Ich wollte mit ihnen noch eine Runde laufen, aber Jeb raste aus der Tür, ehe ich sie an die Leine nehmen konnte.«

»Das tut mir leid«, sagte mein Ex-Mann.

»Kein Problem. Haben Sie die Polizei informiert?«

»Jenx ist schon unterwegs.«

Deely kauerte sich in den Schnee und streichelte mit der einen Hand Abra und mit der anderen Prince Harry. Die aufgerichteten Schwänze der Hunde ruckten wie das Pendel eines Metronoms vor und zurück.

»Es war gut, dass Abra rausgekommen ist«, sagte Deely. »Sie hat dafür gesorgt, dass wir was gefunden haben, was die Polizei unbedingt sehen muss.«

»Was denn?«, fragte ich. »Doch nicht etwa eine Leiche?«

Deely wandte mir ihr breites Gesicht zu. »Woher wissen Sie das?«

27

»Es ist Gil Gruen, oder?«, sagte ich und versuchte dabei nicht an den aufgeblähten Leib des Bürgermeisters zu denken oder mir auszumalen, wie er in meinem Hinterhof gelandet war.

»Nein, Ma'am«, sagte Deely. »Es ist eine Frau.«

»Eine Frau?!« Ich brauchte einen Moment, bis diese Bemerkung sich in meinem Kopf festgesetzt hatte. »Wurde sie ... ermordet?«

»Ich weiß es nicht, Ma'am. Sie trägt einen Pelz.«

Die Feindseligkeit in Deelys Stimme war unmissverständlich. Natürlich hatten Fleggers was gegen Pelz.

»Chinchilla vielleicht?«, fragte ich und dachte dabei an Mrs. Oscar Manfred Gribble der Dritte und ihre ähnlich gekleidete Schwester Evelyn Huffenbach. Wenn die Leiche Erstere war, dann hatten Odette und ich eine Provision verloren; wenn sie Letztere war, dann hatte Chester seine Großmutter verloren.

»Ich denke schon, Ma'am«, sagte Deely. »Haben Sie je einen Chinchilla gesehen? Lebend, meine ich?«

»Nicht, dass ich wüsste.«

»Sie sind die unschuldigsten Geschöpfe auf Erden. Sie sehen aus wie eine Mischung aus einem Kaninchen, einer Maus und einem Eichhörnchen, aber sie sind nicht größer als eine Männerhand.«

»Sie wollen damit doch nicht etwa sagen ...«

»Wussten Sie, Ma'am, dass Jahr für Jahr 75.000 Chinchillas getötet werden, um Mäntel wie den zu machen, den diese tote Frau anhat?«

»Das wusste ich nicht«, sagte ich und wich einen kleinen Schritt zurück. Das war das erste Mal, dass ich unsere Küstenwache-Kinderfrau ernstlich anti-speziesistisch erlebt hatte.

Sie fuhr fort: »Chinchillas werden in enge Drahtkäfige gesperrt und gezwungen, drei Mal im Jahre Junge zu gebären. Wenn ihr Fell dann fertig ist, werden sie entweder mit Elektroschocks getötet oder man bricht ihnen das Genick.«

»Ist das eine Tatsache ...« Ich versuchte Blickkontakt mit

Jeb aufzunehmen, in der Hoffnung, er werde eine keltische Melodie singen oder einen anderen Weg finden, um sie zu beruhigen.

»Hört mal!«, sagte er. Wir gehorchten ihm. Aus der Ferne, durch die Bäume und über den Schnee drang das Geräusch eines stotternden Motors. Er spuckte, keuchte, würgte und keuchte noch einmal, ehe er das Röhren eines kaputten Auspuffs hören ließ und dann leiser wurde.

»Der Van Wagon«, folgerte Jeb. »Roy ist wieder unterwegs.«

»Sie haben ihm Ihren Wagen geliehen?«, erkundigte sich Deely in ehrfürchtigem Ton.

»Was soll ich sagen? Der Mann ist auf der Suche. Das bewundere ich.«

»Das war klar«, sagte ich. »Und außerdem hoffst du darauf, dass er dir das Auto richtet, während er damit unterwegs ist.«

Jeb sagte: »Dem Geräusch nach zu urteilen müsste Vestige gleich da drüben liegen.« Er zeigte in die Richtung.

»Der Wind ist trügerisch, Sir«, wandte Deely ein. »In Wirklichkeit ist Vestige nämlich dort.« Sie zeigte in die entgegengesetzte Richtung.

»Sind Sie sich da sicher?«, hakte ich nach.

»Absolut, Ma'am. Ich habe einen Kompass. Und ich habe, als ich diesen Weg schon mal gekreuzt habe, eine Spur aus Mandarinenschalen im Schnee gelegt.« Sie ließ den Strahl ihrer Taschenlampe über den weißen Teppich der Natur schweifen, der mit orangefarbenen Stücken gesprenkelt war.

»Mann, sind Sie gut«, bemerkte Jeb.

»Danke, Sir. Aber Sie sind in dem, was Sie tun, auch gut.«

Ich sagte: »Ich mache einen Vorschlag: Da wir nun wissen, wo das Haus liegt, warum gehen wir nicht einfach dorthin? Es sei denn, ihr zieht es vor, die gegenseitige Lobhudelei so lange weiterzutreiben, bis mein vom Schnee durchweichter Schlafanzug an mir festfriert ...«

»Dann gehen wir«, stimmten sie zu.

Abra bellte ihre Zustimmung. Aber Prince Harry rührte sich nicht vom Fleck, bis er sich ausgiebig und zufriedenstellend entleert hatte.

Wir kamen zusammen mit Jenx am Haus an. Ich nahm es dankbar hin, dass sie auf die Sirene verzichtet hatte. Was kein kleines Opfer war, denn Jenx brachte sie mit Begeisterung zum Einsatz. Aber ihr Warnlicht war an und warf in rhythmischen Abständen einen roten Lichtstreifen über meine Hausfront. Ich rechnete damit, dass Avery das rote Pulsieren bemerken und in einem weiteren Wutanfall gleich durch die Eingangstür platzen würde.

»Hallo Whiskey!«, rief Jenx uns zu, als unser kunterbunter Trupp sich näherte. »Geht es allen gut?«

»Allen, bis auf die tote Frau!«

Jenx legte eine Hand hinters Ohr, um zu zeigen, dass sie mich nicht verstanden hatte.

»Wir sind okay!«, sagte ich und beschloss, den Schocker zurückzuhalten, bis wir das Weiße ihrer Augen sehen konnten.

Wie aufs Stichwort riss Avery die Eingangstür auf und beäugte das Geschehen.

»Wie zum Teufel soll eine frischgebackene Mutter hier zur Ruhe kommen?«

»Tut mir leid«, sagte Jenx. »Ich erhielt einen Anruf, dass hier auf dem Anwesen ein Spanner sein Unwesen treibt.«

»Nennt Whiskey ihre Männer jetzt so?«, fragte Avery mit

einem höhnischen Grinsen in meine Richtung. Sie schlug die Eingangstür zu und schloss ab.

»Sie haben nicht zufällig einen Ersatzschlüssel dabei?«, fragte ich Deely.

Schadensabwenderin Smarr förderte einen zu Tage.

»Jeb hat Recht«, sagte ich. »Sie sind gut.«

Ich nahm den Schlüssel entgegen. Inzwischen war ich so durchgefroren, dass meine Zähne klapperten. Ich sagte zu Jenx: »Deely wird Ihnen alles erzählen, während ich mir eine Hose anziehe.«

Die Hunde beobachteten Jenx aufmerksam. Abra wunderte sich womöglich, wo Officer Roscoe war. Prince Harry hatte wahrscheinlich keinen Gedanken in seinem Kopf – er schaute sich einfach gern Menschen an.

»Soll ich die Hunde einsperren?«, fragte ich Deely.

Sie nahm Abras Sohn hoch und übergab ihn mir. Er gähnte.

»Prince Harry wird heute Abend keinen Jeb nötig haben, um einzuschlafen«, sagte Deely.

»Was ist mit Abra? Soll ich sie nicht auch in ihre Kiste bringen?«, fragte ich.

»Nein. Sie braucht noch mehr Seh- und Jagdtraining, und das bekommt sie gleich. Aber bringen Sie mir lieber ihre Leine, für alle Fälle.«

Prince Harry schlief schon, ehe ich ihn in seine Kiste legte. Avery hatte sich zurückgezogen, hoffentlich bis morgen. Obwohl ich erschöpft war, kribbelte es mich beim Gedanken an die namenlose Leiche auf meinem Grundstück. Dies drohte eine sehr lange und aufregende Nacht zu werden.

Auf meinem ungemachten Bett lag eine kryptische anonyme Botschaft:

Bei der Ersten Sonne der Tröstung geht es darum, das Richtige zu tun. Dort werde ich anfangen. Danke.

Ich zerriss Roys Nachricht in kleine Fetzen und spülte sie die Toilette hinunter. Dann zog ich mich an.

Bis ich mich wieder meiner Gruppe anschloss, waren zwei weitere Officers – *ohne* Sirene – dazu gestoßen: Swancott und Roscoe. Abra konnte ihre Erregung kaum für sich behalten. Sie schnüffelte ausgiebig an Roscoes intimsten Stellen.

»Ich weiß, dass Sie sich bei Ihrem Training auf den Rettungs- und Suchaspekt konzentrieren«, sagte ich zu Deely, »aber ansonsten benötigt sie mal eine Auszeit.«

Deely stimmte mir zu. Als sie ihre Hand ausstreckte, um Abras Leine entgegenzunehmen, merkte ich, dass ich sie vergessen hatte. Ich bot an, noch mal ins Haus zu gehen und sie zu holen.

»Nein. Lassen Sie es uns ohne probieren«, sagte die Kinderfrau.

»Na gut«, erwiderte ich achselzuckend. »Was könnte denn als Schlimmstes passieren?«

Abra übernahm die Rolle eines aufdringlichen Rüden und begann Officer Roscoe anzuspringen, der dabei ins Leere starrte.

»Haben Sie es denn endlich geschafft, sie sterilisieren zu lassen?«, fragte Officer Brady.

»Ach richtig!«, sagte ich und wurde dabei rot. »Es dauert nur eine Sekunde, die Leine zu holen.«

»Beruhigen Sie sich, Whiskey.« Jenx kam hinter mir her getrottet. »Ich möchte Ihnen was sagen.«

Im Dunkel hinter der Hausecke blieben wir stehen.

»Ich bin auf dem Weg hierher an Jebs Van Wagon vorbeigekommen.« Ihre Stimme war ausdruckslos.

Ich sagte nichts. Im Dunkeln konnte ich ihren Gesichtsausdruck nicht entschlüsseln.

»Es überrascht mich immer wieder, wie großzügig er für einen Mann ist, der so wenig besitzt«, fügte Jenx hinzu.

Nach einem langen Schweigen fühlte ich mich aufgefordert, etwas zu sagen. Also stammelte ich: »Ja. Das stimmt vermutlich …«

»Seine nichtsnutzigen Cousins können immer auf Jeb zählen, der ihnen aushilft«, sagte Jenx. Ich konnte zwar nicht sehen, aber hören, wie sie gegen den Schnee trat. »Ich frage mich, welcher glückliche Mistkerl es diesmal ist. Welcher hat sich heute Abend den Van Wagon geliehen?«

»Ich weiß es nicht …«

»Ja, Jeb war sich auch nicht sicher. Aber er hat ja an die dreißig Cousins. Kann nicht leicht sein, die alle auseinanderzuhalten.« Sie hustete. »Nun beeilen Sie sich schon, Whiskey, und suchen Sie die Leine. Deely sagt, es gibt eine Leiche zu bergen.«

Die Bundespolizei traf ein, während ich im Haus war. Anders als unsere rücksichtsvolle örtliche Polizei stellte sie ihre Sirenen nicht ab. Entweder Leah oder Leo begann Theater zu machen, als ich aus dem Haus rannte. Ich war dankbar, zu entkommen, ehe Avery aufstehen und zetern konnte.

Als ich wieder zu meinen Leuten stieß, hatte Deely der Bundespolizei bereits erzählt, was sie wusste. Der Officer schaltete seine Taschenlampe ein und sagte: »Zeigen Sie uns den Weg.«

Er schien skeptisch zu sein, als Deely Abras Leine festmachte.

»Das ist doch kein Spürhund«, warf er ein.

»Das ist richtig«, sagte sie. »Aber Lassie war auch keiner.«

Stimmt. Aber Lassie war auch keine eitle Blondine.

Deelys Mandarinenpfad machte Abras Beitrag beinahe bedeutungslos. Jeder von uns hätte auch allein den von der Küstenwache/Kinderfrau gut markierten Weg zur Leiche finden können. Aber das hätten wir gar nicht gewollt.

Als wir näher kamen, fing Abra an zu heulen. Wer noch nie einen Afghanen in einer Ausnahmesituation gehört hat, kann sich glücklich schätzen. Diese Rasse gibt einen Laut von sich, der nicht von dieser Welt ist und einem den Rücken rauf und runter läuft, vor allem in einem nächtlichen Winterwald, wenn die nackten Bäume zittern.

»Stopp!«, schrie Deely. Alle blieben stehen.

Vier Lichtkegel aus Taschenlampen wanderten über das Gelände. Nach ein paar Atemzügen bündelten sie sich auf einem einzigen Objekt, etwa ein Dutzend Schritte vor uns.

Ich glaubte zu viel Angst zu haben, um hinzuschauen, und deshalb überraschte mich meine Reaktion. Ich konnte meinen Blick gar nicht mehr abwenden. Eine gut gekleidete Frau saß auf dem Boden, den Rücken an den fleckigen Stamm einer alten Platane gelehnt. Sie trug, wie Deely gesagt hatte, einen Chinchillamantel. Da er nicht geschlossen war, war er ihr halb von den Schultern gerutscht. Darunter war ein kurzes, beiges Kleid zu erkennen. Sie trug weder Hut noch Handschuhe. Ihre Beine waren gespreizt, und ihre Füße waren unangemessen nackt. Ich fragte mich, ob außer mir sonst noch jemand seinen Blick nicht von den roten Zehennägeln lösen konnte. Sie passten zu ihren Fingernägeln und glänzten wie frische Blutstropfen im Schnee. Aber da war kein Blut.

Das Gesicht der Frau konnte ich nicht sehen; ihr schräg nach unten gerichteter Kopf ließ das nicht zu. Ihr aschblonder Kopf.

28

Als ich in die Hocke ging, um einen besseren Blickwinkel zu haben, schnürte sich mir die Kehle zu. Ich kannte das Haar, das Gesicht, das Kleid. Oder sollte ich sagen, die Uniform?

Die tote Frau war Mindy, die Servierdame aus dem Bear Claw Casino. Mutter von drei Kindern. Allergisch gegen Zigarettenrauch.

Worauf es jetzt auch nicht mehr ankam.

Persönliche Reaktionen auf den Tod lassen sich schwer vorhersagen, ausgenommen bei Leuten, die berufsmäßig damit zu tun haben. Jenx, Brady und die Officer der Bundespolizei waren darauf geschult, stoisch und respektvoll zu sein, was sie auch waren, und ihre Arbeit zu machen, was sie taten. Auch Deelys Reaktion überraschte mich nicht. Ohne ein Wort führte sie Abra weg. Ich lauschte, wie das Klagegeheul der Afghanenhündin sich in der Nacht verlor.

Aber Jeb schockierte mich. Er bewegte sich steifbeinig auf den Rand des Lichtbogens zu und übergab sich.

Ich überlegte, ihm nachzugehen, um ihm eine Hand auf die Schulter zu legen. Aber ich war selbst etwas wackelig auf den Beinen. Ich fegte den Schnee von einem Felsen, ließ mich darauf nieder und senkte meinen Kopf auf meine Knie.

»Atmen«, erinnerte Jenx mich im Vorbeigehen.

Sie studierte den Fundort. Ich hörte, wie der Officer der Bundespolizei ihr und Brady befahl, nicht länger den Schnee durcheinanderzubringen. Jenx erinnerte ihn kurzerhand daran, dass dies auch ihr Zuständigkeitsbereich war. »Ich bin ausgebildete Spurenleserin. Sie denken wohl, Sie können einen Tatort besser lesen als ich?«

»Nein«, gab er zu, »aber ich lasse das die Leute von der Spurensicherung für mich tun.«

Darauf sagte Jenx erst mal nichts mehr, bis er sie erneut ärgerte und ihr eine Minute später befahl, zurück zum Haus zu gehen, um seine Leute von der Kriminaltechnik abzuholen und zum Tatort zu begleiten.

»Ich soll also zu Ihren Leuten Hallo sagen«, sagte sie gegen einen Baum gelehnt. »Ich habe hier zu tun.« Dabei klemmte sie sich ihre Taschenlampe unters Kinn und kritzelte in ihr Notizbuch.

Ich hatte nicht bemerkt, dass Brady und Roscoe weggegangen waren. Aber von irgendwo weiter weg hörte ich Roscoes »Aufpassen«-Gebell. Anders als Abra spricht er nur, wenn er angesprochen wird oder tatsächlich etwas Nützliches zu vermelden hat. Wo immer er war, er wollte etwas. Ich stand auf und richtete meinen Blick in die Dunkelheit, dorthin, wo ich seine fernen *Wuffs* hörte.

Jenx sagte: »Durchbruch auf unserer Seite. Brady ist dran.«

Dann kam Jeb zurück zu mir. »Tut mir leid«, flüsterte er.

»He, mir geht es auch nicht so blendend«, sagte ich. »Was ist denn mit Roscoe los?«

Der Deutsche Schäferhund kam noch immer bellend durchs Unterholz geprescht. Jenx und der Officer der Bundespolizei richteten ihre Taschenlampen auf ihn.

»Roscoe hat was gefunden«, keuchte Brady, der hinter seinem Partner angerannt kam. »Noch einen Körper!«

Ich fiel in Ohnmacht.

Als ich wieder zu mir kam, glaubte ich, Roscoe wolle mich zerquetschen. Aber er gehorchte nur Bradys Befehlen, mich warm zu halten, um einen Schock zu vermeiden. Indem er seine nicht unerhebliche Masse gegen meinen Torso drückte, gab der Hundeofficer ein paar Einheiten Energie an mich ab.

Jeb hielt meine Hand und streichelte mir die Stirn. »Es ist alles in Ordnung mit dir«, versicherte er mir.

»Wer ist denn noch tot?«, stöhnte ich. »Wenn es Thomas McKondin ist, dann habe ich ihn in Notwehr getötet.«

»Der zweite Körper ist nicht tot«, sagte Brady. »Aber es ist McKondin. Wollen Sie damit sagen, dass *Sie* ihn derart zugerichtet haben?«

»Ich habe ihm in die Eier getreten … und ins Gesicht.«

»Sie haben ihn getreten?« Brady sah mich verdutzt an. »Aber wer hat ihn niedergestochen?«

»Er wurde niedergestochen?« Ich versuchte mich aufzusetzen, aber Roscoe erlaubte es mir nicht.

»O ja. Kein schöner Anblick. Die Sanitäter kümmern sich gerade um ihn.«

»Wird er durchkommen?«

»Das kann man jetzt noch nicht sagen. Er hat eine Menge Blut verloren.«

Meine Augenlider flatterten. Jeb flüsterte: »Denk an was Schönes, Baby. Es wird alles gut werden.«

Ich weiß nicht, ob ich wieder ohnmächtig oder einfach schläfrig wurde. Ich war am Ende.

Als ich das nächste Mal meine Augen aufschlug, lag ich in meinem Bett, und Jeb saß neben mir. Es war dunkel im Raum.

»Ich habe mir überlegt, mich zu dir unter die Decke zu legen, aber ich wollte es nicht zu weit treiben«, sagte Jeb.

»Kluger Schritt. Wie spät ist es überhaupt?«

»Fast drei Uhr.«

»Ich kann mich nicht erinnern, wie ich hierhergekommen bin.«

»Das hast du mir zu verdanken, weil ich so ein sanfter Begleiter bin.«

»Nein wirklich, sag schon, wie bin ich hierhergekommen?«

»Brady und ich haben dich auf eine Trage gelegt und hergebracht. Du bist um einiges schwerer als früher.«

»Und du hast dir gerade deine Chance vermasselt, jemals in dieses Bett zu kommen. Gute Nacht, Jeb!«

Ich drehte mich von ihm weg und zog die Steppdecke über meinen Kopf.

»Ich habe doch nur Spaß gemacht!«, sagte er.

»Geh weg.«

»Ich mag dich mit ein paar zusätzlichen Pfunden noch lieber.«

»Raus hier!«

Ich konnte spüren, wie er dasaß und abwartete. Er wartete darauf, dass ich wieder einschlief, dann würde er sich unter die Decke stehlen.

»Jetzt!«, brüllte ich.

Jeb sagte: »Ich kann nicht weg, erinnerst du dich? Ich habe meinen fahrbaren Untersatz deinem Freund in Not geliehen.«

»Dann geh ins Gästezimmer auf der anderen Flurseite. Gute Nacht!«

Seufzend ging er, und ich schlief auf der Stelle ein. Selbst wenn ich ihn bei mir hätte bleiben lassen, wäre ich zu müde gewesen, um seine Verführung zu genießen. Nach neununddreißig Wochen und vier Tagen im Zölibat konnte ich auch gut noch ein wenig länger auf den Ritt meines Lebens warten. Und diesen Ritt wollte ich mit Nash machen.

Das Klopfen an meiner Schlafzimmertür war zu laut und

kam zu früh. Die Wintersonne schien durch meine Fenster, und mein Wecker auf dem Nachttisch sagte mir, dass es 8 Uhr12 war. Meine innere Uhr schrie jedoch Mitternacht.

»Öffnen Sie, Whiskey! Ich bin es, Jenx.«

»Öffnen Sie die Tür doch selbst. Sie ist nicht abgeschlossen«, stöhnte ich.

Unsere Polizeichefin kam ganz geschäftig hereinmarschiert.

»Kann ich eine Aussage von Ihnen bekommen?«, sagte sie.

»Worüber?«

»Über das, was sich gestern Nacht zwischen Ihnen und Thomas McKondin abgespielt hat.«

»Ich habe ihn nicht niedergestochen«, sagte ich.

»Davon bin ich auch nicht ausgegangen. Auch nicht, bevor er Sie entlastet hat ...«

»Wie bitte?«

»Der Typ wäre an seinen heftigen Brustverletzungen fast gestorben, aber er sagt, dass Sie es nicht getan haben«, erklärte Jenx. »Die Waffe haben wir nicht gefunden, und McKondin kann uns nicht sagen, was es war. Er sagt, er habe seinen Angreifer nicht gut sehen können. Aber er hat eindeutig ausgesagt, dass Sie es nicht waren.«

Warum, fragte ich mich. Ich wünschte, ich könnte dabei etwas weniger Angst und etwas mehr Erleichterung empfinden. Natürlich war ich froh, keine Verdächtige zu sein. Aber ich hatte ein schmutziges kleines Geheimnis. Ich wusste, dass Roy Vickers sowohl ein Motiv als auch die Gelegenheit dazu gehabt hatte, Thomas McKondin niederzustechen.

Roy hatte im Gefängnis gesessen, weil er genau das mit

Leo Mattimoe gemacht hatte. Die Indizien sprachen dafür, dass er womöglich Gil Gruen erstochen hatte. War Thomas McKondin Roys drittes Opfer?

Der ehemalige Strafgefangene konnte mir gefolgt sein, als ich aus dem Haus und in den Wald ging. Glaubte er etwa, dass die Befreiung von der Schuld, Leo angegriffen zu haben, es erforderte, mich gegen sämtliche Angreifer zu verteidigen? Wenn ja, dann könnte Roy derart irregeleitet gewesen sein, sowohl Gil Gruen als auch Thomas McKondin als böse Jungs anzusehen, die eliminiert werden mussten. Dieser Gedanke machte mich äußerst nervös.

»Wir haben die Waffe noch nicht gefunden, die beim Angriff auf McKondin verwendet wurde. Sie erzählen mir jetzt besser alles, was Sie wissen«, sagte Jenx mit gezücktem Bleistift und geöffnetem Notizbuch. »Fangen Sie da an, wie er Sie auf Ihrem Mobiltelefon angerufen hat.«

Das tat ich, wobei ich natürlich sämtliche Hinweise auf Roy verschwieg. Ich wollte ihn nicht in die Sache hineinziehen, denn das würde bedeuten, auch mich und Jeb hineinzuziehen, weil wir ihm zur Flucht verholfen hatten.

Mitten in meiner Geschichte hörte ich auf. Der Nachname McKondin war plötzlich, wie von einem Marker hervorgehoben, in den tiefen Abgründen meiner geistigen Ablage aufgetaucht.

»Erinnern Sie sich an einen Donald McKondin, der für Gil Gruen gearbeitet hat?«, fragte ich Jenx. »Er war sein Buchhalter. Jahrelang. Dann hat Gil ihn gefeuert, und der Typ hat seinen Wagen um einen Baum gewickelt.«

Jenx nickte. »Ich war damals die Erste am Unfallort. McKondin war tot, als ich dort ankam. Das Innere seines Wagens stank nach Scotch.«

Nachdem ich meine Geschichte erzählt hatte, wartete ich,

bis Jenx mit Schreiben fertig war. Dann sagte ich: »Die tote Frau heißt Mindy, nicht wahr?«

»Mindy Mad Hawk. Woher wissen Sie das?«

»Sie ist eine der Kellnerinnen, denen ich gestern im Bear Claw Casino begegnet bin. Wie ist sie gestorben?«

»Laut vorläufigem Bericht an Alkoholvergiftung, womöglich in Kombination mit Unterkühlung. Die Leiche stinkt nach Schnaps. Sie hat sich erbrochen, aber jemand hat versucht, es wegzuwischen.«

»Sie hat keine Schuhe getragen«, fiel mir wieder ein.

»Keine Schuhe, Socken, Handschuhe, Schal oder Hut. Es sah aus, als wollte sie versuchen, ihren Mantel auszuziehen, als sie starb, aber sie war entweder zu betrunken oder ihr war zu übel, um das zu schaffen.«

»Warum sollte sie versuchen, ihren Mantel auszuziehen?«

»Wer weiß? Die Vergiftung, Panik, Unterkühlung ... Womöglich war ihr heiß, obwohl sie sich zu Tode fror. So was kommt vor. Wir warten auf den Bericht des Pathologen.«

»Sie hatte drei Kinder«, sagte ich.

Jenx nickte. »Es gibt immer mehr als nur ein Opfer.«

»Sie denken also, es war ein Verbrechen und kein Unfall?«

»Das zu beurteilen, ist noch zu früh, aber seltsam sieht es zweifellos aus. Vor allem mit diesem Mantel. Eine Servierdame, die in einem Indianerreservat lebt, könnte sich niemals einen solchen Pelzmantel leisten.«

»Hat er ein Etikett?«, fragte ich.

»Hä?«

»Hat der Mantel ein Etikett? Einige Frauen versehen ihre Mäntel mit ihrem Namen. Auf jeden Fall müsste das Etikett des Kürschners drin sein. Vielleicht können Sie auf diese Weise zurückverfolgen, wer ihn gekauft hat.«

»Das ist wohl einen Versuch wert. Ich werde Brady gleich dransetzen.«

»Was hatte Mindy denn auf meinem Anwesen zu suchen?«, wunderte ich mich laut. »Und wie ist sie hierhergekommen?«

»Gute Fragen«, sagte Jenx. »Die Bundespolizei wird wahrscheinlich auch mit Ihnen reden wollen. Außerdem das FBI. Viel Spaß dabei.«

»Die Zusammenarbeit mit den großen Jungs gefällt Ihnen nicht, oder?«, bemerkte ich.

»Wer sagt denn, dass es große Jungs sind?«

Jenx erinnerte mich, dass heute das Jamboree fortgesetzt wurde. Dies würde der letzte ganze Veranstaltungstag sein, mit einem Schneemobilrennen über Land und einem Freudenfeuer als Höhepunkte. Die Festivitäten am nächsten Morgen bestanden dann noch aus einer Abschlusszeremonie und einem Abverkauf der teilnehmenden Händler.

»Fühlen Sie sich in der Lage, daran teilzunehmen?«, fragte Jenx. »Ich könnte noch ein paar Hilfssheriffs an meiner Seite gebrauchen.«

»Ich sehe mich nicht in der Lage, mich heute mit Abra zu befassen.«

»Das müssen Sie auch nicht. Dafür habe ich Deely eingesetzt, und sie kommt gut zurecht mit Ihrem Hund.«

Als würde Abras Verhalten von ihrem Hundeführer abhängen.

»Deely ist heute hier im Einsatz«, wandte ich ein.

»Nicht mehr. Avery ist so sauer auf Sie und Nash, dass sie keinem anderen als sich selbst mehr die Betreuung ihrer Kinder anvertrauen möchte.«

»Jetzt sagen Sie bloß nicht, sie hat Deely rausgeworfen?«

»Sie hat ihr eine Freischicht verpasst. Übers Wochenende.«

»Avery möchte in Selbstmitleid baden«, murmelte ich.

»Das stimmt«, gab Jenx mir Recht. »Wie ich höre, fliegen zwischen Ihnen und dem Papa die Funken. Er ist schon ein Mannsbild. Wenn man Männer mag.«

»Ich mag sie.«

»Natürlich, wir hoffen ja alle, dass Sie wieder zu Jeb zurückkehren.«

»Das wird aber nicht passieren«, sagte ich.

»Er wohnt doch hier, oder nicht? Ich sah ihn in der Küche Kaffee kochen.«

»Nein! Er konnte letzte Nacht nicht nach Hause. Er hatte doch seinen Van Wagon nicht parat, erinnern Sie sich?«

»Ja, richtig. Er lieh ihn irgendeinem Cousin ...« Jenx sah mich forschend an. »Gibt es da noch was, das zu erwähnen Sie vergessen haben?«

»Ne. Nichts.«

Jenx schien sich irgendwas durch den Kopf gehen zu lassen.

»Sehe ich das richtig, dass Dr. David von der Bildfläche verschwunden ist?«, sagte sie.

»Von welcher Bildfläche?«

»Sie haben doch eine ganze Weile mit ihm geflirtet.«

»*Er* hat mit *mir* geflirtet. Aber ich denke, er ist jetzt mit Deely zusammen. Oder sie wünscht sich, er wäre es. Da läuft nichts zwischen David und mir, außer dem Wunsch, als Maklerin für ihn tätig zu werden, was wir aber wegen seines Vertrags mit Best West nicht umsetzen können.«

»Ändert Gil Gruens Tod denn nichts daran?«, hakte Jenx nach.

»Ich denke nicht, auch wenn David das anders sieht. Der

Mann muss erst noch lernen, dass man Verträge erst unterschreibt, *nachdem* man sie gelesen hat.«

Jenx räusperte sich. »Sie kennen Dr. David besser als ich. Und ich stelle Ihnen jetzt eine schwerwiegende Frage: Glauben Sie, er würde sich auf illegale Aktivitäten einlassen?«

»Die da wären?«

»Radikaler Aktivismus zugunsten von Fleggers.«

»Sie meinen wie Greenpeace?«

»Weniger dramatisch. Eher persönlich. Aber dennoch illegal.«

»Ich denke, Sie erzählen mir lieber, worum es hier geht.«

29

»Vergessen Sie das mit Dr. David.« Jenx sah auf ihre Armbanduhr, eine Timex für Männer. »Ich habe jetzt keine Zeit, darauf einzugehen. Um neun Uhr muss ich beim Jamboree sein, und ich möchte noch mal den Tatort in Augenschein nehmen, ehe ich losgehe.«

Ich verschränkte meine Arme über der Brust und warf ihr einen finsteren Blick zu.

»Also gut, ich fasse den Mist mal für Sie zusammen«, seufzte sie und setzte sich auf die Armlehne meines Morris-Sessels. »Aber das ist streng vertraulich. Kapiert? Der einzige Grund, weshalb ich Ihnen das erzähle, ist der, dass Sie Maklerin sind. Vielleicht können Sie mir einen Rat geben?«

»Möchten Sie ein Haus kaufen, verkaufen oder mieten?«, fragte ich sie.

»Nein. Ich möchte über Dr. David reden und die Schwierigkeiten, in denen er womöglich steckt. Es fängt mit Best West an.«

»Falls es um den Vertrag geht, den er unterschrieben hat …«

»Tut es nicht. Es geht um den Schaden, den er angerichtet hat oder angerichtet haben könnte.«

»Schaden?«

»Angeblicher Schaden. Gil hat nie Schadensersatzforderungen gestellt. Sie wussten doch, dass er Ärger mit Vandalen hatte, stimmt's?«

»Ja, richtig.«

Ich dachte an die Geschichten, die ich in den letzten Monaten über verdächtige Diebstähle aus Anwesen gehört hatte, die von Gil betreut wurden. Am Anfang sah es aus wie das Werk von Jugendlichen. Lebensgroße Pappfiguren von Gil Gruen verschwanden ständig, ZU-VERKAUFEN-Schilder von Best West ebenfalls. Nach und nach wurden die Diebstähle schwerwiegender: Hausnummern, Außenbeleuchtungen, Briefkästen, Blendläden und Türknöpfe. Selbst Pflanzen verschwanden. In einem Fall wurde eine sieben Meter lange Reihe von Ebereschensträuchern einfach über Nacht herausgerissen.

»David Newquist würde keine derartigen Streiche spielen«, sagte ich. »Zum einen ist er zu beschäftigt. Zum anderen hat er keinen Sinn für Humor.«

»Es gab noch ernsthaftere Vorfälle. Jemand hat Gils Reifen angestochen. Seine Windschutzscheibe eingeworfen. Feuer unter seinem Wagen gelegt.«

Benommen fiel ich auf meine Kissen zurück. »David war wütend wegen Gils Knebelvertrag. Aber er ist nicht gewalttätig.«

»Sind Sie sich da sicher? Hier ging es um die Rechte der Tiere, Whiskey. Gil hat es sich zur Gewohnheit gemacht, streunende Tiere zu vergiften.«

»Wie bitte?!«

»Er war der Ansicht, dass die im Übermaß vorhandenen Katzen und Hunde den Wert der Immobilien drückten. Also kämpfte er dagegen an.«

»Das ist illegal! Oder nicht?«

»Ja. Wenn wir ihn auf frischer Tat hätten ertappen können.«

»Aber Sie wussten, dass er es tat! Sie müssen doch Beweise haben.«

Jenx schüttelte den Kopf. »Er hat sich damit gebrüstet, und wir haben vergiftete Tiere gefunden, aber wir konnten sie nicht mit Gil in Verbindung bringen.«

»Wo kommt David ins Bild?«

»David verteilte in der ganzen Stadt Menschenfallen. Das hat Gil unglaublich aufgebracht. Er nannte sie Schandflecke. Die Fallen wurden gestohlen, und die Vergiftungen nahmen zu. David hat angefangen, Gil nachzuspüren, er hat versucht, ihn auf frischer Tat zu ertappen. Gil hat behauptet, er habe ihm ›aufgelauert‹. Am Montag – vor fünf Tagen also – hat unser Bürgermeister ein vorläufiges Berufsverbot gegen den neuen Tierarzt unserer Stadt beantragt.«

Ich war sprachlos.

»Da ist noch etwas«, sagte Jenx und rieb sich die Augen. Ich fragte mich, ob sie letzte Nacht überhaupt ins Bett gekommen war. »Wir haben Zeugen, die aussagen, David habe Leckerchen für Hunde und Katzen von den ansässigen Händlern gestohlen.«

»Leckerchen gestohlen?« Das klang lächerlich ... bis mir wieder einfiel, was ich vom Hubschrauber aus gesehen hatte: Dr. David, der sich etwas vom Stand der Einzelhändler in seine tiefen Parkataschen gestopft hatte. »Warum, verdammt, sollte er das tun?«

Jenx zuckte die Achseln. »Vielleicht ist er verrückt.«

Ich ging mein Gespräch mit David über *Speziesismus* noch mal durch, das ich mit ihm während der Fahrt in der Tierrettung geführt hatte. Das hatte sich schon leicht wahnsinnig angehört. Aber meinte er es auch so?

Jenx erhob sich und zog ein Faltblatt aus ihrer Hüfttasche. »Lesen Sie das. Es ist das Flegger-Manifest.«

Ich strich die glänzende, dreifach gefaltete Broschüre auf meinem Bett glatt. Auf dem Umschlag hieß es:

ZUM WOHL DER VIERBEINER
Unsere Prämisse ist einfach:
Gehört Ihr Kind Ihnen?
Auch Katzen und Hunde sind nicht Ihr Eigentum.
Wie Kinder verdienen sie Schutz und die Anerkennung ihrer Rechte.
Wir lieben Menschen aller Spezies.

»O Mann«, seufzte ich.

»Es wird noch besser. Lesen Sie weiter.«

Ich schlug das Faltblatt auf und las eine Litanei ähnlicher Vorschläge, darunter auch ein Argument zugunsten kriminellen Verhaltens, wenn es darum ging, die Rechte der Tiere zu verteidigen. Die Behauptung: Große Führer hätten immer wieder gezeigt, dass unmoralische Gesetze gebrochen werden müssen. Man denke dabei an die Gründerväter Mahatma Gandhi und Che Guevara.

»Bedeutet Speziesismus Gleichmacherei?«, fragte ich. Dann dachte ich an die Küstenwache/Kinderfrau, vor der ich Respekt hatte. »Deely ist auch eine Flegger. Aber sie scheint mir nicht verrückt zu sein.«

»Vielleicht versteht sie es einfach, ihr wahres Gesicht vor

Ihnen zu verbergen«, sagte Jenx. »Sie ist schließlich bei Ihnen angestellt.«

»Vielleicht sind aber auch nicht alle Fleggers Wahnsinnige.«

Jenx brachte ihren Zweifel daran mit einem Grunzen zum Ausdruck. Ich gab ihr die Broschüre zurück.

»Was werden Sie nun gegen David unternehmen?«, wollte ich wissen.

»Ihn im Auge behalten. Und ich befehle Ihnen, dasselbe zu tun, Deputy Mattimoe. Und jetzt muss ich Brady anrufen.«

Jenx holte ihr Mobiltelefon heraus und ging hinaus. Unser Gespräch hatte mich derart aufgewühlt, dass ich ungeachtet meines Schlafdefizits keine Ruhe mehr fand, also entschied ich mich für eine ausgedehnte heiße Dusche. Aber ich vergaß, die Tür des Badezimmers abzuschließen. Inmitten meiner wonnevollen Waschungen ging die Duschtür kurz auf und schloss sich dann wieder.

Jeb Halloran hatte sich zu mir gesellt. Nackt.

»Darf ich dir den Rücken einseifen?«, fragte er.

»Darf ich dir den Hals umdrehen? Raus hier!«

»Och, komm schon, Whiskey. Wir waren doch mal verheiratet, weißt du noch?«

»Und haben uns dann scheiden lassen. Daran erinnere ich mich.«

Er packte mich und küsste mich hart und drückte seinen straffen Leib an mich. Ich war entschieden im Nachteil, da ich Seife und Wasser in den Augen hatte. In dieser Situation kann ein Mädchen unmöglich einen Kerl abwehren.

Also küssten wir uns, bis kein heißes Wasser mehr kam.

»Ich brauche einen größeren Tank«, keuchte ich.

»Dein Tank ist genau richtig, wie auch der Rest von dir.«

Ich manövrierte uns beide aus der Dusche und hüllte uns in große, flauschige Badetücher. Aber je trockener ich wurde, umso heftiger musste ich mich zur Wehr setzen. Auf einer nicht schlüpfrigen Oberfläche war Jeb mehr denn je von seinen Erfolgsaussichten überzeugt.

Schließlich befahl ich ihm aufzuhören.

»Zu deiner Information: Du drängst deine Aufmerksamkeiten einem Deputy von Lanagan County auf. Bitte hör sofort auf und geh auf Abstand.«

»Ansonsten?«

»Ansonsten ... müsste ich an dir eine Festnahme durch eine Zivilperson vornehmen.«

»Und mich hoffentlich mit Handschellen an dein Bett fesseln«, meinte Jeb grinsend.

Mit seinen nassen, stacheligen Haaren und seiner glatten, von der Hitze rosigen Haut sah mein Ex-Mann beinahe unwiderstehlich aus. Zum Glück klopfte jemand an meine Schlafzimmertür.

»Hallo, Whiskey, ich bin's noch mal, Jenx. Kann ich reinkommen?«

Ehe ich etwas erwidern konnte, sagte Jeb: »Aber ja doch. Nur hereinspaziert.«

Jenx beäugte uns beide von Kopf bis Fuß und bewunderte unsere passenden Badetücher. Ihr Grinsen ließ keinen Zweifel daran, dass sie uns wie füreinander geschaffen hielt.

»Jeb musste duschen«, sagte ich.

»Und zwei Leute können preiswerter als einer allein duschen«, warf Jeb ein.

Unsere Polizeichefin hatte eine Ansage zu machen. Ihre Neuigkeiten änderten alles.

»Wir haben Cassinas American-Express-Karte gefunden, die Karte, die Chester mitgenommen hat, als er weglief.«

»Wo?«, fragte ich.

»Neben Mindys Leiche. Wir glauben, dass sie sie verloren hat.«

»Wie – wie ist das möglich?«

»Chester war im Bear Claw, wissen Sie noch? Er und Mindy müssen Kontakt miteinander gehabt haben.«

»Aber sie hat gesagt, sie habe ihn nicht gesehen!«, entgegnete ich.

»Entweder hat sie gelogen, oder sie hat ihn erst gesehen, nachdem Sie mit ihr gesprochen hatten.«

Als Jenx an ihr Mobiltelefon ging, war ihr anzumerken, dass sie Chesters und der toten Kellnerin wegen genauso aufgebracht war wie ich. Jeb schlich sich ins Badezimmer, vermutlich, um seine Kleider anzuziehen. Eingewickelt in mein großes Badetuch setzte ich mich auf mein Bett und hörte schamlos mit. Doch Jenx' rätselhaftes Gemurmel war nicht sehr erhellend.

»Das war Brady«, berichtete sie mir. »Sie hatten Recht mit dem Etikett im Mantel.«

»Und? Was sagt es uns?«

»Es stammt von einem edlen Chicagoer Kürschner namens Magdalena's.«

»Kann Brady dort anrufen und den Kauf zurückverfolgen?«

»Hat er bereits getan«, sagte Jenx. »Der Mantel wurde im Dezember an eine Mrs. Oscar Manfred Gribble der Dritte verkauft. Sie und ihr Ehemann sind gestern Abend aus dem Bear Claw Casino Resort abgereist.«

»Hatten sie ein Kind bei sich?«

»Offiziell nicht.«

»Wissen Sie, wo sie jetzt sind?«

»Nein, aber die Bundespolizei hat eine landesweite Fahndung nach Mrs. Gribble und zwei weißen Jaguars ausgeschrieben.«

30

Wenn man bedachte, dass wir Ende Januar in Michigan hatten, verdiente der Samstagmorgen eine Zwei plus. Nach dem alles lahm legenden Eissturm begann der Tag wie ein Geschenk und verwöhnte uns mit einem strahlend blauen Himmel und Temperaturen um Minus sechs Grad. Für die Schneeballschlacht und den Eisskulpturen-Wettbewerb hätten wir uns auch kein milderes Wetter wünschen dürfen.

Zögernd willigte ich ein, während des Jamboree meinen Deputy-Pflichten nachzukommen. Lieber hätte ich bei der Suche nach Chester und/oder Mrs. Gribble geholfen – wobei ich davon ausging, dass man, wenn man einen fand, den anderen gleich mit entdeckte –, aber Jenx fand, dass ich zu nah an dem Fall dran sei. Sie versprach mir jedoch, mich auf dem Laufenden zu halten. Also tröstete ich mich mit dem Wissen, dass mein Jamboree-Job ohne Abra ein Spaziergang werden würde. Sollte Deely doch ihren Spaß mit ihr haben.

Gleichermaßen erleichtert, Jeb loszuwerden, setzte ich ihn am Jamboree ab, wo er vorhatte, Musik zu machen und Geld zu verdienen. Zum Glück hatte er daran gedacht, seinen CD-Vorrat aus dem Van Wagon zu holen, ehe er den Wagen an Roy Vickers verlieh.

Zu meinen Pflichten als Hilfspolizist gehörte es, zu Fuß das Festival zu durchstreifen, ausgewiesen durch eine Dienstmarke, die wie aus einem Scherzartikelladen aussah.

Aus billigstem Blech, machte sie mich zum Temporary Volunteer Deputy. Die Stimmung auf dem Jamboree war so überschwänglich und mein Job so lächerlich, dass ich versucht war, zu schielen und ein Humpeln vorzutäuschen, das von einem Bein aufs andere wechselte, nur um das Ganze interessanter zu gestalten. Aber womöglich gab es Anwesende, die meine Art von Humor nicht zu schätzen wussten. Jemand, der ihn als unangebracht bei einer Person ansah, die eine Dienstmarke trug. Jemand wie die FBI-Agenten Smith oder Jones. Wenn sie heute im Dienst waren und sich ihr gutes Staatsgehalt verdienten, sollten sie anstatt rotnasigen Leuten beim Trinken heißer Schokolade zuzusehen, Chester auf der Spur bleiben. Dachte ich jedenfalls. Aber es war falsch gedacht. Die Fibbies taten genau das, was ich auch tat, ohne die geschmacklose Dienstmarke. Wir trafen uns in der Nähe des Standes der Einzelhändler, wo ich vor zwei Tagen gesehen hatte, wie Dr. David sich die Taschen vollstopfte. Wussten sie, was Jenx und ich über den guten Tierarzt wussten? Dass sein Einsatz als Aktivist für die Rechte der Tiere an Wahnsinn grenzte?

»*Deputy* Mattimoe«, sprach mich der eine FBI-Agent bei seiner kurzen Begrüßung an.

»*Agent* Smith«, erwiderte ich und fragte mich, ob ich ihm auch den richtigen Namen zugeordnet hatte. Beide Fibbies trugen dunkle Sonnenbrillen und schwarze Wollmäntel zu ihren Schuhen mit den hochgebogenen Spitzen. Doch als er nicht widersprach, ging ich davon aus, es richtig gemacht zu haben.

»Sind Sie dienstlich hier oder zum Vergnügen?«, fragte ich fröhlich.

Keiner der Agenten fühlte sich von der Frage angesprochen. Offenbar fanden sie, dass die Antwort auf der Hand lag, denn hätten sie sich ansonsten so gekleidet, um sich unter die Touristen zu mischen?

Ich fragte Smith: »Hat Ihnen schon mal jemand gesagt, dass Sie wie Tommy Lee Jones in *Men in Black* aussehen?«

»Nein«, sagte er. »Nie.«

Langsam kam mir der Verdacht, dass Agent Smith ein Zyniker war. Dann hatte ich einen Geistesblitz.

»Hey, die Stars in *Men in Black* sind Will *Smith* und Tommy Lee *Jones*! Smith und Jones, kapiert?«

Wieder reagierte keiner der Agenten darauf.

»Kann ich Ihnen helfen?« Diese nörglerische Frage kam von der ältesten noch lebenden Einzelhändlerin in Magnet Springs, Martha Glenn. Schon hoch in den Achtzigern und geistig nicht mehr richtig auf der Höhe, hatte Martha in den letzten Monaten alarmierende Anzeichen von Senilität gezeigt. Und doch führte sie weiterhin ihr Geschäft für hochwertige Bekleidung, das Town 'n' Gown. Die meisten Geschäftsinhaber auf der Main Street, darunter auch ich, gingen davon aus, dass eigentlich Marthas Teilzeitaushilfe den Laden führte, vermutlich in den Abgrund. Im Moment schien sie sich um den Verkaufsstand zu kümmern.

»Wie geht es Ihnen, Martha?«, erkundigte ich mich.

Sie trug eine hässliche Sonnenbrille, wie man sie nach Operationen von den Augenärzten verschrieben bekommt. Als Antwort auf meine Frage rückte Martha sie zurecht, wie um mich besser sehen zu können. Dann sagte sie: »Ich spreche nicht mit Fremden über meine Gesundheit.«

»Ich bin keine Fremde, Martha. Sie kennen mich schon mein ganzes Leben lang. Whiskey, erinnern Sie sich?«

»Das Zeug rühre ich nie an«, sagte sie. Nachdem sie sich von mir abgewandt hatte, lächelte sie Smith und Jones an. »Möchte einer von euch Jungs vielleicht unsere Handelskammer mit einem Kauf unterstützen? Wir haben alle möglichen hausgemachten Leckerbissen zum Verkauf, einschließlich meiner eigenen berühmten Hunde- und Katzenleckerchen.«

Sie deutete auf einen leeren Fleck auf der Theke und erstarrte.

»O nein, nicht schon wieder. Ständig stiehlt mir jemand meine Leckerchen!«

Sie taten es schnell, aber nicht so schnell, dass ich die heimlichen Blicke zwischen Smith und Jones nicht mitbekommen hätte. Deshalb also waren sie hier: um Dr. David zu verfolgen. Was konnte das mit Chesters Verschwinden zu tun haben? Auf gar keinen Fall würde der gute Tierarzt einem Kind etwas antun, auch wenn Fleggers die Auffassung vertraten, dass Haustiere so wichtig wie Menschen waren.

»Erzählen Sie mir von den Leckereien, Martha«, sagte ich.

»Sie können keine kriegen. Die sind für die Hunde und für die Katzen«, schnauzte sie mich an.

»Ich habe einen Hund. Ich habe sogar zwei Hunde im Haus. Die lieben Leckerchen.«

»Sehen Sie hier irgendwelche Leckerchen?« Dabei deutete sie auf die Stelle zwischen den hausgemachten Brownies und den hausgemachten Erdnussknusperkeksen. »Vielleicht sollten *Sie* sich ja den Star operieren lassen!«

Als ich zu den Fibbies schielte, waren diese weg. In der Menge untergetaucht.

Verwirrter als je setzte ich meinen Streifengang entlang des Ufers fort. Der Eisfiguren-Wettbewerb war in vollem Gang, also beschloss ich, eine Weile zuzuschauen. Immer wieder aufs Neue fand ich es erstaunlich, wie durch den Einsatz von Kettensägen, Haartrocknern und Stemmeisen Eisblöcke in Kunst verwandelt wurden. Während ich gebannt zusah, stellte sich Brady Swancott neben mich.

»Ich musste für meine Hochschulkurse mal eine Arbeit über das hier schreiben«, sagte er. »›Eisskulpturen: eine kulinarische oder eine darstellende Kunst?‹«

»Kunst ist Kunst«, sagte ich.

»Aber nicht auf der Hochschule«, seufzte Brady.

»He, wo ist denn Officer Roscoe?«

»Der wurde aufgehalten, weil er Werbung machen muss: Er signiert drüben am Schminkstand der Main Street-Händler ›Pfotografien‹. Das ist übrigens eine ziemliche Pleite. Auf kalten roten Gesichtern sehen nur wenige Farben gut aus.«

»Was gibt es Neues über Mrs. Gribble und die Fahndung nach ihr?«, fragte ich.

»Bis jetzt nichts Neues. Aber der Zustand von Thomas McKondin hat sich stabilisiert«, berichtete Brady. »Wir hoffen, dass er uns bald erzählen kann, was passiert ist, wenn er sich erstmal ein bisschen erholt hat.«

»Glauben Sie denn, dass seine Stichverletzungen was mit Mindys Tod zu tun haben? Und mit Chesters Verschwinden?«

»Wer weiß. Aus irgendeinem Grund möchte McKondin Ihren Namen aus der ganzen Geschichte raushalten. Aber einen anderen hat er uns auch noch nicht genannt.«

»Wo sind Deely und Abra?«, erkundigte ich mich. »Ich bin jetzt bereits einige Stunden hier, aber ich habe sie nicht gesehen.«

»Das ist komisch«, erwiderte Brady. »Ich habe sie auch nicht gesehen, und Jenx hat sie abgestellt, um bei der Schneeballschlacht aufzupassen.« Er sah auf seine Uhr.

»Oh. Die fängt in fünf Minuten an. Da sollten wir mal besser hingehen.«

Ich hatte keine Ahnung, was Jenx sich dabei gedacht hatte. Abra zum Dienst bei einer Schneeballschlacht zu verpflichten, war, wie eine Katze mit der Aufsicht über ein Glas mit Goldfischen zu betrauen. Mit Sicherheit würde die Afghanenhündin den fliegenden Kugeln hinterherjagen und dabei zweifellos ein paar Kinder umrempeln. Und so nahm ich an, dass Deelys und Abras Nichterscheinen am Vanderzee Park nur gut sein konnte. Das war der Spielplatz neben dem Hafen, wo ein paar Dutzend Kinder begeistert Schneebälle aufhäuften, um sich auf eine regelrechte Schlacht vorzubereiten. Brady las die Regeln laut vor, aber keiner hörte zu.

Während er vorlas, überflog ich die Menge. Es waren viele Touristen darunter, die den heimischen Geschäftsleuten gute Umsätze versprachen. Trotz der Enttäuschung wegen des gestrigen Wetters waren die Teilnehmer des heutigen Tages ausgelassener Stimmung, die zu locker sitzenden Geldbeuteln führen konnte. In der Ferne hörte ich Jeb Halloran die letzten Takte eines Rockabilly Standards singen, »I'll Park My Gun at Your Door and Lay My Heart at Your Feet«. Sein Publikum jubelte. Jeb wusste, wie man auf einen Saal oder in diesem Fall ein Jamboree einging. Ich hoffte für ihn, dass er jede mitgebrachte CD loswurde.

Brady war gerade mit den Wettbewerbsregeln fertig geworden, als schon die ersten Schneebälle flogen. Keiner wartete auf den Anpfiff, genauso wie keiner sich um die Regeln scherte. Dies war eine Schneeballschlacht und kein Schachturnier. Wem wollten wir da etwas vormachen? Um nichts ins Gesicht zu bekommen, zog ich mich vom Schauplatz zurück.

Und wurde getroffen – aber nicht von einem Schneeball, sondern vom Schreck dessen, was ich auf dem Eis entdeckte.

Zwischen den Hütten von Fishburg kreuzte ein Schneemobil hin und her, gefahren von einer Frau im olivgrünen Mantel. Ihr identisch gekleideter Passagier hatte lange blonde Haare und ein Sarah-Jessica-Parker-Profil. Und einen Schwanz.

31

»Brady, sehen Sie nur!«, rief ich und deutete Richtung Fishburg. Doch ehe er das tun konnte, bekam ich einen Schlag an den Kopf und kippte seitwärts um. Ein aus kurzer Distanz geworfener Schneeball – sehr viel wahrscheinlicher ein illegaler Eisball – warf mich zu Boden. Bis Brady mir auf die Beine geholfen hatte, entfaltete sich schon eine Beule von der Größe einer Tulpenzwiebel über meinem rechten Ohr. Ich betastete sie vorsichtig. Das Schneemobil war nirgends mehr zu sehen.

»Das ist jetzt der Freibrief für alle«, sagte Brady und duckte sich gerade noch rechtzeitig, um den beiden Schneebällen auszuweichen, die im Flug aufeinanderprallten. »Hier hört ohnehin keiner auf uns, und falls jemand verletzt wird, werden sich schon die Eltern darum kümmern. Lassen Sie uns nach Fishburg gehen und dort nachsehen!«

Wie das auch schon vor zwei Tagen der Fall gewesen war, hatten die Jamboree-Feierlichkeiten die meisten der angestammten Fishburg-Angler näher ans Ufer gelockt. Nur ein halbes Dutzend Unentwegte hockte über den Angellöchern in ihren Hütten. Einer davon war Jebs Fan und Leos früherer Klient Bud aus der Blue Moon Bar. Deelys Schneemobil hatten alle Fischer gehört, doch nur Bud hatte Besuch bekommen.

»Sie war hier und auch gleich wieder weg«, sagte Bud. »Wollte nur eine Frage stellen: Ob ich jemanden gesehen hatte, der nicht hierhergehörte? Ich sagte nein. Also ist sie wieder gefahren.«

Bud redete wie der typische Eisfischer. Sie hatten sich alle einer Leben-und-leben-lassen-Philosophie verschrieben. Wenn du sie nicht fragst, was sie in ihrem zusammengeschusterten Dorf weit draußen auf dem Eis so machen, werden sie dich auch nicht fragen, was du machst.

Alle sechs Fischer sagten übereinstimmend, Deelys Schneemobil habe geklungen, als würde es die Küste hochfahren.

»Aber das hat nicht viel zu sagen«, meinte ein Alter, als er seinen Köder an der Leine überprüfte. »Diese Geräte sind unglaublich wendig. Es könnte inzwischen auch gut ein paar Kilometer auf dem Festland sein.«

Brady und ich standen am Nordrand von Fishburg und ließen unsere Blicke übers Gelände schweifen.

»Was sollen wir jetzt machen?«, fragte ich. »Es sieht Deely nicht ähnlich, sich einem direkten Befehl zu widersetzen. Warum hat sie die Schneeballschlacht geschwänzt? Und woher hatte sie das Schneemobil?«

»Die letzte Frage lässt sich ganz leicht beantworten«, sagte Brady. Er deutete auf ein Schild VERMIETUNG VON SCHNEEMOBILEN neben einem der Kais. »Lassen Sie uns mal überprüfen, ob sie das getan hat.«

Gemietet hatte sie es nicht gerade. Der dürre Teenager, der für die Vermietungen zuständig war, sagte, Deputy Deely habe ihm ihre Dienstmarke gezeigt und erklärt, es handle sich um einen polizeilichen Notfall. Sie habe ihm gesagt, sie müsse sich eins seiner Fahrzeuge ausleihen, um einen flüchtigen Verbrecher zu verfolgen.

Ich tippte auf meine eigene Marke.

»Sie hat dir also diese alberne Marke gezeigt, und du hast ihr ein Schneemobil gegeben?«

Der Jugendliche wirkte verwirrt. »Wollen Sie damit sagen, ich hätte das nicht tun dürfen? Wollen Sie damit sagen, ich hätte der Deputy eine Absage erteilen sollen?«

»Nein, das sagen wir nicht«, beruhigte Brady ihn. »Du hast richtig gehandelt.«

»Der Hund, den sie bei sich hatte ...«, stammelte der Teenager, »... irgendwas stimmte da nicht.«

»Wie meinst du das?«, hakte Brady nach.

»Er sah nicht aus wie ein Polizeihund.«

»Es ist auch keiner«, versicherte ich ihm.

»Er sah nicht einmal aus ... wie ein Hund. Wenn er seinen Kopf auf eine bestimmte Art drehte, sah er wie ... ein Mensch aus.«

Ich nickte mitfühlend.

Der Jugendliche ergänzte: »Mit diesem Fell, diesen blonden Haaren und allem – ich habe eine Gänsehaut bekommen.«

»*Ich* kriege bei ihr auch eine Gänsehaut«, gestand ich. »Und ich lebe mit ihr.«

»Was ist, wenn die Deputy das Schneemobil nun nicht rechtzeitig zum Querfeldeinrennen wiederbringt?«, jammerte der junge Mann. »Mein Onkel bringt mich um! Das ist sein Geschäft. Er erwartet von mir, dass ich sämtliche Fahrzeuge vermiete. Und das Rennen startet in fünfundvierzig Minuten.«

»Ich bin mir ziemlich sicher, dass sie es zurückbringen wird«, versicherte Brady ihm. »Sie doch auch, Whiskey?«

Ich war zu abgelenkt, um zu antworten. Ein mir irgendwie bekannt vorkommender junger Mann in den Zwanzigern kam auf mich zu, und er sah aus, als sei er sauer.

»Hey!« Er war noch immer mindestens drei Meter von mir entfernt. Bei seinem aggressiven Ton hätte ich am liebsten kehrtgemacht und wäre davongelaufen. Aber ich tat es nicht.

»Sie schulden mir einen Rettungsgürtel!«, sagte er. Ich erkannte ihn als den Was-würde-Jesus-tun-Hubschrauberpilotenneuling, nur dass er sein freundliches Auftreten vermissen ließ.

»Ja, stimmt«, gab ich zu. »Kann ich Ihnen stattdessen einen Scheck geben?«

»Ich nehme nur Bargeld«, sagte er. »Mein Chef glaubt an nichts anderes.«

»Nicht einmal an Jesus Christus, unseren Herrn und Retter?«, lächelte ich ihn hoffnungsvoll an.

»Der Glaube wird Ihre Seele retten, sich bei einem Aufprall aber nicht aufblasen. Für so etwas braucht man schon Bares.«

»Wie viel Bares?«

»Zweihundert Dollar«, sagte der Pilot. »Das ist übrigens der Großhandelspreis. Ich schlage nichts drauf. Ich gewähre Ihnen einen Vorzugspreis.«

»Danke. Könnten wir – äh – vielleicht ins Geschäft kommen?«

»Woran denken Sie denn?«

Ich bedeutete ihm, ein Stück mit mir zu kommen. Ich wollte nicht, dass Brady oder der Junge vom Schneemobilverleih mein Angebot mitbekamen.

»Sie wollen etwas von mir, und ich brauche etwas von Ihnen«, begann ich.

»Ich weiß nur, dass ich diesen Rettungsgürtel ersetzen muss, ehe mein Boss merkt, dass er fehlt. Ansonsten wird er mich feuern, und ich habe den Job gerade erst angetreten!«

»Genau«, sagte ich. »Hier ist mein Angebot: Ich habe das Geld jetzt nicht bei mir, aber wenn Sie mir eine Stunde Zeit geben, können Sie vierhundert Dollar von mir kriegen.«

»Ich brauche *zwei*hundert Dollar – nicht vierhundert!«, sagte der Pilot. Er sprach mit mir, als wäre ich die senile Martha Glenn.

»Da kommt der Teil ins Spiel, was Sie für mich tun können: Ich brauche Sie, damit Sie mich wohin fliegen.«

»Sie meinen, Sie wollen mich und die Maschine chartern?«

»Eine Mikro-Charter. Wir werden nicht lange in der Luft sein, vermutlich zwanzig Minuten oder weniger. Ich werde Ihnen das Geld als Vorschuss geben – für den Rettungsgürtel und den Flug. Wenn Sie, nachdem wir das erledigt haben, wieder unten sind, entscheiden Sie, ob ich Ihnen zu wenig bezahlt habe, dann zahle ich die Differenz. Wenn ich zu viel bezahlt habe, behalten Sie den Rest. Oder spenden ihn der Kirche.«

Der Pilot grinste. »Dann treffen wir uns also hier um 14 Uhr 15.«

»Alles in Ordnung?«, wollte Brady wissen. Er stand so dicht hinter mir, dass ich mich fragte, wie viel er wohl mitbekommen hatte.

»Ich schulde ihm Geld für den Rettungsgürtel, den ich … äh, mir ausgeliehen hatte. Wenn Sie eine Weile ohne mich zurechtkommen, würde ich gern etwas Bargeld aus meinem Büro holen.«

»Kein Problem«, sagte Brady und sah mich dabei forschend an. »Sind Sie sicher, dass alles in Ordnung ist?«

»Außer, dass Deely und Abra in einem gestohlenen Schneemobil verschwunden sind, ist alles in bester Ordnung.«

Das glaubte ich keine Minute, und deshalb lag mir auch daran, den Hubschrauberflug zu machen. Ich brauchte eine neue Perspektive auf meine Heimatstadt – einen Panoramaüberblick auf den Tatort, wenn man so will. Die kurze Zeit, die ich vor zwei Tagen mit Odette in der Luft verbracht hatte, hatte mich etwas gelehrt: Auch das Vertraute ist immer noch voller Rätsel. Tolle Sache, dass ich hier mein ganzes Leben verbracht habe. Und doch kannte ich weder jeden Winkel noch jede Seele in Magnet Springs. Ich hatte in der Tat eine lange Liste von Fragen und nur eine ganz vage Hoffnung, dass ein zweiter Blick von oben mir helfen könnte, sie zu beantworten.

Es würde maximal dreißig Minuten dauern, das Geld aus meinem Büro zu holen und zum Jamboree zurückzukehren. Aber davor gab es noch etwas zu erledigen. Und das war so gar nicht nach meinem Geschmack. Avery war am Morgen, als ich ging, stärker durcheinander gewesen denn je. Keiner in unserem Haus, die Zwillinge eingeschlossen, hatte gut geschlafen. Und dies bedeutete, dass Leah und Leo beide schlecht gelaunt waren und Avery mit den Nerven am Ende war. Obwohl es Averys eigene törichte Entscheidung gewesen war, der Kinderfrau frei zu geben, machte ich mir dennoch Sorgen, dass ihr womöglich alles über den Kopf wuchs. Schon an ihren besten Tagen war sie der Aufgabe, sich ohne Unterstützung und Pause um zwei Kinder zu kümmern, kaum gewachsen. In ihrem momentanen Zustand der Sorge, die sie sich wegen Nashs Absichten machte, konnte sie ernsthaft verwirrt sein. Ich klappte mein Mobiltelefon auf. Obwohl ich wusste, dass sie einen Weg finden würde, mich für ihr Elend verantwortlich zu machen, fühlte ich mich verpflichtet zu überprüfen, wie es ihr ging.

Ehe ich jedoch die erste Ziffer eingeben konnte, erhielt ich einen Anruf – von meinem eigenen häuslichen Apparat. Avery war in der Leitung, und sie war hysterisch.

»Sie sind weg! Sie sind weg!«, jammerte sie.

»Wer ist weg? Beruhige dich, Avery. Atme tief durch.«

»Dieser verdammte Mistkerl! Ich hätte wissen müssen, dass Nash etwas Derartiges tun würde!«

»Wovon sprichst du überhaupt?« Aber schon als ich diese Frage aussprach, hatte ich das ungute Gefühl, die Antwort zu kennen.

»Er hat mir meine Babys gestohlen! Meine Babys sind weg!«

»Was soll das heißen, Leah und Leo sind weg?«, fragte ich.

»Vermisst! Geklaut! Gekidnappt! Arrrgghh ...«

Avery schluchzte und schniefte so heftig, dass ihre Worte in Würgelauten untergingen. Zum Glück ersparte mir das Telefon den schlimmen Anblick ihres fleckigen, vom Rotz verschmierten Gesichts.

»Hör mir zu«, redete ich auf sie ein, als versuchte ich sie vom Fenstersims wegzulocken. »Avery, ich möchte, dass du dich hinsetzt und ein paarmal tief durchatmest.«

»Mir ist scheißegal, was du möchtest. Nash hat mir meine Babys gestohlen! Und du hast ihm dabei geholfen, nicht wahr? Ich hätte es wissen müssen, dass du zu so einer Scheiße fähig bist! Bring mir auf der Stelle die Babys zurück!«

»Ich habe deine Babys nicht, du blöder, fauler Dummkopf!«

Im Geiste nannte ich sie schon lange so, und jetzt war es mir endlich herausgerutscht. Es geht doch nichts über eine

Krise, um alles Unterdrückte rauszulassen. Ich versuchte meinen Lapsus wieder wettzumachen.

»Avery, ich tue doch wirklich mein Bestes, um dir dabei zu helfen, deine Familie zusammenzuhalten. Und ich denke, dass Nash das auch tut. Er hätte niemals die Kinder mitgenommen, ohne dich zu fragen. Jetzt setz dich hin und fasse dich. Bitte. Dann rufen wir bei der Polizei an.« Mein Telefon piepte und sagte mir, dass ein weiterer Anruf in der Leitung war. »Bleib dran. Da versucht jemand mich zu erreichen. Atme!«

Es war die Küstenwache/Kinderfrau, alias Deputy Deely.

»Ma'am, wir haben ein Problem.«

»Ich weiß!«, sagte ich. »Wann hat Avery Sie angerufen?«

»Avery hat mich nicht angerufen, Ma'am. Hier geht es um Chester.«

Ich spürte eine Welle derselben Emotion, die meiner Stieftochter zusetzte. Da ich mich gegen die meisten Gefühle vehement zur Wehr setzte, wusste ich nicht, wie ich die seltenen benennen sollte, die mich überwältigten.

»Was ist mit Chester? Wissen Sie denn, wo er ist?«

»Nein, Ma'am. Aber ich denke, Abra ist irgendwas auf der Spur. Als wir auf dem Jamboree waren, fing sie an zu bellen und zu springen und versuchte mich Richtung Fishburg zu ziehen. Dann sah ich, was sie sah: jemanden in einem Chinchillamantel, wie der von der toten Kellnerin. Aber diese Person trug einen passenden Hut dazu. Also lieh ich mir ein Schneemobil und fuhr hinterher.«

»Haben Sie sie gefunden?«

»Noch nicht, Ma'am. Aber ich habe Chesters Mantel gefunden.«

»Chesters Mantel?« Ich begriff nicht, was sie mir da sagte. »Aber er hat doch seinen Mantel an. Oder nicht?«

»Nicht mehr, Ma'am. Abra hat ihn ausgebreitet auf einem Felsen am Ufer entdeckt. Sie hat so lange gebellt, bis ich ihn auch gesehen habe.«

»Wieso sind Sie sich so sicher, dass es der von Chester ist?«

»Sein Name steht drin, Ma'am. Ich denke, er hat ihn zum Trocknen in der Sonne liegen lassen.«

»Warum sollte Chesters Mantel trocknen müssen?« Kaum hatte ich die Frage gestellt, beantwortete ich sie mir schon selbst. Aus eigener, kürzlicher Erfahrung. »Es sei denn, er ist ins Eis eingebrochen.«

Deely hatte offenbar die wachsende Anspannung in meiner Stimme mitbekommen.

»Ja, Ma'am, daran habe ich auch gedacht. Aber ehe Sie in Panik ausbrechen, sollten Sie in Betracht ziehen, dass er wieder herausgekommen und es ans Ufer geschafft haben muss. Es gibt eine Fußspur, die aufs Festland führt, und der Größe nach zu urteilen könnte es sich um die von Chester handeln.«

»Wo ist er dann?«

»Deshalb rufe ich ja an, Ma'am. Abra und ich haben das Schneemobil verlassen und sind der Spur gefolgt, bis zu ihrem Ende. Sie hat uns zum Broken Arrow Motel geführt. Und dort sind wir jetzt.«

»Das Broken Arrow? Wohnt dort nicht Dr. David?«

Sie antwortete nicht sofort. Als sich erneut ein wartender Anrufer meldete, wusste ich, dass Avery es satt hatte, in der Warteschleife zu verharren. Ich bat Deely zu warten, während ich umschaltete.

»Tut mir leid, Avery«, begann ich, »aber ich habe *zwei* Notfälle.«

»Whiskey, hier ist Jenx. Es ist mir zwar zutiefst zuwider,

die Überbringerin schlechter Nachrichten zu sein, aber Sie haben *drei.*«

32

»Irgendein Verrückter hat Leah und Leo mitgenommen«, berichtete Jenx.

»Weiß ich«, seufzte ich. »Das ist Notfall Nummer Eins. Sie zählen den offenbar doppelt.«

»Nein, es gibt noch einen weiteren Notfall, in Verbindung mit Nummer Eins. Das wären dann drei – wenn Sie eine Nummer Zwei haben.«

»Habe ich.« Ich hielt mir das Mobiltelefon ans andere Ohr, das ohne den schmerzenden Bluterguss. »Aber sagen Sie mir erst, inwiefern Drei sich von Eins unterscheidet!«

»Nachdem Avery Sie angerufen hat, hat der Verrückte, der die Babys mitgenommen hat, sich bei ihr gemeldet«, erzählte Jenx. »Warum haben Sie sie überhaupt warten lassen?«

»Wegen Notfall Nummer Zwei! Erzählen Sie weiter.«

»Sie lassen Avery warten, sie legt auf, und gleich darauf klingelt das Telefon. Eine gedämpfte Stimme sagt Avery, sie könne Abra und Prince Harry gegen Leah und Leo eintauschen. Aber die Sache hat einen Haken.«

»Wie meistens«, seufzte ich.

»Avery muss die Hunde selbst hinbringen.«

»Wohin?«

»Der Anrufer meinte, diese Information komme später, und hat dann noch hinzugefügt: ›Seien Sie lieber tapfer, sonst sind Ihre Babys tot.‹«

»O Gott«, stöhnte ich. »Avery und tapfer – unmöglich!«

Jenx sagte: »Das sind die Notfälle Eins und Drei.«

Ich erzählte Jenx, Deely habe sich ein Schneemobil ausgeliehen, um jemanden in Fishburg zu verfolgen, und Abra, die mitgefahren sei, habe dann Chesters nassen Mantel auf einem Felsen gefunden.

»Deely und Abra sind Chesters Spuren von der Küste bis zum Broken Arrow Motel gefolgt«, berichtete ich. »Und dort sind sie jetzt, dort, wo auch David Newquist wohnt. Das ist Notfall Nummer Zwei!«

»Ich bin bereits auf dem Broken Arrow Highway«, sagte Jenx. »Ich kann in drei Minuten am Motel sein. Wo sind Sie?«

»Noch immer auf dem Jamboree. Ich hatte vor, ein wenig Luftaufklärung zu betreiben ...«

»Sie wollen wieder in diesem Hubschrauber aufsteigen?«

»Ich schulde dem Piloten einen Rettungsgürtel und dachte mir, dass ich bei dieser Gelegenheit gleich noch mal mitfliegen könnte. Möchten Sie, dass wir über dem Broken Arrow Motel kreisen?«

»Gute Idee, Deputy«, sagte Jenx. »Und sagen Sie Ihrem Piloten, er soll über Funk Kontakt halten.«

Sie teilte mir die Frequenz der Polizei mit. Ich zog meine Handschuhe aus, fand in meiner Tasche einen Stift und kritzelte die Ziffern auf meinen Handrücken. Jenx musste mir versprechen, mich anzurufen, falls sie Chester fand.

Vorausgesetzt, Deely sagte die Wahrheit – und hatte Chesters Spur bis zum Broken Arrow Motel verfolgt –, was würde sie als Nächstes tun? In welcher Art von Beziehung stand Deely zu David? Obwohl der Tierarzt im Broken Arrow wohnte, war es denkbar, dass er im Moment nicht dort war. Wenn er gebraucht wurde, arbeitete er auch sonntags in seiner Klinik in der Stadt. Wieder quälte mich die Vorstellung, David würde oder könnte jemandem Leid zufügen. Es ergab keinen Sinn, trotz der gerichtlichen Verfügung, die Gil Gruen sich veranlasst gesehen hatte, gegen ihn zu beantragen.

Sehr wahrscheinlich war das Broken Arrow Motel einfach nur die erste Anlaufstelle, die Chester auf seiner Suche nach Hilfe gefunden hatte. Oder vielleicht wusste er auch, wohin er ging, und rechnete damit, dass sein Freund David dort sein würde. Auf jeden Fall waren wir noch nie so nah dran gewesen, Chester zu finden.

Meine Uhr sagte mir, dass mir noch achtunddreißig Minuten bis zum Abflug blieben. Genug Zeit, mir mein Fahrgeld aus dem Safe in meinem Büro zu holen und hier am Boden nach verdächtigen Subjekten Ausschau zu halten. Keinesfalls hatte ich damit gerechnet, in der Lobby von Mattimoe Realty auf Tina Breen und Noonan Starr zu stoßen. Ihren verdutzten Mienen nach zu urteilen waren sie auch nicht gerade begeistert, mich zu sehen.

»Was führt euch beide an einem Sonntag ins Büro?«, fragte ich sie. »Solltet ihr nicht unten beim Jamboree sein?«

»Äh nein – aber danke«, sagte Tina nervös. Aber nervös war Tina eigentlich immer. Ihren Job als meine Büroleiterin empfand ich zwar nicht als besonders stressig, so planlos wie sie sich ihren Aufgaben widmete. Allerdings fühlte Tina sich offenbar aufgrund der kürzlich erfolgten Entlassung ihres Ehemanns und durch ihre beiden Kleinkinder ziemlich überfordert. Mir fiel ihre Reaktion auf die vulgären Äußerungen des Mannes von Extreme Clean wieder ein, und ich glaubte zu wissen, wie ich ihr helfen konnte, sich besser zu fühlen.

»Gute Nachrichten, Tina. Dieser Perverse von Extreme Clean wird Sie nie wieder belästigen.«

Tinas Augen weiteten sich vor Entsetzen, und sie hielt sich beide Hände vor den Mund. Sie würgte entweder ihr Schluchzen oder ihr Erbrochenes zurück und rannte dann den Flur hinunter zum Badezimmer.

»Ich habe es doch nur gut gemeint«, erklärt ich Noonan.

Die New-Age-Massagetherapeutin nickte. »Tina lernt, sich mit ihren Ängsten auseinanderzusetzen, denn das ist der Anfang aller Heilung.«

Sie machte einen Schritt auf mich zu und meinte flüsternd: »Deshalb sind wir ja auch hier, Whiskey. Tina überprüft ihren Arbeitsplan, damit wir ein paar Beratungssitzungen festlegen können. Wir werden mit ihrer Angst vor vulgären Worten beginnen.«

Ich hatte meine eigenen Ängste, mit denen ich klarkommen musste.

»Man ist hinter Roy Vickers her«, beichtete ich ihr. »Er verfolgt eine Spur zu Chester, aber ich denke, wir werden Chester bald finden. Jenx ist an ihm dran und Deely Smarr ebenfalls. Wenn Gil tot ist, könnte Roy in den Mord an ihm verwickelt sein. Und auch in einen zweiten tätlichen Angriff. Ich weiß nicht, was ich tun soll!«

Noonan hätte nicht weniger beunruhigt aussehen können.

»Roy Vickers kennt die Seven Suns of Solace«, erklärte sie. »Er wird nichts Schlimmes tun.«

»Aber die Polizei kennt sie nicht, und ich fürchte, sie werden ihn verhaften. Und ich habe Angst, dass man auch mich verhaften wird, weil ich ihm zur Flucht verholfen habe!«

Noonan nahm meine Hand in ihre kräftigen Hände. »Sie müssen an Ihrem Vertrauen arbeiten.«

»Okay, aber erst würde ich mich gern vergewissern, dass ich nicht hinter Schloss und Riegel komme.«

Ich sah in Noonans blassen Augen Ungeduld aufflackern, was nicht oft vorkam. »Denken Sie doch mal logisch, Whiskey: Wenn Roy unschuldig ist, haben Sie nichts zu befürchten.«

»Ja, aber da gibt es ein ganz großes ›Wenn‹. Roy macht keinen unschuldigen Eindruck. Er sieht aus wie ein ehemaliger Sträfling, der wieder auf dem Weg in den Knast ist.«

Noonan schloss ihre Augen. Vermutlich meditierte sie. Entweder das, oder ich hatte sie so wütend gemacht, dass sie bis zehn zählte. Schweigend zählte ich ebenfalls. Bei Neun öffnete sie ihre Augen und lächelte.

»Gehen Sie mit Gott, Whiskey.« Noonan ließ meine Hände los und trat einen Schritt zurück. Dann streckte sie mit theatralischem Schwung ihre Arme aus, als wären es Flügel. »Flieg wohin du willst, mit Glauben in deinem Herzen!«

War das eine Art metaphysische Metapher – zum Beispiel Fliegen als gleichbedeutend mit persönlicher Freiheit –, oder wusste Noonan, dass ich gleich in einen Hubschrauber steigen würde? Und wenn sie das wusste, woher wusste sie es? Ich wollte eine Erklärung.

Noonan lächelte wie eine belustigte Mutter. »O Whiskey. Ständig unterschätzen Sie die Kraft Ihrer persönlichen Schwingungen. Die Seven Suns of Solace würden Ihnen die Augen für die Kraft öffnen, die Ihnen eigen ist.«

»Das stimmt«, bestätigte eine andere Stimme.

Ich schielte an Noonan vorbei, um zu sehen, woher die vertraute Stimme kam. Der Besuch hatte Mattimoe Realty so verstohlen betreten, dass ich ihn nicht hatte kommen hören. Wie ich wusste auch Noonan, wer es war. Ohne sich umzudrehen, sagte sie: »Cassina, willkommen zu Hause.«

Fast wäre ich vor der Diva auf die Knie gesunken – nicht

weil ich ein Fan von ihr war, sondern weil ich als Kinderbetreuerin versagt hatte. Als Betreuerin *ihres* Kindes.

»Cassina, es tut mir so leid wegen Chester ...«

»Vergessen Sie es, Whiskey. Ich verzeihe Ihnen«, sagte der Superstar und schüttelte dabei mehrere hundert Meter flammend rotes Haar zurück über die Schulter. »Ich bin eine schreckliche Mutter, und deshalb dürfen auch Sie Fehler machen.«

»Sie sind keine schreckliche Mutter«, begann ich. Nur, dass sie es tatsächlich war, und die ganze Stadt wusste es.

»Noonan«, sagte Cassina, »ich brauche unbedingt eine Individuelle-Kraft-Coach-Sitzung. Es ist höchste Zeit, dass ich eine Schwingungsinfusion bekomme.«

»Individuelle-Kraft-Sitzung?« Wie üblich hinkte ich etwas hinterher. Ich wusste, dass Noonan Dutzende Beratungs-Klienten für die Seven Suns of Solace hatte, aber noch nie hatte ich jemanden sie ›Coach‹ nennen hören.

»Die Individuelle Kraft geht über die Seven Suns of Solace hinaus, Whiskey«, erklärte mir Noonan. »Sie umfasst weiterführende und größere Lebensfragen für all jene von uns, die wir auf einer höheren spirituellen Ebene arbeiten.«

Oder für ein Superstar-Budget, sagte ich mir. Cassina hatte Noonan wahrscheinlich auf ihrer Gehaltsliste stehen.

»Hat das FBI Sie zu Hause angerufen?«, erkundigte ich mich bei der Sängerin. »Oder haben schlechte Schwingungen Sie nach Hause geführt?«

»Ich wollte das Richtige tun«, sagte Cassina. »Zur Abwechslung.«

»Cassina hat den Rest ihrer Tournee abgesagt«, erklärte Noonan. »Bis Chester mitkommen kann.«

Das war so gar nicht typisch für Cassina. Ich hatte immer den Verdacht gehegt, dass sie sich liebend gern in ihrem Aufnahmestudio aufhielt und monatelang auf Tournee ging, nur um ihren mütterlichen Pflichten zu entkommen. Und selbst wenn sie Chester im Schlepptau hatte, neigte Cassina dazu, ihn irgendwie zu vergessen. Unzählige Male hatte sie ihn in Hotellobbys einfach zurückgelassen. Und ihr Hang, ihn aus seinem eigenen Zuhause auszusperren, war legendär. Cassina redete sich jedes Mal auf ein Versehen heraus, aber ich hatte den Eindruck, dass es eher was von einem Freud'schen Versprecher hatte. Wenn er bei sich zu Hause nicht rein konnte, suchte Chester sich einen Weg in mein Haus, oftmals durchs Fenster über meiner Küchenspüle. Er war unverwüstlich und einfallsreich, was mich jetzt auch für ihn hoffen ließ. Doch bevor ich nicht wusste, ob er in Sicherheit und gesund war, vermochte selbst das Verzeihen seiner Mutter meine Schuld nicht zu mindern. Egal, wer an seinem Verschwinden beteiligt war, ich wusste, dass ich es war, die Chester verloren hatte.

»Ist Rupert mit Ihnen zurückgekehrt?«, fragte ich.

»Er sitzt in der Limousine«, sagte Cassina. »Er findet, Magnet Springs sieht aus wie eine Kulisse für einen Fernsehfilm. Besetzt mit Angela Lansbury.«

»Werden wir Rupert kennen lernen?«

»Vermutlich nicht. Er ist ein Snob.«

»Wollten Sie zu Noonan oder zu mir?«, fragte ich sie.

»Weder noch«, erwiderte Cassina. »Ich sagte dem Fahrer, er solle beim Jamboree vorbeifahren, aber das ist so proletenhaft. Nicht meine Fangemeinde. Wir waren gerade auf dem Weg zum Schloss, als ich Sie in Ihr Büro gehen sah. Und ich wollte Sie wissen lassen, dass ich nicht vorhabe, gegen Sie vorzugehen.«

Sie schaute ihren Individuellen-Kraft-Coach an und bekam dessen Zustimmung.

»Eine hervorragende Seelenerweiterung!«, lobte Noonan mit sanfter Stimme.

»Ich möchte keine falschen Hoffnungen erwecken«, erklärte ich Cassina, »aber Jenx steht womöglich kurz davor, Chester zu finden.«

»Wo?« Cassinas Kabuki-weißes Gesicht fing an zu leuchten . »Hat ihn jemand gesehen?«

Ich hätte nicht damit anfangen dürfen, überlegte ich. Wenn ich mich nun irrte? Wenn die Spuren, denen Deely gefolgt war, nun überhaupt nicht die von Chester waren? Und wir ihn womöglich nie mehr fanden?

»Ich – äh – glaube nicht, dass ihn jemand gesehen hat, aber es gibt womöglich ein paar Spuren. Mit Sicherheit kann ich jedoch sagen, dass alle nach ihm Ausschau halten.«

Cassina seufzte, und Noonan legte ihren Arm um die Taille ihrer besten Klientin. Als Cassina am Kragen ihres Mantels herumzupfte, merkte ich, dass er aus einem exotischen Fell gearbeitet war, das ich nicht kannte. Cassinas ganze Garderobe war weiß, und der Mantel machte keine Ausnahme.

»Was für ein Fell ist das?«, fragte ich.

»Hermelin«, sagte Cassina. »Der wurde für Marlene Dietrich angefertigt. Ich erstand ihn auf einer Auktion in Paris.«

»Ein kleiner Rat«, sagte ich. »Frauen, die in dieser Stadt einen Pelzmantel getragen haben, sind in Schwierigkeiten geraten. Sie sollten vielleicht Ihre Mutter warnen – obwohl ihr der Chinchilla gut steht.«

»Meine Mutter? Wovon zum Teufel reden Sie da?«

»Evelyn Huffenbach. Sie tauchte gestern auf, um mit dem FBI zu sprechen. Als Chesters gesetzlicher Vormund.«

»Sie sollte nur im Notfall einspringen«, ereiferte sich Cassina, »für den Fall, dass ich es nicht zurück in die Staaten schaffe!«

Die Sängerin steuerte die Tür an, riss sie auf, blieb dann aber stehen. An Noonan gewandt sagte sie: »Rufen Sie mich später an. Ich werde heute Abend ein Arschtritt-Coaching brauchen!«

33

Cassina und ihr Hermelinmantel hatten kaum das Gebäude verlassen, da erklärte Noonan: »Sie hat erstaunliche Fortschritte gemacht.«

»Ihre Musik mag ja besänftigend sein«, sagte ich, »aber aus der Nähe betrachtet und als Person ist Cassina so ruhig wie ein vereiterter Zahn.«

»Würde es Sie überraschen zu erfahren, dass man dasselbe über Sie denkt?«

»Man findet meine Musik besänftigend?«

Der Blick, den Noonan mir zuwarf, war voller Nachsicht, verriet aber auch Überdruss. »Die Leute finden, dass es Ihnen an Gelassenheit mangelt, Whiskey. Leute, die Sie kennen, und denen Ihr Wohl am Herzen liegt.«

»Ich bin so gelassen wie der nächstbeste Typ auch!«

Ein Fehler – denn »der nächstbeste Typ« erwies sich als Tina Breen, die heulend aus dem Badezimmer kam.

Ich huschte in mein Büro und schloss hinter mir die Tür. Noch siebenundzwanzig Minuten bis zu meiner geplanten Reise ins Blaue. Noch immer genügend Zeit, aber ich musste mich konzentrieren. Es war schon eine Weile her, seit ich meinen eigenen Bürosafe geplündert hatte. Die Kombination hatte Leo sich ausgedacht: eine Mischung aus seinem Geburtstag, 7–30 (ja, Leo war ein Löwe) und meinem, 3–28 (ich kann auch nichts dafür, dass ich Widder bin). Behutsam tippte ich die Ziffern in die elektronische Tastatur ein, danach drückte ich auf »öffnen«. Als die Tür mit einem Klick aufging, fiel mein erleichterter Blick auf meinen bescheidenen Vorrat an Bargeld. Ich zählte vier Einhundertdollarnoten ab, verschloss den Safe wieder und verließ mein Büro.

Kein Anzeichen von Tina und ihrer neuen Therapeutin. Ich konnte nur hoffen, dass die Seven Suns of Solace bei meiner Büroleiterin besser wirkten als bei meiner unmittelbaren Nachbarin. Oder meiner Stieftochter.

Meine Stieftochter! Als ich die Main Street Richtung Hafenviertel hinunterlief, rief ich mittels Kurzwahl bei Avery an. Fünf Mal versuchte ich es, und fünf Mal ging sie nicht dran. Als ich den Eingang zum Jamboree erreichte, lief mir der kalte Angstschweiß über den Leib. Mein Telefon klingelte. Auf meinem Display stand, dass es Jenx war. Ihre Stimme war so leise, dass ich sie kaum verstehen konnte.

»Er ist nicht hier«, sagte sie.

»Wer ist nicht wo?«

»Hier am Broken Arrow Motel deutet nichts auf Chester hin.«

Mein Herz schrumpfte zusammen wie ein müder Luftballon. »Sie haben ihn verloren?«

»Whiskey, er wurde doch bereits vermisst. Wie es aussieht, ist er von einem Zimmer zum anderen gegangen und hat an sämtliche Türen geklopft, bis ihm jemand geöffnet hat. Seine Spuren enden vor Zimmer 19.«

Ich hielt die Luft an. »Ist das ... Davids Zimmer?«

»Nein. Das Zimmer ist an Evelyn Huffenbach vermietet.«

»Chesters Großmutter! Ich muss Sie warnen, Jenx, mit der stimmt was nicht.«

Eilends informierte ich die Polizeichefin über meine kurze Begegnung mit Cassina. Jenx wollte wissen, ob auch Chesters Vater da sei.

»Ja, aber rechnen Sie nicht damit, ihn kennen zu lernen. Er ist ein Snob. Was ist mit der Huffenbach?«

»Sie ist nicht auf ihrem Zimmer – oder öffnet nicht. Und der Portier ist nicht sehr hilfsbereit«, sagte Jenx. »Wir werden einen Durchsuchungsbefehl brauchen, um uns gewaltsam Zugang zu verschaffen.«

»Ich mache mir Sorgen um Avery«, sagte ich. »Sie geht nicht ans Telefon.«

»Ihr geht es gut, sie ist nur ganz außer sich, weil Sie sie haben warten lassen. Sie überprüft die Nummer des Anrufers.«

Ich stöhnte. »Was unternehmen Sie wegen der Babys?«

»Ich bin jetzt auf dem Weg nach Vestige, um Avery zu befragen. Ich werde das FBI einschalten müssen. Und auch die Bundespolizei.« Jenx sagte dies mit zusammengebissenen Zähnen. »Dann werden uns die Arschlöcher warten lassen und in der Zwischenzeit alles vermasseln.«

»Wer weiß?« Während ich mir meinen Weg durch die Jamboree-Menge zum Hubschrauber bahnte, kam mir eine Idee. Weniger eine neue Idee, als die Wiederauflage einer früheren. »Ich werde Ihr Auge am Himmel sein. Aber vielleicht sollte ich jetzt lieber nicht über dem Broken Arrow Motel kreisen. Vielleicht wäre es sinnvoller, jetzt woanders nach Anhaltspunkten zu suchen?«

»Wo?«, fragte Jenx neugierig.

»Sie sind der Vertreter des Gesetzes!«, sagte ich. »Sie müssen mir das sagen!«

Ich hörte im Hintergrund Jenx' Polizeifunk knacken. »Ich muss los«, sagte sie. »Ich denke, Sie sollten nach wie vor über dem Broken Arrow kreisen und dann von dort aus weitersehen. Viel Glück!« Klick.

Als ich auf den Hubschrauber zueilte, war der Pilot gerade dabei, seine Dienste einem Paar anzubieten, das um die Zwanzig zu sein schien. Der potenzielle männliche Kunde griff in seine Tasche und zückte seine Brieftasche.

»Nicht so schnell!«, schrie ich und fing an zu rennen. »Der nächste Flug gehört mir! Ich habe das Geld!« Ich schwenkte meine vier Hundertdollarscheine wie eine Flagge.

Alle drei starrten mich an, als würde ich mit meiner Unterwäsche wedeln. Der Pilot sagte etwas zu dem Paar, vermutlich etwas wenig Schmeichelhaftes über mich. Sie traten ein wenig zurück.

Als ich rutschend zum Stehen kam, sagte ich: »Tut mir leid, dass ich dazwischenfahre. Polizeieinsatz.«

Ich zeigte auf meine Dienstmarke, die ein wenig verrutscht war. Wenn das bei Deely und dem Hund funktioniert hatte, warum sollte es dann nicht bei mir und meinem Geld funktionieren. »Wir verfolgen einen potenziellen Verbrecher! Vielleicht sogar mehr als einen!«

»Was reden Sie da?«, sagte der Pilot. »Sie schulden mir Geld für den Rettungsgürtel.«

»Stimmt. Hier haben Sie es.« Ich gab ihm zwei Scheine und streckte ihm dann noch zwei weitere hin. »Und jetzt schulden Sie mir eine Mikro-Charter.«

»Ich schulde Ihnen gar nichts. Diese Leute hier waren als Erste hier, also werden sie auch als Erste nach oben gehen. Behalten Sie Ihr Geld für den Flug, bis wir zurückkommen.«

»Sie verstehen nicht«, sagte ich, »es hat eine Entführung

gegeben! Nun, *zwei* Entführungen, weil es sich um Zwillinge handelt. Eigentlich sogar drei Entführungen, wenn man Chester noch mitzählt. Dazu zwei Morde und einen Mordversuch.«

»Was ist das denn für eine Stadt?«, staunte die junge Frau entsetzt.

»In dieser Woche? Eine sehr gefährliche Stadt.«

Der Mann steckte seine Brieftasche wieder ein. »Vielleicht ein andermal«, murmelte er, und weg waren sie.

»Danke«, sagte der Pilot gallig. »Ihre Mikro-Charter ist gerade etwas teurer geworden.«

»Schön. Hier ist mein Vorschuss. Den Rest rechnen wir über meine Kreditkarte ab. Über meine sämtlichen Kreditkarten, falls nötig. Lassen Sie uns hochgehen!«

Der Pilot bestand darauf, nicht nur mein Bargeld, sondern auch meine Visakarte einzubehalten. Als Anzahlung. Ich war damit einverstanden, vorausgesetzt, wir stiegen sofort auf. Natürlich ließ er mich einen Rettungsgürtel anlegen.

»Ich vermute, Sie wissen inzwischen, wie der funktioniert«, sagte er in seinen Kopfhörer; ich selbst trug auch einen. Obwohl er mich allem Anschein nach nicht leiden konnte, erlaubte er mir, mich auf den Copilotensitz zu setzen, der einen Panoramablick inklusive Brechreiz versprach.

Der Hubschrauber hob so sanft ab, als würde er schweben. Doch als die Erde so unvermittelt wegsackte, rebellierte mein Magen, also schloss ich die Augen und konzentrierte mich auf meine Atmung. Als ich dann so weit war, wieder einen Blick auf die Welt zu werfen, befanden wir uns schon hoch oben am Himmel, über dem Jamboree. Unter uns hatte das Querfeldeinrennen der Schneemobile begonnen. Dutzende Fahrzeuge sausten über eine nicht genutzte Versorgungsstraße aus der Stadt hinaus. Die Handwerkskammer hatte eine Route von fünfzig Kilometern ausgewiesen, die über ehemalige Straßen und stillgelegte Bahnstrecken, Felder und Waldwege führte.

»Wohin, Deputy?«, fragte der Pilot.

Ich brauchte einen Moment, ehe ich mich gefasst hatte. Von der Stadtmitte Magnet Springs' zum Broken Arrow Motel zu fliegen war etwas gänzlich anderes, als dorthin zu fahren. Einfacher ja, aber auch verwirrend.

»Können wir auch in etwas geringerer Höhe fliegen?«, fragte ich ihn. »Von hier oben sehen die Leute wie Punkte aus.«

»Kein Problem«, erwiderte der Pilot und sank unvermittelt um zweihundert Meter nach unten.

Offenbar hatte ich in mein Mikrofon gekreischt, denn er sagte mir, das dürfe ich nie wieder tun. Ich versprach, nicht zu schreien, wenn er mir versprach, mir nicht das Gefühl zu geben, vom Himmel zu fallen.

»Die Maschine reagiert sofort«, erklärte er mir. »Egal, was Sie von mir verlangen, ich werde es umsetzen können. Binnen eines Herzschlags.«

Ich wies den Piloten an, in nördlicher Richtung längs der Küste zu fliegen, bis ich einen größeren, flachen Felsen entdeckte, auf dem der Parka eines Kindes ausgebreitet lag. Aus der Luft erinnerte dieser Anblick auf unerträgliche Weise an die Kreideumrisse bei einem Mordopfer. Daneben stand Deelys verlassenes Schneemobil, und dies konnte nur bedeuten, dass der Junge, der es ihr vermietet hatte, nun gewiss ernsthafte Probleme mit seinem Onkel bekam.

»Biegen Sie rechts ab!«, sagte ich. Als der Pilot die Kurve zu scharf nahm, revidierte ich mein Kommando. »Nicht so heftig, bitte. Versuchen Sie, auf zwei Uhr einzuschlagen.«

»Jetzt haben Sie's kapiert!« Er grinste mich an, und ich fand, dass er eigentlich ein prima Kerl war, wenn er nicht den Dickschädel rauskehrte.

»Haben Sie auch einen Namen?«, fragte ich ihn.

»Todd.«

Ich sagte ihm meinen. »Woher kommen Sie, Todd?«

»Ich bin in Kissimmee, Florida, aufgewachsen«, erwiderte er, »aber als ich in der Armee war, war ich in Fort Grayling stationiert, und ich fand es schön, zum ersten Mal in meinem Leben vier Jahreszeiten zu haben. Also bin ich geblieben, nachdem ich ausgedient hatte. Jetzt empfinde ich Michigan als meine Heimat.«

Ich musste an Nash Grant denken, der auch aus Florida kam. Er war bereit, Magnet Springs für kurze Zeit sein Zuhause zu nennen, um Zugang zu seinen Kindern zu haben. Ich glaubte nicht, dass Nash irgendwas mit Leahs und Leos Entführung zu tun hatte. Wer immer die Zwillinge entführt hatte, wollte Abra und Prince Harry an ihrer statt, und das auch nur, sofern Avery den Austausch vornahm. Nash würde niemals seine eigenen Kinder als Spielball missbrauchen oder ihre bereits aufgebrachte Mutter quälen. Wer würde das schon? Und warum?

Das Broken Arrow Motel aus der Luft zu entdecken, erwies sich als ganz leicht. Nicht nur, dass das ausgebreitet daliegende rote einstöckige Gebäude über ein großes Schild am Eingang verfügte – einen gebrochenen Pfeil –, sondern es lag auch direkt am Highway, kaum einen Kilometer vom See entfernt. Wie Chester allerdings vom Ufer dorthin gefunden hatte, war ein Rätsel. Er hätte überwiegend bergaufwärts durch Nadelwälder und Gestrüpp laufen müssen. Andererseits konnte ich mir kaum vorstellen, dass meine Hundediva diese Mühsal auf sich nahm, es sei denn in Verfolgung des Jungen, den sie liebte. War es ein Zufall, dass Chester, nachdem er ins Eis eingebrochen war, so nah am Broken Arrow ans Ufer gelangte? Oder hatte er gewusst, wo er sich befand?

Wahrscheinlich hatte ich zu viele Polizeifilme im Fernsehen gesehen, denn ich stellte mir vor, mitten in die Aktion zu platzen. Gewiss, ich wusste, dass Jenx nicht mehr am Schauplatz war, aber ich rechnete damit, dass irgendwelche polizeilichen Autoritäten sich dort mit gezogenen Waffen und blinkenden Lichtern aufhielten. Zumindest rechnete ich damit, die Deputys Deely und Abra zu sehen.

Niemand. Nichts. Nicht einmal Dr. Davids Tierrettung. Auf dem Parkplatz standen nur ein paar Autos von Touristen. Die meisten Gäste des Broken Arrow waren wohl in die Stadt zum Jamboree gegangen.

Wegen Jenx' Polizeifrequenz warf ich einen Blick auf meinen Handrücken und bat Todd dann, diese einzuschalten. Wir kreisten über dem Motel, als es in meinem Kopfhörer knackte.

Todd sagte: »Ihre Chefin ist dran. Ich stelle sie durch.«

»Jenx!«, schrie ich. »Wir befinden uns über dem Broken Arrow. Wo sind die alle?«

»Brady ist unterwegs. Die Jungs von der Bundespolizei sind langsam, wie üblich ...«

»Warten Sie!«, sagte ich und beugte mich so weit vor, wie mein Gurt es erlaubte. Die Tür zu einem Motelzimmer hatte sich geöffnet, und eine Frau war herausgekommen. Die Hand schützend über die Augen gelegt, schaute sie zu uns hoch. Die Sonne verlieh ihrem kastanienbraunen Haar einen rötlichen Schimmer und brachte es zum Glänzen.

»Da unten ist Evelyn Huffenbach!«, schrie ich. »Sie winkt uns zu!«

34

Über Funk erkundigte sich Jenx: »Wenn Sie sagen, Evelyn Huffenbach winkt Ihnen zu, bedeutet dies ein ›Hallo ihr!‹ – oder ein ›Helft mir?‹«

Ich überlegte. »Ich würde sagen, Mrs. Huffenbuch lädt uns ein herunterzukommen, was sagen Sie, Todd?«

Mein Pilot stimmte mir zu und kippte den Hubschrauber, um Evelyns Winken zu erwidern.

Da ich davon ausging, Jenx würde uns anweisen, dort nach unten zu gehen, suchte ich den Parkplatz nach einer guten Stelle zum Landen ab. Plötzlich schrie Todd: »Da drüben! Sehen Sie!«

Er deutete auf eine Lichtung im Kiefernwald, der an das Motel grenzte. Ein kleiner Junge mit einer hellblauen Decke über seinen Schultern schien um sein Leben zu rennen.

»Das ist Chester!«, kreischte ich. »Jenx! Ich sehe Chester!«

»Vergessen Sie Evelyn!«, sagte Jenx überflüssigerweise. »Gehen sie runter und holen Sie das Kind!«

Ich warf einen Blick auf Todd, der den Hubschrauber bereits vom Motel wegbewegte.

»Wir müssen zusehen, dass wir ihn dazu bringen, raus auf die Straße zu kommen«, sagte der Pilot. »Ich gehe jetzt runter auf Baumhöhe. Und Sie, Whiskey, werden Chester sagen, was er tun soll.«

Der Hubschrauber sank wie versprochen, wobei mein Körper sich ganz leicht vom Sitz hob. Wir strichen jetzt über die Baumwipfel und bewegten uns rasch auf Chester zu. Todd legte ein paar Schalter an seiner Funkkonsole um und zeigte auf mich: »Sie sind jetzt auf Lautsprecher! Los!«

Ich schielte auf die von einer Decke umhüllte Gestalt unter mir. Mit gesenktem Kopf arbeitete Chester sich voran. Offenbar dachte er, dass die »bösen Jungs« ihm nicht nur auf den Fersen, sondern auch über ihm waren.

»Hallo Chester! Hier ist Whiskey! Alles ist gut! Du bist in Sicherheit! Wir werden dich nach Hause bringen!«

Als er seinen weißblonden Kopf hob, ging mir das Herz auf. Wir waren tief genug, um das Funkeln seiner Brille und das Lächeln zu erkennen, das sich auf seinem runden Gesicht ausbreitete. Als er winkte, ließ er sein Cape fallen und stolperte. Das arme Kind lag splitternackt im Schnee.

»Chester, hier spricht Todd, dein Pilot. Wir holen dich sofort ins Warme und Trockene, Kumpel! Tu einfach, was wir dir sagen. Okay?«

Noch immer grinsend, zeigte Chester uns den erhobenen Daumen.

»Wisch dir den Schnee ab, wickle dich wieder ein und geh nach links - hinaus auf die Straße!«, schrie Todd ihm zu. »Das ist alles. Nach links, Chester! Dort holen wir dich in einer Minute ab! Tu, was ich dir sage!«

Ich bin mir sicher, dass Chester weiterhin lächelte, aber wegen meiner Tränen konnte ich sein Gesicht nicht länger sehen. Ausgerechnet ich, das Mädchen, das nie weint, ließ den Damm brechen. Kommentarlos reichte Todd mir eine Schachtel Taschentücher. Er war doch kein Trottel. Und er war ein verdammt guter Pilot. Er nickte Chester mit dem Hubschrauber kurz zu und steuerte ihn dann Richtung Straße. Flugzeug und Junge kamen im gleichen Tempo voran, wobei Todd unentwegt aufmunternde Durchsagen machte.

Als wir runtergingen, kam Chester, dessen kleiner Körper von der Kälte krebsrot war, auf uns zugerannt. Todd reichte mir zwei Wolldecken. Ich riss mir den Kopfhörer ab und stieg hinaus auf die Straße, bereit, Chester einzuwickeln, als er sich mir in die Arme warf.

»Wir sind sechs Minuten Luftstrecke vom CMC entfernt«, sagte Todd und meinte damit das Coastal Medical Center, das nächstgelegene Krankenhaus. Dort hatte ich mich erst am vergangenen Morgen abgemeldet ... nachdem ich C. Richards, RN, kennen gelernt hatte, der nun selbst unter seinem richtigen Namen, Thomas McKondin, Patient dort war.

Auf dem Weg dorthin wickelten wir Chester in zusätzliche Decken und drehten die Heizung im Cockpit auf. Ich hielt ihn auf meinem Schoß, die Arme um ihn geschlungen, meine Wangen feucht von Tränen. Sobald seine Zähne zu klappern aufgehört hatten, begann Chester mit der Geschichte seines bemerkenswerten Zweiundsiebzig-Stunden-Abenteuers. Die Einzelheiten würden bis nach seiner Behandlung warten müssen. Aber während dieser sechs Minuten hörte ich genug, um zu wissen, welche Schritte ich als Nächstes würde tun müssen.

»Ich bin mit Bibi nur mitgegangen, weil sie sagte, sie habe Hundeprobleme. Wie du auch, Whiskey«, begann Chester. »Bibi hatte von mir in der Chicagoer Presse gelesen und wusste daher, dass ich mit Abra umgehen konnte. Sie hat gesagt, ihr Saluki habe Verhaltensprobleme. Sie wollte mich als ihren Hundeberater einstellen.«

»Darin bist du gut«, versicherte ich ihm.

»Bibi hat mich zu ihrem Wagen gebracht, damit ich ihren Saluki kennen lernte. Aber da war gar kein Saluki. Sie hat mich und Abra und Prince Harry in den Wagen geschoben und die Türen abgeschlossen.«

So widerwärtig ich dieses Bild auch fand, musste ich Mrs. Gribbles *Chuzpe* im Umgang mit den Hunden doch auch bewundern. Mir gelang es zu Hause kaum, Abra durch die Hundeklappe zu schieben.

»Abra mochte Bibi nicht«, sagte Chester. »Als wir zum Kasino kamen, hat Abra sie gebissen. Auf diese Weise konnte sie sich befreien!«

»Ist das der Grund, weshalb du versuchtest, der Getränkekellnerin das Wort ›Abra‹ zuzuflüstern, als Bibi dich aus dem Kasino zerrte?«

»Nein, das habe ich nicht getan. Ich habe versucht, ›Hilf mir!‹ zu schreien. Aber Bibi hatte mir den Schal so fest um meinen Hals geschlungen, dass er mich fast erdrosselt hat. Ich brachte die Worte nicht heraus.«

»Eins wundert mich noch immer«, sagte ich. »Wenn du doch gekidnappt wurdest, warum hast du uns dann die Nachricht geschickt, du seiest ›auf einer Mission‹?«

»Bibi hat mir befohlen, das zu schreiben.« Hinter seinen dicken Brillengläsern verdunkelten sich seine Augen. »Sie ist keine nette Frau ... obwohl sie mir ständig einreden wollte, sie sei es.«

»Sie hat dich in Gefangenschaft gehalten!«, rief ich aus. »Wie konnte sie behaupten, das sei ›nett‹?«

»Weil sie Prince Harry gehen ließ, als ich sie darum gebeten habe. Und sie hat Nachrichten für Roy Vickers in deinem Büro hinterlassen, auf denen stand, wo er meine Nachrichten und auch Prince Harry finden konnte.«

»Aber Mrs. Gribble hat dich entführt. Das ist ein Kapitalverbrechen.«

Chester zuckte die Achseln. »Sie sagte, Cassina sei schuld, dass wir mein ganzes Leben lang voneinander ferngehalten wurden. Bibi ist meine Großmutter.«

»Nein, Evelyn Huffenbach ist deine Großmutter«, sagte ich.

Chester verzog das Gesicht: »Wer ist Evelyn Huffenbach?«

»Die rothaarige Dame im Motel. Du warst in ihrem Zimmer.«

»Ohhh.« Chester dachte über die neue Situation nach. »Nun, das würde die Fotos erklären.«

»Welche Fotos?«

»Ihr Motelzimmer hängt voller Fotos – von *mir*: Babyfotos, Schulfotos, Fotos mit Cassina hinter der Bühne. Ich hielt sie für eine Stalkerin. Deshalb bin ich auch durchs Fenster gestiegen und hatte nichts weiter als die Decke um.«

»Darüber habe ich mich auch schon gewundert …«

»Ich bin im Eis eingebrochen. Also habe ich meinen Mantel zum Trocknen ausgezogen.«

»Und was ist mit dem Rest deiner Kleider?«

»Das ist eine lange Geschichte, Whiskey«, meinte Chester seufzend. »Lass sie mich auf meine Weise erzählen, okay?«

»Okay.«

»Ich hatte vor, zu meinem Mantel zurückzukehren, aber erst brauchte ich Hilfe. Ich habe mich auf den Weg zum Highway gemacht. Es gab keinen Pfad, also bin ich den Autogeräuschen gefolgt, wenn ich welche gehört habe. Schließlich habe ich das Motel entdeckt! Ich habe an sämtliche Türen geklopft. Keiner hat darauf reagiert, bis ich zu der rothaarigen Dame kam. Als sie mich gesehen hat, ist sie durchgedreht – hat gelacht und geweint. Sie hat nicht damit aufgehört, mich ständig an sich zu drücken. Sie hat mich Gottesgeschenk genannt. Die Antwort auf ihre Gebete. Dann hat sie mir die nassen Sachen ausgezogen und mich in eine Decke aus ihrem Bett gewickelt. Sie hat sogar Badewasser für mich eingelassen.

›O je‹, habe ich gedacht. ›Ich muss hier weg.‹ Also habe ich ihr gesagt, dass ich pinkeln muss. Ich habe mich im Badezimmer eingeschlossen und bin aus dem Fenster geklettert. Es war fast zu kalt, um weiterzugehen. Aber auf gar keinen Fall wollte ich bei der verrückten Frau bleiben!«

Todd hatte uns über Funk beim Coastal Medical Center angemeldet, und während Chester noch erzählte, setzte er uns schon auf dem Hubschrauberlandeplatz ab. Zwei Männer mit einer Trage kamen auf uns zugerannt.

Durch das Dröhnen des Helikopters brüllte der eine: »Ist das Cassinas Kind?«

Offenbar hatte Jenx sie vorgewarnt.

»Ja!«, brüllte ich zurück. »Er heißt Chester!«

»Entspann dich, Chester«, sagte der Sanitäter. »Es wird alles gut, und deine Mama ist schon unterwegs!«

Ich drückte meinem Lieblingsnachbarn die Hand. »Wir sehen uns bald, großer Junge!«

Er winkte, als sie ihn wegrollten. Ich wäre nur zu gern bei ihm geblieben, aber ich musste Leos Enkelkinder finden. In aller Eile wischte ich mir Hände und Nase mit meinen Handschuhen ab, damit keiner sah, dass ich geweint hatte.

»Da ist ein Anruf für Sie«, kündigte Todd mir über meinen Kopfhörer an.

»Hallo?«

»Sie haben geweint«, stellte Jenx fest. »Ich bin in Vestige, bei Avery. Die Bundespolizei ist hier, und unsere Lieblinge vom FBI sind unterwegs. Ein Krankenwagen ebenfalls.«

»Ein Krankenwagen?« Mir wurde flau. »Was ist passiert?«

»Das, was Sie erwartet hatten: Avery ist durchgedreht. Sie

ist hysterisch – kann nicht reden, kann nicht denken, kann nicht atmen. Unmöglich, dass sie den Austausch ›Hunde gegen Babys‹ vornimmt.« Jenx atmete laut aus. »Unmöglich, auf die Forderungen der Entführer einzugehen.«

Ich hatte eine Idee.

»Können wir Deely finden?«, fragte ich. »Ich habe am Motel nach ihr Ausschau gehalten, sie aber nicht gesehen.«

»Konnten Sie auch nicht, ich habe sie und Abra nämlich mit hierhergebracht«, erwiderte Jenx.

»Avery wird sich beruhigen, wenn sie weiß, dass Deely für sie einspringen wird.«

»Inwiefern?«

»Ist Ihnen denn noch nicht aufgefallen, Jenx, dass Deely wie Avery aussieht? Nehmen Sie ihr die Brille ab, und stecken Sie sie in einen Parka, wie Avery ihn trägt, mit aufgezogener Kapuze. Ich schwöre bei Gott, man kann sie nicht auseinanderhalten.«

»Hm?« Jenx klang nicht überzeugt.

»Doch! Und Deely kann *alles*. Außer Pelz tragen. Können Sie mit ihr reden?«

Im Hintergrund hörte ich ein Telefon läuten – mein Telefon in Vestige.

»Legen Sie auf«, sagte Jenx. »Das könnte wieder ein Anruf von den Entführern sein. Ich melde mich wieder.«

»Was nun, Boss?«, fragte Todd.

»Müssen Sie dieses Ding nicht zurückbringen?«, sagte ich und deutete auf den Hubschrauber. Wir saßen im startbereiten Hubschrauber.

»Gewiss, aber wozu die Eile? Ich habe Ihre Kreditkarte ...« Er grinste lässig.

Jenx' Stimme meldete sich wieder. »Okay, Whiskey, sie ist damit einverstanden. Deely Smarr tritt ihren Dienst an!«

»War das ein Anruf vom Entführer?«, fragte ich.

»Ja. Deely hat sich die Anweisungen notiert. Und jetzt sage ich Ihnen, was Sie dabei zu tun haben ...«

Jenx redete schnell. Ich hörte zu. Als sie fertig war, schaute ich auf meine Uhr und wandte mich an Todd.

»Kommen Sie, wir wollen unsere himmlischen Logenplätze für das Schneemobilrennen einnehmen!«

35

Als unter uns das Dach des Krankenhauses wegkippte, zeigte ich auf ein weites Schneefeld westlich von uns: die Farm der Shirtz Brüder. Dieses für den Anbau von Mais und Sojabohnen genutzte Areal von vierhundert Hektar gehörte der letzten Familiendynastie in Lanagan County.

»Wenn das Rennen planmäßig läuft, sollten die ersten Schneemobile jede Minute diese Felder kreuzen«, erläuterte ich Todd.

Von Osten anfliegend hängten wir uns an die schnellsten Kandidaten, drei motorisierte Winterfahrzeuge, die aus dem Wald im Süden geschossen kamen. Ihre in leuchtenden Farben gekleideten Fahrer hüpften über die hügelige weiße Landschaft unter uns.

»Ziehen Sie ihn ein bisschen runter!«, sagte ich. Mein Pilot gehorchte, als vier weitere Schneemobile aus dem Wald kamen. Da ihre Strecke nun breiter geworden war, versuchten die Fahrzeuge, sich gegenseitig zu überholen.

»Wonach suchen wir denn?«, fragte Todd. »Wenn diese Frage erlaubt ist.«

»Das werde ich wissen, wenn ich es sehe. Ich hoffe nur, dass ich es sehe.«

Wenige Minuten später sahen wir es beide: ein weiteres Schneemobil, das parallel zu den Rennteilnehmern etwa achthundert Meter weiter westlich entlang einer niedrigen Hügelkette dahinjagte. In diesem Außenseiterfahrzeug schien sich mehr als nur der Fahrer zu befinden.

»He, die schummeln«, sagte Todd. »Sieht ganz danach aus, als würden sie eine Abkürzung nehmen!«

»Nein, die fahren ein ganz anderes Rennen.«

Weitere Kandidaten fetzten über die Felder der Brüder Shirtz, aber sie interessierten mich nicht. Wir schwebten darüber und konzentrierten uns auf das einsame Schneemobil, das dem Kamm bis zum Ende folgte und dann aus unserem Blickfeld verschwand.

»Was jetzt?«, erkundigte sich Todd.

»Suchen Sie das vermisste Fahrzeug.«

Wir schwirrten über die Felder und über den Hügelkamm. Zwischen der Hochebene und dem Michigansee erstreckte sich ein Streifen kahlen Laubwaldes. Ich erkannte ihn als Teil des Landschaftsschutzgebietes. Mittendurch hatte man parallel zum Ufer eine breite Schneise als Feuerwall geschlagen. Ich blinzelte und beugte mich in meinem Sitz nach vorne und versuchte ein Detail zu erkennen, das sich weiter nördlich auf der Schneise befand. Wortlos reichte Todd mir ein Fernglas. Als ich die Linsen eingestellt hatte, erkannte ich Deely und die Hunde. Abra saß offenbar aufrecht auf dem Beifahrersitz, während Deely Prince Harry in einem Netzrucksack auf dem Rücken trug. Auch das Schneemobil erkannte ich aufgrund der hellblauen MR Aufschrift. Es war Deely also gelungen, das Schneemobil von Mattimoe Realty anzuwerfen, das mein verstorbener großartiger Leo in unserer Garage aufbewahrte. Als Jenx mir erzählte, die seltsame Stimme am Telefon habe Avery befohlen, ein Schneemobil zu benutzen, wusste ich, dass ich Roy Vickers große Dankbarkeit dafür schuldete, es gewartet zu haben.

Die Küstenwache/Kinderfrau bog in eine Versorgungsstraße ab, die vom Landschaftsschutzgebiet wegführte. Wir behielten sie im Auge, indem wir höher stiegen und uns ein wenig zurückfallen ließen. Ich war mir sicher, dass Deely uns hören konnte; doch wir hielten genügend Abstand, um alles zu vermeiden, was ihr Herannahen ankündigen könnte.

»Darf ich fragen, worum es hier geht?«, fragte Todd.

Ich holte tief Luft und berichtete ihm das, was ich mit Gewissheit wusste: dass die Frau unter uns unterwegs war, um zwei Hunde gegen zwei vermisste Babys auszutauschen.

»Sie meinen, sie wurden entführt?«, fragte er.

»Ja.«

Todd fragte: »Sind die Hunde wertvoll, wie Lösegeld?«

»Nicht wirklich. Der Welpe ist ganz prima, aber der ältere Hund ist ein Quälgeist.«

Plötzlich kam mir der Gedanke, dass wir im Begriff standen, Chesters Welpen wegzugeben. Und das, nachdem wir Chester eben erst gerettet hatten. Das arme Kind war schon traumatisiert genug. Wie lange würde es dauern, bis er darauf bestand, Prince Harry zu sehen? Wie konnte ich es rechtfertigen, seinen Hund zu opfern?

Ich ging davon aus, dass Jenx einen Plan zur Rettung der Hunde nach der Rettung der Babys parat hatte. Was aber, wenn nicht? Oder wenn ihr Plan zur Rettung der Hunde missglückte? Würde Chester uns das verzeihen? Oder Prince Harry? Dass Abra es uns nicht verzeihen würde, wusste ich. Sofern irgendwas schiefging, würde die Afghanenhündin mich den Rest meiner Tage heimsuchen.

Das Gebiet, das wir jetzt überflogen, kannte ich nicht. Es war immer noch von Bäumen bestanden und hügelig. Deely blieb auf der sich windenden, ansonsten menschenleeren Versorgungsstraße.

»Hier wohnt keiner«, bemerkte Todd.

Ich wollte ihm schon zustimmen, als ich ein kleines Gebäude mit Spitzdach entdeckte, das direkt vor Deely zwischen die Bäume gebettet war. »Bis auf da drüben«, sagte ich und zeigte darauf.

»Das ist nur eine Jagdhütte«, sagte Todd. »Eine Schutzhütte. Die ist um diese Jahreszeit verlassen.«

Aber das war sie nicht. Eine Rauchfahne wand sich aus dem Kamin. Und das war nicht das einzige Anzeichen dafür, dass sie bewohnt war. Neben der Hütte standen ein paar Nadelbäume. Durch die dunkelgrünen Äste leuchtete etwas Weißes. Es hatte die Größe und die Form eines Wagens. Ein weißer Jaguar? Ich hatte den Gedanken noch gar nicht zu Ende gedacht, als Deely von der Versorgungsstraße abbog und sich im Zickzack zwischen den Bäumen hindurch diagonal auf die Hütte zubewegte.

Todd meldete sich: »Ich stelle Ihnen Ihre Polizeichefin durch.«

»Wie geht es Avery?«, fragte ich Jenx.

»Etwas besser. Man hat ihr ein Beruhigungsmittel gegeben. Peg Goh bleibt bei ihr, bis Sie zurückkommen.«

»Danke.«

»Mir brauchen Sie nicht zu danken. Peg ist eine Heilige. Können Sie Deely sehen?«

Ich berichtete Jenx, was die Küstenwache/Kinderfrau dort unten machte.

»Offenbar hat sie ihre Landmarke gefunden«, erwiderte Jenx. »Ihre Anweisung lautete, links von der Versorgungsstraße abzubiegen, sobald sie einen gesplitterten Baum erreichte. Können Sie sehen, wohin sie fährt?«

Ich berichtete Jenx von der noch immer vor Deely liegenden Hütte und dem Jaguar, der womöglich dort unten stand.

»So wie sich das entwickelt, werde ich von Ihnen eine Panoramaübersicht benötigen«, sagte Jenx. Sofort zog Todd den Hubschrauber nach oben und ging auf Distanz zum Schauplatz möglicher Ereignisse.

»Warten Sie«, sagte ich. »Ich sehe noch etwas!«

Diese Ankündigung bedauerte ich sofort, denn das »noch etwas«, das mir ins Auge fiel, war Roy Vickers. Eigentlich war es Jebs Van Wagon, den ich abseits der Versorgungsstraße nördlich von uns geparkt sah. Obwohl ich mich in der Luft befand und das Auto unter Bäumen stand, war ich mir sicher, dass kein anderes Fahrzeug, das noch auf den Straßen von Lanagan County fuhr, diese Rostfarbe aufwies.

»Was sehen Sie denn?«, wollte Jenx wissen.

»Äh – nichts. Tut mir leid. Ein Irrtum.«

»Ich habe Vestige zusammen mit Deely verlassen«, sagte Jenx. »Die Jungs von der Bundespolizei sind direkt hinter mir. Wir fahren jedoch in Autos, nicht in Schneemobilen, und sind deshalb mindestens noch acht Minuten entfernt. Auch die Fibbies werden vermutlich hinkommen.«

»Smith und Jones?«

»Ja. Sie halten es einfach nicht aus, in voller Montur keine Aufgabe zu haben.«

Unten wurde Deely Smarr langsamer. Offenbar hatte sie die Hütte gesichtet.

»Dann ist sonst also keiner zu sehen?«, fragte Jenx.

»Kein Anzeichen für sonst jemanden«, log ich.

Jenx erinnerte Todd daran, die Funkfrequenz für ihre Anrufe freizuhalten. Dann schaltete sie ihre Sirene ein und beendete das Gespräch.

Roy Vickers näherte sich der Hütte zu Fuß. Er befand sich noch immer viel zu weit weg zwischen den Bäumen, als dass Deely – oder der Bewohner der Hütte – ihn hätten sehen können. Aber für uns in der Luft war er deutlich zu erkennen.

»Hey! Da unten ist ein Typ! Das müssen wir Jenx erzählen.« Mein Pilot griff nach dem Funkschalter. Ich umklammerte seine Hand mit meiner.

»Das ist etwas kompliziert, Todd.«

Während des langen Augenblicks, den er mich anstarrte, rechnete ich damit, dass Mr. Was-würde-Jesus-tun meine Hand beiseiteschieben würde. Er studierte meinen Gesichtsausdruck – oder das, was dahinter lag. Ich hätte nicht sagen können, was er dort fand, aber schließlich zog Todd seine Hand vom Schalter weg.

»Okay«, sagte er. »Sie sind der Boss.«

»Und Sie haben noch immer meine Kreditkarte ...«

Deely hatte ihr Schneemobil angehalten und ging nun zu Fuß mit Prince Harry im Hunderucksack und Abra an der Leine weiter.

»Sie winkt demjenigen zu, der drinnen ist«, bemerkte Todd.

Deelys beide Hände waren zum Gruß erhoben, vermutlich um zu zeigen, dass sie unbewaffnet war.

»Können wir einen besseren Blick darauf werfen?«, fragte ich.

»Nicht, wenn Jenx möchte, dass wir Abstand wahren«, erwiderte mein Pilot. Nach kurzem Zögern fügte er hinzu: »Machen wir immer noch, was Jenx möchte?«

Gute Frage, dachte ich und verfolgte, wie Deely und die Hunde in der Hütte verschwanden.

Was als Nächstes geschah, gab uns die Antwort. Der rüstige siebzigjährige Roy Vickers kam aus der waldigen Deckung im Laufschritt heraus. Er näherte sich der Hütte von Nordosten her, der Seite, die Deelys Zugang gegenüberlag, als sein Körper mitten in der Luft in Zuckungen ausbrach: Wir sahen, wie seine Arme sich seitwärts aufspannten und sein Kopf nach hinten oben gerissen wurde. Roy schien wie elektrisiert zu taumeln, ehe er im Schnee zusammenbrach, wo sich eine rote Lache um ihn bildete.

36

»Bringen Sie mich runter! Sofort!«, schrie ich Todd zu.

»Wohin?«, fragte er, wie ich fand, ziemlich dämlich.

»Einfach *runter*!«, brüllte ich. Weil ich mich vollkommen auf Roys zusammengesunkene Gestalt konzentrierte, war es mir kaum möglich, noch etwas anderes zu begreifen. Wie etwa die Tatsache, dass ein Hubschrauber zwar sehr zweckmäßig war, aber doch immer noch einen freien und ebenen Platz zum Landen brauchte.

»Gut, aber wir rufen Jenx an«, erklärte Todd ruhig. Als er mit dem Flugzeug auf die Versorgungsstraße runterging, verstellte uns eine Wand aus Bäumen den Blick auf das Drama.

Ich hatte Jenx' Stimme im Ohr. »Was zum Teufel geht da vor, Whiskey?«

»Roy Vickers ist gerade niedergeschossen worden«, platzte es aus mir heraus. »Er lief auf das Blockhaus zu, und jemand muss von drinnen auf ihn geschossen haben!«

Die entsetzliche Tragweite der ganzen Situation überwältigte mich. »O mein Gott, Jenx, die Babys sind da drinnen! Und Deely. Außerdem die Hunde!«

»Ich bin maximal noch vier Minuten weit entfernt, und Verstärkung ist direkt hinter mir«, sagte Jenx. »Keine Panik. Und unternehmen Sie nichts Unüberlegtes, womit man bei Ihnen ja immer rechnen muss.«

»Es sieht ganz danach aus, als wäre Roy schwer verletzt«, sagte ich. »Er verliert sehr viel Blut. Ich kann Erste Hilfe leisten, Jenx. Ich muss ihm helfen.«

»Damit Sie sich auch noch in Gefahr begeben, erschossen zu werden? Was habe ich gerade gesagt, von wegen unüberlegte Handlungen?«

»Vielleicht kann ich aber helfen – indem ich für eine Ablenkung sorge.« Das war Todd, der sich einschaltete. »Während Whiskey auf Roy zugeht, könnte ich über der Hütte schwirren. Die meisten Leute lassen von dem ab, was sie gerade tun, wenn sie über sich einen Hubschrauber hören. Es macht sie nervös.«

»Nervös genug, um noch mehr Menschen zu erschießen«, blaffte Jenx ihn an.

Ich sagte: »Wenn Sie nur noch vier Minuten von uns entfernt sind, werden Sie hier sein, bis ich bei Roy bin. Dann bin ich in jedem Fall in Deckung.«

»Seit wann kennen Sie sich denn in Erster Hilfe aus?«, fragte Jenx mich.

»Seit ... der Highschool.«

»Aha? Von wann ist Ihre letzte Zertifizierung?«

»Also bitte, Jenx«, stöhnte ich. »Ich weiß noch alles!«

»Ich habe ein Zertifikat in Erster Hilfe, in Herz-Lungen-Wiederbelebung und AED«, warf Todd ein. »Ich werde sie anleiten. Ich sorge dafür, dass sie keinen Schaden anrichtet – nicht einmal an sich selbst.«

Jenx verweigerte uns ihren Segen, aber sie gab auch nicht direkt den Befehl, im Hubschrauber zu bleiben. Sobald sie aufgelegt hatte, erkundigte ich mich bei Todd, wofür AED stand.

»Automatische externe Defibrillation. Sie *sind* nicht mehr auf dem neuesten Stand.« Er sprach schnell auf mich ein: »Wenn Roy eine Brustwunde hat, können wir nicht viel tun – außer einen Druckverband anlegen und dafür sorgen, dass er redet, sofern er noch bei Bewusstsein ist. Gut möglich, dass es ein glatter Durchschuss ist. Wenn ja, hat er Eintritts- und Austrittswunden. Das Wichtigste ist, ihn genau zu beobachten. Sorgen Sie dafür, dass nichts von dem, was Sie tun, ihm das Atmen erschwert. Wenn er eine saugende Brustwunde hat ...«

»O Gott, was ist das denn?«

»Egal«, sagte Todd. »Machen Sie einfach nichts Unüberlegtes. Und halten Sie Ihren Kopf gesenkt.«

Todd und ich stimmten unsere Uhren aufeinander ab. Diesmal dachte ich daran, den Rettungsgürtel abzulegen, ehe ich aus dem Hubschrauber stieg. Todd reagierte darauf mit erhobenem Daumen und zeigte mir dann die Richtung, in der ich gehen musste. Gut, dass er es tat. Ich war ganz verwirrt.

Die Hütte war zu weit weg, um sie deutlich durch die Bäume zu erkennen, aber da ich nun wusste, wohin ich meinen Blick richten musste, konnte ich sie trotzdem ausmachen. Mein Plan, wenn man es denn so nennen konnte, war der, der Versorgungsstraße zu folgen, bis ich die hintere Hausseite erreicht hatte. Dann würde ich mich zu Roy vorarbeiten. Wenn ich Glück hatte, gaben mir die Bäume genügend Deckung, bis ich nah dran war. Glücklicherweise trug ich meine Khakijacke und nicht meinen knallroten Parka. Eine höhere Modemacht hatte mir heute beigestanden.

Ich schaute auf meine Uhr. In weniger als zwei Minuten würde Todd wieder nach oben gehen, um seinen Beitrag zu leisten. Wenn wir es richtig aufeinander abstimmten, sollte das Dröhnen des Hubschraubers die ganze Aufmerksamkeit desjenigen auf sich ziehen, der sich in der Hütte befand, während ich Roy half.

Als ich die Straße hinter mir gelassen hatte und mir meinen Weg zwischen den schneebedeckten Bäumen hindurch bahnte, bekam ich es ein wenig mit der Angst. Das ging alles viel langsamer, als ich gedacht hatte, nicht nur, weil das Gelände uneben und rutschig war, sondern auch, weil ich direkt auf das schräg einfallende Spätnachmittagslicht zuging. Immer wieder blendete mich die tief stehende Sonne, deren gleißendes Licht durch das Gitterwerk der nackten Stämme fiel und vom Schnee reflektiert wurde. Roy konnte ich noch immer nicht sehen.

Dann entdeckte ich sein Blut: einen großen roten Fleck im Schnee, etwa drei Meter vor mir. Aber keinen Roy. Blinzelnd konnte ich rote Tropfen erkennen, eine Spur, die in den Wald hineinführte eine dunklere, beängstigendere Version der Mandarinenschalen, die Deely in Vestige im Schnee zurückgelassen hatte. Also konnte Roy gehen. Und wir würden Deckung haben.

Ich hörte das Heulen des Hubschraubers.

»Roy!«, schrie ich. »Roy Vickers! Hier ist Whiskey Mattimoe! Ich weiß, dass Sie verletzt sind. Lassen Sie mich Ihnen helfen!«

In der Nähe krachte es, das Geräusch von in sich zusammenfallendem Schnee, Eis und geknickten Zweigen. Ich zuckte zusammen. Roy ragte vor mir auf, die hellgelbe Sonne bildete einen Halo um seinen Kopf und seine Schultern. Er schien ein Stück Baum zu tragen. Es dauerte einen Moment, bis ich die Szene erfasst hatte: Ein mit Schnee beladener Zweig hing wie ein Scherzartikel um Roys Hals.

»Whiskey«, stöhnte er und brach vor meinen Füßen zusammen.

Ich ließ mich neben ihm auf die Knie fallen. Ein schartiges, einen Meter langes Stück von einem Baum hatte sich an ihm verfangen. Mit beiden Händen löste ich es vorsichtig ab. Roy stöhnte. Seine rechte Wange lag im Schnee, das einzige Auge, das ich sehen konnte, war fest geschlossen.

»Wie schlimm ist Ihre Verletzung?«, fragte ich ihn.

Ein neuer Strom von Rot ergoss sich in das Weiß neben meinen Knien. Ich schauderte. Roy hob seinen Kopf so hoch, dass er sprechen konnte.

»Der obere Brustkorb, neben der Schulter. Es hat mich erwischt.« Ich ging davon aus, dass er nicht den Baum meinte.

Inzwischen war der Motor des Hubschraubers ohrenbetäubend. Trotz der Bäume und des Gegenlichts konnte ich das Fahrzeug über der Hütte schweben sehen. Todd würde inzwischen bemerkt haben, dass Roy sich fortbewegt hatte, aber ich wusste nicht, ob er uns sehen konnte.

Jenx und die Unterstützung müssten in spätestens einer Minute eintreffen. Ich hatte noch nichts unternommen, um Roys Blutung zu stillen, und wusste auch nicht, ob ich es konnte. Oder sollte.

Unter Löwengebrüll – dem Geräusch eines wilden Tieres, das sich für den Kampf rüstet – brachte Roy sich in eine Sitzposition. Seine blutunterlaufenen Augen sahen direkt in meine.

»Ich bin okay«, keuchte er. »Ich schaff das.«

Was wollte er schaffen? Das Blut auf Roys Jacke – auf der

Jacke, die ironischerweise einmal Leo Mattimoe gehört hatte – legte nahe, dass er nicht in der Verfassung war, irgendetwas zu schaffen.

»Ich werde jetzt da reingehen«, grunzte Roy und nahm alle Kraft zusammen, um sich aufzurichten.

»Nein, das tun Sie nicht ...«, begann ich, als eine andere Stimme das Gestotter des Hubschraubers übertönte.

Eine Frau schrie. Roy und ich drehten uns gleichzeitig in Richtung Hütte. Anfangs konnte ich ihre Worte gar nicht verstehen. Dann wurde mir klar, dass sie einen Refrain im Singsang wiederholte, eine kindische Spöttelei:

»Roy-Boy, o Roy-Boy! Komm raus, komm raus, wo immer du bist! Versuch, Leo Mattimoes Familie zu retten, wie du deine eigene nie gerettet hast!«

37

In meiner Hockstellung auf dem schneebedeckten Boden neben Roy versuchte ich durchs Gestrüpp hindurch zu erkennen, wem die Stimme gehörte. Aber die Hütte wurde von den Bäumen verdeckt.

»Wer ist das?«, fragte ich Roy mit lauter Stimme, um das Schrapp-schrapp des Hubschraubers zu übertönen.

Der verwundete Ex-Häftling saß noch immer im Schnee. Alle Kraft, die er zusammengenommen hatte, war jetzt verbraucht. Er schloss seine Augen und sagte: »Das ... das ist meine Vergangenheit, die da spricht.«

»Ist Ihre Ex-Frau in der Hütte?«, fragte ich ihn verwundert.

»Nein. Ich verlor meine Frau, weil ich mich mit dieser Frau eingelassen habe.«

Roy beugte sich vor und stützte sich dabei mit seinem unverletzten Arm ab.

»Wie fühlen Sie sich?«, fragte ich ihn besorgt.

»Mir ist ein wenig schwindelig.«

Roy fuhr sich mit der Zunge über seine aufgesprungenen Lippen, und mir fiel wieder ein, was ich in meinem lange zurückliegenden Erste Hilfe-Kurs gelernt hatte: Blutverlust macht einen durstig. Wie viel Blut Roy wohl verloren hatte? Wie lange würde es noch dauern, bis Jenx und die Sanitäter uns fanden?

»Wer ist diese Frau?«, sagte ich im verzweifelten Bemühen, Roy wach zu halten.

»Ich bin müde«, stöhnte er. Seine Augenlider flatterten, und er sackte nach vorn wie im Gebet.

»Wer ist die Frau, Roy?« Ich ließ nicht locker.

»Baby«, war seine Antwort. Oder das, was ich zu hören glaubte. Ich wiederholte es für ihn als Frage.

Mit einem schwachen Kopfschütteln korrigierte er: »Bibi.«

»Bibi?« Der weiße Jaguar. »Sie meinen Mrs. Gribble der Dritte?«

Roy sagte flüsternd: »Damals war sie Bibi Bosworth. Wir waren beide mit anderen Partnern verheiratet ... als sie das Kind von mir bekam.«

»Sie und Mrs. Gribble – ich meine Bibi – hatten ein Kind zusammen?« Plötzlich fiel mir wieder ein, wie blass Roy geworden war, als er meiner potenziellen Klientin im Eingangsbereich von Mattimoe Realty begegnet war.

Roy nickte ganz schwach und ließ den Kopf hängen.

»Ich wusste es nicht ... habe erst zwanzig Jahre später davon erfahren. Sie schickte eine Kopie der Geburtsurkunde – ›Mutter: Bibi Bosworth; Vater: Unbekannt‹ – und Fotos von einem Mädchen von der Kindheit bis in die Teenagerjahre. Die Daten stimmten, und das Kind sah mir auch ein wenig ähnlich.«

»Was wollte Bibi denn?«, fragte ich. »Nachträgliche Unterstützung für das Kind?«

»Emotionale Erpressung. Sie sagte, sie brauche kein Geld, nur Genugtuung. Wenn ich meiner Frau nicht erzählte, dass ich eine erwachsene Tochter hatte, würde Bibi es ihr an meiner statt erzählen.«

»Was sollte das denn?«, wunderte ich mich. »Nach all den Jahren?«

Roy zögerte. »Ich denke, sie hat mich treffen wollen, weil es ihr selbst schlecht ging. Ihr eigenes Leben war so jämmerlich geworden, dass sie allen wehtun wollte, die ihr jemals ein Leid zugefügt hatten.«

»Und haben Sie Ihrer Frau erzählt, dass Sie Vater waren?«

»Nein. Ich war damals ständig betrunken und hätte gar nicht gewusst, wo ich anfangen sollte. Also erzählte Bibi es ihr. Und meine Frau verließ mich. Ein paar Tage danach stach ich Leo Mattimoe nieder.«

Ich presste mir die Handflächen an die Ohren, hauptsächlich, um den Lärm des Hubschraubers zu unterdrücken, aber auch, um den Schmerz in Roys Worten nicht an mich ranzulassen. Seine Lippen bewegten sich wieder, aber ich konnte nicht verstehen, was er sagte. Dann veränderte sich die Geräuschkulisse. Todds Hubschrauber entfernte sich plötzlich und nahm sein Dröhnen mit. Eine Waffe wurde erschreckend nah abgefeuert. Eine Frau kreischte, und ich riss Roy mit, so dass er flach auf dem Boden zu liegen kam. Jemand brach durchs Unterholz.

»Polizei von Magnet Springs!«, schrie Jenx.

Ich setzte mich auf, Roy blieb liegen. Er stöhnte, aber ich konnte ihn nicht aufrichten.

»Whiskey Mattimoe!«, schrie ich. »Hier drüben!«

Jenx bahnte sich ihren Weg zwischen den Bäumen hindurch und kam, so schnell das mit einem Gewehr in der einen und einem Walkie-Talkie in der anderen Hand möglich war, auf mich zu.

»Roy hat eine Kugel im oberen Brustkorb«, rief ich ihr zu.

»Die Sanitäter sind schon unterwegs«, erwiderte Jenx. »Alles in Ordnung mit Ihnen?«

»Ja – bis auf rasendes Herzklopfen! Wer ist denn gerade erschossen worden?«

»Keiner, dank meiner ausgezeichneten Schießkünste.«

Als Jenx mich erreicht hatte, sagte sie: »Ich habe Mrs. Gribble das Leben gerettet. Sie wollte gerade die Waffe gegen sich richten, aber ich habe sie ihr aus den Händen geschossen.«

»Wo sind Leah und Leo?«

»Die Mannschaft des ersten Ambulanzwagens untersucht sie gerade. Halten Sie sich die Ohren zu!«

Die Polizeichefin schaute nach oben, hob dann ihr Gewehr und schoss in die Luft.

»Damit der zweite Sanitätertrupp uns finden kann«, erklärte sie. »Sie mussten die Wagen auf der Versorgungsstraße stehen lassen und zu Fuß weitergehen.«

Jenx kniete sich neben den verwundeten Ex-Sträfling. Sie fühlte seinen Puls und sprach ihn an: »Roy Vickers, hören Sie mich?«

Er regte sich schwach.

»Sie machen das gut, Roy. Halten Sie durch.«

»Geht es Leah und Leo denn gut?«, fragte ich.

»Sie sind wohlauf«, bestätigte Jenx. »Ebenso Deely und die Hunde. Als Mrs. Gribble nach Roy rief, brachte Deely alle auf der anderen Seite des Hauses ins Freie.«

»Wenn das keine Schadensbekämpfung ist ...«, seufzte ich.

»Dieser Frau können Sie gar nicht genug zahlen.«

Als die Sanitäter auftauchten, wusste ich, dass meine Arbeit hier getan war. Ich drückte Roy die Hand, und er erwiderte den Händedruck, obwohl er seine Augen nicht öffnete.

»Sie haben geholfen, Leos Familie zu retten«, flüsterte ich ihm zu. »Wir werden später über Ihre Familie reden.«

Steif von der Kälte und gespannt, Leah und Leo zu sehen, machte ich mich auf den Rückweg zur Versorgungsstraße. Der Ort, der bei unserer Landung ganz verlassen gewesen war, hatte sich jetzt in eine Kommandozentrale verwandelt. Kein Wunder, dass der Hubschrauber sich so laut angehört hatte: Es gab zwei davon.

Todd half Deely, in seinen einzusteigen. Sie trug Leah und Leo in ihren Armen und Prince Harry im Rucksack. Neben dem zweiten Hubschrauber – eine strahlend weiße Maschine, beschriftet mit den Buchstaben FBI – standen die identisch gekleideten Agenten Smith und Jones. Sie schauten zu, wie ein Officer der Bundespolizei von Michigan meine Klientin in Handschellen zu ihnen führte. Eine nicht angeleinte Abra stürzte sich drohend auf Mrs. Gribble der Dritte, bis es den Officers Swancott und Roscoe gelang, sie wegzulocken. Mrs. Gribble trug ihren Chinchillamantel nicht mehr.

Aus dem ersten Hubschrauber winkten Todd und Deely mir zu. Ich eilte zu ihnen.

»Ich bringe Ihr Kindermädchen und Ihre Familie nach

Hause!«, übertönte Todd den Lärm der beiden Hubschraubermotoren.

»Lassen Sie mich die Babys sehen«, sagte ich und stieg an Bord. Deely reichte mir Leo und dann Leah. Beide sahen so makellos aus wie vor ihrem Missgeschick.

Ich dankte Deely für ihre Dienste und sah mich nach Abra um.

»Wo ist denn mein Hund hin?«, fragte ich. Verdammt. Wieder hatte ich das Possessivpronomen verwendet.

»Deputy Abra geht Officer Roscoe zur Hand, Ma'am.« Deely zeigte zur Hütte. Roscoe und sein menschlicher Partner Brady schienen das Gelände um die Hütte zu untersuchen. Abra schien Roscoes Genitalien zu untersuchen.

»Das nennen Sie ›zur Hand gehen‹?«, fragte ich.

Deely zuckte die Achseln. »Das hält ihn in Schwung.«

Während ich angewidert zusah, verfiel Abra in ihre inzwischen vertraute »Ich seh was«-Pose. Es erinnerte mich ein wenig an eine Katze, die sich an einen Vogel heranschleicht: Den würdevollen Kopf aufrecht, den glänzenden Leib angespannt, richtete Abra ihren Blick auf etwas in der Ferne. Dann setzte sie diesem Etwas mit der ihr eigenen Geschmeidigkeit nach.

Roscoe bellte, was wohl heißen sollte: »He, komm zurück und mach weiter mit dem, was so gut getan hat.«

Aber sie war weg.

»Keine Sorge, Ma'am«, beruhigte Deely mich. »Vertrauen Sie auf ›Das System‹. Mein Papa wusste, was er tat.«

Ich verstand, worauf sie anspielte. Sie meinte ihren Vater und Tiertrainer Guru Arthur Smarr, von dem Dr. David mir erzählt hatte. Aber der Erfinder von ›Das System‹ kannte Abra, die Afghanenhündin, nicht. Sie war bereits im Wald verschwunden.

»Sie fliegen voraus«, sagte ich zu Deely. »Ich finde schon einen anderen Weg nach Hause – nachdem ich Abra gefunden habe.«

Todd schrie ich zu: »Danke für alles. Überlassen Sie das, was von meiner Kreditkarte übrig bleibt, Deely. Doch ich denke, es wird vorher aufgebraucht sein.«

Er grinste.

Ich machte Platz für den Start des Hubschraubers und winkte, als er in den verblassenden Himmel aufstieg. Der Motor des FBI-Hubschraubers dröhnte noch immer am Boden. Ich konnte kaum die Sirene des Krankenwagens hören, als dieser losfuhr.

Jenx stand neben mir und fischte ein paar Notizen aus ihrer Mappe. »Die Sanitäter gehen davon aus, dass Roy es schaffen wird. Und Chester geht es übrigens gut. Cassina holt ihn nach Hause ins Schloss, sobald er entlassen wird.«

»Ich verstehe nicht, warum Mrs. Gribble sich ausgerechnet hier verschanzt hat«, sagte ich und deutete auf das schäbige Gebäude vor uns. Nachdem sich die Aufregung jetzt gelegt hatte, konnte ich sehen, wie primitiv der Bau war – nicht viel mehr als eine kleine zweckmäßige Jagdhütte mit einem Kaminofen, um mit Holz zu heizen. Nicht das angemessene Ambiente für eine Frau, die Jaguars, Pelze und mehrere tolle Häuser besaß – und behauptete, eine Immobilie im siebenstelligen Bereich erwerben zu wollen.

»Ach nein«, sagte Jenx. Ich folgte ihrem Blick. Das blonde Haupt hocherhoben, kam Abra auf uns zugetrottet, gefolgt von Brady und Roscoe. Normalerweise wäre dies eine gute Sache gewesen. Nur, dass sie etwas Groteskes in ihrem Maul trug. Und das war diesmal nichts so Alltägliches wie eine Handtasche.

»Sie nehmen das an«, sagte ich zu Jenx. »Ich rühre das

nicht an, egal, was es ist.« Ich konnte nicht einmal hinsehen.

Die Polizeichefin zog ein paar Latexhandschuhe aus ihrer Hüfttasche und streifte sie über, während Abra geduldig wartete und mit ihrem Schwanz auf den Boden klopfte.

Ich schloss meine Augen. Jenx rief aus: »Na, das ist aber interessant.«

»›Interessant‹ wie ... eine verwesende tote Ratte?«, fragte ich.

»Es ist keine Ratte«, beruhigte Brady mich. »Aber es hat mit den Dingen zu tun, die wir in Iberville gefunden haben.«

»Wieder ein schwarzer Stetson?«, sagte ich und traute mich noch immer nicht hinzusehen.

»Wollen Sie Frage-Antwort spielen oder versuchen, sich wie ein erwachsener Deputy zu benehmen?«, ermahnte mich Jenx.

Ich öffnete ein Auge. Dann das andere. Jenx hielt Gil Gruens Kopf in der Hand. Das heißt, den Kopf einer seiner lebensgroßen Pappfiguren. Offenbar hatte diesen jemand brutal abgetrennt und in den Schnee und Schmutz eines harten Michigan-Winters geworfen. Man hatte sogar darauf herumgetrampelt. Ein schmutziger Stiefelabdruck saß quer auf Gils grinsendem Gesicht.

»Gute Arbeit, Deputy!«, meinte Jenx. Und sie sprach nicht mit mir.

38

Abras Entdeckung vom Kopf einer lebensgroßen Gil Gruen-Pappfigur hatte womöglich zu bedeuten, dass die Hütte eins von Gils Objekten war. Um dies herauszufinden, rief ich Tina Breen, meine Büroleiterin, an. Leider ging aber nur ein Kleinkind an ihr Telefon, vermutlich Winston oder Neville, von denen mir keiner weiterhelfen konnte. Also rief ich Odette an. Sie kannte, wenn schon nicht die Fakten, dann zumindest jedes Gerücht, das über Immobilien im Lanagan County in Umlauf war.

»Sie sprechen von der Hütte in dem Gebiet nördlich des Landschaftsschutzgebietes?«, wollte sie wissen.

»Ja«, sagte ich. »Den Namen der Versorgungsstraße kenne ich nicht.«

»Die Hütte gehörte Gil«, sagte Odette. Es hörte sich an, als würde sie etwas kauen. »Er hat sich doch immer mit seinen Jagdwochenenden auf Rotwild gebrüstet. Haben Sie das vergessen?«

»Ich hoffe es.« Jahrelang bemühte ich mich schon darum zu vergessen, was Gil Gruen von sich gab. »Was essen Sie gerade?«

»Büffel vom Rost. Köstlich.«

Ich hatte noch etwas anderes vergessen: Die Jamboree-Tradition, vor Entzünden des Freudenfeuers einen Büffel am Rost zu braten.

»Heben Sie mir eine Sehne auf«, sagte ich. »Aber wieder zurück zu Gil ... hat er diese Hütte auch vermietet?«

»Das weiß ich nicht.« Odette würgte geräuschvoll. »Entschuldigung. War ein Stück Knorpel. Warten Sie – ich erinnere mich, dass Walter St. Mary erzählte, Gil habe damit vor

Mr. Gribble geprahlt, kurz bevor sie in der Bar von Mother Tucker's ihren großen Streit hatten. Gil erzählte ihm, sie sei sehr abgelegen. Ein guter Ort für ein Stelldichein. Als Mr. Gribble sagte, er wolle sie mieten, lachte Gil ihm ins Gesicht und sagte: »Wieder zu spät, Kumpel. Da ist Ihnen schon jemand zuvorgekommen.«

»Ich glaube, ich weiß, wer«, sagte ich. Es war mir höchst unangenehm, meiner besten Maklerin zu berichten, dass Mrs. Gribble der Dritte mit unserem Konkurrenten Geschäfte gemacht hatte und nunmehr nicht mehr in der Lage war, etwas zu kaufen. Aber je eher Odette es wusste, umso eher konnte sie ihr beachtliches Verkaufstalent anderswo einsetzen.

»Eine schwierige Kundin«, meinte Odette, nachdem ich es ihr erzählt hatte. Und ich sah dabei regelrecht, wie sie indigniert ihr ebenholzfarbenes Haupt schüttelte. »Unmöglich, sie zufriedenzustellen. Und zurückgerufen hat sie auch nie.«

»Vermutlich war sie viel zu sehr mit der Entführung von Kindern beschäftigt.« Ich gab an Odette die wenigen Informationen weiter, die mir bekannt waren. Dass Mrs. Gribble Chester weggelockt und später Leah und Leo gestohlen hatte.

»Wieso um Himmels willen sollte sie so etwas tun?«, wunderte sich Odette. »Lösegeld braucht sie doch keins. Und keine Frau, die ihre Sinne beisammen hat, nimmt anderen Leuten die Babys weg!«

Ich vermutete, dass Mrs. Gribbles Motivation irgendwie mit ihrem eigenen unehelichen Kind zu tun hatte, wenn mir auch noch nicht klar war, inwiefern. So gern ich auch saftigen Klatsch verbreitete, behielt ich in diesem Fall für mich, was Roy mir über Bibi und sein Kind erzählt hatte. Diese Geschichte war so gut, dass ich sie lieber persönlich als am Telefon erzählen wollte. Außerdem fehlten mir noch ein paar Fakten.

Meiner Vermutung nach hatten beide oder einer der Gribbles Chester in Gils Hütte gebracht, nachdem sie Bear Claw verlassen hatten. Aber die Verbindung zum Kasino war mir nach wie vor unklar, oder wie Mindy, die Getränkekellnerin, tot auf meinem Grundstück, bekleidet mit Mrs. Gribbles Pelzmantel, hatte enden können. Wer stach Thomas McKondin nieder, den Pflegerimitator und Perversen? Und wo zum Teufel steckte Mr. Gribble?

Odette wollte wissen, ob ich vorhatte, dem jährlichen Freudenfeuer beizuwohnen, das in vier Stunden entzündet werden sollte. Bis jetzt hatte ich noch keins verpasst, und ich wollte auch an diesem Abend nicht mit der Tradition brechen. Außerdem konnte mein Lieblingstourist Nash Grant zugegen sein. Und was gab es Romantischeres als ein Freudenfeuer?

Als Agent Smith in meinen Gesichtskreis trat, beendete ich das Gespräch mit Odette.

»Deputy Mattimoe«, sprach er mich an und neigte seinen Kopf dabei zu einer sicherlich spöttisch gemeinten Verbeugung. »Gute Arbeit bei der Rettung von Chester Casanova.«

Da ich gerade erst erfahren hatte, dass Chester auch einen Nachnamen hatte, erschütterte es mich, diesen mit seinem Vornamen gepaart zu hören.

»Danke«, sagte ich. »Ich bin erleichtert, dass er wohlauf ist. Wie stehen die Chancen, Mr. Gribble den Dritten zu finden?«

»Es wird nach ihm gefahndet. Und wir haben seine Frau in Gewahrsam. Sie wird uns vermutlich irgendwann erzählen, wo er sich aufhält.«

Ich schielte auf den FBI-Hubschrauber, wo Agent Jones Mrs. Gribble in Handschellen an Bord brachte.

»Kann ich mit ihr reden? Nur einen Moment? Schließlich hat sie meine Stiefenkel entführt.«

Ich hielt mir die Hand vor den Mund. Hatte ich, dreiunddreißig Jahre alt, tatsächlich das E-Wort benutzt?

»Warum nicht?«, erwiderte Agent Smith fröhlich. »Wenn sie mit Ihnen reden will. Aber machen Sie flott. Wir bringen sie gleich nach Lansing.«

Agent Jones hatte Mrs. Gribble bereits einen Kopfhörer aufgesetzt. Er lieh mir seinen, damit ich mich trotz Hubschrauberlärm mit ihr unterhalten konnte.

»Erinnern Sie sich an mich?«, sagte ich, als ich gegenüber meiner Klientin Platz nahm und ihr meinen kühlsten Blick zuwarf.

»Natürlich. Sie sind eine glückliche Frau«, erwiderte Mrs. Gribble.

Das brachte mich durcheinander. »Was meinen Sie mit glücklich?«

»Die Menschen sind gern bei Ihnen. Gute Menschen. Wie schaffen Sie das, Mrs. Mattimoe?«

»Vermutlich suche ich mir die richtigen Freunde und manchmal auch den richtigen Ehemann ... Moment mal«, unterbrach ich mich. »Ich stelle hier die Fragen.«

»Nur zu.« Mrs. Gribble machte es sich auf der Sitzbank des Hubschraubers so bequem wie möglich.

»Warum haben Sie Chester entführt?«, wollte ich wissen.

»Das habe ich nicht. Man kann nichts stehlen, was einem von Rechts wegen zusteht. Chester gehört zu mir, aber er ist mir sein ganzes Leben lang vorenthalten worden. So wie seine Mutter vor ihm.«

»Seine Mutter? Sie sagen also, Sie hätten Rechte sowohl auf Chester als auch auf Cassina?«

»Natürlich«, sagte Mrs. Gribble gelassen. »Cassina ist meine Tochter. Chester ist mein Enkel.«

»Aber Ihre Schwester, Evelyn Huffenbach, ist doch Cassinas Mutter.«

»Nur vor dem Gesetz.«

»Sie meinen ... Sie und Roy Vickers sind ... *Cassinas* leibliche Eltern?«

»Ah. Dann hat er Ihnen also erzählt, dass wir ein Baby zusammen hatten.« Mrs. Gribbles dunkle Augen wurden schmal. »Ich habe Roy nur eine Nacht gekannt. Ich habe in Vegas gearbeitet, in dem Klub, den mein Mann geleitet hat – nicht Mr. Gribble, sondern mein erster Ehemann. Der gestorben ist und mich reich gemacht hat. Es war eine schlimme Ehe.«

»Warum war Roy Vickers in Vegas?«, fragte ich.

»Ob Sie es glauben oder nicht, Roy war mit seiner Frau im Urlaub dort. Sie hatten Streit – wegen seiner Trinkerei, wie üblich, und darüber, wie er mit Geld umging. Roy kam ins Emerald Dream, wo ich getanzt habe. Okay, wo ich gestrippt habe. Mein Mann war mit seiner Freundin *du jour* aus. Roy hat mir einen Drink nach dem anderen ausgegeben. Schließlich wurde es spät, also haben wir uns ein Zimmer genommen. Neun Monate später wurde Cassina geboren.«

»Hat Ihr Mann sie denn für sein Kind gehalten?«

»Als man mir meine Schwangerschaft ansah, versuchte ich ihm einzureden, dass es seins war. Er wusste, dass es nicht sein konnte. Wir waren schon eine ganze Weile nicht mehr zusammen gewesen. Er hat sich nicht von mir scheiden lassen, aber er hat verlangt, dass ich sie weggab. Meine

Schwester und ihr Ehemann haben sich bereit erklärt, sie zu adoptieren. Evelyn konnte keine Kinder bekommen.«

»Sie haben Ihrer Tochter den Namen Mayzelle gegeben«, warf ich ein.

»Mitnichten! Ich habe sie Cassina genannt – eine Verneigung vor ihrem Las-Vegas-Kasino-Erbe. Evelyn hat ihn geändert.«

»Standen Sie Cassina während ihres Aufwachsens nahe?«

»Evelyn kontrollierte alles. Ich durfte nur aus der Ferne Cassinas ›Tante‹ sein. Mehr nicht.« Ein unheimlicher Glanz funkelte in Mrs. Gribbles Augen. »Meine Tochter wusste, dass sie nicht zu Evelyn gehörte. Sie war noch ganz klein, da hat sie schon angefangen wegzulaufen. Mit dreizehn wurde Cassina unter Amtsvormundschaft gestellt und kam in eine Pflegefamilie. Als sie achtzehn wurde, habe ich sie gefunden und ihr erzählt, wer sie wirklich war.«

»Hat sie Ihnen geglaubt?«, fragte ich.

»Was glauben Sie denn?«, erwiderte Mrs. Gribble gehässig. »Sie hat ihren Geburtsnamen angenommen und sich als Sängerin neu erfunden.«

»Dann weiß Cassina also, dass Sie und Roy Vickers ihre Eltern sind«, mutmaßte ich.

»Roys Namen habe ich ihr nicht gesagt«, fügte Mrs. Gribble rasch hinzu. »Und ich habe Roy auch nie erzählt, dass die berühmte Cassina seine Tochter ist. Warum sollte ich? Er hat keine Verantwortung dafür übernommen, ihr das Leben geschenkt zu haben.«

»Aber er hat die Verantwortung übernommen, uns dabei zu helfen, ihren Sohn zu finden«, sagte ich. »Warum haben Sie Chester mitgenommen?«

»Liegt das nicht auf der Hand? Um zu sehen, wie es ist, einen Enkelsohn zu haben. Deshalb habe ich auch Ihre Enkelkinder weggenommen. Ich durfte Chester nie im Arm halten, als er noch ein Baby war, aber jetzt weiß ich wenigstens, wie es gewesen wäre. Wie gesagt, Sie können sich glücklich schätzen, Mrs. Mattimoe.«

Agent Jones mischte sich ein und forderte seinen Kopfhörer zurück. »Wir müssen los!«, schrie er.

»Nur noch eine Frage!« Ich wandte mich an Mrs. Gribble. »Warum die Hunde? Warum haben Sie darauf bestanden, dass Avery Abra und Prince Harry herbrachte?«

Mrs. Gribble sah mich ungehalten an. »Ihr verdammter Hund konnte mich identifizieren. Ich habe Abras Geschichte in den Chicagoer Zeitungen verfolgt, wissen Sie noch? Ich weiß, dass sie eine Hündin ist, die Verbrechen aufklären kann.«

Ich übergab meine Kopfhörer an Agent Jones und ließ mich von Agent Smith vom Hubschrauber wegführen. Es war inzwischen schon fast dunkel, und ich brauchte eine Mitfahrgelegenheit nach Hause. Zum Glück waren Brady und Roscoe zusammen mit Abra noch geblieben, also stiegen wir alle zusammen in den Streifenwagen. Ich starrte die Afghanenhündin an, die sittsam neben mir auf dem Rücksitz saß. War sie möglicherweise wirklich ein *guter* Deputy? Ich nahm meine eingedellte Blechmarke ab und steckte sie an ihr mit Strasssteinen besetztes Halsband. Abra warf mir ein selbstzufriedenes Grinsen zu.

39

Im Streifenwagen erzählte Brady mir auf dem Rückweg nach Vestige gute Neuigkeiten: Chester hatte der Bundespolizei von Michigan genügend Informationen über Mr. Gribble gegeben, so dass sie nun eine heiße Spur zum nächsten von Indianern betriebenen Kasino an der Küste verfolgten.

Oscar Manfred Gribble der Dritte litt offensichtlich ernsthaft an Spielsucht, wenngleich er selbst es, in Chesters Worten, sein »teures Hobby« nannte. Mr. Gribble genoss sein Laster, solange seine ältere und wohlhabendere Ehefrau es sich leisten konnte. Wie es auf seinem Nummernschild zu lesen stand: ILGLSP.

Chester lernte die Gribbles während seiner erzwungenen gemeinsamen Zeit mit Bibi recht gut kennen. Wie sie selbst mir erzählt hatte, hatte sie eine ganz ordentliche Summe von ihrem ersten Ehemann geerbt, Klubbesitzer aus Las Vegas und Frauenheld. Er starb an einer Schussverletzung, die ihm ein eifersüchtiger Freund zugefügt hatte, und hinterließ Bibi mehr Geld, als sie sich je hatte träumen lassen. Sie verkaufte den Klub und begann zu investieren. Einige Jahre später lernte sie einen charmanten Spieler kennen, der sein Familienerbe durchbrachte. Sie verliebte sich in ihn und wurde Mrs. Oscar Manfred Gribble der Dritte. Manny, wie sie ihn nannte, hatte den Namen und die gesellschaftlichen Verbindungen, auf die es ihr ankam, vorausgesetzt, sie sorgte für das Bargeld. Doch leider machte Manny sich daran, ihr Finanzpolster genauso zu Grunde zu richten, wie er das mit seinem getan hatte.

Nach Chesters Bericht gab es zwischen den beiden nur Streit, wenn sie zusammen waren, was nicht oft der Fall war, weil Mannys Hauptinteresse darin bestand, zu spielen und sein Geld anderweitig auszugeben. Wir wussten bereits, dass er geplant hatte, einen Teil des ehelichen Vermögens in Immobilien seiner Wahl anzulegen. Aber Bibi durchkreuzte diesen Plan, indem sie persönlich Gil Gruen steckte, dass ihr Ehemann über kein eigenes Geld verfügte. Und blöd wie Gil war, fand er Freude daran, Manny öffentlich zu demütigen.

Chester erzählte der Polizei, dass Bibi ihm sein Mobiltelefon abgenommen hatte. Seine erste Gelegenheit zur Flucht ergab sich am Freitagmorgen, als er Bibi ablenkte, sein Telefon aus ihrer Tasche fischte und auf der Suche nach Hilfe durchs Kasino rannte. Aber sie fing ihn ab, ehe er weit gekommen war, und verschleppte ihn dann in Gils Hütte.

»Ich rufe Chester jetzt sofort an«, informierte ich Brady. »Den Rest muss ich aus erster Hand erfahren.«

Zum Glück war Chester gleich selbst am Apparat, und so benötigte ich nicht erst Cassinas – oder Ruperts – Erlaubnis, um mit ihm zu sprechen. Er klang heiter wie immer. »Ich mache mich fertig, um mit zum Freudenfeuer zu gehen!«, informierte er mich.

»Dann sehen wir uns dort. Aber ich möchte dir noch ein paar Fragen zu dem stellen, was passiert ist. Können wir darüber reden?«

»Sicher. Ich bin nicht traumatisiert oder so. Ich wurde bereits vom FBI verhört!«

Ich sagte: »Die Polizei glaubt, dass die Kellnerin Mindy die Kreditkarte deiner Mutter hatte. Weißt du, wie sie da drangekommen ist?«

»Als wir im Kasino waren, hat Manny sie mir abgenommen und ihr gegeben.« Chesters Ton wurde traurig. »Ich hörte einen Polizisten sagen, Mindy sei tot.«

»Ja, leider. Weiß du denn, was ihr zugestoßen ist?«

»Nein. Manny erzählte mir, sie hätten gestritten. Er gab ihr einen wirklich schlimmen Namen. Er war außer sich, weil er ihr einen Dreißigtausend-Dollar-Mantel gegeben hatte und sie ihn behandelte wie eine ... wieder ein schlimmes Wort.«

Ich war mir sicher, dass der Mantel, den er ihr gegeben hatte, Bibi gehörte.

»Er hat gesagt, er habe ihr auch eine Designertasche gegeben«, berichtete Chester, »aber die habe sie verloren, als er sie mitgenommen hat, um das Haus zu besichtigen, das Bibi vielleicht kaufen würde.«

Vor meinem geistigen Auge blitzte die Gucci-Tasche auf, die Odette vorübergehend geopfert hatte, um ans Gribblekonto zu kommen. Die Tasche, die Abra später am Pasco Point wiedergefunden hatte ... mit dem Pokerchip des Bear Claw Casinos darin. Abra hatte die Tasche im Maul gehabt, als Bibi Chester und die Hunde zwang, in ihr Auto einzusteigen. Offenbar hatte Manny sie sich später für seine Freundin geschnappt. Aber in der Handtasche war noch etwas gewesen. Etwas außer Odettes Personalausweis, das entweder Manny oder Mindy später hineingetan hatten.

»Dann hat Bibi dich also vom Kasino zur Hütte gebracht«, sagte ich. »Was geschah dann?«

»Manny ist heute Morgen bei uns eingebrochen, während wir noch schliefen«, berichtete Chester. »Er hat geschrien und mit einer Waffe herumgefuchtelt, um uns Angst einzujagen. Und obwohl Bibi wusste, dass für alle Fälle neben dem Holzofen ein Gewehr stand, bekam sie das erst in die Hand, nachdem Manny mich aus der Tür geschleift hatte. Dann hat sie auf seine Reifen geschossen, aber sie hat daneben getroffen.«

»Wohin wollte Manny dich bringen?«

»Er sagte, wir fahren nach Norden, von Kasino zu Kasino, bis jemand mit genügend Geld vorbeikäme, damit er mich nach Hause schicken könne«, erzählte Chester. »Ich glaube, er meinte Lösegeld. Von Cassina oder Bibi. Oder beiden.«

Ich holte tief Luft. »Wie kam es dann dazu, dass du anderthalb Kilometer vom Broken Arrow Motel entfernt ins Eis eingebrochen bist?«

»Wir waren noch nicht weit gefahren, da hat Manny gesagt, er müsse ein kleines Nickerchen machen. Ich glaube, er hatte getrunken.«

Ich fragte nicht, woher der Achtjährige das wusste. Das brauchte ich auch nicht, war ich doch selbst Zeuge gewesen, wie seine Mutter sich vor seinen Augen des Guten zu viel genehmigte.

»Manny ist in einen Feldweg am See abgebogen«, fuhr Chester fort, »und hat mir gesagt, er werde den Wagen mit der Kindersicherung verriegeln. Aber da bin ich doch wohl schlauer! Ich habe gewartet, bis er eingeschlafen war, und als er dann schnarchte, habe ich mich rausgelassen.«

»Gut gemacht!«

»Ich bin hinunter zum See gegangen, weil ich wusste, dass ich an dessen Ufer entlanggehen konnte, bis ich in Magnet Springs ankommen würde. Nur waren wir wesentlich weiter oben an der Küste, als ich gedacht hatte. Ich bin nach Norden gegangen, hätte aber eigentlich nach Süden gehen müssen. Dann bin ich im Eis eingebrochen. Das Wasser war nicht tief, aber ich war durchweicht. Und mir war furchtbar kalt. Also bin ich landeinwärts gegangen, um Hilfe zu suchen. Den Rest der Geschichte kennst du ja.«

»Ein Segen, dass du das Broken Arrow Motel erreicht hast!«

»Ein Segen, dass ich von dieser verrückten Dame weggekommen bin«, erwiderte Chester, »und du im Hubschrauber gekommen bist, um mich zu retten!«

Chester und ich verabredeten uns für das Freudenfeuer. Er versprach, mich Rupert vorzustellen, falls Rupert bereit war, mit Einheimischen zu sprechen.

Während ich telefonierte, hatte Brady den Polizeifunk eingeschaltet gehabt. Als ich meinen Anruf beendete, sagte er: »Die Bundespolizei will Mr. Gribble zum Tod von Mindy verhören. Auch zu dem von Gil – wenn man die Leiche findet. Aber erstmal müssen sie Mr. Gribble finden.«

Ich musste an den dritten Gegenstand in Odettes Gucci-Tasche denken, und mir war auf einmal klar, dass ich sofort jemanden vom Coastal Medical Center sprechen musste.

40

Als ich wieder zurück nach Vestige kam, wurde rasch klar, dass jeder Versuch eines noch so kurzen Gesprächs mit Avery, die sich mit ihren Babys in ihrem Zimmer eingeschlossen hatte, zum Scheitern verurteilt war. Deely informierte mich, dass Nash sich auf dem Weg dorthin befand, sie aber bezweifelte, dass Avery ihn hereinlassen würde. Obwohl die Versuchung groß war zu verweilen, um wieder einen Blick auf den gut aussehenden Professor werfen zu können, lag mir dann doch nichts daran, in ihr häusliches Drama verwickelt zu werden. Außerdem hatte ich selbst dringende Angelegenheiten zu erledigen. Also vertraute ich die Hunde der Kinderfrau an und fuhr zum Krankenhaus.

Mein erster Anlaufpunkt war die Information, wo ich erfuhr, dass niemand mit dem Namen Roy Vickers aufgenommen worden war. In der Annahme, dies könne nur bedeuten, dass er noch in der Notaufnahme lag, ging ich dorthin. Und tatsächlich war dort ein Team von Ärzten damit beschäftigt, ihn zu stabilisieren. Die einzige Auskunft, die man mir über seinen Zustand zu geben bereit war, war die, dass er bei Bewusstsein war. Ich sprach ein kurzes Gebet und ging dann weiter zur Intensivstation, wo es noch chaotischer zuging als in der Notaufnahme. Ich bekam mit, wie zwei Schwestern sich darüber ausließen, wie schrecklich unterbesetzt sie in dieser Schicht waren, was auch erklären könnte, warum es fast fünf Minuten dauerte, bis ich mich zur Stationsleitung durchgefragt hatte. Dort bediente ich mich einer kleinen Lüge: Um Thomas McKondin besuchen zu können, gab ich mich als seine Schwester aus.

Meine List amüsierte den Patienten.

»Ich stehe nicht auf Inzest«, keuchte er.

»Ist schon gut«, sagte ich freundlich, »ich will auch gar nichts von Ihnen.«

McKondin sah fürchterlich aus. Ich hatte mich auf einen beunruhigenden Anblick eingestellt, aber er sah schlimmer aus, als ich es mir vorgestellt hatte. Er hing an zahllosen Schläuchen, Drähten und Monitoren, die allesamt pumpten oder piepten oder aufblitzten. Seine Brust war dick bandagiert, der größte Teil seines Gesichts ebenfalls. Zweifellos rührten dessen Verletzungen von meinem Hand- bzw. Fußeinsatz. Doch ich war mir sicher, dass seine künstliche Beatmung nicht auf mein Konto ging.

»Wenn Sie mich schon nicht mögen, warum kommen Sie dann?«, fragte er.

»Ich möchte wissen, was Ihre Visitenkarte in der Handtasche eines toten Mädchens zu suchen hat.« Ich erzählte ihm, dass Abra am Pasco Point die Gucci-Tasche wiedergefunden und apportiert hatte. McKondin behauptete, keine Ahnung zu haben.

»Also gut«, sagte ich geduldig. »Dann stelle ich Ihnen eine Frage, die Sie beantworten können: Warum sorgen Sie dafür, dass ich für Ihre Verletzung nicht zur Rechenschaft gezogen werde?«

»Sie haben mich schließlich nicht niedergestochen, oder?«

»Nein. Aber verletzt habe ich Sie – in Notwehr. Warum wollen Sie mich davon freisprechen?«

McKondin bedeutete mir, näher zu kommen. In Anbetracht seiner Geschichte lehnte ich ab.

»Sie sind eine sexy Lady«, sagte er. »Sexy, aber unheimlich. Das ist ein fieser Zug an Ihnen. Ich möchte nichts mehr mit Ihnen zu tun haben, es sei denn aus Spaß.«

»Dazu wird es nie kommen«, versprach ich. »Aber hier geht es doch um mehr, McKondin. Wer ist daran schuld?«

Ehe er antworten konnte, tauchte ein Pfleger auf und zückte eine Spritze.

»Sie müssen jetzt leider gehen«, sagte er mit kreischend hoher Stimme. »Ich muss Mr. McKondin jetzt Blut abnehmen, und dann braucht er Ruhe.«

»Selbstverständlich«, sagte ich und stand auf. Als ich mich umdrehte, um mich zu verabschieden, schossen McKondins blutunterlaufene Augen zwischen dem Pfleger und mir hin und her.

»Warten Sie«, krächzte er.

»Nicht doch, Mr. McKondin«, sagte der Pfleger beschwichtigend, »Sie wissen doch, dass ich das tun muss.«

»Ich komme morgen wieder«, sagte ich dem Patienten. »Denken Sie über das nach, was ich Ihnen gesagt habe.«

McKondin antwortete irgendetwas, doch es ging in der

freundlichen Bemerkung des Pflegers unter: »O ja doch, ich weiß, Sie hassen Nadeln, Mr. McKondin. Das tun wir doch alle! Aber das muss sein und ist notwendig, damit es Ihnen bald wieder besser geht.«

Ich stand schon kurz vor der Tür mit dem Ausgangsschild der Intensivstation, als ich erstarrte. Etwas an der Szene, deren Zeugin ich gerade gewesen war, passte nicht. Gewiss, ich war in medizinischen Dingen so unbeleckt wie man nur sein konnte. Aber ein Pfleger, der Blut abnehmen wollte, würde nicht mit einer Spritze voll klarer Flüssigkeit ankommen, oder? Und in Anbetracht der Tatsache, dass die Zahl der Todesfälle in Lanagan County in letzter Zeit drastisch gestiegen war, konnte ich meine paranoiden Instinkte doch wohl kaum ignorieren. Ohne einen konkreten Plan zu verfolgen, kehrte ich in McKondins Zimmer zurück, wo ich mit dem Pfleger zusammenstieß, der es eilig hatte wegzukommen.

Als ich versuchte, an ihm vorbeizukommen, sagte er: »Sie können da jetzt nicht rein! Das ist eine Station für kritische Fälle, und Mr. McKondin schläft.«

Zum ersten Mal nahm ich den Pfleger genauer in Augenschein. Er war an die vierzig Jahre alt, ein kahler, gedrungener Mann mit Schweinsäuglein und einer kleinen Nase. Auf seinem rosa Gesicht glänzte ein Schweißfilm. Meine Augen schossen direkt zu seinen Händen. Keine Spritze.

»Wo ist denn die Blutprobe, Mr. ...« Ich schielte auf sein Namensschild, um meine Frage zu beenden. »C. Richards, RN?«

Die Absurdität dieses Augenblicks traf mich, ehe er mich traf. Aber ich hatte keine Zeit, mich zu wappnen. Es war ein übler Überraschungsschlag, und er riss meinen Kopf herum. Ich segelte rückwärts in die Glasabtrennung vor McKondins

Zimmer und glitt dann zu Boden. Blut quoll aus meiner Nase. Ich gab einen erstickten Schrei von mir.

Als ich wieder klar sehen konnte, beugten sich zwei echte Krankenschwestern über mich. Mr. Oscar Manfred Gribble der Dritte war nicht mehr da.

Auch Thomas McKondin war nicht mehr da. Dauerhaft abgetreten. Der falsche Pfleger hatte ihm eine Spritze voll Adrenalin in seine Halsschlagader gejagt, das jedenfalls vermutete eine der echten Krankenschwestern. Durch den Mund atmend, gab ich mir Mühe zu berichten, was passiert war. Eine Schwester informierte sofort die Sicherheitskräfte des Krankenhauses und die örtliche Polizei.

Mr. Gribble wurde gefasst, ehe er aus dem Gebäude fliehen konnte. Ich erklärte der Polizei, dass ich den Mann nur ein einziges Mal gesehen hatte, und dies aus der Ferne, am Eröffnungstag des Jamborees, als Odette ihn mir zeigte. Er war uns ausgewichen und auf Schlittschuhen davongefahren, ehe wir uns ihm nähern konnten. Hätte ich ihn doch nur heute rechtzeitig wiedererkannt, Thomas McKondin wäre noch am Leben.

Wie Roy Vickers landete ich in der Notaufnahme, wo eine freundliche Ärztin mir versicherte, dass meine Nase nicht gebrochen war und so verheilen würde, dass ich danach genauso aussah wie vorher. Das wären tröstliche Nachrichten gewesen, hätte mir meine ursprüngliche Nase wirklich gefallen. Doch so musste ich mich wenigstens nicht an eine neue gewöhnen. Erst einmal jedoch war sie geschwollen, mit Watte ausgestopft und rot-violett. Kein Erscheinungsbild, mit dem ich vorgehabt hatte, das abendliche Freudenfeuer zu besuchen. Aber wenn ich mich in gebührendem Abstand von den Flammen hinstellte, würde es vielleicht keinem auffallen.

So war es leider nicht – obwohl ich mir in letzter Minute noch einen Schlapphut aufsetzte, nachdem ich mir zu Hause meine blutbespritzten Kleider ausgezogen hatte. Natürlich erkundigte sich jeder einzelne meiner Bekannten, dem ich beim Freudenfeuer begegnete, was mit meinem Gesicht passiert war. Einige von ihnen konnten sich nicht zurückhalten und warnten mich vor langwierigen Problemen mit den Nasennebenhöhlen als Folge. Möge Gott die Schicksalskünder lieben – ich tue es jedenfalls nicht.

Doch ich hatte einen erfreulichen Abend. Jeb unterhielt die Menge mit weiteren Rockabilly-Hits, darunter auch mein Lieblingssong »I Had All the Angles and She Had All the Curves«. Schließlich brachte er mir ein Bier und seinen Billard spielenden Fan Bud aus dem Blue Moon.

»Hey Whiskey. Bud hat mir gerade was erzählt, was du dir unbedingt anhören musst.«

Ich trank einen Schluck Bier und rechnete damit, entweder eine Angelgeschichte oder eine Billard-Anekdote zu hören.

»Erinnern Sie sich, dass ich Ihnen erzählt habe, dass eine Dame zu mir in die Hütte kam? Und mich fragte, ob ich jemanden gesehen hätte?«, fing Bud an.

Ich nickte.

»Nun, mir ist noch was anderes eingefallen.«

»Was denn?«

»Zwei Dinge. Ich habe sie nicht länger als eine Sekunde lang angesehen, aber sie trug einen Pelzmantel und einen Hut – irgendwie silbergrau. Nicht das, was man auf einem Jamboree trägt, eher etwas für die Oper. Obwohl ich noch in keiner war.«

Mein Herz schlug schneller. Dies war der Beweis, dass Deelys Behauptung, etwas gesehen und deshalb das Schneemobil beschlagnahmt zu haben, richtig war. Aber was bedeutete das? Bibis Chinchillamantel trug die tote Kellnerin. Also mussten Bud und Deely Evelyn Huffenbach gesehen haben. Nur, dass Mrs. Huffenbach im Broken Arrow Motel gewesen war.

»Und das andere Ding, Bud?«, hakte ich nach.

Er schielte zu Jeb, der ihm aufmunternd zunickte. »Nun, mir dämmerte erst später, dass die Dame nicht wirklich ... na ja, eine Dame zu sein schien.«

»Wie meinen Sie das?«

Bud räusperte sich. »Nun, ich sah sie gerade mal lang genug an, um zu erkennen, dass sie hässlich war. Und jetzt, nun – jetzt denke ich, sie könnte auch ein ... ein Mann gewesen sein. Sie wissen schon, ein Mann mit hoher Stimme, der wie ein Mädchen gekleidet war.« Das Entsetzen stand ihm ins Gesicht geschrieben. Was vermutlich nicht seiner Langsamkeit galt, mit der er die Einzelteile zusammensetzte, sondern eher der Tatsache, dass er einem möglichen Transvestiten nahe gewesen war.

Ich tröstete Bud, versicherte ihm aber, dass der Mann kein Frauenimitator, sondern ein Pflegerimitator und ein Mörder war.

Jeb versorgte mich noch mit weiteren Bieren, was nett von ihm war, denn schließlich irrten meine Blicke ständig ab und schweiften auf der Suche nach Nash Grant über die Menge. Jeb feierte die Rückkehr seines Van Wagon – in verbessertem Zustand. Roy, der Hilfsmechaniker, hatte die Beifahrertür repariert und die Glühbirne der Innenraumbeleuchtung erneuert.

Nach einer Weile stießen Dr. David und Deely zu uns. Ihrem glücklichen Grinsen nach zu urteilen, hatten sie heute ihre erste offizielle »Verabredung«.

Deely berichtete mir, Avery habe ihr dienstfrei gegeben, als Nash nach Vestige gekommen sei. Mir sank das Herz, denn dies konnte nur bedeuten, dass ich den Professor an diesem Abend vermutlich nicht mehr zu Gesicht bekam. Doch ich hoffte, dass ihre Begegnung zu einem Gespräch und nicht zu einer Auseinandersetzung geführt hatte. Vielleicht trug die Entführung der Zwillinge dazu bei, beiden Eltern zu verdeutlichen, worauf es ankam.

Mir diente die Entführung als Erinnerung, das teure Alarmsystem auch zu benutzen, das Leo installiert hatte. Allem Anschein nach hinderte mich eine mentale Blockade daran, es zu aktivieren, vielleicht, weil es mich an meinen verstorbenen klugen Ehemann erinnerte – und all die Gründe, weswegen ich nett zu Avery sein sollte. Leo hatte sich immer um seine Familie gekümmert. Wie konnte ich seiner einzigen Tochter und deren Kindern die kalte Schulter zeigen, egal, wie wenig ich sie mochte und wie sehr es mich nach ihrem ehemaligen Freund gelüstete?

Vielleicht machte das Bier mich redselig, jedenfalls fragte ich Dr. David geradeheraus, ob er Gil Gruen belästigt hatte.

»Belästigt? Nein. Ich bediente mich eines Mittels, das wir Fleggers Appell an das Gewissen nennen. Wir erschrecken jemanden im kleinen Rahmen, um ihn daran zu erinnern, dass er etwas Falsches tut.«

»Okay«, sagte ich, »aber wie entschuldigt Ihr Appell an das Gewissen Ihren Diebstahl von Martha Glenns hausgemachten Hunde- und Katzenleckerchen?«

»Das nennen wir Soziales Eingreifen«, erklärte David. »Wir haben versucht, mit Mrs. Glenn zu reden, aber sie versteht es nicht. Sie besteht darauf, Schokolade in ihre Haustierleckerchen zu mischen. Schokolade ist jedoch Gift für Katzen und Hunde.«

Ich verweilte am Freudenfeuder, bis die letzten Flammen zu Glut heruntergebrannt waren. Jeb blieb bei mir, keiner von uns sagte etwas. Ich glaube, er wusste um meine Enttäuschung wegen Nash Grants Fernbleiben. Und mit einiger Anstrengung gelang es mir schließlich sogar, die Abwesenheit des Professors als gutes Zeichen anzusehen. Ein Anzeichen dafür, dass er und Avery zu einer Lösung ihrer Probleme gelangten.

Trotz allem empfand ich den Abend nicht als Pleite. Außer meinen informativen Gesprächen mit Bud und Dr. David genoss ich ein kurzes Schwätzchen mit Chester.

»Rupert mag Hunde!«, verkündete er. »Er könnte Cassina vielleicht dazu überreden, dass ich Prince Harry mit nach Hause bringen darf.«

»Das hoffe ich«, sagte ich ernsthaft. »Ein Hund reicht mir auf lange Sicht.«

Wir plauderten über Hunde und wie man sie abrichtete, ein Thema, über das ich gar nichts wusste. Chester verlor das Interesse an Hunde-richten-dich-ab-dot-com, nachdem Deely angefangen hatte, ihm ›Das System‹ beizubringen.

Um das Thema zu wechseln, fragte ich Chester, was er davon hielt, dass Bibi nun ins Gefängnis kam.

Er zuckte die Achseln. »Sie bekommt, was sie verdient, vermute ich. Aber ich werde trotzdem eine Großmutter haben.«

»Du meinst Ruperts Mama?« Über Chesters väterliche Linie wusste ich gar nicht Bescheid.

»Sie auch, aber sie lebt in London. Ich meine Mrs. Huffenbach. Sie ist doch nicht verrückt, nur einsam.« Chester deutete auf einen langhaarigen Mann, der in ein Cape gewickelt neben einer rothaarigen Frau im Chinchillamantel stand. »Rupert unterhält sich gern mit Evelyn, weil sie anglophil ist. Das bedeutet, dass sie alles an England mag – sogar das Pub-Essen.«

»Vielleicht gelingt es Rupert, Cassinas Haltung zu Evelyn zu verändern«, überlegte ich.

»Vielleicht«, stimmte Chester zu. »Es wäre schön, eine vollständige Familie zu haben.«

41

Es vergingen noch zwei Wochen, bis sich die Gruen-Gribble-McKondin-Mindy-die-Kellnerin-Verbindung aufklärte. Die Nachrichten darüber trafen am selben Tag ein, als ich meine erste Dinnerparty allein ausrichtete.

Es gab keinen Leo Mattimoe, um das Menü zu planen und mir das Kochen abzunehmen. Und man darf nicht vergessen, dass ich nie gekocht hatte. Als ich über dem Menü brütete, erhielt meine arme Mutter von mir mehr Anrufe als in ihrem ganzen Leben. Sie meinte, es freue sie, meine Stimme zu hören. Aber etwa beim vierzigsten Anruf war ihr anzumerken, dass sie meine Fragen langsam lästig fand. Schließlich empfahl sie mir den Kochkanal und wünschte mir Glück.

Ich beschloss, etwas Einfaches, aber dennoch Überzeugendes zu machen. Dann erkundigte ich mich bei Odette, was das sein könnte.

»Einfach für Sie, oder einfach für einen normalen Koch?«, hakte Odette nach.

Als sie begriff, dass ich mich meinte, schlug sie Spaghetti vor.

»Wasser können Sie doch kochen, oder?«

Da war ich mir ehrlich gesagt nicht so sicher. Aber je

mehr ich nachdachte und über Spaghetti las, umso zuversichtlicher wurde ich.

Denn: Wenn es mir gelang, die Pasta zu kochen, dann benötigte ich als weitere Zutaten nur noch Soße, Knoblauchbrot, angemachten Salat und Nachtisch – was alles bereits von jemand anderem zubereitet gekauft werden konnte! Eigentlich hätte ich die ganze Mahlzeit gleich bei Mother Tucker's bestellen können, aber das kam mir unehrlich vor.

»Kleine Schritte«, pflegte Leo zu sagen, wenn er mir etwas Neues beibrachte.

Ich plante meine Dinnerparty für den Abend vor Magnet Springs' jährlicher Groundhog Day Dance Extravaganza. Dieses traditionelle Fest unserer Stadt bot Gelegenheit, sich entweder sexy oder doof zu präsentieren, je nach Fähigkeiten. Das Murmeltierfest hatte bei uns seine Ursprünge in den Fünfzigerjahren und war damals eine fadenscheinige Ausrede dafür, Touristen anzulocken, die in Geld schwammen, sich gern in Schale warfen und tanzen wollten. In der Stadthalle fand noch immer ein Ball statt, inklusive Livemusik einer Bigband. Aber inzwischen gab es mindestens zwanzig normale bis regelrecht verrückte Tanzpartys in Lokalitäten, die über das ganze Gebiet verstreut lagen. Peg Goh richtete eine der beliebtesten aus: ein ›Besonderes Kostümfest‹, zu dem die Gäste als Nagetiere verkleidet erscheinen mussten. Man möchte nicht glauben, wie viele Leute es genossen, die Nacht als Streifenhörnchen und Eichhörnchen durchzutanzen.

Auf meiner Gästeliste für das Dinner vor dem Murmeltiertag standen Roy Vickers, Jeb Halloran, Deely Smarr, David Newquist, Nash Grant und – natürlich – Avery Mattimoe. Ich hatte ein mulmiges Gefühl, Jeb einzuladen, wo ich doch mit Nash flirten wollte. Aber da ich mit Avery auskommen musste, zählte ich auf meinen lockeren Ex-Mann als gesellschaftliches Schmiermittel.

Roy, der sich in seiner neuen Wohnung in der Innenstadt erholte, sprach von meinem Vorhaben als einem Sühnedinner. Bei diesem Begriff stellten sich mir die Haare auf. Und ich hatte mit Schuldgefühlen zu kämpfen, weil ich etwas über Roy wusste, was außer mir nur noch ein Mensch auf Erden wusste: dass er Cassinas Vater und Chesters Großvater war. Als man Bibi Gribble ins Gefängnis abführte, wurde ich zur einzigen Mitwisserin ihres erschütternden Geheimnisses. Was ich anfangs als potenziellen heißen Stoff für Klatsch angesehen hatte, verwandelte sich rasch in eine moralische Belastung. Ich wusste nicht, was ich mit dieser Information anstellen sollte oder wollte. Also versuchte ich auf die mir eigene Art, nicht daran zu denken.

Odette half Nash Grant dabei, ein kleines Haus in Magnet Springs mit befristetem Mietvertrag zu finden. Ich fand es etwas albern, auf so vielen familienfreundlichen Annehmlichkeiten zu bestehen, waren seine Kinder doch gerade erst ein paar Monate alt. Peg erklärte dies folgendermaßen: »Nash möchte Farbe bekennen und zeigen, dass er bereit ist, seinen Verpflichtungen nachzukommen.«

Avery war so frostig wie eh und je. Seit ihrer Krise wegen Bibi und den Zwillingen schien ihre Neigung zu Wutausbrüchen und Heulkrämpfen jedoch nachgelassen zu haben. Ich konnte nur hoffen, dass diese Veränderung von Dauer war.

Am Tag vor dem Murmeltiertag ging ich von der Arbeit früh nach Hause. Ich nahm mir den ganzen Nachmittag frei. Schließlich benötigte ich viel Zeit, um meine Spaghetti vorzubereiten.

Gegen sechs Uhr hatte ich alle meine Zutaten und Küchenutensilien auf der Küchentheke aufgereiht. Das Wasser für die Spaghetti zu kochen, dräute als furchteinflößende Aufgabe. Also zerstreute ich mich, indem ich den Esstisch deckte. Da kam Jenx vorbei. Ungläubig durchstreifte sie zuerst meine Küche und blieb dann erstarrt im Durchgangsbogen zu meinem Esszimmer stehen.

»Ich habe von Ihrem Sühnedinner gehört, aber ich musste mich selbst davon überzeugen.«

»Es geht nicht um Sühne ...«, begann ich.

»Oscar Manfred Gribble dem Dritten würde sie nicht schaden«, meinte Jenx. Ohne auf eine Einladung zu warten, rückte sie zwei Stühle zurecht, den einen, um sich draufzusetzen, den anderen, um ihre Füße mit den Stiefeln darauf abzulegen. »Heute Morgen hat das Schwurgericht Anklage gegen das arme Arschloch erhoben: einmal wegen Mordes und einmal wegen Entführung.«

»Wissen wir denn, warum er es getan hat?«, fragte ich sie.

»Machen Sie eine Dreiecksbeziehung zwischen abartigen Persönlichkeiten dafür verantwortlich«, sagte Jenx.

Das klang nach einer hervorragenden Ausrede, mein kulinarisches Schicksal hintanzustellen. Ich zog einen Stuhl heraus und setzte mich, um zuzuhören.

Hätte Noonan die Geschichte erzählt, hätte sie Manny Gribble, Thomas McKondin und Mindy Mad Hawk als drei verlorene Seelen bezeichnet, dazu verdammt, zu kollidieren und zu implodieren. Jenx nannte sie »drei absolute Verlierer, die auf Rache sannen«.

»Manny Gribble nahm es seiner Frau übel, dass er sie um Geld anbetteln musste«, begann Jenx. »Thomas McKondin machte Gil Gruen dafür verantwortlich, dass sein Leben zerstört war, weil Gil seinen Vater gefeuert hatte. Und Mindy Mad Hawk grollte allen, deren Leben nicht so verkorkst war wie ihres. Diese drei charmanten Individuen fanden im Bear Claw Casino zueinander.«

Nach Jenx' Aussage war McKondin ein wenig älter, als er ausgesehen hatte – einundzwanzig, um genau zu sein. Bevor Manny Gribble in die Stadt kam, hing McKondin gern im Kasino herum und prahlte vor Mindy mit seinen kriminellen Heldentaten. Das bekam eine andere Kellnerin mit. Diese erzählte der Polizei, dass er sich damit gebrüstet habe, Gil Gruens lebensgroße Pappfiguren und seinen besten Stetson geklaut, sowie Frauen durch Anzüglichkeiten in peinliche Situationen gebracht und sich in den Krankenhäusern der Region als Pfleger ausgegeben zu haben.

»Die Kellnerin – ich glaube, ihr Name war Megan – wusste zu berichten, dass McKondin Mindy und Manny sein gefälschtes Pflegernamensschild gezeigt hat«, berichtete Jenx. »Manny hat ihm zwanzig Dollar dafür geboten – und McKondin hat es ihm verkauft.«

»Der schlechteste Handel, den er jemals gemacht hatte«, bemerkte ich.

»Nachdem Gil Gruen Manny Gribble in aller Öffentlichkeit bei Mother Tucker's gedemütigt hatte, fanden Gribble und McKondin einen gemeinsamen Grund, Gil zu hassen«, fuhr Jenx fort. »Sie haben sich im Kasino zusammengesetzt, Drinks von und für Mindy gekauft und nicht mitbekommen, dass Megan sie belauscht hat. Die Jungs haben einen Vergeltungsplan ausgeheckt, der Folgendes vorsah: In der Nacht vor dem Jamboree würde McKondin eine Eishütte nördlich von Fishburg aufstellen. Er wusste, dass das Eis dort aufgrund geringer Wassertiefe und zu viel Vegetation gefährlich dünn war. Am Eröffnungstag würde er Gil dann zur Hütte locken, mit dem Versprechen, dort einen wohlhabenden potenziellen Klienten treffen zu können. Dort wollten McKondin und Gribble, die beide Rettungsgürtel und Schlittschuhe trugen, Gruen dann richtig in die Mangel nehmen und ihm Angst einjagen, indem sie ihn *fast* durchs Eis fallen ließen.«

»Was ist schiefgegangen?«, warf ich ein.

»Alles. McKondin geriet außer sich und stach Gil mit einem Messer zum Fischeausnehmen nieder, ehe Gribble überhaupt zur Hütte kam.«

Ich erinnerte mich wieder an das Jamboree, wo ich Oscar Manfred Gribble den Dritten auf Schlittschuhen gesehen hatte. Vermutlich wartete er da noch auf McKondins Signal. Doch er dürfte schon eine Ahnung gehabt haben, dass etwas danebengegangen war.

Jenx fuhr fort: »McKondin war von seiner eigenen Tat so entsetzt, dass er Gils Körper in der Hütte zurückließ und zusah, dass er wegkam. Roy Vickers hat gesehen, wie der junge Mann wie verrückt davongefahren ist, und mit seinen Nachforschungen begonnen. Er hat versucht, Gil wiederzubeleben. Dabei hat er sich überall mit Blut besudelt. Roy hat zugegeben, eine ›Post-Leo-Mattimoe-Rückblende‹ gehabt zu haben, als Sie ihn auf seinem Weg zurück ans Ufer getroffen haben.«

»Warum hat McKondin nicht einfach die Stadt verlassen?«

»Sie vergessen eins: Er war ein Verlierer«, sagte Jenx. »McKondin beschloss, Gribble zu erpressen, indem er drohte, der Polizei zu erzählen, Manny habe ihn angeheuert, Gil aus Rache zu töten. Das hat Gribble selbst bei der Polizei ausgesagt. Er hat gesagt, McKondin habe fünfzigtausend Dollar dafür gefordert, dass er den Mund hielt.«

»Geld, das Gribble aber sicher lieber für seine Spielsucht ausgab.«

Jenx nickte. »In der Nacht, als McKondin Sie vor Vestige angriff, war Gribble ihm auf den Fersen. Mindy, die ihren ›neuen‹ geschenkten Mantel trug, hat ihn begleitet. Sie hatte Schnaps getrunken. Gribble ließ sie zusammen mit ihrer Flasche im Auto und schlich zu Fuß hinter McKondin her. Gribble hat gesagt, er habe McKondin zeigen wollen, dass er ein Messer habe, und wollte ihm so viel Angst einjagen, dass er die Stadt verließ.«

»O ja«, sagte ich. »Das hat funktioniert.«

»Die Bundespolizei geht davon aus, dass der junge Mann so sehr damit beschäftigt war, über sein Mobiltelefon mit Ihnen zu reden, dass Gribble ihm unbemerkt folgen konnte. Dann haben Sie McKondin durch Ihre gute Beinarbeit ein wenig Kraft geraubt, und Gribble hat sein Messer eingesetzt, um ihm den Rest zu geben. Dachte er jedenfalls. Als Gribble zurück zum Wagen kam, war Mindy tot – erstickt an ihrem eigenen Erbrochenen. Offenbar hat Gribble Panik bekommen und sich ihrer Leiche in Ihrem Wald entledigt. Dabei ist Cassinas Kreditkarte aus ihrer Tasche gefallen.«

Ich brauchte einen Moment, um Jenx' Bericht zu verdauen. Dann sagte ich: »Den Rest der Geschichte kenne ich: Am nächsten Morgen hat Gribble sich Chester von Bibi geholt und ist Richtung Küste gefahren. Ein paar Stunden später ist Bibi in mein unverschlossenes Haus marschiert und mit Averys Zwillingen herausgekommen.«

Da klingelte es plötzlich an meiner Tür. Ich sprang auf, als hätte ich Gewehrfeuer gehört.

»Ganz locker bleiben, Whiskey«, sagte Jenx. »Sie erwarten Besuch, schon vergessen?«

»Aber nicht so früh!«, platzte ich heraus. »Ich muss noch Wasser kochen!«

Jenx bedachte mich daraufhin mit einem Blick, der für gewöhnlich für die Betrunkenen und Randalierer reserviert war. Sie sagte: »Was halten Sie davon, die Tür zu öffnen, dann setze ich schon mal das Wasser auf?«

»Das können Sie?«, fragte ich ungläubig. »*Sie* können Wasser kochen?«

»Nun öffnen Sie schon die verdammte Tür.«

Ich tat es. Da stand Nash Grant vor mir, duftete nach Zitronen und Gewürzen und hielt einen übergroßen Strauß gelber Rosen in der Hand.

»Hi, Whiskey«, sagte er mit seiner buttrigen Biloxi-Stimme. »Herzlichen Dank für die Einladung.«

Ich brachte noch so viel Geistesgegenwart auf, einen Schritt beiseitezumachen, damit er eintreten konnte. Wen kümmerte es, dass dieser Mann eine Stunde zu früh kam, wenn er so gut roch?

Ehe ich etwas sagen konnte, fuhr Nash fort: »Ich möchte dir auch noch für etwas anderes danken. Die ganze Thematik des Sühnedinners hat mich zum Nachdenken gebracht. Um der Zwillinge willen habe ich beschlossen, dass Avery und ich unserer Beziehung noch eine Chance geben sollten. Sie ist einverstanden.«

Sühnedinner, das soll wohl ein Witz sein! Das war Roy Vickers' Bezeichnung, aber nicht die meine. Ich hatte gehofft, am Ende des Abends flachgelegt zu werden – und zwar von dem Mann, der gerade verkündete, hier zu sein, um meiner Stieftochter den Hof zu machen.

»Wusstest du, dass gelbe Rosen Averys Lieblingsblumen sind?«, fügte Nash hinzu. »Sie betonen den Glanz in ihren Haaren.«

»Von der Blässe ihrer Haut ganz zu schweigen.«

Ich fand meine Sprache wieder, und die war nicht nett.

»Wenn du möchtest, können wir sie natürlich auch als Tischschmuck verwenden«, bot Nash an.

»Lass nur, das könnte ich nicht annehmen. Warum gehst du nicht nach oben und gibst sie Avery? Dann kannst du ihre *reizende* Gesellschaft eine ganze Stunde lang genießen ... während ich das Essen zubereite.«

Ich wusste, dass mein Lächeln ein aufgesetztes war, weil mir das Gesicht dabei wehtat. Mein Herz ebenso, aber das war ein vertrautes Gefühl. Plötzlich vermisste ich Leo so sehr wie schon seit Wochen nicht mehr. Als ich zusah, wie Nash mit seinen Rosen hinauf zu Avery stieg, war ich den Tränen nah.

Es klingelte schon wieder.

»Ach, um Himmels willen!«, stöhnte ich. »Auf der Einladung stand doch halb acht!«

Ich riss die Eingangstür auf. Auf meiner Veranda standen Chester, Roy Vickers und Evelyn Huffenbach. Mrs. Huffenbach trug keinen Pelz, aber sie trug Topfhandschuhe und hielt einen zugedeckten Bräter in der Hand.

»Ich weiß, dass wir eine Stunde zu früh dran sind, Whiskey«, begann Roy, »aber wir wollen unsere Freude mit Ihnen teilen. Sie sehen vor sich den Inbegriff der Sühne!«

»Das ist nett, Roy«, sagte ich, »aber ich wollte eigentlich nur Spaghetti.« *Und ein bisschen Sex.* Das sprach ich zwar nicht aus, ernst war es mir jedoch.

»Dürfen wir reinkommen?«, fragte Chester. »Hier draußen ist es ganz schön kalt, und meine Oma hat einen Truthahn im Arm.«

Natürlich ließ ich sie herein, obwohl zwei von ihnen eigentlich keine geladenen Gäste waren. Ich hatte weder Chester noch Evelyn eingeladen; aber wenn sie schon ihren eigenen Truthahn mitbrachten, dann sollten sie auch willkommen sein. Verdammt noch mal, Nash hatte Blumen für Avery mitgebracht, und ich hatte ihn auch reingelassen.

»Weißt du was, Whiskey? Roy ist mein Großpapa!«, sagte Chester strahlend zu mir, und das Licht meines Kronleuchters spiegelte sich dazu in seiner Brille. »Großmama Evelyn hat es uns erzählt.«

»Sie wussten es?«, fragte ich Mrs. Huffenbach.

»O ja«, sagte sie. »Bibi hat mir Roys Namen zwischen ihren Geburtswehen gesagt. Ich vermute, sie hat geglaubt, sie müsste sterben. Wir haben nie mehr darüber gesprochen, und meinem verstorbenen Ehemann habe ich davon auch nichts erzählt.«

»Whiskey ist auch Witwe«, informierte Chester seine Oma. »Ihr habt also noch was anderes gemeinsam außer mir und Großpapa Roy.«

Mein Blick wanderte von Chester zu Evelyn und wieder zurück zu Chester. »Weiß deine Mutter ... von Großpapa Roy?«

Chester nickte aufgeregt. »Oma Evelyn hat es ihr gerade gesagt. Sie ist jetzt bei Noonan. Bekommt eine Schwingungsinfusion.«

Jenx tauchte mit Topfuntersetzern auf und nahm Evelyn den Bräter ab.

»Wenn Sie fertig sind, Whiskey, würde ich Sie gern in der Küche sehen«, sagte die Polizeichefin.

Ich ging ihr nach wie ein gescholtenes Kind. Sie kochte Wasser.

»Haben Sie Ihre ... magnetischen Kräfte eingesetzt, um das zu tun?«, fragte ich sie respektvoll.

»Ich habe das Gas aufgedreht«, sagte Jenx. »Es ist noch

zu früh, um Ihre Pasta zu kochen, aber ich wollte Ihnen zeigen, wie es geht.« Sie musterte mich. »Ich habe Ihr Gespräch mitgehört. Sie haben das mit Nash und Avery auf die harte Tour erfahren müssen.«

»Sie wussten es bereits?«, staunte ich.

»Die ganze Stadt weiß, dass sie einen zweiten Versuch wagen wollen. Freuen Sie sich für sie. Es wird nicht funktionieren, aber wenigstens haben sie dann den Versuch unternommen – den Zwillingen zuliebe.«

Meine Stimmung besserte sich. »Sie haben Recht. Ich habe noch immer eine Chance bei Nash!«

»Gewiss«, meinte Jenx nachsichtig. »Aber ganz Magnet Springs wettet darauf, dass Sie wieder mit Jeb zusammenkommen.«

Abra und Prince Harry wählten diesen Moment, um sich durch die Hundeklappe zu drängeln und mit ihren Schneepfoten über meinen sauberen Fußboden zu rutschen. Sie steuerten geradewegs auf Jenx zu, die ihnen die glänzenden Köpfe tätschelte.

»Das Leben ist voller Überraschungen, Whiskey«, meinte sie. »Man muss immer neue Tricks lernen.«

Nie hatte ich damit gerechnet, dass mir die Kinder anderer am Herzen liegen könnten. Doch Chester, Leah und Leo hatten mein Leben verändert. Und ich bedauerte es nicht ... allzu sehr. Selbst Prince Harry hatte seinen Charme.

»Ich werde weiterlernen«, versprach ich Jenx.

Sie meinte: »Spaghetti sind ein ganz guter Anfang.«

Danksagung

An Rebecca Gall, Teddie Aggeles und M.K.Buhler – allesamt brillante Schriftsteller – für ihr Verständnis, ihre Genauigkeit, ihren Humor und Ansporn.

An Richard Pahl und Pamela Asire, meine furchtlosen Freunde und gewissenhaften Erstleser.

An Rita Thomas, die beste mir bekannte Anwältin für Immobilienfragen, und Nancy Potter, eine erfahrene Maklerin, der ich großzügige Hintergrundinformationen zu Whiskeys Gewerbe verdanke.

An Linda Jo Bugbee und die lieben Afghanenhunde für ihre begeisterte Unterstützung.

Schließlich an Harrison Ford, den Ungarischen Vorstehhund (Magyar Vizsla), und all die guten Menschen, die ihn lieben.